염소를 모는 여자

염소를 모는 여자

전경린 소설

문학동네

차
례

염
소
를
모
는
여
자

나, 윤미소. 처음 만나는 사람들은 언제나 내 이름을 되묻곤 했었다. 미소? 입가에 제각각 나름대로 미소의 기억을 떠올리며. 미소라니…… 나는 종종 그런 생각을 했었다. 아버지는 어쩌자고, 이 심란한 생을 향해 이토록 우화적인 이름을 붙여 나를 내놓았을까? 아마도 아버지는 생이 이 이름에게 조금은 더 관대하기를 바랐던 것인지 모른다. 아니면 이 이름이 생에 대해 관대하기를 바랐을 수도 있겠다. 그것도 아니면 생이란 것의 우스꽝스러움을 일찌감치 꿰뚫어보셨던 것일까…… 아버지의 염원 덕분인지 몰라도 어쨌든 나는 내 식대로는 관대한 편이다. 이 생에 대해, 그리고 나에 대해. 그러니 제발, 이 참을 수 없는 생도 내게 조금은 관대해주었으면 좋겠다.

　나는 웨이트리스가 되고 싶다. 물 빠진 긴치마를 입고 어느 작은 해수욕장의 한갓진 모퉁이나 시골 국도변의 휴게소에서 스낵과 쿠키를 팔고 초콜릿과 88라이트를 팔고, 커피와 홍차와 도넛과 라면도 판다.

바다의 해안에는 희디흰 조개껍데기들이 밀려와 싸르락싸르락 닳아갈 것이고, 국도변엔 흐르는 시간처럼 차들이 빠른 속도로 지나다닐 것이다.

나는 콧등에 검은 점이 박힌 고양이를 한 마리 키울 것이다. 고양이는 내 털실뭉치를 헝클고 펼쳐놓은 책장 위에 찢긴 꽃잎 같은 발자국을 내고 늦은 아침마다 내 이마를 딛고 서서 닫힌 눈꺼풀을 깔끄럽게 핥아 잠 깨울 것이다. 그리고 가끔, 냉정하게 표정을 바꾸며 돌연하게 내 손등을 할퀴고 빠져나갈 것이다. 고양이 키우기의 묘미는 거기에 있다. 가끔씩 돌연하게 주인을 할퀴고 카르릉 울며 달아나는 야생의 습성…… 어린 티를 벗으면 고양이는 필시 어둠 속으로 박차고 나가겠지. 그리고 어느 날 하루 이틀 사흘이 지나도 돌아오지 않을 것이다. 일주일이 가고 한 달이 지나도 돌아오지 않으면 나는 그 고양이를 더이상 기다리거나 그리워하지 않고 잊을 것이다. 그리고 다른 새끼 고양이를 또 키울 것이다.

바닷가나 국도변의 가게 울타리에는 아침마다 피어나는 나팔꽃을 심겠다. 초여름부터 늦가을까지 수많은 나팔꽃들이 아침이면 스스로 울리는 악보처럼 바람에 흔들릴 것이다. 이른 아침부터 정오까지, 정오부터 늦은 오후까지, 이른 저녁부터 자정까지…… 저녁 일곱시부터 아침 일곱시까지, 나는 어느 누구의 간섭도 받지 않고 의무도 지지 않을 것이다. 저녁에 스스로 불을 켜고 그리고 스스로 불을 끌 것이다. 누구에게도 감시받거나 검토당하지 않는 인생이 있을 뿐이다. 무엇을 할 것인가는 중요하지 않다. 그렇게 사는 것이 중요할 뿐, 그곳은 다만 내 생의 중립국이며 완충지대인 것이다.

물론 나도, 한때는 좀더 찬란한 무엇이 되어 시간보다도 더 빨리 가리라, 꿈꾼 적도 있었다. 신문이나 여성지가 나의 행보를 주시하지 않을 수 없는 빛나는 존재…… 날개라도 돋친 것처럼 훨훨 나는 자유로운 존재. 그러나 불운이 겹치고 겹치면 좌절도 깊은 잠처럼 깊어진다. 비행을 꿈꾸던 깃털은 오래 쓴 빗자루처럼 망가지고 우리의 눈빛도 낡은 오버의 단추처럼 손상된다. 그런 날들이 참으로 빠르게도 흘러가서 마침내 어느 날엔가는, 찬란하던 꿈의 본질도 물 빠진 치마를 입은 웨이트리스 같은, 그렇게 엉뚱한 모습으로 남기도 하는 것이다.

남편의 꿈은 좀 역설적이다. 농담 같기도 하지만 그러나 그 속에 간절한 어떤 진심이 들어 있을지도 모를 일이다. 어쩌면 그것은 농담이면서 진심이기도 한, 상처의 이름인지도 모르겠다. 그의 꿈은 감방에 들어가 책만 읽는 것이라 한다. 그는 전에 시국사범으로 들어가 정말로 일 년 동안 책만 보고 갇혀 있었던 경험을 갖고 있는 사람이다. 그렇다 해도 비디오를 보는 게 아니라 책을 보겠다는 건 나를 어리둥절하게 한다. 그는 최근 들어 일 년에 세 권도 책을 읽지 않으니까. 그 대신 비디오는 보기 시작하면 일주일 내내 새벽 세시 네시가 되도록 두 편 세 편씩 겹쳐서 보며 새벽까지 비디오 축제를 벌인다. 왜 그러느냐고 물으면 그는 간단하게 대답한다.

"아무것도 할 수가 없으니까."

그는 아무것도 진지하게 할 수가 없어서 잠도 자지 않고 비디오를 보고 나는 잠을 잔다. 밤에도 자고 낮에도 빈집의 의자처럼 천으로 얼굴을 덮고 잠을 잔다. 우리의 진실은 무엇일까? 인생은 우리의 꿈을 두고 텔레비전 아홉시 뉴스와 서점 진열대를 덮는 월간지들과 거리를 방황하는 낯모를 패션들과 함께 다른 강물로 흘러간다. 거리 한구석에서 천천히 망가져가는 공중전화부스들과 건전지 빠진 장난감 같은 이웃집 여자들과 함께…… 이제 우리에게 남은 진실은 강박관념과 같은 사소한 취미와 습관 들뿐이다.

남편은 비디오를 보며 맹렬하게 발바닥을 비빈다. 커다란 파리처럼 두 개의 딱딱한 발바닥에서 비비 비비 마찰 소리가 난다. 나는 잠을 잔다. 시간이 흘러나오지 않도록 눈을 꽉 감는다. 내가 원하지 않으면 시간은 흐르지 않는다. 우리는 꿈을 이루게 될까. 우린 그 꿈을 진정으로 그리워하는 것일까, 아니면 두려워하는 것일까.

꿈의 모습

아직 남편의 차가 떠나지 않고 있었다. 남편은 재떨이를 비우고 천천히 돌아오는 중이었다. 나는 베란다에서 전날 미처 걷지 못했던 빨래들을 걷어들이며 남편을 흘깃흘깃 쳐다보았다. 재떨이를 쥔 손과 앞으로 내민 팔, 뻣뻣하게 치켜세운 등, 흔들리는 어깨…… 몹시 어색하고 낯설게 보이는 몸이다. 나는 그의 양말 한 짝을 든 채 슬프고 초조한 얼굴로 남편의 모습을 지켜본다. 그 살 속에 단 한 번도 닿아본 것 같지가 않다. 한 번도 들어가보지 못한 이방인의 집처럼. 그는 천천히 차 속에 들어가 앉고 시동을 걸고 테이프를 갈아끼우고 옆 의자에 놓여 있던 무엇인가를 뒤 포켓에 밀어넣고 껌을 하나 까서 입에 넣고 그러고도 잠시 그대로 앉아 있다가 드디어 차를 빼낸다. 너무나 무겁고 느려서 그가 움직이는 게 아니라 염증난 시간이 그의 목을 끌고 가는 것 같다. 그는 좀체 떠나려 하지 않는다.

나는 양말짝을 바구니 테두리에 걸쳐버린 채 갇힌 짐승처럼 거실과 부엌 사이를 서성댔다. 청소도 설거지도 빨래도 할 기분이 아니었다. 도로 잠들고 싶어졌다. 눈꺼풀만 덮으면 세상이 덮인다. 나는 다른 곳으로 가버리고 싶다.

목욕탕 앞에 전날 벗어놓은 양말이 말똥처럼 구르고 싱크대 위에 아침에 썰어놓은 파가 말라가고 설거지통에 그릇들이 냄새를 피우고 세탁기 바구니에 담긴 빨래의 얼룩들이 말라가도, 나는 단호히 잠잘 수 있다. 옷을 홀랑홀랑 벗고 아직 커튼이 쳐진 어두운 침대 속으로 기어들면 침대가 내 몸의 반동으로 반기는 듯 출렁 흔들린다. 나는 홑이불깃을 바싹 구기며 거품처럼 가볍게 얼굴을 묻는다.

잠…… 달콤한 죄책감, 상처 위에 감기는 새하얀 붕대, 내 생의 연인, 마지막엔 한줄기 눈물이 솟는 마스터베이션, 음…… 나는 조금씩 조금씩 떠올랐다가 몇 번 내동댕이쳐진 뒤, 승객을 버리고 의자도 버리고 스튜어디스도 버리고 낙하산도 창밖으로 내던진 비행기처럼, 드디어 익명의 구름 속으로 붕 떠오른다. 아직 이름이 밝혀지지 않은, 이제 막 뭉치기 시작한 예감에 가득찬 한 덩이 구름 속으로, 거울이 없는 세계로, 기억도 없는 세계로, 의미도 없는 세계로 아득히……

잠 속으로 전화벨이 울려 들어왔다. 벨소리는 망가진 용수철 동강들처럼 머릿속에서 튕겨올랐다. 머릿속이 마치 헤집어진 소파 속같이 되었다. 나는 몸을 웅크렸다. 염소 남자일 것이다. 도대체 왜 그 남자는 한사코 내게 염소를 맡기려는 것일까. 염소, 염소, 염소…… 화살 같은 혀를 쭉 뽑아내 먹이를 낚아채는 카멜레온처럼 팔을 획 늘어뜨려 한순간 전화 코드를 뽑아버릴 수가 있다면 얼마나 좋을까…… 전화벨 소리는 울렸다가 끊기기를 몇 번인가 계속했다.

"너, 잤지?"

정연이었다.

"응, 너였구나. 전화벨 때문에 머릿속에서 연기가 나는 것 같다. 넌 뭐했니?"

나는 눈두덩을 꾹 누르며 물었다.

"아무것도…… 설거지하고, 청소하고 빨래 삶고 베란다 닦고……"

아무 감정도 싣지 않은 낮은 음성이 머뭇머뭇 말했다.

"뭘 하긴 했네."

"미소야, 너 오후에 우리집에 올 수 있니? 문주, 재경이, 미화도 오기로 했어."

"무슨 일이니?"

정연의 서늘한 음색으로 보아 생일이나 무슨 기념일 같은 것은 아닐 것 같다.

"현수가, 오늘 오후에 우리집에 오기로 했어."

"……"

현수, 잠이 어린 뺨 위에 잿빛 소맷자락이 획 바람을 일으킨 듯했다. 본 적이 없는데도, 현수의 승복 입은 모습은 언젠가 보기라도 한 것처럼 선명했다. 가끔씩 바람결처럼 정연에게 소식을 주는 그녀를 한 번만이라도 붙들어보라고 당부했던 것이 오늘에야 이루어지는 것 같았다.

"언제 온다고?"

"그냥 오후라고만 했어. 와서 있으면 늦어도 서너시쯤엔 오겠지 뭐."

"그애 지금 어디 있다니?"

"강원도 어디에 있는 작은 암자에 있대."

대학 사학년 늦가을이었다. 우리는 자정이 다 되어가는 시간에 디스코텍에 있었다. 현수에 대한 회상의 정점은 언제나 그 장면이다. 화장실 간 애가 오래도록 오지 않아 가보니 술 취한 현수는 화장실에 쭈그리고 앉아 변기에 손수건을 흔들어 씻고 있었다. 그녀는 청바지의 지퍼도 올리지 않은 채 손수건을 씻으며 쭈그리고 앉아 산전수전 다 겪은 곰처럼 울고 있었다. 겨우 스물세 살이었을 뿐이었다. 파마도 한 번 해보지 않았고 남자애도 한 번 사귀지 못했다. 화장도 한 번 해보지 않았고 미니스커트도 입어본 적 없었다. 여름에는 소매 짧은 티셔츠, 가을에는 소매 긴 티셔츠, 겨울에는 그 티셔츠 위에 스웨터를 껴 입었고 봄에는 그 스웨터를 벗었다. 그리고 아래에는 사철 내내 값싼 청바지…… 언제 단 한 번이라도 진짜 웃음을 웃어보았을까. 그 헛헛한 웃음, 언제나 헛웃음을 웃던 아이였다.

그녀에게도 어떤 꿈이 있었을까, 어떤 꿈이 곰 같은 그녀를 울게 만들었을까? 그녀는 화장실을 나오면서 중얼댔다. 학교를 졸업하면 어디로 가지…… 어디로 가지…… 우리 모두가 그랬듯이 현수는 졸업을 두려워했다. 사 년 동안 장학생이었으나 형편이 안 돼 대학원 진학을 포기하자 아무것도 할 수 있는 일이 없었다. 현수는 졸업한 후 두 해째 봄에 홀쩍 출가를 했다. 그녀는 그때까지 취직을 하지 못했다.

그로부터 십 년쯤이 흘러 우리는 서른둘이 되었다. 우리들 아홉 명 중에 한 명만이 전공 학과와 관계있는 일을 하고 있다. 잡무에 불과한 것이었지만 결국 몇몇은 한번쯤 직장을 가져보기도 했었다. 그러나 직장들은 월급을 잘 주지 않았거나, 곧 문을 닫았거나, 상사가 이상한 요구를 하거나 했다. 그렇지 않다 해도 아이 하나쯤 달리고 보면 대부분 여자들은 누가 뭐라고 하지 않아도 제풀에 나가떨어졌다. 현수까지 포함해 네 명은 아직 미혼이고 다섯 명은 결혼을 했으며 나를 제외한 네 명은 일제히 두 명씩의 아이를 낳았다. 어쩌면 네 명은 일제히 하나씩 더 낳을지도 모른다. 그들은 딸 딸을 낳았거나 아들 아들을 낳았기 때문이다. 그리고, 그리고 말이다. 그 정도, 꼭 그만하게 살아가는 데에도 모두들 전력을 다 기울였다는 사실을 나는 안다. 마치 균열 그 자체를 안고 가는 듯이 양팔로 우리 생을 끌어안고 왔기에 그래도 서로 얼굴 맞대기 부담스럽지 않게, 남들 입에 오르내리지 않을 정도로는 살고 있는 것이다.

정연과의 통화가 끝나고 수화기를 놓자 이내 벨이 울렸다.
"여보세요?"
염소 남자였다. 목소리가 어느 때보다 더 긴장되어 있었다.
"미안합니다…… 아버님이 병세가 급격히 악화되고 있습니다. 제발, 염소를 좀 돌봐주십시오. 나흘이면 충분합니다. 대학병원에 가서 진찰만 받고 치료는 내려와서 하면 된다고 의사선생님께서 말씀하셨습니다."
언제나 그렇지만 군데군데 비음이 섞여드는 그 낯익은 음성은 언젠가 알았던 사람과 시치미를 떼고 통화하고 있는 듯한 서늘한 기분이 들게 했다.

"이제 그만하세요. 네? 댁의 사정이 딱하기는 하지만 이곳은 아파트라고 했잖아요."

나는 엄연한 사실을 정확하게 인식시키기 위해 그의 머리카락을 뽑아내듯이 또박또박 말했다.

"이곳도 아파틉니다."

남자는 한결같은 담담함을 유지했다.

"그거야 당신네 사정이니까 참을 수 있겠지요. 우리집은 안 돼요."

나는 수화기를 든 채 전화 코드를 뽑아버렸다. 남자는 지난 삼 개월간 점점 더 자주 전화를 하더니 이제 사나흘 간격으로 전화를 하고 있었다.

염소라니…… 나는 소파에 털썩 앉았다. 염소에 대한 나의 감정이 좋지 않은 것은 아니었다. 아니, 오히려 나는 고향을 그리워하듯 때로 염소를 그리워한다고도 할 수 있을 것이다. 어린 시절을 보낸 고향 마을의 산과 들에는 염소가 많았다. 흑단같이 검은 그 짐승의 이미지는 바깥을 염탐하지 않는, 자기 내부에 틀어박힌 자의 침묵과 존재와 일체가 되어버린 슬픔이다. 그리고 그 모든 의미를 헛헛하게 뛰어넘는 가벼움…… 염소들은 염천의 불볕 속 메마른 개울가나 그늘 한 점 없는 들판 한가운데에, 숯덩이처럼 까맣게 묶여 있었다. 불볕이 몸을 뚫어 금세라도 화륵 타오를 것 같은 야릇한 평화를 거느리고…… 한밤중에 어두운 들판에 묶여 노숙하는 염소는 그곳에서 솟은 산이나, 물

길 트인 대로 흐르는 개울물이나, 그곳에 꽂혀서 자란 나무 한 그루처럼, 운명적으로 느껴졌다. 그렇게 어두운 하늘 아래 고요히 묶여 있을 줄 아는 염소는 세상에 대해 모든 것을 알고 있을 것이라는 근거 없는 예감이 들곤 했었다. 그러나 내가 염소를 좋아하고 설령 그리워한다고 해도 아파트에 염소를 맡아달라니, 어떻게 받아들일 수가 있겠는가.

마침 아이들 과외수업이 없는 날이었다. 나는 딸아이 미술학원에 전화를 걸어 오늘은 저녁 차로 데려다달라고 부탁을 해놓고 집을 나섰다. 계단을 내려오는데 이층 여자의 악다구니가 들려왔다.

"아, 나가! 나가! 왜 밥을 나한테 달래?"

검은 박쥐우산을 든 청년이 여자에게 가슴을 쥐어박히고 있었다. 나는 청년이 펼쳐들고 있는 커다란 박쥐우산 때문에 지나갈 수가 없어서 계단에 멈추어 섰다.

"아, 영재 엄마, 이 남자 좀 같이 밉시다. 아까부터 계속 초인종을 누르고, 밥을 달래요. 관리소에서는 왜 이렇게 안 와?"

청년이 천천히 고개를 돌려 나를 쳐다보았다. 그러고는 돌연히, 입을 좌악 벌렸다. 나는 멍하니 청년의 입속을 보았다. 그리고 청년의 치아가 잘 자란 박 속처럼 희고 가지런하다는 사실에 충격을 받았다. 앞동 우리집과 마주 보는 삼층에 사는 청년으로 부모는 어디서 식당을 한다고 들었다. 그 집의 남자는 한때 직업군인이었다고 하는데 여자들은 그 사람이 흡사 간첩같이 수상쩍다고 수군댔었다. 마주 보이는 그 집은 자주 한밤중에 소요를 일으키는 집 중의 하나였다. 한밤중에 불도 켜지 않은 채 사람들이 이 방 저 방을 내달리며 이리 구르고 저리 구르고, 무엇인가를 집어던지고, 찬장이 넘어가는 듯 와장창 부서지고, 남자인지 여자인지 알 수 없는 길고 긴 비명이 고압전류처럼 흘러 맞은편 집들을 흔들곤 했다. 석 달 전, 더이상 참을 수 없었던 나는 그 집을 파출소에 신고했었다. 어떤 효과가 있었는지, 한밤중에 경찰이 사이렌을 울리며 와서 그 집 안에 들어갔다 나간 후로는 아직 새로운 소요가 일어나지는 않았다.

낮엔 집이 텅 비는 모양이었다. 청년은 박쥐우산을 펼쳐들고 돌아다니며 아무 집이나 벨을 누르고, 밥을 달라며 집안에 혼자 남은 아줌마들과 싸운다는 소문이었다. 아버지한테 학대를 너무 당해 미쳤다고도 하고, 명문 대학을 다니던 중에 머리가 너무 좋아서 돌아버린 거라고도 하고, 원래부터 모자란 사람이라고 하기도 했다. 박쥐우산만 아니라면 청년의 겉모습은 멀쩡한 편이었다. 아니, 오히려 상당히 명석해 보이는 반듯한 이마와 해맑은 눈을 갖고 있었다. 실제로 나는 청년이 검은 박쥐우산을 쓰지 않은 모습으로 책상에 앉아 공부하는 것을 자주 보았다. 청년은 삼층의 작은 방에서 의자 위에 앉은 듯한 높이로 머리를 숙이고 몇 시간이나 같은 자세로 있곤 했다. 그의 방 창문은 비 오는 날을 제외하고는 거의 항상 열려 있었기 때문에 우리집 거실에서도 잘 보였다.

나는 청년이 뒤로 좀더 휘청 밀리는 틈을 타서 총총히 계단을 내려갔다.

"아, 나가요. 이 사람이 정말! 이웃이고 뭐고 계속 이러면 경찰을 부를 거야!"

이층 아줌마가 소리를 꽥 질렀다. 한시 십오분이었다. 햇빛이 깨진

벽돌처럼 떨어지고 있었다.

정연의 집엔 작은딸아이와 정연만 있었다. 반짝거리는 현관 바닥 타일 위에 아이와 정연의 신발이 가지런히 놓여 있었다. 파란색 줄무 늬로 커튼과 소파 덮개와 식탁보를 통일시킨 실내가 청량했다. 딸아 인 대자리 위에 밀크색 타월로 배만 살짝 덮은 채 잠들었고, 쾌적해 보이는 어항 속에는 금붕어가 살랑살랑 돌아다니고 있었다. 실내에는 명상 음악이 흘렀다.

"태교 음악이니?"

정연이 고개를 끄덕이며 오디오의 볼륨을 조금 낮추었다.

"너 머리 잘랐구나."

밖에서 우연히 만나면 이상할 것 같았다. 이를테면 길을 걷다가 우 연히 택시에 타고 있는 동창생을 볼 때나 거꾸로 택시를 타고 가다가 길을 걷는 동창생을 볼 때 같은 기분…… 우리도, 결국 나도, 풍문으 로만 들어온 서른둘 먹은, 그런 여자가 되었구나, 하는 기분. 그동안 숨을 쉬어온 게 아니라 목구멍으로 바늘을 삼켜온 것 같은 그런 참담 한 기분 말이다.

"응, 좀 단정하게 하고 싶어서. 나이들어 보이지?"

"그래도 얼굴은 더 좋아 보인다. 도톰하게 살쪄 보여. 아직 아무도 안 왔니?"

"오겠지 뭐."

정연의 표정에 쓸쓸한 빛이 스쳤다. 내 눈길은 베란다 빨랫대에 마 르고 있는 삶아 넌 흰 빨래들과 하얗게 말라가는 흰 운동화 사이를 떠돌다가, 거실 여기저기에 엉성하게 놓인 도자기들을 바라보다가 했다.

"현수하곤 직접 통화했니?"

"응, 집에 다니러 왔다면서 잠시 들르겠다고 했어."

"걔가 대학원을 갔어야 했는데."

"집 사정이 안 좋았으니까."

"우리 땐 과외지도 아르바이트까지 금지되었으니, 정말 암울했었어…… 몸은 어떠니?"

"괜찮아, 이번엔 입덧도 별로 없었고. 차 한잔 끓일게."

"그러지 마. 나중에 같이 마시지 뭐."

정연과 내 눈이 짧게 마주쳤다. 부엌 수도꼭지에서 물이 똑똑 떨어지고 있었다. 반들거리는 싱크대 위엔 물기 한 방울 없고, 물잔 한 개 나와 있는 것이 없었다. 멀리 여행이라도 떠난 사람의 부엌 같았다.

"조용한 시간이네. 보통 뭐하니? 이렇게 집안을 다 치우고 나면?"

"별로…… 아무것도 안 해. 할 수가 없어."

정연이 시드는 야채처럼 한숨을 폭 쉬었다.

"아이라도 자주어서 이렇게 거실 바닥에 혼자 쪼그리고 있으면, 난 무엇을 기다리는 것 같애. 누가 왔으면…… 지금 누가 와서 집안을 둘러보고, 이제 됐다. 그만해라, 하고 이 반복에 마침표를 찍어주었으면……"

나는 정연의 가슴께쯤에 눈길을 떨구고 있었다.

"완전한 끝 말이야."

"그건 죽음이야. 그게 아니면 무엇이 와서 이제 됐다고 하겠니."

"그래, 그렇지. 그런데도 난 기다려. 그걸 죽음이라고 느끼지도 않아. 그냥 기다리는 거야."

"끝낼 방법은 없어. 이 반복을 사소한 것으로 만들어버리는 수밖에는. 다른 중요한 일이 필요한 거야. 눈 부릅뜨고 손가락 사이가 해지도록, 머리에서 구역질이 나도록, 하루에도 두 번씩 세 번씩 반복해야 하는 이 집안일만 하라고 세상이 주어지지는 않았을 거야. 오히려 이 반복을 삶의 배경으로 밀어낼 수 있는 자기 속의 격정을 발휘해보라고, 반복을 잊을 수 있는 세상의 숨겨진 보석 한 가지씩을 발견해내라고, 미궁 같은 삶이 주어졌을 것 같지 않니?"

정연이 허전하게 웃었다.

"넌 여전하구나. 여전히 자의식으로 가득차 있어."

정연의 눈은 아득한 거리를 지나 나를 보고 있었다.

"자의식?"

"미소야, 네 속은 스무 살 때로부터 하나도 변하지 않았어."

정연이 심연을 숨기며 다정하게 말했다.

"변하지 않고는 왜 살 수가 없는 거지. 왜 자기를 포기하라고 강요하는 걸까. 난 나 이외의 아무것도 되고 싶지 않아. 그저 나인 채로 끝까지 가보고 싶어."

"그런 여자는 드물어…… 넌 아직도 꿈꾸고 있는 거야."

정연의 표정 때문에 나는 픽 웃었다.

"그게 그렇게 한심하니?"

"비현실적이니까. 주부가 자아라든가 꿈이라든가 어쩌고 하는 거, 그 자체가 부적응증 아니니? 그걸 버리지 않고는 융화될 수가 없어."

"그래 부적응증이지. 그러니 꿈이라는 것도 말이 꿈이지 점점 이상한 모양새가 되어가는 거 같애. 그런데 말이야, 누가 꿈이 뭐예요? 그렇게 물으면 난 우스워져. 마치 낯선 남자가 잠자리에서 자, 당신 뽕점이 어디요? 하는 것 같거든."

정연이 킥 웃었다.

"그런데 그것도 스릴 있겠다, 그지?"

나의 장난기에 정연이 질색하는 표정을 지었다.

"그만해, 못하는 소리가 없네."

"같이 살아보기 전에는 알 수 없는 거지. 서로의 꿈도 같이 만드는 거니까. 나 자신도 모르겠어. 그걸 꿈이라고 해야 할지, 꽝이라고 해야 할지. 내 꿈에는 파탄의 냄새가 더 짙어…… 하여튼 어느 날 내가 사라지면 아, 그 못 말릴 자아주의자가 드디어 꿈을 이루었구나, 그렇게 생각하면 돼."

"그런데 정연아."

한때 지독한 이상주의자였던 정연이 묻는 눈빛으로 나를 빤히 쳐다보았다. 나는 눈을 몇 번 깜박이다가 주섬주섬 말을 꺼냈다. 눈을 깜박이며 시간을 끄는 것은 난처할 때에 나타나는 어김없는 나의 습관이다.

"누가 나흘 동안 염소를 좀 맡아달라고 하면 넌 어떻게 하겠니?"

정연의 눈 속에 흥미가 차오르며 얼굴이 생기 있게 빛났다.

"무슨 말이니?"

"염소 모르니? 어떤 남자가 석 달 전부터 계속 전화질을 해서는, 염소를 좀 맡아달라는 거야. 그 염소가 자기 새어머니의 영혼이래. 새어머니가 죽어서 염소가 되었다는 거야."

정연은 아득한 표정을 지었다.

"야릇한 이야기지? 그런데 진짜야. 그 사람들은 그렇게 믿어. 새어머니 사십구재 날 무덤에서 기어나왔대. 물론 내가 믿는 건 아니야. 두 사람이 호젓하게 절하는 사이, 무리를 이탈한 새끼 염소가 우연히 무덤 뒤를 지났던 거 아니겠니. 문제는 늙은 남자가 염소를 새아내의 영혼이라고 철석같이 믿는다는 데 있어. 그 염소를 자기 아내 영혼의 성소라고 생각하는 거야. 자기 생명보다 더 소중히 여긴대. 몸이 아파서 서울대학병원에 진찰을 받으러 가야 하는데 염소 맡길 곳이 없어 가지 않는다는 거야."

정연은 간신히 아연한 표정을 지우면서 말했다.

"네가 그렇게 생겨먹었으니까 꼭 너 같은 일만 생긴다. 자아주의자와 영혼의 성소인 염소…… 뭔가 어울리는 것 같은데 뭘. 그런 것도 다 인연이야. 염소와 미소라, 괜찮네."

말끝에 정연은 해실 웃었다.

"염소가 새아내의 영혼이라고 하는 말이 믿어지니?"

"영혼이 아닐지도 모르지만 그 사람들이 철석같이 믿는 건 사실이잖니? 자기 생명보다 더 소중히 여긴다면서?"

"그래 그건 사실이야. 그 남잔 왜 하필 내게 이러는지 모르겠어. 하긴 내 음성이 꼭 전에 알았던 사람 같대. 게다가 나도 그런 느낌이 들어. 그 남자를 전에 알고 지낸 것 같은 느낌 말이야."

"혹시 네가 알고 지낸 그의 동생이나 형님이 있는지도 모르지."

정연은 표정을 바꾸며 정색을 했다.

"어느 날 어떤 남자가 염소를 맡아달라고 졸라대는 일만 이상한 일은 아니야. 생각해보면 이렇게 사는 건 믿어지지 않을 정도로 이상해."

정연이 혼잣말처럼 낮게 주절댔다.

"조용한 한낮에 아파트에서, 칸칸이 벽만 나누어진 닭장 같은 다른 집들을 바라보면, 그 어떤 기이한 이야기를 들었을 때보다도 더 어처구니없는 기분에 사로잡히게 돼. 칸칸마다 한 명씩 성숙한 여자들이 들어 있고, 남자를 위해 밥을 하고, 청소를 하고, 밤에 남자가 들어오면 섹스에 응해주고, 남자의 집에 제사를 지내러 가고…… 그리고 하나씩 둘씩 아이를 낳고 남자는 처자식 때문에 죽지도 못해하면서 툴툴거리고, 그 닭장 안에서 멀쩡한 여자 하나가 혼자 아이를 키우느라 오 년씩 십 년씩 매달리고…… 그리고 어느 날 새벽에 깨어나보면 발이 뻣뻣하게 굳어 영영 걸어나갈 수 없는 자신을 발견하게 되는 거야."

정연은 호흡이 엉겨 긴 숨을 내쉬었다.

"나를 견딜 수 없게 하는 더 큰 문제는 그 칸칸들이 너무 훤하다는 거야. 유곽의 쇼윈도에 진열된 여자들의 행복한 표정을 떠오르게 하는 그런 기묘한 밝음."

"그래, 그래 훤해."

우리는 거실벽을 향해 나란히 앉아 지나칠 정도로 오래 고개를 끄덕였다. 아이가 깨어나고 정연이 아이를 안아올리자 문득 염소를 나흘쯤 돌보아주는 것도 괜찮을 것 같다는 생각이 들었다. 영혼의 성소와 자아주의자는 어울리는 쌍이니까. 하필이면 나에게 염소를 맡기고 싶어한 것은 그 남자가 아니라 염소 자신인지도 모를 일이었다. 그 염소가 지난 몇 개월 동안 다른 곳으로 가지 못하고 집요하게 내게 오고 싶어했던 것이라면…… 어느 날 내가 구름을 보는 것이 아니라 구름이 어느 날 나를 보는 것처럼 말이다. 그러자 갑자기 염소를 만나고 싶다는 욕구가 생겼다.

재경이는 문주의 차에 실려 함께 왔고 미화는 따로 왔다. 재경이는 연애대장 남편 때문에, 문주는 아직도 혼수 불만을 일삼는 시어머니와 사고뭉치 시동생과 낳아야 할 아들 때문에, 미화는 결벽증 환자인 남편 때문에, 웃음 끝에는 대사가 없을 때 게이지가 올라가는 배경음악처럼 궂은 표정이 완강하게 드러났다가 황급히 감추어지곤 했다. 불행의 얼굴은 가지각색이고 우리가 이루려는 행복은 너무 똑같은 얼굴이어서 친구들이 모이면 삶은 더 뻔뻔스러워지는 것 같다. 우리는 자주 시계를 보며 조금씩 긴장한 얼굴로 현수를 생각했다.

"혼수. 남녀차별. '시'자 붙은 사람들."

모두들 문주 얼굴을 쳐다보았다.

"없어져야 할 것들, 잊었니?"

"심하다!"

모두들 와르르 웃음을 터뜨렸다.

십수 년 전, 일곱 살짜리 아이의 이빨 사이처럼 듬성듬성 수업이 비곤 했던 때에 캠퍼스 벤치에 나란히들 앉아, 마치 요즘의 자기 근황과도 같은 그런 놀이를 했었다.

정연이 장난기가 고여드는 눈을 빛내며 뒤이었다.

"생리. 더러운 수돗물…… 폭력."

그때 문주는 자주 독일어 희곡 강의를 댔고, 정연은 징그럽게 뒤따

라다니는 남학생 이름과 그 한 존재만 사라져주면 세상의 데모란 데
모는 다 잠잠해질 것만 같은 최고 통수권자의 성을 댔었다. 속에서 숨
을 모았다가 내뱉으며 속삭이는 것이었다. 모씨라고…… 그러면 우
리는 남들이 들어서는 안 될 천한 욕을 한 것처럼 킥킥 웃었었다. 그
리고 연애에 빠져 있던 미화는 남자친구를 보내야 할 군대를, 별로 절
박한 것이 없었던 재경은 이유도 없이 통행금지를 자주 댔었다. 그런
데 그 통행금지가 어느 날 정말로 없어져서 우리는 발을 구르며 깔깔
웃었었다. 나는 무엇을 지명했던가…… 과외금지법을 자주 댔을 것이
다. 과외는 대학생 자체보다 더 현실적인 나의 꿈이었기 때문이다.
그러나 확실한 것은, 나는 한 번도 내 깊은 진심을 발설한 적이 없다
는 것이다. 어쩌면 그녀들도 그랬을 것이다. 그건 그냥 심심풀이 놀이
였으니까.

"실업자. 명절. 도박."

"고정관념. 알코올. 결벽증."

재경이와 미화에 이어 나의 차례가 되었다.

"강간. 텔레비전. 주부."

"주부?"

모두들 나를 쳐다보았다.

"아마도 가장 처음 주부가 되었던 여자는 잡혀온 포로였을 거야.
포로가 포로를 낳고 포로가 포로를 낳아온 거지."

"어쨌든 실업자가 무지 생기겠다."

정연이 한숨을 쉬었다.

"주부는 이미 명백히 실업자야. 실수입이 없는 것은 두고라도 주

부가 교통사고 나면 남자 실업자에 해당하는 보상을 받는 게 현실이
야."

나는 단호히 선언했다. 현수는 오지 않았다. 다섯시, 우리는 어질러
진 거실에 앉아 알이 굵은 청포도를 먹으며 현수가 오지 않는 시간을
쳐다보고 있었다.

"현수 어떻게 그런 엄청난 결정을 했을까? 어떻게 자기 운명을 삶
바깥으로 통째 내던져버릴 수가 있을까? 우리처럼 이런 게 없어졌으
면, 이런 게 생겼으면 저런 걸 가졌으면 하고 염원하지 않고 왜 자기
자신을 던져버렸을까."

미화가 굵은 포도의 껍질을 벗기며 현수가 오지 않는 시간을 향해
말했다.

"난 이해가 돼. 만약 앞이 막다른 길이거나 길이 끊어진 벼랑이라
면 어쩌겠니? 어떤 사람은 그곳에 주저앉아 평생을 보내지. 그런데
어떤 사람은 심연을 향해 떨어지는 거야. 자기 속에 있는 구름의 다
리를 믿는 사람들이지. 그런 사람은 자신의 본질을 따르는 거겠지.
어쩌면, 심연은 오히려 높은 곳에 있는지도 몰라. 구름처럼 높은 곳
에……"

"그렇지만 벼랑 끝에서 평생을 보내는 것도 추락의 경지가 아니겠
니?"

나의 말에 대해 정연이 불만스럽게 항의했다.

"그 상태에서 자족한다면 그럴 수도 있겠지. 미망과 추락에 대한
두려움이 없다면, 혼돈과 망상 따위로 눈이 가려지지 않는다면. 그렇
지만 벼랑 끝에 붙어 있는 것들은 언제나 두려움에 떨고 있는 것이 아

닐까. 그러니 진정하기도 어렵고 자족하기도 어렵고 순수하기도 어렵지."

나는 다시 염소를 떠올렸다. 탑 꼭대기의 밤처럼 고요하고 먹처럼 검은 염소…… 있는 것보다 더 많이 없는 것으로 직조된 이 삶을 다 아는 듯 고요하고 순수할 수 있다면 그것도 푸른 심연의 경지일 것이다.

고독한 충돌

"광고가 또 나왔군요."

나는 눈만 깜박거리다가 간신히 되물었다.

"제 전화번호가 또 실렸다는 말인가요?"

"그렇습니다."

"그럴 리가 없는데요. 난 다시 광고를 낸 적 없어요."

"사 일만 돌봐주시면 됩니다. 염소 때문에 아버지는 아직도 진찰을 받으러 가시지 못하고 있습니다. 염소는 지난 육 개월 동안 아파트에서 살았기 때문에……"

나는 귀에서 수화기를 떼내었다. 나는 염소 남자가 전화하기를 기다리고 있었으나 사흘 만에 그의 전화를 다시 받자 혼란스러워졌다. 더군다나 과외지도 광고가 또 나갔다니……

삼 개월 전에 나는 과외지도를 하기 위해 가장 간단한 방법이라는 이유로 별생각 없이 광고지에 의뢰를 했었다. 만약 내가 경험이 있었거나 조금만 더 신중했더라면 광고지를 이용하지는 않았을 것이다.

그는 첫번째 전화를 걸어온 사람이었다.

지금도 그렇지만, 이상하게도 군데군데 비음이 섞여드는 고음의 음성은 언젠가 알았던 사람과 통화하고 있는 것 같은 서늘한 기분이 들게 했다. 그는 자신도 영어학원의 강사라고 소개했다. 그러고는 대뜸 염소를 좀 맡아달라는 말을 했다. 나는 맙소사, 하며 그가 말하는 도중에 조용히 수화기를 내려놓았었다. 나는 별생각 없이 전화번호를 공개한 결과 화근을 자초했다는 사실을 인식했던 것이다. 수화기를 놓자마자 다시 벨이 울렸다. 염소를 맡아달라는 남자는 아니었다.

"여기는 병원입니다. 오후에 이곳에서 아르바이트를 할 생각 없으십니까?"

한곳에 구멍을 파는 듯한 기묘한 억양에다, 입 주위를 벽 같은 곳에 잔뜩 눌렸거나 아니면 입이 귀로 돌아갔을 듯한, 부자연스러운 음성의 남자였다. 나는 말문이 막혀 남자의 숨소리를 듣고 있다가 간신히 항의했다.

"……나는 중학생 과.외.지.도를 한다고 분명히 명시했는데요."

나는 남자의 음성과 어처구니없는 제의 때문에 역겨움과 분노에 휩싸여 감정을 전혀 숨길 수가 없었다.

그는 악의에 찬 음성으로 천천히 말했다.

"그다지 더러운 일은 아닙니다……"

그러자 등골에 소름이 훑고 지나갔다. 나는 수화기를 거의 떨어뜨리다시피 전화를 끊었다. 더러운 일이 아니라는데도 내 머릿속엔 온갖 흉측스러운 것들이 더러운 물에 빠져 허우적거리며 지나갔다. 그 남자가 이그러진 얼굴로 거실 벽 속에 숨어서 나를 엿보고 있는 것만 같았다. 다음에는 아기 같은 목소리였다. 이불 속의 웅얼거림처럼 작고 여려서 나는 몇 번이나 네? 뭐라구요? 하며 되물어야 했다. 그 음성은 과외지도 하느냐고 물었다. 그렇다고 하자 벌레가 진물을 묻히 듯 잔뜩 망설이더니 대학생이냐고 다시 물었다. 네? 뭐라구요? 를 반복하다가 뒤늦게야 그것이 변성기에 접어든 남자아이의 음성이라는 것을 깨달았다. 흡사 이제 막 짧은 몽정으로 팬티를 적셔버린 듯 축축하고 비릿하고 참을 수 없이 더러운 음성. 나는 아줌마야, 하고는 거칠게 전화기를 놓았다. 그리고 전화 코드를 뽑아버렸었다. 너무 많은 벌레를 삼킨 것 같은 기분이었다. 그것들이 기둥처럼 쌓여 꿈틀꿈틀 장을 타고 내려가는 듯했다.

수화기를 다시 귀에 대어보았다. 염소 남자는 아직도 전화를 끊지 않고 있었다. 나는 가만히 수화기를 놓았다. 그리고 다급해진 마음으로 광고회사 전화번호를 찾기 위해 수첩을 뒤졌다. 도대체 의뢰하지도 않은 광고가 왜 또 나갔다는 말인가? 지난번 광고 의뢰를 할 때 수첩에 적었던 것 같기도 하고 아닌 것 같기도 했다. 그때 또 전화가 왔다.

"오후에 병원에서 아르바이트할 생각 없으십니까?"

맙소사! 한곳에 구멍을 파는 듯한 억양, 벽 같은 곳에 얼굴을 잔뜩 누르고 앓는 목소리를 내던 그 남자였다.

"그다지 더러운 일은 아닙니다."

남자가 무엇엔가 눌려 입이 돌아가버린 듯한 악의에 찬 음성으로 속삭였다. 벽 속에 웅크리고 앉아 커다란 더듬이를 저으며 비웃는 것 같기도 했다. 수화기를 타고 남자의 숨소리가 흘러들어왔다.

내 귓속으로 전 생애를 통해, 공중전화부스 뒤에 섰던 남자들과 푸른 신호등에 맞추어 함께 발을 내딛고 횡단했던 남자들과 이 세상의 무수한 계단들을 함께 오르내렸던 모르는 남자들이 흘러갔다. 엘리베이터 속에서 마주 보았던 남자들, 붉은 신호에 일제히 기어를 바꾸며 차를 출발시키던 남자들, 고속도로 휴게실의 간이식당에서나 시청 민원실, 은행이나 동네 약국에서 어깨를 스치며 나란히 서 있었던 무수한 낯선 남자들이 그의 숨소리에 섞여 흘러갔다.

누군가에게 기호화되지 못한 채 떠도는 눈빛들, 그곳에서 벗어나고 싶어하는 듯 굽어진 어깨들, 바닥을 비비는 검은 구두코, 죽은 짐승을 상기시키는 칙칙하고 짧은 뒷목덜미, 바지 주머니에서 나와 무언가를 쥐는, 의외로 너무 희고 통통하거나 너무 작은 손들, 모든 남자는 난쟁이가 아닐까, 하는 의혹을 갖게 하는 조잡한 뒷모습들, 뒷구는 우환처럼 한결같이 짧고 검은 머리통들, 둥그런 배의 번들거리는 포만과 담배 냄새에 전 무의식적인 허기…… 남자의 숨소리는 점점 높아졌다. 그는 지금 무슨 짓을 하고 있는 것일까.

나는 수화기를 놓았다. 꿈에서 깨어나듯 머릿속이 싸늘해졌다. 이게 무슨 일일까? 바깥은 여전히 햇빛이 환한 정오였다. 아이들의 외침 소리가 실로폰 소리처럼 맑게 울렸다. 이상한 꿈을 꾸고 있는 것 같았다.

광고회사에서는 업무 착오로 생긴 실수라며 몇 번이나 사과를 했지만 게재 건수가 적을 때면 으레 쓰는 수법이 아닐까 하는 의심이 들어 몇 번이나 쐐기를 박았다. 그러나 수화기를 들고 한없이 같은 소리를 하고 있을 수는 없는 일이었다. 저쪽에서도 상대방이 제풀에 지치기만을 기다리는 것 같았다.

"앞으로 절대 이런 일이 없게 하세요."

내가 수화기를 놓자마자 또 전화가 왔고 결국 변성기에 접어든 남자아이의 그 야릇한 음성까지 재회하고 말았다. 놈 역시 그때와 한마디도 다르지 않게 말했다. 구역질이 올라왔다. 나는 목욕탕으로 달려가 변기를 안고 구부려 앉았다. 그러자 변기 깊숙한 곳에 나와 가족의 배설물이 눌어붙어 있는 것이 보였다. 나는 한참 헛구역질을 하다 목욕탕 바닥에 푸른색 위액을 끄집어내놓고 긴 솔로 변기의 깊은 곳을 마구 찔러댔다. 그리고 물을 퍼부으며 광기에 휩싸인 듯 솔을 마구 흔들어 씻었다. 하늘 아래 우리의 운명이란 결국 그저 그런 것이다. 비록 감쪽같이 배설물을 처리하고 있기는 하지만.

나는 기진하여 목욕탕 문 앞 거실 바닥에 드러누워 눈을 감아버렸다. 몸이 습격당한 캐비닛 속같이 파헤쳐져 닫히지를 않았다. 주위가 무척 조용했다. 나는 숨을 모아 의식을 수습하고 눈을 번쩍 떴다. 눈앞에 삭은 풍선 같은 팔이 맥없이 놓여 있었다.

지루하도록 익숙한 거실이 보였다. 거실 바닥에 환등기 화면만한 햇빛이 들어와 있었다. 흰 레이스 커튼이 바람에 날려 햇살 속에 하느작하느작거렸다. 설사 광고지에 전화번호가 또 게재되었다 해도, 그들이 삼 개월 만에 서로 규합이라도 한 듯이 일제히 다시 전화를 걸어 똑같은 음성 똑같은 대사로, 똑같은 애원과 제의와 질문을 했다는 것은 그냥 지나쳐버리기엔 너무나 이상한 일이 아닌가…… 그들과 그들 사이의, 또 그들과 나 사이의 어떤 연관성이 이런 우연을 만드는 것일까? 고독의 정량이 같은 사람들, 꿈의 정량이 같은 사람들, 운명의 정량이 같은 사람들……

어느 날 은행이나 서점 따위가 들어 있는 빌딩이 느닷없이 폭발해 내가 깔려 죽는다면, 혹은 느닷없이 인도로 올라온 미친 차가 나를 덮친다면, 그리고 그 사고에서 세 명 혹은 네 명이 더 죽는다면, 그날 어딘가에서 나와 죽는 자들은 바로 그들일지도 모른다. 일상에 예비되어 우리를 기다리는 그런 존재의 교차점들, 너무 고독하여 그렇게라도 서로 충돌해야 하는 그 의미 없는 교차점……

전화벨이 다시 울렸다. 나는 눈썹을 치켜든 채 전화기를 노려보았다. 염소를 맡기고 싶어하는 남자였다. 그는 어쩌면 아는 사람 같기도 한, 예의 그 함정이 깃든 음성으로 염소 이야기를 다시 시작했다. 이 남자는 왜 하필이면 내게 염소를 맡기고 싶어할까? 내가 애초에 미친놈이라고 하지 않고 아파트여서 안 된다고 했기 때문일까.

"도대체 염소 한 마리를 잠시 맡길 데가 정말 그렇게도 없다는 말인가요?"

"없습니다. 정말 막막하군요, 모두가 염소를 맡지 못할 사정을 가지고 있고 모두가 그렇게 되묻습니다."

그럴싸하게 들리는 말이었다. 살다보면 그런 때도 있는 것이다. 염소 한 마리도 맡길 데가 없는…… 게다가 나는 염소를 맡을 수도 있다고 마음먹고 있었던 터였다.

"그래요. 가져오세요."

나는 문득 아주 가볍게 말하고 아파트 이름과 동과 호수를 가르쳐주었다. 나는 자주 가벼워진다. 직업을 가질 때도 결혼을 할 때도 아이를 낳을 때도 직장을 그만둘 때도 나는 불현듯 가벼워졌다. 물속에서 허우적거리기를 체념하고 물의 움직임에 나를 맡기듯, 나 자신을 고스란히 맡겨보는 것. 그것은 문제를 뛰어넘는 방식이기도 하고 문제를 끌어안는 방식이기도 했다. 문제를 문제시하지 않는 방식, 만약 그런 순간들이 없이 내가 인생을 꽉 쥐고만 있었더라면 아마 내 생에는 아무 일도 일어나지 않았을 것이다.

나는 염소가 얼마나 큰지, 사납지는 않은지, 똥 누는 훈련은 되어 있는지, 무엇을 먹는지, 밤에 울지는 않는지 그런 것도 몰랐다. 어차피 염소를 맡느냐 맡지 않느냐의 문제에 그다지 영향을 줄 수 있는 사항들은 아니었다. 문제는 전폭적으로 염소를 받아들이느냐 받아들이지 않느냐에 있었다.

고래는 왜 바다로 갔을까

점심을 먹은 아이는 피아노학원에 간다. 베란다 창밖으로 똑같은 가방을 메고 아래층 남자아이와 걸어가는 딸아이를 본다. 남자아이가 잔발을 두다닥 구르며 뭐라고 꽥꽥거리자 딸아이가 깔깔 웃는다. 아이들은 까딱거리며 흘러가는 작은 배처럼 아파트 모퉁이 길을 돌아 사라졌다. 나는 고개를 박고 창틀에 쌓인 흙먼지를 구석구석 닦아내었다.

걸레가 새까맣게 되고 장갑을 끼지 않은 손도 참을 수 없을 지경으로 더럽혀졌다. 새시 창틀에 스치며 자그락거리는 굵은 흙먼지가 입속에서 씹히는 듯했다. 목욕탕에 쭈그리고 앉아 대야에 담은 걸레를 손으로 주물렀다. 대야의 물이 시커멓게 흐려졌다. 나는 걸레 대야에 손을 담근 채 어두운 물을 멍하니 바라보았다.

"선생님 우리 내일은 공부하러 못 와요."

상 주위에 동그랗게 둘러앉은 네 명의 남자아이들이 틀림없다는 눈으로 나를 바라본다.

"왜?"

"고래 잡으러 가거든요."

"고래?"

아이들은 저희들끼리 한번 마주 보고는 또 나를 바라본다. 근교 유원지에 고래잡이 놀이장이 새로 설치된 것일까? 컴퓨터 오락 게임일까? 아니지. 학교에서 하는 극기훈련 프로그램의 이름인지도 모르지. 정부에서는 포경을 금지한다고 발표했는데, 금지된 것들은 언제나 상품이 되니까, 거꾸로 금지된 포경에 대한 원시적인 그리움이 그런 프로그램을 만들게 했을까. 고래, 고래는 포유류다. 그런데 고래는 왜 바다로 갔을까…… 아이들이 자기들끼리 마주 보며 빙긋 웃는다. 웃음 속에 암호에 둘러싸인 미묘한 수줍음이 스친다.

'포경, 맙소사!'

나는 안개 속을 헤치고 나와 간신히 과외선생의 위신을 되찾았다.

"너희들 다 같이 하니?"

"예!"

아이들이 의사소통이 뚫려 상쾌하다는 듯이 꽥 소리를 지른다.

"겁나지 않니?"

"겁나요. 그래도 남자가 되어야 되니까요. 오늘은 수업 마치고 어제 고래 잡은 애한테 가봐야 돼요. 어떻게 하는 것인지, 얼마나 아픈지 자세히 말해주겠다고 약속했거든요."

나는 아이들에게 이틀간의 고래잡이 휴가를 주었다. 아이들의 얼굴은 정말 고래와 일대 격돌이라도 치를 듯 결의에 빛났다.

아이들이 책을 챙겨 일어나려 할 때 초인종이 울렸다. 드디어 염소가 온 모양이었다. 몸이 꽉 잠기는 기분이었다. 문을 열어주고 싶지 않아 연필을 입에 물고 앉아 있으니 얼마간 쉬었다가 다시 벨이 울리고 또 얼마간 쉬었다가 벨이 다시 울렸다. 아이들이 선생님 누가 왔어요, 라며 소리를 질러댔다. 그리고 벽 너머에서 염소가 울기 시작했다. 정말 염소가 온 것이었다. 나는 앞집 여자가 문을 열고 나오기 전에 얼른 튀어 일어나 문을 열었다.

염소는 검은 수수께끼 덩어리처럼 기묘한 모습이었다. 그것은 아름답고 위엄 있어 보였다. 나는 누군가의 염원에 의한 것처럼 기어이 나에게 도착한 염소를 가만히 바라보았다. 뿔은 뽑아올린 듯 나란하게 솟아 있고 유연하고 길다란 귀는 얼굴 양쪽에 날개처럼 수평으로 펴져 있었다. 누런 눈 안에는 숯으로 그은 듯한 선이 나 있을 뿐 눈동자라 할 만한 것은 없었다. 털은 흑단같이 검고 윤기가 흘렀다. 염소를 안고 온 남자는 중국인처럼 얼굴 윤곽이 흐리고 살색이 희며 전체적으로 자그마한 사내였다. 한 번도 본 적이 없는 남자였다. 내가 아는 어떤 사람과도 닮지 않은 얼굴이었고 기억할 만한 특징도 없는 사람이었다. 아니 그렇게 인상이 흐린 사람은 처음이었다.

"사료는 없나요?"

나는 마지못한 표정으로 간신히 말했다.

그는 못 알아들은 얼굴로 나를 쳐다보더니 잠시 후 천천히 말했다.

"……사료는 없고 이것저것 잘 먹습니다. 일이 끝나면 음식비까지 쳐서 사례하겠습니다."

사료가 아니고 음식이라니, 나는 터무니가 없어 염소를 다시 쳐다보았다. 다행히 염소는 굴레에 묶여 있었다. 아이들이 현관 쪽으로 나와 염소 주위에 빙 둘러섰다.

"염소다!"

아이들은 비행접시야, 하듯이 흥분을 누르며 속삭였다.

그는 아이들을 둘러보더니 경황없이 말했다.

"맡아주실 줄 알았어요. 그런 기분이 들었습니다. 선생님 음성은 전에 알고 지내던 사람 중 누군가와 꼭 닮았거든요. 그런데 누군지 아무리 생각해도 모르겠는 겁니다. 이상한 일이에요. 직접 보니, 처음 뵙는 분이군요."

말하는 동안 그의 얼굴이 급속도로 붉어졌다.

"나흘 뒤에 오겠습니다. 정말 감사합니다."

그는 인사를 한 뒤에도 지갑을 잃어버린 사람처럼 잠시 동안 멍하니 서 있더니 깊숙이 절을 하고 나갔다.

나는 다시 한번 그를 언제 본 적이 있었던가, 내가 아는 사람 중에 그와 닮은 사람이 있는가 생각하며 문을 걸고 돌아섰다. 그와 동시였다. 염소의 꼬리가 들리고 항문이 속이 벌어진 석류처럼 열리더니 검은콩 같은 똥이 소스랑소스랑 흘러나왔다. 오! 아이들이 악악악, 배를 쥐고 웃어댔다.

"선생님, 염소가 콩 누었어요. 콩이 열네 개나 쏟아졌어요ㅡ"

나는 웃을 수도 찡그릴 수도 없는 난감한 기분에 빠졌다.

나는 아이들을 내보내고 베란다 바닥에 신문지를 두텁게 깔고 가장자리와 가운데를 쓰고 남은 적벽돌로 누른 다음 염소를 난간에 묶었다. 아파트 베란다에 묶인 염소는 그 기이한 눈으로 거실 안의 나를 한동안 쳐다보고 있었다. 길다란 귀를 가볍게 움직이면서…… 나 자신도 온전히 이해되지 않는 이 일을 남편에게 어떻게 납득시킬 수 있을지 당혹스러웠다. 아파트의 맞은편 동에 불이 하나씩 켜졌다. 염소는 이제, 몇 년 전부터 그 자리에 있은 듯이 벽돌 위에 두 앞발을 올리고 등이 휘도록 뒷발을 힘껏 뻗친 자세로 서서, 방충망 너머 바깥 풍경을 내다보고 있었다. 겨우 벽돌 위에 두 발을 올렸을 뿐인데도 마치 험준한 바위산 꼭대기에라도 올라서 있는 듯이 야생의 위엄을 갖춘 모습이었다.

밖에는 거울에 반사된 박명처럼 비현실적인 긴 여름의 낮이 이어지고 있었다. 좀처럼 어두워지지가 않았다. 부엌 쪽 방향에 있는 놀이터에서는 오히려 소음이 높아졌다. 이른 저녁을 먹은 아이들이 농구공을 가지고 나와 팡팡 공을 튕기고 슛을 넣기 위해 공중 높이 날아올랐다. 습기 찬 저녁바람이 돛처럼 부푼 레이스 커튼을 둥실 띄웠다. 바람이 집안을 지나가자 설핏 쉰 지린내가 묻어왔다.

저녁 준비를 하고 있을 때 딸아이가 돌아왔다. 거실 바닥에 아이가 묻히고 들어온 모래가 서그륵지그륵 밟혔다. 아이는 손과 얼굴과 발을 오랫동안 꼬무락거리며 씻었다. 일찌감치 잠옷으로 갈아입은 아이는 TV 채널을 돌리려고 다가갔다가 염소를 발견했다. 아이는 고개를 갸웃하더니 말했다.

"염소잖아. 샀어?"

"……"

"난 개를 키우고 싶은데…… 하지만 염소도 괜찮아."

남편도 그 정도로만 반응하고 만다면 문제도 아닐 텐데…… 하지만 염소는 벌써 똥을 두 번 누었고 오줌을 한 번 누었다. 아이는 자기 방에서 과자를 들고 나와 염소의 입에 댔다. 염소는 무관심했다. 아이가 몸을 일으키자 염소는 화들짝 구석으로 달아났다. 채소라고는 그 것밖에 없었기 때문에 상추와 오이를 썰어주어보았다. 염소는 냄새를 맡아보고는 먹지 않았다. 이번에는 딸아이의 의견을 따라 게맛살과 햄을 잘라주었다. 염소는 무관심했다. 라면을 한 동강을 갖다주니 와 삭와삭 맛있게 부수어 먹었다. 그래서 또 갖다주었는데 이번에는 전혀 관심이 없었다. 식빵도 먹지 않았고 멸치도 먹지 않았다. 나와 아이는 계속 먹을 것 부스러기를 염소 앞에 가져다 날랐고 그사이 가스레인지 위에서 끓고 있던 매운탕 냄비가 타버렸다. 머리통이 탄 듯한 고약한 냄새가 났다.

"이게 뭐야?"

타버린 매운탕 냄비 냄새는 좀처럼 가시지가 않았다.

열한시경에 들어온 남편은 현관문을 붙잡고 선 채로 얼굴을 찌푸렸다.

그는 아직 염소를 발견하기도 전이었다. 남편은 공중에 뜬 냄새에 대해 추궁하듯 이게 뭐야, 했다. 하마터면 염소예요, 할 뻔했다.

"찌개 냄비가 타버렸어."

나는 할 수 있는 한 뻔뻔스럽게 대답했다. 왜냐하면 남편에겐 진짜 놀라야 할 일이 있으니까.

그날 밤 남편이 취한 조치는 간단했다. 그는 염소를 계단참까지 내쫓고 샤워를 하기 위해 목욕탕에 들어갔다. 나는 염소를 뒤따라가 아파트 주위를 몇 바퀴 돌다가 결국은 아파트 뒤 베란다 쪽, 노인회관 건물과 놀이터 사이의 후미진 구석 오동나무 둥치에다 묶었다. 그곳은 가로등 불빛도 멀고 놀이터 가장자리를 따라 사철나무 울타리가 서 있어서 밤사이 염소를 숨기기에 적당했다.

염소를 묶어놓고 노인회관과 놀이터 사이의 좁은 길을 빠져나오는데 먼 곳으로 보내는 신호 같은 높고 애절한 울음소리가 들렸다. 에에에— 에에에— 나는 걱정스러워서 걸음을 멈추고 뒤돌아보았다. 염소를 숨긴 오동나무를 둘러싼 사철나무 울타리가 울음소리의 진동을 감싸고 사사사 소리를 내며 흔들렸다. 그가 일언반구도 없이 베란다에 묶여 있던 염소를 풀어 계단 밖으로 내몰고 현관문을 꽝 닫았을 때 내 몸을 뚫고 갔던 전율이 되살아났다. 그의 몸을 향해 날아가 꽝 부딪쳐 깨어지고 싶은 폭력적인 충동. 산산이 깨어져 내가 나의 복부를 가르고 영원히 밖으로 나가버리고 싶은 격렬한 열망…… 남편은 그날도 선풍기를 자기 쪽으로 돌리고 24시 뉴스를 시청하며 늦은 저녁을 먹었다. 그리고 캔맥주를 손에 들고 발을 비비며 비디오를 한 편 보고는 두시경에 잠이 들었다.

작은 숲의 남자

남편의 차가 떠나자마자 계단을 달려내려가 염소를 숨긴 노인회관 뒤로 갔다. 염소는 스스로 줄을 친친 감고 돌아서 옴짝달싹도 못한 채

나무둥치에 매달려 있었다. 그 시간엔 이따금 약수를 뜨러 가는 노인들뿐 인적이 뜸했다. 다행히 아는 사람과 마주치지 않고 염소를 끌어다놓을 수 있었다. 중요한 과제를 해결한 나는 아침 생방송에 눈길을 둔 채 느긋하게 커피를 마셨다. 염소는 밤새 주변의 나뭇잎들을 따먹었는지 가만가만 되새김질을 했다. 우리의 눈이 가끔 부딪쳐 염소와 나는 잠시 마주 보기도 했다. 나는 손을 흔들어 보이고 다가가서 그의 뿔을 만져주기도 했으나 염소는 나와 알고 지낼 생각은 전혀 없다는 듯 몹시 고집스럽게 자신의 위엄을 지키고 있었다.

싱크대에 아무렇게나 뜯어놓은 양배추 겉잎을 꺼내고 식탁의 빈 그릇들을 주섬주섬 고인 물속에 담그는데 멀리서 요란한 진동음이 들려왔다.

"부우웅— 바아앙—"

어제는 아파트 관리소 아저씨들이 잔디를 깎느라 하루종일 털털거리더니……

그 소리는 멀리서 들렸지만 어제보다 훨씬 강력했다. 게다가 설거지물 속에 손을 담근 채 가만히 듣고 있자니 그 요란한 진동음은 사방에서 포위하듯이 위협적으로 다가오고 있었다.

나는 설마 하며 베란다 창문으로 목을 빼고 내다보았다. 같은 통로의 아줌마들이 맞은편 아파트의 그림자가 진 정원 앞에 자리를 깔고 2박 3일쯤 살림이라도 차리는 듯 부채와 모자와 물통과 과자봉지 따위를 정리하고 있었다. 그 곁에는 작은 아이들이 자전거와 롤러스케이트를 타고 아파트 동과 동 사이의 광장을 빙글빙글 돌았다. 방독면을 쓰고 소독통을 메고 뛰어다니는 청년들이 플라타너스나무들 사이로 잠시잠시 보였다가 사라졌다. 벌써 많이 다가와버린 뒤였다.

소독하는 날. 붉은 색깔로 날짜와 시간을 표시한 소독 공지사항은 아마도 아파트 통로 현관의 유리문에 붙어 있을 것이다. 나는 아침에 염소를 몰고 들어오고서도 그것을 보지 못한 것이다. 이웃과 교류 없이 지내는 보상을 가끔 이런 식으로 받곤 했다. 그릇들을 싱크대 찬장 안으로 밀어넣고 집안 여기저기 놓인 화분들을 뒤 베란다로 옮기고 신문지를 활짝 펴 TV와 오디오와 장식대 위의 물건들을 덮고 귀중품들을 장롱 이불 속에 넣었다. 그리고 베란다에 묶인 염소를 쳐다보았다. 난감해졌다. 염소를 몰고 이웃 여자들 앞을 지나가 자그마치 세 시간 동안을 어디선가 보내야 하는 것이다. 할 수만 있다면 염소를 이불에 싸서 장롱 속에 넣어버리고 싶은 심정이었다.

아파트를 뒤흔들며 한 층 한 층 다가오던 진동음이 문 앞에서 뚝 멈추었다. 문을 열자 영화 〈고스트 바스터즈〉에 등장했던 귀신 잡는 전사 차림의 청년이 서 있었다. 그도 염소를 데리고 서 있는 내 모습에 놀라 눈을 커다랗게 떴다. 자리를 펴고 앉은 아줌마들이 갑자기 튀어나온 나와 염소를 일제히 쳐다보았다.

"웬 염소야?"

아래층 여자가 눈을 동그랗게 치뜨고 물었다. 나는 그냥 해죽 웃었다. 돗자리 위엔 사각형으로 접힌 작은 담요가 놓여 있고 그 곁엔 화투가 비스듬히 쓰러져 있다. 옆구리에 아이들 끼고 하루해 보내기에는 딱 좋다고, 아줌마들은 설거지하고 나면 모여서 화투를 두드렸다. 어서 하루가 가고 달이 가고 해가 가고, 아이들은 자라고 병든 어머니들은 돌아가시고, 시누이들은 시집을 가고 남편은 승진하라고, 어서

어서 날들이 지나 월부금들이 끝나고 대출 적금이 만기되어 큰 아파트로 이사 가자고, 바람 든 남편이 늙어버리고 이유 없이 발바닥이 갈라지는 이 건조하고 무료한 시간이 흘러가버리라고 푼돈들을 가지고 나와 짤랑짤랑 하루를 녹인다. 어제 한 말을 오늘 또 하고, 한 달 전에 한 말을 또 하고, 일 년 전에 한 말을 또 하면서…… 그들은 대기실에서 기다리는 무시무시하게 긴 장기공연의 엑스트라 무리 같다. 남의 연기를 보면서 늙어가고, 한구석에서 어두운 게임을 하면서 늙어가는 보류 처분된 삶. 나는 게임이 싫다. 게임의 유일한 진실은 시간을 삼킨다는 것이다.

나는 눈인사를 하고 그들이 뭐라고 더 묻기 전에 어디 바쁘게 갈 곳이라도 있는 사람처럼 황급히 걸음을 옮겼다. 최소한 세 시간은 지나야 들어갈 수 있을 것이었다. 나는 아파트 앞 상가에서나 시장에서, 혹은 아파트 안의 약수터나 여러 갈래의 길에서 몇 번쯤은 마주쳤던, 알은체하려면 할 수도 있을 그 이웃 아줌마들에게 눈길을 주지 않은 채 무표정하게 지나쳤다. 그들은 몸을 돌려 세워 염소를 몰고 가는 나를 바라보았다.

"약 해먹을래나?"

줄레줄레 앞서가던 염소가 놀이터에 이르자 갑자기 딱 버티고 서더니 놀이터 안으로 들어가려 했다. 나는 힘껏 줄을 당겼다. 그사이 염소는 울타리인 사철나무 잎사귀를 하나 따서 입에 넣고 유유히 우물거렸다. 아침부터 햇볕이 난롯불처럼 뜨거웠다. 나는 야구모자를 푹 눌러썼다. 새삼 내려다보니 사흘 동안 입어 무릎이 튀어나온 베이지색 면바지에 소매 없는 흰색 면 티셔츠 차림에다 납작한 검은색 운동화를 끌고 있었다. 주머니엔 오백원짜리 동전이 하나 들어 있을 뿐이었다. 나는 줄다리기할 때처럼 몸을 뒤로 젖히며 염소의 끈을 힘껏 당겼다. 염소는 목 부분의 굴레가 조여들자 갑자기 순종적이 되어 고분고분 따라왔다.

놀이터를 지나 급수시간이 아니어서 바닥이 하얗게 말라 있는 약수터를 지나 아파트 뒷문에 있는 가게를 향해 갔다. 세 종류의 정보신문을 뽑아들고 자동판매기에서 커피를 한 잔 뽑았다. 그리고 화단가 단풍나무 둥치에 염소를 묶어놓고 그늘에 아무렇게나 앉아 정보신문들을 뒤적였다. 염소는 내키지 않는 듯 잔디와 강아지풀을 조금 맛보았다.

'시골집. 대지 220평. 건평 25평. 방 셋. 부엌 입식 개조. 전방 500m 앞 바다.'

'계곡 끝 언덕 위 헌집. 대지 80평. 밭 700평. 밭 대지 전용 가능. 바로 아래 연못. 경치 좋음.'

'강가 시골집. 대지 210평, 건평 25평, 밭 50평. 경치 좋음.'

나는 전화번호들을 하나하나 찢어 주머니에 넣었다.

아파트를 빠져나와 두 아파트 사이로 난 하천을 따라 걷기 시작했다. 볕이 따가웠다. 7월의 세번째 주이고, 오전 열한시였다. 하천 난간의 그림자도 제 발밑에 몸을 숨기려 난간 아래로 잔뜩 기어들고 있었다. 어디를 둘러봐도 그늘이라곤 없었다. 풀을 먹여 말리는 듯 적막했다. 양쪽 하천 변에는 키 큰 풀들이 무성하게 엉겨 숲을 이루었고 그다음엔 줄을 세운 듯 달개비, 개여뀌 등의 여름풀들이 잔꽃들을 피워놓았다. 그리고 가운데로는 끓어오르듯 거품을 게우며 검은 수챗물이 흘렀다. 얕은 물 위로 찢어진 공들과 플라스틱병이 뒤척뒤척 떠내려오다가 멈추어 서곤 했다.

하천을 따라 주택지로 계속 오르니 문이 젖혀진 채 내버려진 냉장고와 망가진 우산, 몸통과 머리만 남은 플라스틱 인형, 야구글러브와 책가방…… 심지어 세발자전거와 터진 감자자루와 작은 찬장까지 하천 변에 박혀 있었다. 드러난 어깨가 따가웠다. 행려병자처럼 비실거리며 그늘을 찾아 두리번거리는 동안 점점 눈이 감겼다. 염소는 이따금 하천가로 올라온 키 큰 풀을 뜯으며 묵묵히 따라왔다. 갈증을 느끼며 세 개의 다리를 더 지나자 주택 사이에 이제 막 지은 듯한 작은 교회가 나타났다. 교회로부터 아직 다 마르지 않은 시멘트 냄새가 났다. 서늘하고 신선한 냄새였다.

나는 교회의 정원에 놓인 가짜 덩굴지붕 밑, 가짜 나무탁자 다리에 염소를 묶고 가짜 나무벤치에 앉았다. 여태껏 울지 않고 따라왔던 염소가 그때서야 에에에 울었다. 한동안 아무도 나타나지 않았다. 교회 현관 곁에 세워진 풍향계는 까딱도 하지 않았다. 졸음이 몰려와 잇달아 하품을 해댔다.

가득 넘치는 졸음 속으로 한 손에 작은 보퉁이를 든 여자가 들어섰다. 느슨하게 풀린 파마 커트 머리, 푸른색 면 티셔츠를 입고 아래엔 가벼운 천의 흰색 고무줄 주름치마를 입고 맨발에 플라스틱 슬리퍼를 끌고 있었다. 여자는 교회문 곁 사철나무 울타리 아래 그늘로 들어가 보퉁이를 놓고 앉았다. 사십은 되었을 듯한데 몸동작은 고무줄을 뛰는 계집아이처럼 가벼웠다. 잇달아 한 사내가 햇볕에 붉게 달아오른 얼굴로 들어서더니 곧 여자를 발견하고 사철나무 울타리 아래로 가서 앉았다. 여자가 몸을 홱 틀어 남자 쪽으로 등을 보이자 남자가 엉거주춤 일어서서 여자의 앞쪽으로 엉덩이를 옮겨 앉았다. 여자가 또 등을 돌리고 남자가 여자의 손을 붙들며 뭐라고 달랜다.

옮겨 심은 지 얼마 되지 않은 어린 사철나무 아래에 보퉁이를 놓고 쪼그리고 앉은 남녀는 부부 같지는 않다. 어쩌자고 여자는 저리 작은 보퉁이를 묶어들고 입은 옷 채로 집을 나왔을까. 한 가난한 여자가 간부와 도망을 치려는 장면일까. 관계가 드러난 두 사람이 허겁지겁 야반도주를 해 오늘 정오의 시간에 이 낯선 곳에 도착한 것인지도 모른다. 이웃집 아저씨였거나 관리소 직원이었거나 아니면 여자의 작업 동료이거나 혹은 남편의 친구이거나 친구의 남편일지도 모른다. 여자의 팔뚝이 굵은 걸로 보아 도배나 페인트칠을 하는 작업 동료일 수도 있다. 그들은 이제 저 보퉁이를 풀고 낯선 곳에서 새롭게 살기 시작할지도 모른다. 방을 구하고 솥과 그릇 몇 개와 컵, 이불 따위를 사 나를 것이다. 그리고 슬슬 나가서 직업을 구하고 새 칼과 도마를 사고 빨랫줄을 치고…… 그리 어려운 일도 아니다.

두 사람은 이제 조근조근 이야기를 나누고 있다. 여자는 턱을 무릎에 괴고 제법 앙증스럽게 고개를 까딱까딱한다. 이글거리며 피어오르는 지열 사이로 그들을 바라보고 있자니 참을 수 없이 졸음이 왔다. 잇따른 하품으로 나의 뺨은 눈물로 얼룩졌다. 잠을 자볼까 하고 궁리했으나 바닥에 시멘트로 붙여놓은 테이블과 의자의 거리가 너무 멀었다. 나는 불편하게 엎드려 두 팔 속에 얼굴을 묻고 이내 잠 속으로 빠져버렸다. 염소가 에에에 울었다. 잠의 입구에 차가운 물방울 하나가 똑 떨어지는 느낌이 들었다.

잠 속에 비가 내리고 어두운 숲속에서 염소 울음소리가 들렸다.

"나는 염소 모는 남잡니다."

목에 커다란 방울을 건 남자가 딸랑딸랑 다가왔다.

"시간은 무한하나, 진정한 시간은 모래 더미 속의 이빨처럼 찾아내기 어렵습니다. 나는 당신이 원하는 것을 알고 있습니다."

나도 목에 방울을 걸고 있었다. 우리는 염소떼를 몰고 어두운 산길을 따라 내려오고 있었다. 염소의 몸은 어둠 속에 사라져버리고 기이한 눈에서 흐르는 푸른 광채만 공중에서 흔들렸다. 길 가장자리를 따라 넓은 칡넝쿨 잎사귀가 너울거리고 어둠 속에서 흔들리며 내려오는 푸른 눈들이 빗물에 섞였다. 산아래 인가의 불빛들이 물안개에 젖어서 희미하게 비쳤다.

"염소들은 야생적입니다. 해안 벼랑 끝에 노숙을 시켜도 끄떡없습니다. 그러나 비를 맞혀서는 안 됩니다. 비 오는 날은 공포에 빠집니다. 모든 떠다니는 것들이 그렇듯이 염소는 젖는 것을 가장 두려워합니다. 산을 넘는 나비, 강을 건너는 갓털 씨앗들, 대양을 횡단하는 새떼, 삶의 지붕 위에 떠오르는 영혼들, 그리고 당신…… 생각해보세요. 젖은 숲을. 비에 젖은 어둔 숲을요. 당신은 너무 오랫동안 그것을 견뎌왔습니다."

산길을 가득 메운 염소들은 젖는 것이 두려워 녹색 광채를 흔들며 커다란 소리로 울어댔다.

하굣길의 아이들이 쏟아져나와 신호등 앞에 우르르 섰다. 나는 그

속에 딸애가 있는지 아이들 얼굴을 하나하나 쳐다보았다. 아이들은 입을 꼭 다물고 있었다. 맥 빠져 보이고 조금씩은 다 슬퍼 보였다. 나는 조그맣고 슬픈 얼굴들에서 고개를 돌려 하천이 큰길 아래로 흘러드는 어두운 굴 안을 들여다보았다. 그 앞의 하천 턱에는 다섯 개의 공이 턱을 넘지 못한 채 헛돌고 있었다. 배구공 축구공 농구공 테니스공 그리고 비치볼…… 그것들은 나란히 걸려서 빙글빙글 헛돌았다.

신호등이 바뀌고 아이들이 일제히 달려오자 어느 순간부터 딸아이가 보였다. 나는 깜짝 놀라 아이를 바라보았다. 한나절 동안에 불쑥 자란 것 같은 아이는 생각했던 것보다 훨씬 많이 나를 닮았고, 그리고 따로 흘러가는 배처럼 나와는 무관하게 느껴졌다. 아이는 내가 없는 곳에서 더 많이 자란다. 속수무책, 내가 관여한다 해도 내가 관여하지 않는다 해도 결국 아이에겐 아이의 운명이 있을 것이다.

나는 아이와의 사이에 내가 붙잡아줄 수 없는 거리를 막막하게 바라보았다. 가까이 오니 아이의 앞머리가 땀에 젖어서 이마에 달라붙은 것이 보였다. 열에 익어 아이 얼굴이 사과처럼 붉었다. 나는 손바닥으로 이마 위의 머리를 쓸어올려주고 아이의 얼굴을 감싸 꾹 눌렀다가 놓았다. 어깨에 멘 가방을 받아드는데 아이가 킥킥 웃었다.

"엄마 얼굴에 붉은 줄들이 생겼어."

얼굴에 눌렀던 팔에도 살이 밀리고 접혀 붉은 자국들이 나 있었다.

"심하니?"

"응, 심해. 상처 난 거 같애. 왜 그렇게 됐어?"

"……상처 났으니까."

"그런데 엄마가 염소를 끌고 있으니까 품위가 있어 보여."

"품위?"

"응. 아흔아홉 마리 양을 두고 한 마리 길 잃은 양을 찾아 헤매다 온 사람 같애."

나는 쿡쿡 웃었다.

"엄마, 아까 우리 통로에 사는 이학년 언니가 복도에서 울고 있었어. 왜 우느냐고 물어보니까 담임선생님이 청소 열심히 안 한다고 귀를 잡고 흔들면서 아무도 모르게 그 언니의 팔 안쪽을 아프게 꼬집었대."

아이는 걱정스런 표정을 지었다가 이내 눈을 반짝이며 내달렸다.

"우리는 내일 방학한다— 우리는 내일 방학한다. 방학하면 나는 할머니집에 갈 거다—"

소리를 지르며 달려간 아이는 아파트 뒷문 가게의 자동뽑기 기기에 돈을 넣고 손잡이를 돌렸다. 아이의 얼굴이 더욱 빨갛게 달아올랐다.

조그마한 투명한 플라스틱통이 도토록 바닥에 굴러떨어졌다. 조악한 반지가 들어 있고 종잇조각에 꽝, 이라는 글자가 쓰여 있었다. 아이는 아 재수 없어, 하며 가게 안으로 들어가더니 조스바를 물고 나왔다.

"엄마, 나 전번에는 초콜릿 타 먹었다."

그런 건 불량식품이야, 하려다가 그만둔다. 내가 먹으면서 자랐던 숱한 불량식품들이 떠올랐다. 우울한 결핍과 함께 떠오르는 허술한 불량의 맛들. 아이가 입을 벌리고 웃자 피색으로 변한 혓바닥이 보였다. 걸을 때마다 내 주머니 속에 정보지에서 찢어낸 종잇조각들이 부스럭거리고 있었다. 햇볕이 너무 뜨거워 달리는 편이 나을 것 같았다.

50

"조스다!"

내가 염소를 끌며 달리자 아이가 깔깔깔 웃으며 잡으려고 달려왔다. 아하하 웃으며 달리다 뒤따르는 투박한 발소리에 놀라 뒤돌아본 나는 아연해졌다. 아이 뒤에 달려오는 또 한 사람이 있었다. 검은 박쥐우산을 든 청년이었다. 언제부터 우리 뒤를 따라왔던 것일까? 그는 검은 박쥐우산을 작열하는 하늘을 향해 꼿꼿하게 들고 입을 커다랗게 벌리고 웃으며 우리 뒤를 따라 달렸다. 햇볕이 불처럼 쏟아졌다. 나는 모양새가 이상해진 달리기를 멈추려고 했다. 그러나 달리기 시작한 염소는 걷잡을 수 없이 달려갔다. 줄이 주르륵 풀려나가고 나는 염소의 힘에 끌려 발이 반쯤 들린 채 달렸다. 염소는 무척 힘이 셌다. 청년을 처음 보았던 날이 떠올랐다.

간밤부터 내린 눈이 오전에도 계속 내리고 있었다. 눈은 조용히 쌓였지만 이따금 바람이 불 때면 아파트 동과 동 사이의 작은 광장에 회오리를 치며 날아오기도 했다. 나는 설거지를 하다가도 창가에 다가가 내다보고 마루를 닦다가도 창가에 다가가 내다보았다. 사람이 무상의 웃음을 웃게 되는 순간은 그다지 많지 않다. 나는 창가에 다가서서 눈 내리는 공중을 내다보며 포포 비눗방울을 불어 날리듯 가볍게 웃었다. 목욕탕을 청소하다가도, 빨래를 개다가도…… 그때 눈 내리는 풍경 속에 한 청년이 텅 빈 놀이터를 껑충껑충 가로질러 가는 것이 보였다.

그는 검은 우산을 쓰고 한 손으로 그네를 끌고 가다가 놓았다. 그네에 쌓여 있던 눈이 푸스스 떨어졌다. 청년이 뒤돌아보며 웃었다. 그는 미끄럼틀 계단을 올라가, 눈이 소복하게 쌓인 미끄럼틀을 타고, 아 하하하— 웃으며 내려왔다. 그는 잔디밭을 가로질러 가, 아파트 벽에 가려져서 사라졌다가, 곧 나타나 나무들을 흔들고 지나갔다. 꼿꼿하게 든 검은 우산 위에는 눈이 소복하게 얹혀 있었다. 나는 커피에 비스킷을 적시며 쿡쿡 웃었다. 그를 불러서 함께 커피에 비스킷을 적셔 먹으며, 남부지방에 내리고 있는 푸짐하고 온순한 첫눈에 대해 이야기를 나누면 어떨까, 생각했었다. 아니 나는 그의 검은 우산 속에 함께 들어가 나뭇가지에 쌓인 눈들을 툭툭 건드리며 그렇게 걷고 싶다고 생각했었다. 이유 없이 찾아온 기쁨을 즐기며, 문득 빛나기 시작한 생을 함께 바라보고 싶었다. 그 첫날은 정말이지 청년이 든 박쥐우산도 전혀 이상하지 않았었다.

나는 꿈속에서처럼 빨리 달렸다. 그리고 정말 꿈속에서처럼 가야 할 이유가 없는 길들을 몇 바퀴나 돌아다녀야 했다. 폭염의 한낮에 검은 염소와 그 염소를 모는 여자와 작은 여자아이와 검은 박쥐우산을 꼿꼿이 든 청년의 달리기라니…… 다행히 하교하는 저학년 아이들 몇이 걸음을 멈추고 지켜보았을 뿐 구경하는 사람은 거의 없었다.

장자의 연인

'강가 시골집. 대지 210평. 건평 25평. 밭 50평. 경치 좋음.'
나는 주머니에 넣어두었던 쪽지를 꺼내 전화번호를 눌렀다.
"강변이라고 되어 있는데 집과 강이 붙어 있나요?"
"야?"
언제나 내가 첫 질문을 하면 저쪽에서는 못 알아듣는다. 오십 중반쯤 되었을 것 같은 남자의 술에 전 쉰 소리가 들렸다.

"강가 맞소."

"강하고 붙은 집이냐구요."

"그렇지요."

"어느 쪽이 붙었어요?"

"뒤쪽 마당 지나 우리 밭이 붙었소. 제법 돋우어 지었으니 집에 물들 염려는 없어요."

"집은 어떤 집인가요?"

"슬래브를 친 양옥집이지. 순 신식집이오. 목욕탕도 있고."

나는 조금 실망한다. 함석지붕이라 해도 나는 지붕을 씌운 집을 좋아한다.

"네에, 무슨 색깔이에요?"

"벨거 벨거 다 묻는구만. 흰색이오."

"주변에 집이 붙어 있나요?"

"야, 뭐라고요?"

남자의 음성이 높아지는 것이 곧 역정을 낼 기세다. 보통 전화 받은 사람들은 이쯤에서 짜증을 낸다. 그리고 빽 소리를 지르고 끊는 것이다. 아, 직접 와서 보시오. 그걸 전화로 어떻게 일일이 설명하고 앉아 있나?

나는 조바심을 치면서도 집요해져서 묻는다.

"옆집이 있소."

"바로 붙어 있나요?"

"웬걸, 제법 떨어져 있소."

나는 주위에 어떤 나무가 심어져 있는지, 밭에는 어떤 작물이 심어져 있는지, 휴일날 낚시꾼들이 오는지, 강폭은 얼마나 넓은지, 근처에 강을 건너는 다리가 놓여 있는지, 배도 다니는지 묻고 싶지만 꾹 참고 이번 일요일에 직접 찾아가겠노라고 인사를 하며 위치를 상세히 묻고 수화기를 놓았다.

물론 나는 단 한 번도 정보지 속의 집들을 찾아가본 적은 없었다. 이곳이 아닌 다른 곳, 그 어딘가에 있는 비어 있는 집들의 문을 두드리는 그것은 그저 순수한 나의 취미일 뿐이다. 전화를 끊고 창밖을 보면 맞은편 아파트 벽 위로 강가에 있는 대지 210평, 건평 25평의 흰색 집이 상상 속에 천천히 떠오른다. 보통 그렇듯이 강가에는 미루나무들이 서 있을 것이다. 강과 둑 사이에는 좁다랗고 긴 갈대숲이 있을 것이고 강둑에는 염소들도 매어져 있을 것이다. 근처엔 아마 땅콩밭이나 감자밭, 수박밭, 포도밭 등이 있을 것이다. 지금 한창 수박과 감자를 수확하는 철이겠지. 처음 땅속에서 감자를 캐내던 날의 충격이 떠오른다. 흡사 까마득히 묻힌 뱃속의 기억들이 희고 동그란 머리로 달려오는 듯했던 최초의 감자 수확…… 쪽지에 동그라미 표시를 그린 뒤 입구가 막힌 도자기 주전자에 넣고 주머니에 들어 있던 다른 쪽지를 펴는데 초인종이 울렸다. 아이가 학원에서 돌아올 시간은 아직 아니었다.

문을 열자 박쥐우산을 든 청년이 서 있었다. 내가 빤히 보고 있자 청년이 싱긋 웃었다. 머리를 짧게 자른 모습이었다. 아마도 집에서 누군가 깎았을 서툰 솜씨였다.

"우산을 접고 들어오세요."

그는 우산을 접지 않고 들어왔다. 우산이 열을 먹어 후끈후끈거렸다. 나는 현관문을 닫았다.

"이제 우산을 접으세요."

"안 돼요."

발음이 분명치 않은 흐릿한 음성이었다.

"왜 안 되나요? 비도 오지 않고 눈도 오지 않는데."

청년은 신발을 벗고 우산을 든 채 베란다로 가더니 두 개의 빨랫줄 사이에 거꾸로 걸었다. 염소가 벌떡 일어서서 깃처럼 긴 귀를 수평으로 흔들며 그를 향해 에에에 울었다.

"밥을 줄까요?"

청년은 한순간 예의 그 입을 좌악 벌리는 동작을 하더니 고개를 저었다.

나는 갑자기 뭘 어떻게 해야 할지 알 수가 없어졌다. 집안에 들여 밥을 먹이는 건 간단하지만 아무것도 할 게 없는 건 불안한 일이다. 나는 청년을 소파에 앉게 하고 커피와 비스킷을 갖다주었다.

"존 레논이군요."

FM 라디오에서 〈이매진〉이 흘러나왔다.

청년은 아무것도 먹을 생각이 없는지 가만히 앉아 있었다. 나는 난처했다.

"존 레논 좋아해요?"

"아뇨."

그가 한참 동안 고개를 저었다.

"아무것도 안 좋아해요."

청년은 또 고개를 저었다.

"염소 좋아해요. 밤중에 내가 데리고 다녔어요. 밤마다요…… 한밤중에 염소가 많이 울었어요. 어느 날엔 나무에 발이 들리도록 친친 감겨 비명을 지르기도 했어요. 사람들이 깨어 창문을 열고 두리번거렸지요. 그래서 내가 염소를 데리고 가서 달랬어요."

나는 눈이 동그래진 채 한동안 그를 쳐다보았다. 염소가 그를 바라보며 에에에 울었다. 청년은 부끄러운지 얼굴이 붉어졌다.

"고마워요. 어쩐지, 염소 돌보는 일이 그다지 힘들지 않더니…… 정말 고마워요."

왼쪽 머리끝에 맵고 뜨거운 김 같은 것이 차오르더니, 이마를 타고 내려와 콧등을 가득 메웠다. 마치 나 자신이 한밤중에 울었던 그 염소인 것처럼, 나 자신이 한밤중에 그에게 의지했던 바로 그 염소인 것처럼, 슬픈 추억이 가득한 친숙함이 몰려왔다. 나는 청년의 한 손을 꼭 쥐었다. 청년의 손은 컸다. 청년은 허리를 어색하게 세운 자세로 가만히 앉아 얽힌 손들을 내려다보았다.

"난, 염소를 좋아하지만 염소보다 당신을 더 좋아해요."

청년의 다른 손이 나의 손 위에 천천히 올라왔다.

"우리집 창문으로 당신이 보이지요. 나는 당신을 자주 보았어요. 당신은 그냥 살지요. 집에서는 멍하니 앉아 있고요. 늘 혼자서 다녀요. 다른 사람과 어울리지 않고 화장도 하지 않고 예쁜 옷도 입지 않고 웃지도 않고 집안을 꾸미지도 않았고요. 당신 염소처럼 당신은 절망해 있어요. 왜 당신은 자신을 한없이 이완시킨 채 시간을 흘려보내고만 있나요?"

청년은 나의 정체를 꿰뚫어보고 있었다. 그러나 흘려보낸다고? 나의 동의 없이 다가오는 하루하루가 삽으로 산을 떠 옮기는 듯이 힘겨운 것이라는 걸 청년이 어떻게 알 수 있겠는가. 나는 얼굴이 붉어졌다. 손을 빼내려 하자 나의 손을 완강하게 쥔 청년이 천천히 고개를 숙여 나의 손가락들 사이 우묵한 곳에 그의 입술을 눌렀다. 무언가가 손가락 사이로 흘러 가슴 안으로 뭉클 들어온 것 같았다. 밑바닥에서 응어리진 서러움이 현기증처럼 치받쳐 올라왔다.

"당신은 아름다워요. 정말이에요. 난 아름다운 것을 구별할 줄 알거든요. 아름다운 것은 형태가 아니라 본질에 관한 말이지요."

청년은 약간 떨리는 음성으로 말하고, 그리고 내 손을 놓았다. 그는 염소의 뿔을 만져주고 아무 말 없이 우산을 들고 신발을 꿰신고 계단을 내려갔다. 인사하는 것을 까맣게 잊어버린 것 같았다. 나는 베란다로 뛰어나가 내려다보았다. 한참 뒤 청년이 나타나 앞 동의 현관으로 들어갔다. 위에서 보니 청년의 모습은 검은 박쥐우산에 가려져 다리 부분밖에는 보이지 않았다.

우산은 지붕처럼 커 보였다. 어쩐지 그가 언제나 우산을 쓰고 다니는 기행을 이해할 수 있을 것 같기도 했다. 어쩌면 내게 결핍되어 있는 부분도 바로 저 우산 같은 것이 아닐까…… 나는 손을 펴고 청년의 입술이 닿은 곳을 가만히 보았다. 그것은 불손한 행위가 아니었다. 그는 나의 형태가 아닌 본질에 입을 맞춘 것이었다. 나는 거울 속의 나를 하나하나 만져보았다. 고양이가 제 털을 제가 핥듯이 쓸쓸하고 따스하게, 그것밖에 할 일이 없는 듯이 무료하게…… 두꺼운 슬픔의 퇴적층을 읽듯, 손등 위로 눈물이 툭 떨어졌다. 놀라운 것은 나 자신까지도 남편과 공모해 나를 방치해왔다는 사실이었다. 나의 손가락들, 나의 무릎, 나의 등, 나의 귀, 나의 가슴, 나의 겨드랑이…… 그것이 왜 남편을 통하지 않고서는 내게 아무 의미도 없었다는 말인가. 어떻게 그토록 오랫동안 까맣게 잊어버리고 있었다는 말인가. 그것은 무엇보다도 먼저 나의 것이 아니던가.

검은콩 같은 똥이 흩어져 있는 신문지를 걷어내고 베란다 바닥에 새 신문지를 깔았다. 염소는 밥을 거의 먹지 않은 채였다. 염소는 검은 도화지로 접어 만든 속이 빈 공작품같이 가볍게 내 곁에 서 있었다. 정말 아파트에서 자랐는지 염소는 거의 울지 않았다. 나는 염소의 가지런한 뿔 위에 가만가만 손을 얹어보았다. 인간에게는 단 한 번도 뿔이 없었던 게 확실한 모양이다. 손끝으로부터 섬뜩하도록 낯선 느낌이 전해왔다. 살을 꿰뚫을 듯한…… 야생의 기미.

처음부터 그 남자의 말을 믿은 건 아니었지만 염소는 염소일 뿐이었다. 염소는 누구와도 사귀려고 하지 않았다. 염소는 철저히 다른 언어로 고집을 부렸다. 염소가 그리워하는 것은 숲속의 염소 무리뿐이었다. 염소는 밥도, 채소도 라면이나 과자도 거의 먹지 않았다. 그의 몸속에는 숲속에 묻혀 있는 칡뿌리와 나뭇둥걸 들과 푸른 풀밭을 향한 그리움이 갇혀 있었다.

닷새쨌데도 염소 주인 남자에게서는 아무 연락이 없었다. 어제는 아래층 여자가 언제까지 염소를 키울 거냐고 항의를 했었다. 냄새가 아래층까지 퍼져 내려온다는 것이었다. 나는 오늘쯤이면 끝날 거라고 사정을 해두었다. 서로 얼굴을 익힌 이웃이어서 불쾌한 기분을 많이 억제하는 눈치였다. 하지만 며칠 더 계속되면 그 여자가 관리소에 신고할 수도 있는 일이었다. 나는 때때로 몹시 불안해졌다.

오랜만에 〈이매진〉이 수록된 비틀스의 레코드를 빼내는데 재킷 비닐 커버 속에서 바퀴벌레 새끼 네 마리가 후드득 떨어졌다. 그리고 전화벨이 울렸다. 전화벨은 계속해서 울렸다. 나는 전화 코드를 뽑아버리고, 바퀴벌레들이 어딘가로 달아난 빈 마룻바닥을 망연히 내려다보았다. 얼핏, 전화 건 남자가 염소 주인 남자일지도 모른다는 생각이 들었다. 발밑이 일렁거렸다. 마치 네 마리의 새끼를 내가 밟고 섰기라도 한 듯 불결하고 미지근한 공포…… 나는 꼼짝 않고 바퀴벌레를 섬멸할 방법을 찾아 머릿속의 살해 차트를 빠르게 돌렸다. 모든 레코드판들을 앞으로 쏟아버리면서, 동시에 솔 부분을 분리시킨 청소기로 바퀴벌레의 소굴을 빨아들인다. 그러고는 곧장 목욕탕으로 달려가 바퀴벌레들을 욕조에 빠뜨린다. 청소기에 흡입되는 것 정도로는 찰과상밖에 입지 않을 것이고, 결과적으로 바퀴벌레들은 익사할 것이다. 그렇다면 먼저 욕조에 물을 받아두어야 한다. 그렇지만 익사체들은 어떻게 끄집어내지?

만반의 준비를 하고 레코드들을 일제히 앞으로 쏟았으나 바퀴벌레는 한 마리도 발견할 수 없었다. 그들은 매우 민감하다. 나 역시 마음속 깊은 곳으로부터 그들과의 대면을 극렬하게 거부한 게 아니었을까. 내가 모르는 집안 어느 구석에 바퀴벌레를 기르게 되더라 해도…… 그 곤충들은 한밤중 깜깜한 어둠 속에서 등을 반짝이며 자르르 퍼져나갈 것이다. 나는 꼼짝 않고 서서 전의가 상실된 서글픈 눈으로 벽면과 바닥이 면한 집안의 음험한 이곳저곳을 두리번거렸다.

"이—상한 냄새가 나."

열두시가 설핏 넘어서야 들어온 남편이 부엌과 목욕탕을 오가며 씻고 달그륵거리고 하더니 침대 속에 들어와 반쯤 깬 나의 몸을 뒤적거렸다. 나 자신이 마치 시든 배추처럼 덮혀 있는 느낌이었다. 그리고 그의 머리가 내 얼굴에 다가올 때마다 어딘가에서 지독하게 더러운 냄새가 났다.

"무슨?"

"아, 이게— 무슨 냄새지…… 참을 수가 없—어."

나는 삼분의 일쯤 잠에 묻혀 있어서 내 음성은 나오지도 들어가지도 않는 질기고 긴 섬유질처럼 목구멍에 감겼다.

"어디서 냄새가 난다는 거야?"

"당신 머—리에서. 타버린 찌개 냄비— 냄새가 나."

"그게 무슨 말이야? 당신이 태운 찌개 냄비 냄새가 왜 내 머리에서 난다는 거야?"

"정말 나—요."

"그만해. 자, 자, 음—"

그가 내 몸에 체중을 싣고 귀 뒷목에 입술을 갖다댔다. 냄새가 코로 들어와 숨을 막았다.

"아—"

그를 밀어내다가 안 되자 나는 주먹을 불끈 쥐고 그의 등을 내려쳤다.

"이 여자가 왜 이래?"

"머리 좀 치워요! 못 참겠어."

나는 있는 힘을 다해 발길질을 하며 소리쳤다.

"더러워!"

그가 나의 목에서 입을 떼었다. 그리고 따귀를 후려쳤다.

눈을 뜨자 미등의 희미한 빛 속에 윗옷을 벗은 남편의 상체가 보였다.

"내려가줘."

내가 중얼거렸다.

"참 더러워서, 니 몸에서 염소 노린내와 쉰 오줌 냄새가 난다는 거 너 알아? 골이 지끈지끈해. 온 집안에 쏘는 듯한 염소 오줌 냄새가 난다구!"

그가 천장을 향해 소리를 꽥 지르며 내려갔다.

몸이 훌렁 들릴 듯 가벼워졌다. 나는 등을 오므리며 벽 쪽을 향해 천천히 돌아누웠다. 남편은 이불을 홱 걷어치우고는 담배를 피웠다. 머릿속에 물이 차는 듯 고요해졌다.

내가 남편에게 염증을 내는 만큼은 남편도 내게 염증이 나 있는 것이다. 남편과 싸운 것이 언제였던가. 그게 언제였던가. 서로에게 망설임 없이 각자의 인격과 자존심을 다 걸어본 것이…… 염소 울음소리가 들려왔다. 염소는 맹렬하게 울고 있었다. 염소 주인 남자는 왜 오지 않는 것일까. 그새 그의 아버지가 돌아가시기라도 한 것일까. 그렇다 해도 왜 전화조차 한 통 하지 않는 것일까…… 남편은 잠들었는지 모로 누워 꼼짝도 하지 않았다. 나는 숨을 죽여 침대에서 빠져나갔다.

아파트 뒤편 모퉁이를 돌자 끊어졌던 염소 울음소리가 다시 들려왔다. 염소는 두 개의 눈동자에 푸른 야광의 광채를 뚝뚝 흘리며 이리저리 날뛰었다. 투다닥투다닥 뛸 때마다 발바닥에서 굽소리 같은 것이 났다. 염소는 한 방향으로 돌다가 굴레가 목을 조이면 반대방향으로 돌아 줄을 풀었다. 줄을 묶은 오동나무 뿌리가 금세라도 뽑힐 듯 위태로웠다. 나는 난감해져서 주위를 돌며 눈만 깜박거렸다. 곧 근처의 창문마다 사람들이 고개를 빼고 항의를 할 것 같은 위기감이 고압선처럼 머리 꼭대기에 감돌았다.

"저, 내가 염소를 돌볼 테니⋯⋯"

박쥐우산을 든 청년이었다. 어둠 속에서 보니 별이 총총한 마른하늘에 박쥐우산을 든 모습이 더욱 그로테스크해 보였다.

"하천을 따라 한 바퀴만 돌고 오면 순해질 겁니다."

청년이 공손한 자세로 우산을 바닥에 놓고 염소를 묶은 매듭을 풀었다. 염소가 너무 날뛰었기 때문에 매듭은 번번이 꽉 잠겨 있었다.

"염소를 왜 데리고 있지요?"

나는 대답을 하지 못한 채 망설였다.

청년은 뒤에 서 있는 나를 돌아보았다.

"염소는 숲으로 가고 싶어해요."

"당신은 왜 늘 우산을 쓰세요?"

내가 묻자 청년은 그것을 모르겠느냐는 듯한 눈길을 던졌다.

"우산은 나의 숲이에요. 나는 내 숲을 들고 다니죠. 내 숲 아래를 지나는 것들하고만 나는 교류해요. 이 마른 우산 아래로도 가끔 지나는 사람들이 있거든요. 당신과 당신의 딸, 당신의 염소처럼요. 우산 없이는 이 세상을 지날 수가 없어요. 혼돈스럽고 불안하고⋯⋯ 가슴이 쿵쾅쿵쾅 뛰지요. 두려워요."

염소가 굳이 나에게로 오려 했다면, 이제 나는 이유를 알 것 같았다. 염소는 자신이 단지 염소일 뿐이라는 그 태연한 사실을 통해 닫힌 우물처럼 내 몸속에 묻혀 있던 또하나의 염소의 얼굴을 비추어주는 것이었다. 청년은 매듭을 다 풀고 우산을 들고 일어섰다.

"함께 가시겠어요?"

나는 고개를 저었다. 청년은 더이상 권하지 않고 밤하늘을 향해 박쥐우산을 꼿꼿하게 든 뒤에 염소를 몰고 떠났다. 검은 우산을 들고 어둠 속으로 사라지는 그의 뒷모습은 금세라도 공중으로 날아오를 것 같은 크고 유순한 까마귀 같았다. 우리가 꿈이라고 하는 것은 어쩌면 저 작은 숲의 다른 이름이 아닐까. 그러나, 숲에 대한 은유에 불과한 저렇게 작은 숲으로, 그는 이 세상의 신랄함을, 세상의 혼돈과 폭력성을, 불안과 그 무의미한 경직성을 과연 언제까지 가릴 수가 있을까.

남편과 나는 푸른 융 커버로 싸여진 의자에 앉아 마주 보고 실려간다. 치키치키…… 기차가 달리고 차창 밖으로 환한 햇빛이 흘러간다. 내 곁에는 검은 비닐봉지를 손에 쥔 한 늙은 남자가, 그의 곁에는 한 젊은 여자가 앉아 있다. 여자의 머리카락이 짧고 몹시 가늘며 새끼 거미처럼 투명한 밀짚색이다. 얼굴에는 짙은 화장이 되어 있지만 몹시 어린 여자라는 것이 더 강조된다. 윤곽이 흐린 입술은 베이지색에 가깝다. 여자의 몸은 무거워 보인다. 앞으로 튀어나온 불룩한 가슴, 옆으로 벌어진 불룩한 엉덩이, 거대한 허벅지, 통통하고 길다란 손가락……

남편이 신문을 활짝 펼쳐든다. 옆에 앉은 늙은 남자가 검은 비닐봉지를 구긴다. 신문은 점점 여자 쪽으로 기운다. 나는 신문의 '오늘의 명언'란을 본다. '사물의 양은 무궁무진하고 시간의 흐름은 영원하며, 운명은 늘 변하여 끝과 시작이 없이 순환한다―장자.' 그러나 진정한 시간은 모래 더미 속의 이빨처럼 찾아내기 어렵습니다. 모래 더미 속의 이빨처럼…… 고개를 드니 남편과 여자는 신문에 가려져버렸다. 검은 비닐봉지 구겨지는 소리가 신경을 거스른다. 신문이 이리저리 흔들리며 부스럭부스럭거린다. 여자가 끼끼끽 웃는다. 오래된 목조 문을 여는 소리 같다. 오래된 마루를 딛는 소리 같다. 늙은 남자는 왜 자꾸 검은 비닐봉지를 구기나…… 여자의 거대한 허벅지 하나가 신문지 속에서 나온다. 거기 남편의 손이 붙어 있다.

나는 앉은 채로 쇠막대기 같은 팔을 휘저어 신문지를 걷어낸다. 남편이 여자의 노출된 가슴을 힘껏 쥐고 깊숙이 입술을 파묻고 있다.

주먹을 쥐고 그들을 때리려고 하지만 손가락들은 모여주지 않고 팔은 그들에게 닿지를 않는다. 나는 열린 손가락들이 달린 납처럼 굳은 팔을 허공에 힘겹게 내젓는다. 여자가 끼끼끽 웃는다. 사물은 무궁무진하고 시간은 영원하며 운명은 끝과 시작이 없이 순환한다. '장자'…… 늙은 남자가 비닐봉지를 구긴다.

방안엔 여전히 미등이 켜진 채였다. 남편은 입술을 꼭 다문 채 시치미를 떼며 누워 있는 것 같았다. 나는 남편을 일으켜 침대 머리에 기대 앉혔다. 그리고 두 번 잇달아 따귀를 후려쳤다. 그는 눈을 뚱그렇게 떴다. 화가 난 눈이라기보다 의문과 두려움에 휩싸인 눈이다. 그는

64

한동안 나를 노려보더니 베개를 집어들고 나갔다. 그도 이제 나에게 인격과 자존심을 걸고 싸우고 싶지 않은 것이리라. 내 몸은 온통 땀에 젖어 있었다.

지난해 봄날, 비 내리던 어느 오후에 남편은 한 여자와 프랑스 영화를 보았다. 나는 그 여자에 대해 좀더 알았어야 했다. 육 개월여 동안 남편이 늘 함께 점심을 먹었다던 그 이웃 사무실의 아가씨에 대해, 왜 나는 좀더 충분히 알려고 애쓰지 않았을까? 몰래 그 사무실에 들러볼 수도 있었는데, 나는 왜 그렇게 하지 못하고 이렇게 온갖 다른 모습의 여자들을 꿈꾸는 것일까……

그즈음 남편은 종종 아주 늦게 들어왔고 밤늦게 문득문득 베란다에 나가 서 있는 것이 발견되곤 했다. 긴 한숨들, 그리고 어느 땐 천성에 맞지 않게 수다스러워져서 현관에서부터 횡설수설 떠들어대기도 했다. 그가 말하고 있다는 의미밖에는 없는 그 의미 없는 지껄임들…… 그런 다음 날 아침엔 빈 세탁기에 젖은 와이셔츠가 담겨 있곤 했다. 어느 날부터 나는 그것이 금요일이라는 것을 알았다. 무슨 이유인지 남편은 금요일마다 자정이 넘어 들어왔고 그리고 와이셔츠의 어깨나 가슴, 팔이나 소매 부분을 가만가만 씻어낸 뒤 칼라 부분이 더러워진 와이셔츠를 세탁기에 넣어두곤 했었다.

그리고 그해 봄 남편은 내가 생일날 보고 싶다고 귀띔해둔 영화를 이미 보아버렸었다. 그 영화를 보고 싶어한 다른 여자와…… 그리고 나의 생일날 남편은 월남전을 다룬 미국 영화를 상영하는 극장으로 데리고 갔다. 의자가 좁아 남편은 영화를 보는 내내 끼끼끽거리며 몸을 움직였고 비디오로도 볼 수 있는 걸 꼭 극장에서 봐야 하느냐고 몇 번 더 불평을 늘어놓았다.

다음 날 낮에 나는 혼자서 프랑스 영화를 보러 갔었다. 이미 영화가 시작된 극장 안은 더듬고 들어가야 할 정도로 어두웠고, 의자 위로 솟은 머리통들은 겨우 열두셋쯤 되어 보였다. 나는 아무도 앉지 않은 줄의 왼쪽 끝자리에 앉았다. 부스럭거리던 비닐봉지 소리…… 뒤에 앉아 있던 남자가 내 줄의 오른쪽 끝으로 자리를 옮겨 앉았다. 스크린에는 〈쉘부르의 우산〉 이후 처음 보는 카트린느 드뇌브가 긴 금발머리의 젊은 남자와 정사를 벌이고 있었다. 비닐을 든 남자가 부시럭대며 한 칸씩 한 칸씩 의자를 바꾸며 다가왔다. 설마 하는 사이 남자는 나의 옆자리까지 왔고 그리고 서슴없이 나의 허벅지 속에 손을 집어넣었다. 틀림없이 꾀죄죄하고 더러웠을 아주 작은 손이었다. 나는 어둠 속에서 의자에 몸을 부딪치며 달려나왔다. 방음 쿠션이 대어진 극장 문을 열어젖힐 때 어쩐지 극장 안에서 질척하게 녹은 아이스크림 냄새가 났다는 생각이 들었다. 차갑고 습기 차고 퀴퀴한 종이 냄새…… 거리는 표백시킨 듯 환했다. 사람들은 반수 상태처럼 낮은 소리로 말했고 자동차들도 반쯤 들린 듯 부드럽게 달렸다. 모든 게 꿈이라는 듯이 고요했다.

내가 생일날 보고 싶다고 귀띔한 영화를 남편은 다른 여자와 보았다. 그 사실을 안 날 하필이면 한 여자가 아이 둘을 아파트의 오층 옥상에서 밀어 떨어뜨리고 자신도 뛰어내려 머리를 부수었다. 그 여자의 남편은 여섯 달째 자기 사무실의 한 아가씨와 살림을 하고 있었다.

나는 명백하게 캐내지도 못했고 용서하지도 못했다. 다만 아이를 떠밀고, 자살할 일은 아니라고 생각했을 뿐이다. 길길이 뛰어오르며 이혼할 일도 못 되었다. 그러나 내가 두려워했던 것은 무엇일까. 나는 왜 그토록이나 관대했던가. 나는 알아내려고 하지 않고 가만히 덮어버렸던 것이다. 그리고 그 여자에 대해 꿈을 꾼다. 내가 본 적이 없거나 혹은 어디선가 한 번쯤 본 적도 있을 그런 여자들의 얼굴…… 남편은 아직 그들이 결백한 사이이며, 다시 만나지는 않는다고 했지만 나는 그 말이 믿어지지 않았다. 믿으려고 노력했었지만 말이다. 꼭 금요일은 아니지만 화요일이나 목요일쯤에 남편은 여전히 아주 늦게 돌아온다. 그리고 일찍 들어오든, 늦게 들어오든, 나는 더이상 남편을 믿으려고 노력하지 않는다. 우리에게 결혼의 신성한 봉인은 찢겨버렸다. 사랑 없이도, 믿음 없이도, 살 수는 있는 것이다. 메마른 가시덤불처럼, 바닥이 갈라진 우물처럼, 추운 날들의 차디찬 비석처럼…… 그러나 삶에 있어서 의미는 무엇일까. 왜 실체가 없는 것이 실체를 지배하고 서로의 팔과 다리를, 심장과 귀를, 입과 입술을 하나하나, 이토록 잔인하게 떼어놓는 것일까.

올해 3월 남편의 서른다섯 살 생일 아침이었다. 등을 흔들어 깨우자 남편은 돌아누운 채 중얼거렸었다.

"전속력으로 달려가서 콱 받혀 죽고 싶어."

그러자 나의 옆구리가 시퍼렇게 치인 듯 둔탁한 아픔이 몰려왔다. 그는 정말로 전속력으로 달려가 콱 받혀 죽고 싶은지 모른다. 남편은 정말로 감방 같은 데에 갇혀 책만 읽고 싶은지도 모른다. 남편은 그 이웃 사무실 여자와 함께 살고 싶어서 미칠 지경인지도 모른다. 남편이 꼭 그렇게 하지 말아야 할 이유가 어디 있는가, 아무것도 손에 쥘수 없는 이 생에서…… 그가 이대로 어느 날 죽어서 돌아오면 나는

얼마나 많은 눈물을 흘리게 될까…… 생전에 남편을 묶어두고 이리
도 냉담했으니, 그 회한을 다 씻으려면 눈물을 흘려 못 하나를 다 채
워도 부족하리라. 그러나, 그런데도 함께 사는 동안 나는 이 악의를
버릴 수 없다. 그것은 이제 우리가 맡은 배역이며 그와 나 사이에 주
어진 유일한 대사와도 같다. 메마른 강폭과 같이 날마다 더 넓어지는,
나날이 더욱 우아해지는 한 쌍의 권태와 냉담……

숲으로 난 길

"지구에서 가장 크고 장엄한 동물. 가장 큰 놈은 코끼리의 서른다
섯 배도 넘으며 지능은 영리한 개와 비슷하고 뜨거운 입김은 수증기
가 되어 솟구쳐오른다. 그리고 자연 수명은 일백 년 가까이 된다."
내가 또닥또닥 도마 위의 감자를 채 썰 동안 아이는 고래에 관한 책
을 큰 소리로 읽고 있다.
"엄마, 고래는 네 개의 다리를 가진 육지동물인데 사천만 년 전에
바다로 들어갔대요. 앞다리는 가슴지느러미가 되고 뒷다리는 꼬리지
느러미로 변했대요. 다른 생선과 달리 입김도 따뜻하대요."
"그래? 처음엔 물속에서 어떻게 숨을 쉬었을까?"
따뜻한 입김과 젖꼭지와 네 개의 다리를 가진 고래가 왜 바다로 갔
을까……
"연습 많이 했겠지. 우리가 물 먹으며 수영 배우는 것처럼. 엄마,
그런데 왜 고래는 바다로 들어갔을까?"
"바다는 고래의 숲이었을 거야. 육지의 두 배도 넘는 거대한

숲……"

나는 도마질을 멈추고 마치 그 대답을 염소가 하기라도 한 듯 놀란 눈으로 염소를 응시했다. 아이도 말을 멈춘 나를 바라보다가 염소를 쳐다보았다. 염소도 우두커니 서서 우리를 보고 있었다.

눈앞에 파도가 몰려와 하얀 거품을 일으켰다.

"수영 배우기 어렵지 않던?"

"선생님이 그랬어요. 풀장의 물을 좀 먹겠다고 결심만 하면 그다음 엔 쉬워진다구요."

"……"

속눈썹마다 베인 풀줄기처럼 통증 어린 눈물이 맺혔다. 나는 두 눈을 부릅뜨고 다시 감자를 썰었다. 가슴속에서 어두운 심연이 넘칠 듯 소용돌이쳤다. 그것은 불가능한 일인 것만 같았다. 하천 턱에 걸려 헛돌던 찢긴 공들처럼, 가방을 쌌다가 풀었다가 할 뿐이었다. 결국 나는 이곳에서 빠져나가지는 못할 것이었다.

한밤중에 소스라치며 깨어났다. 곤충처럼 푸른빛을 발하는 시계는 두시 사십오분을 가리키고 있었다. 잠 속에서 벽이 찢어지는 듯한 비명소리를 들었던 것 같다. 나는 저린 다리를 쥐고 간신히 침대에서 빠져나와 선풍기를 껐다. 그러자 나뭇잎 위에 싸아싸아 떨어지는 고르지 않은 빗소리가 들렸다. 잠들기 전에 한증막이었는데 이제 방안은 선풍기를 껐는데도 서늘했다. 문득 염소가 온 지 열흘쨋날이며, 염소는 첫날 라면조각을 먹은 뒤로 아무것도 받아먹지 않았다는 사실이 상기되었다.

나는 창가로 다가가 아래를 내려다보았다. 가로등 빛을 받아 젖은 나뭇잎들이 번들거리며 흔들렸다. 누군가 지른 비명소리가 벽 저쪽에서 울리는 듯도 하고 염소 울음소리가 들리는 듯도 했다. 그러나 숨을 멈추고 귀를 기울이면 빗소리 속에는 구슬을 꿰는 질긴 실처럼 일정한 고요가 관통하고 있었다. 열린 창틀에 굵은 빗줄기가 떨어져 얼굴에 튀었다. 방안에 비가 들이쳐 발밑에도 물이 흥건하게 고여 있다는 것을 뒤늦게야 알아챘다.

비가 오니 염소가 공포에 빠졌을지도 모를 일이었다. 혹시 염소가 심하게 울었는지도 모를 일이었다. 나는 벗은 몸에 낮에 입던 티셔츠와 청바지를 껴입고 나갔다. 거실에는 TV 화면이 지직거리고 있었다. 남편은 러닝과 반바지 차림으로 소파에 엎드린 채 잠들어 있었다. 베란다의 흰 레이스 커튼이 젖은 채 펄럭거렸다. 남편의 머리도 이따금 튀어온 빗방울에 젖고 있었다. TV를 끄고 베란다 문을 닫았다. 안방에 돌아와 홑이불을 꺼내려고 이불장을 열자 여행가방이 굴러떨어졌다. 며칠 전 저녁에 감자를 썰다 들어와 싸둔 것이었다. 나는 여행가방 위에 손을 놓은 채 앉아 있다가 한순간 깃털처럼 일어섰다. 홑이불을 남편의 등에 덮고 딸아이 방 창문도 닫아주고, 그리고 우의를 걸친 뒤 여행가방을 들었다.

현관문을 열고 불이 꺼진 어두운 계단을 더듬거리며 내려갔다. 발을 헛놓아 몇 번이나 무릎이 꺾였다. 젖은 사철나무 울타리를 스치며 빠르게 달려갔으나 노인회관 뒤 오동나무 아래에는 염소가 없었다. 비바람에 오동나무 잎사귀가 펄럭펄럭 흔들리고 내 우의 위로 빗방울들이 커다란 소리를 내며 떨어질 뿐이었다. 나는 멍하니 서 있다가 청년을 생각해내고 천천히 걸음을 떼었다. 비도 피할 겸 청년의 집이 올려다보이는 아파트 현관에 서고 보니 삼층 청년의 집에 불이 환히 켜져 있는 것이 보였다. 그런데 염소 울음소리는 왼쪽 끝 통로의 오층 집에서 울려나오는 듯했다. 방과 거실 부엌까지 불이 환하게 켜진 오층 집에서 계속 염소 울음소리가 들렸다.

"아악—"

여자의 비명소리가 젖은 밤하늘을 찢으며 길게 이어졌다.

"사람 살려요—"

"악—"

다시 염소 울음소리…… 그러고 보니 그 소리는 염소 울음소리가 아니라 여자의 신음소리였던 것 같았다. 비의 주렴을 흔들며 무엇이 바닥에 부딪쳐 깨어지는 소리들과 여자의 비명소리, 악다구니가 계속 들려왔다. 옆집과 맞은편 집에도 불이 켜져 있고 몇몇 다른 집에는 불이 켜졌다가 곧 꺼졌다가 했다. 멀리서 비상경보음이 들려왔다. 누군가 경찰에 신고를 해둔 모양이었다. 비상경보음은 점점 가까워지더니 마침내 모퉁이를 돌아 내가 서 있는 정원 앞 좁다란 광장에 멈추었다.

뜻밖에도 앰뷸런스였다. 차 안에서 세 명의 남자가 내렸다. 그들은 맞은편 아파트의 똑같은 입구들을 가리키며 뭐라고 의논하더니 튼튼해 보이는 들것을 들고 불이 환히 켜진 앞 동의 현관으로 들어갔다. 그들이 사라지자 흰색 승용차가 광장으로 들어왔다. 내린 사람들은 바로 우리집 아래층 식구들이었다. 여자는 작은아이를 안고 남자는 큰아이를 업었다. 여자는 내 앞에서 깜짝 놀라 발을 멈추었다.

"어마, 여기서 뭐해요?"

"그냥…… 비가 와서요."

여자는 차 안에서 자다 깬 듯 굳은 빵 같은 얼굴을 찌푸렸다. 이층 남자가 올라가면서 스위치를 올렸는지 계단에 불이 들어와 갑자기 환하게 밝아졌다. 나는 뒤에 놓인 여행가방이 신경쓰여 주춤댔다. 게다가 나는 이미 젖은 우의를 입고 있었다.

"아휴— 우린 시골 내려가 제사 지내고 오는 길이야. 이날만 되면 날씨가 번번이 이 모양이야! 못해먹겠어, 무슨 조상 덕 보는 게 있다고…… 삼층 청년 또 넘어갔나보지. 그 병도 참 이상해. 꼭 이맘때쯤이면 발작이 일어나니 말이야. 소란스러워서 깬 모양이네. 원칙적으로 입주민 신병심사도 해야지, 어디서 저런 사람까지 넣어가지고 이 말썽인지……"

이층 집 여자의 눈길이 내 다리 뒤에 놓인 여행가방을 짧게 스쳤다.

"이제 그만 안 들어가요? 밤도 늦었는데……"

여자는 묵묵부답 서 있는 내 우의 차림과 젖은 머리카락을 훑어보며 잠시 망설이더니 아이를 추스르고 올라갔다. 그 여자는 내일이나 모레, 혹은 일주일쯤이 지난 어느 날, 비 내리던 한밤에 수상쩍게 현관에 서 있던 내 모습을 증언하게 될 것이었다. 사라져버린 위층 여자의 여행가방과 우의와 젖어 있던 머리카락과 무릎이 튀어나온 바지에 대해서도 이야기하겠지……

계단 창문을 통해 그들이 삼층 청년의 집에서 나오는 것이 보였다. 그들은 들것을 들고 나오고 있었다. 나는 앰뷸런스 뒷문으로 바짝 다가갔다. 청년은 기진을 한 듯 들것에 실려 눈을 감고 있었다. 청년의 이마 위에 굵은소금 같은 빗방울들이 툭툭 떨어졌다.

"이봐요, 이봐요."

청년은 눈을 뜨지 않은 채 앰뷸런스 안으로 밀어넣어졌다.

"이봐요!"

염소는 어디 있느냐고 물으려고 하는데 다리에 둔탁한 것이 부딪혔다.

염소였다. 염소는 아마도 청년과 함께 있었는지 젖지도 않은 채였다. 나는 염소의 줄을 찾아 쥐고 아파트 현관으로 돌아와 비를 피했다. 비를 바라보고 있던 염소가 에에에 울기 시작했다. 뿔을 쓰다듬고 목을 만져주어도 소용없이 앞발을 잔뜩 내뻗으며 점점 거칠게 울어댔다. 어떻게 해야 할지 머릿속이 혼란스러웠다.

앰뷸런스는 몇 번 부르릉거리다가 떠났다. 나는 달려나가려는 염소를 쥐고 서서 아직 불이 켜져 있는 청년의 집을 올려다보며 서 있었다. 청년의 방 창문에 누군가 어른거리고 있었기 때문에 마음에 걸렸다. 잠시 후 창문이 와락 열리더니 한 남자가 활짝 펴진 검은 우산을 창밖으로 내던졌다. 청년의 작은 숲이었다. 작은 숲은 어디로 가기라도 할 듯이 공중에 잠시 떠 있더니 비스듬히 기울어져 잔디밭에 떨어졌다. 활짝 펴진 우산은 바람에 날려 조금씩 뒤치다 데구르르 저편으로 굴러갔다. 그러다가 우산은 아주 멀리 가버릴 것만 같았다. 나는 여행가방을 들고 염소를 끌고 나가 우산을 뒤쫓았다. 바람이 불자 우산은 훌렁 날려 낮은 언덕을 지나 길 저편으로 떨어졌다. 나는 뜻을 같이해주지 않는 염소 때문에 몇 번이나 우산을 놓친 끝에 놀이터의 미끄럼틀 계단에 걸린 우산을 간신히 덮쳤다. 우산은 녹이 슬었는지 접히지 않았다.

나는 잠시 망설이다가 천천히 우산을 썼다. 우산 속에 고여 있던 물이 이미 젖어버린 머리카락 위에 흘러내렸다.

불 꺼진 아파트는 거대한 벽처럼 평면적으로 서 있었다. 집을 찾기는 쉬웠다. 거실에 불이 켜져 있어서 희미한 빛이 홈통을 타고 흐르는 듯했다. 해변에 밀려 올라온 플라스틱병처럼 머리카락에 빗물이 묻은 한 남자가 소파에 엎드려 자고 있는 집이었다. 슬픈 꿈이 넘쳐 어린 소녀의 잠든 눈가에 눈물이 배어나오고 있을 집, 아침에 눈뜨면 한 여자가 사라져버린 것을 조용히 알아채게 될, 이미 오래전에 훼손된 집이었다. 얼마간의 시간이 흐르면 그도 무언가를 하게 될 것이었다. 누군가 가두어놓기라도 한 듯 틀어박혀 책만 읽을 수도 있을 것이고, 자동차를 몰고 전속력으로 달려가 어딘가에 꽝 부딪쳐 죽을 수도 있을 것이다. 이웃 사무실 여자와 미친 듯 살아볼 수도 있고, 혹은 훌쩍 떠나버릴 수도 있을 것이다. 무엇이든, 그것이 무엇이든 어쨌든 해볼 수가 있을 것이다.

언제까지 벼랑 끝에 배를 붙이고 심연을 내려다보고 있을 수는 없다. 나아가기 위해서는 끊긴 길 앞에서 두 눈을 감고, 두 귀도 닫고 자신의 본질을 향해 어느 순간 훌쩍 뛰어내리지 않으면 안 된다. 그리고 뛰어내려본 사람은 알게 될 것이다. 있는 것과 없는 것 사이의 심연 속에 현실보다, 현실의 현실보다도 더 강한 구름의 다리가 있다는 것을. 자신의 숲을 향해 가는 구름처럼 가벼운 구름의 다리……

나는 몸을 돌려 걷기 시작했다. 빗방울 소리가 갑자기 굵어졌다. 우리는 높이 솟은 플라타너스나무들 아래를 지나고 있었다. 염소는 두 눈에서 푸른빛을 흘리며 먼 곳을 향해 신호를 보내는 듯 더 높은 소리로 에에에— 에에에 울었다. 플라타너스 가지 끝의 널따란 잎이 나의 머리를 쓰다듬을 듯 내려왔다가 얼굴에 물방울을 후드득 떨어뜨리고 도로 올라갔다. 비를 몰아가는 바람이 횡 불어왔다.

안마당이 있는 가겟집 풍경

웃음소리……

많은 사람들이 함께 웃었다. 웃음소리는 비눗방울처럼 나의 혈액 속을 둥둥 떠다닌다. 젊었던 어른들과 꽃향기와 햇빛과 비와 눈물, 한숨과 저주와 사람들의 눈빛. 그때의 모든 것을 감싸안고……

"야야야 야야야 차차차 차차차아— 기타 소리 땡땡땡, 트위스트 춤을 춥시다."

안마당 장독대 앞에는 우리 형제와 사촌형제 들이 거꾸로 매달려 웃던 매화나무와 복숭아나무가 있었다. 미끈하고 검붉은 가지에 연분홍 꽃이 피던 매화나무에 꽃이 지고 나면 복숭아나무에 꽃이 피어 봄을 이어주었다. 세상에 대해 아무것도 몰랐던 그때에 내가 모를 일 중의 하나로 잎도 없이 늦겨울부터 피어나는 검은 나뭇가지의 꽃들도 들어 있었다. 나는 열한 살이었고 세상은 실마리를 감추고 하늘에 떠가는 구름조각들처럼 암호로 가득찬 추상이었다.

안마당 장독대 앞, 매화나무와 복숭아나무 곁에 짧은 지팡이 모양으로 꽂힌 수도가 있었다. 그리고 낮은 바라크 장독담 위엔 칫솔들이 든 통들과 플라스틱 컵들, 바가지와 포개진 세숫대야들이 줄줄 올려져 있었다. 우리는 각자의 칫솔들을 바라크에 나 있는 세 개의 구멍 속에 따로따로 넣어두었다. 월남에서 돌아온 삼촌은 아침마다 입안에 희디흰 치약거품을 물고 축담에 긴 다리를 걸치고 앉아서 우리에게 춤을 추게 했다.

"예예예, 좋아! 팔을 더 올려서 양옆으로 흔들어, 허리는 앞으로 숙이고…… 좋아— 잘한다."

야야야 야야야 차차차 차차차아— 기타 소리 땡땡땡 트위스트 춤을 춤을 춥시다—

사촌동생들과 나와 동생들이 안마당에서 노래하며 춤을 춘다. 그러면 안마당가에 세 들어 살던 홀아비 장씨와 월림 아지매 부부와 인천댁인 어긋지기숙모가 나와 창고 양철문 앞에 쪼그리고 앉거나 칫솔을 들고 치약을 묻힌다. 그리고 웃는다, 모두 모두 짜르르 웃는다. 복숭아꽃이 피었고 봄이 긴 안마당에서 어른들이 세수할 동안 우리는 꽃나무에 매달려서 꽃을 따서 던진다.

삼촌은 자루 하나를 메고 월남에서 돌아왔다. 새까맣고 키가 무척 컸다. 자루 속에는, 메주콩이나 보리쌀이 들어 있듯이, 아무렇지도 않게 검은 단추 같은 초콜릿이 가득 들어 있었다. 나는 마귀할멈에게 쫓기는 꿈을 꿀 때처럼 허황되게 느껴졌다. 그러나 세상에는 그런 일도 일어날 수 있었다. 우리는 초콜릿을 큰 독에 부어놓고 바가지로 퍼먹었다. 삼촌은 크고 흰 이를 드러내며 싱긋 웃었다.

도시에 있는 고모집에 얹혀 공부하고 토요일에 한 번씩 기차를 타고 오는 오빠는 삼촌이 보여주는 사진에 현혹되어 악악, 감탄사를 연발했다. 도망가는 베트콩을 끝까지 추격해 한 놈도 남김없이 섬멸한 맹호부대 용사들의 사진이었다. 용사들은 베트콩의 시체를 쌓아놓은 들판을 배경으로, 허리에 손을 얹고 비스듬하게 서서 웃고 있었다. 삼촌은 특히 혁혁한 공을 세워 용사들 중에서도 한가운데에 잔뜩 폼을 잡고 서 있었다. 그러나 그런 영웅적인 순간의 포착임에도 불구하고 드디어 내 차례가 되어서 볼 수 있었던 사진은 납 같은 침묵에 잠겨 있을 뿐이었다.

아무리 그렇게 보려고 해도 들판에 수북이 쌓인 그것이 사람 같지는 않았다. 수많은 자물통들이 서로를 물고 잠가서 흰 햇빛에 금속성으로 빛나고 있을 뿐이었다. 나는 사진 속의 정적에 갇힌 채 베트콩을 볶은콩이나 자물통쯤으로 혼돈을 일으키기 시작했다. 이건 자물통 같애…… 오빠는 얼빠진 나를 경멸하며 사진을 채어갔다.

나로 말하면 실은 대통령이 바뀔 수 있는 자리라는 사실도 이해를 못하는 얼빠진 아이이기는 했다. 하늘에 달이 있고 해가 있듯, 그리고 해와 달을 선거로 뽑지 않듯 우리나라에는 언제나 박정희 대통령 각하가 있는 것으로 알았다. 그는 내가 태어나기 전에도 대통령이었고 내가 열한 살이던 그때도 대통령이었던 것이다. 그리고 그는 후에도 내가 스무 살이 다 될 때까지 그러니까 거의 내 인생이 여물었던 삼분의 일의 기간에 걸쳐 계속 대통령이었다.

삼촌은 또 큰집 큰언니에게는 아오자이를 입은 월남 아가씨 인형을 선물했다. 고무로 만들어진 월남 아가씨는 얼굴색이 노르스름하고 촉촉해 보였으며 등에는 조그만 삿갓모자를 메고 있었다. 그리고 반짝이는 천의 월남 아오자이는 옆선이 깊게 갈라져 노란 허벅지가 엿보였다. 언니는 읍내 유리집에서 긴 갑을 맞추어 월남 아가씨 인형을 넣어두고 보았다.

야야야 야야야 차차차 차차차아— 기타 소리 땡땡땡 트위스트 춤을 춥시다—

나는 월남과 월림이 얼마나 다른지 알지도 못하면서 발바닥을 비비며 트위스트 춤을 추었다.

월림댁은 밀가루를 묻힌 듯 보얗게 분 바른 얼굴에, 분홍 색깔 양단한복을 입고, 눈처럼 흰 고무신 속에는 눈처럼 흰 꽃버선을 신고, 양발을 어긋어긋 놓으며 나는 듯이 대문간을 들어왔으나, 사흘이 멀다하고 바짝 마른 신랑한테 매를 맞았다. 이년이 어디서 배워먹은 버르장머리고! 월림 아재는 언제나 그렇게 소리지르며 발로 배를 걷어차올리거나 손바닥으로 얼굴을 후려치곤 했다.

어느 땐 변소 앞 감나무에 꽁꽁 묶여 있기도 했으나 식구들은 입술이 터진 채 히죽 웃는 월림댁과 인사말을 나누며 지날 뿐 아무도 풀어주지를 않았다. 죽는소리가 나야 어쩌다 한번 방안을 들여다봐줄까 할머니조차 남의 남정네 하는 일이라며 끼어들지를 않았다. 곧 날 듯이 삽짝을 들어섰던 여자가 그렇게 맞고 사는 것도 내가 모를 일 중의 하나였다.

가게를 보는 엄마는 다섯번째 아이를 가져 배가 불러 있었고, 우리에게 늘 양재기 밟는 소리를 냈다. 우리집은 국민학교 바로 앞에 있었는데 과자와 학용품을 대강 갖추어낸 가게를 하고 있었다. 시골 학교 앞이면 으레 하나쯤 있는 그런 가게였다. 파란 칠을 한 격자 창틀에는 먼지가 쌓여 있었고 가게 안은 어두웠다. 벽에 붙은 선반의 윗줄과 아랫줄엔 먼지에 덮인 물건들과 종이상자들이 빈약하게 올려져 있고, 가운뎃줄엔 도화지와 마분지, 크레파스와 물감, 연필과 지우개, 풀과 가위, 삼각자 따위의 학용품이 쌓여 있었으며 널따란 나무 진열대에는, 읍내 도매점에서 떼온 조잡한 과자들이 얇게 펴져 있었다. 그리고 한쪽 구석엔 건빵이 든 가마니가 놓여 있었는데 우리는 건빵을 훔쳐 내 부엌의 물통에 빠뜨려 잔뜩 부풀려서 먹곤 했다.

아버지는 군청에 다니셨고 박계장님이라고 불렸다. 아버지는 언제나 양복을 입고 물이끼처럼 검푸른 선글라스를 끼고 오토바이를 타고 다녔는데, 항상 밤늦은 시간에 멀리에서부터 신작로를 타타타타 울리며 돌아오셨다.

쿠페, 샤세. 쿠페, 샤세.

나는 학교에서도 춤을 추었다. 군 학예대회에 나갈 단체 발레였다. 우리는 주문한 오색 양산이 아직 나오지 않아 양산을 손에 쥐었다고 가상하고, 모아쥔 양손을 위로 올렸다가 어깨에 메었다가 앞으로 내밀어 빙글빙글 돌리며 무용 연습을 했다.

쿠페, 샤세. 쿠페, 샤세.

무용선생님은 준비연습을 할 동안 나무막대 두 개를 딱딱 부딪쳐 높고 맑은 소리를 냈다. 그리고 본연습 때엔 상자를 펴고 테이프를 걸면 아름답고 경쾌한 뻐꾸기 왈츠가 흘러나온다. 우리는 바닥에 마루가 깔린 일학년 교실에서 책걸상을 뒤로 밀어붙이고 연습을 했다. 교정이 텅 비고 연못가의 풍향계도 방향을 잃은 듯 돌다 말다 하는 늦은 오후쯤이면 오학년이던 교장선생님 아들이 창문 밑에서 우리를 훔쳐 보곤 했다.

그는 이란성쌍둥이로 누이가 있었는데 그 여자애는 언제나 턱밑으로 침을 질질 흘리거나 얼굴에 침을 잔뜩 묻히고 있었다. 그 여자애가 길다란 고구마처럼 붉고 못생긴 데 비해, 그는 몹시 희고 꽃처럼 예쁜 얼굴을 하고 있었다. 그가 창문 밑에서 머리를 들어올릴 때면 나는 잔뜩 긴장하여 더 잘 추려고 발끝을 곧추세우며 고통스러운 노력을 했다.

어느 날은 쉬는 시간에 화장실을 다녀오는데, 교사 복도 테라스의 기둥 뒤에서 교장선생님 아들이 불쑥 나와 나의 팔을 붙들었다.

"잠깐만 저쪽으로 가자, 꼭 할 이야기가 있어."

그는 교장선생님 사택으로 가는 작은 길로 나를 데리고 갔다. 가시나무 울타리에 빼곡빼곡 흰 꽃이 피어 있고 벌들이 꽃 속에서 붕붕거렸다.

"니가 제일로 예쁘고 춤도 잘 추더라."

벌들은 붕붕거리고 나는 어지러워 꼭 넘어져 가시나무의 가시에 찔릴 것만 같았다.

"우리집에 놀러 안 갈래?"

교장선생님 하얀 사택이 궁금하기는 했지만 나는 고개를 가로저었다. 아직 연습이 끝나지도 않은 시간이었다. 그가 긴장한 듯 눈을 두 번 깜박이며 바싹 다가왔다. 그의 얼굴은 눈처럼 희고 입술은 복숭아

꽃잎처럼 분홍색이다. 나는 몸이 뻣뻣하게 굳었다. 그가 나의 입술에 입술을 댔다가 뗐다. 나는 천천히 뒷걸음질치다가 몸을 돌려 달렸다.

"무용 끝나고 놀러 와—"

울타리를 빠져나왔을 때 손을 가져다가 입술에 대어보았다. 여전히 그의 입술이 거기 붙어 있는 듯했다. 나는 몸을 한껏 뒤로 젖히고 우아하게 테라스의 기둥들을 스치며 걸어가 참하게 교실 문을 열었고 예상했던 대로 늦었다고 무용선생님께 야단을 맞았다. 나는 순식간에 쥐도 새도 모를 숨막히는 비밀을 가졌던 것이다. 나는 그 비밀이 몹시 마음에 들었다.

그러나 그 비밀은 불과 사흘 만에 바람 빠진 풍선처럼 쭈글쭈글 삭아버렸다. 쉬는 시간에 '비밀 털어놓기'를 하다가 보니, 그 자식은 함께 무용하는 여자애들 모두를 그렇게 꼬인 것이었다. 손만 잡혔거나, 껴안겼거나, 고백만 들었거나, 나처럼 뽀뽀까지 했거나. 나는 침을 세 번 뱉고 잊어버리려고도 했으나 그럴 수가 없었다. 그는 계속 무용 연습을 훔쳐보았고 그럴 때면 언제나 내 가슴이 펌프질듯 푸각푸각 뛰었다. 뻔뻔스럽게도 그는 여전히 테라스 뒤에 숨어 있다가 내게 말을 붙였다.

"잠깐만 저쪽으로 가자, 할 이야기가……"

나는 그에게 뜨거운 맛을 보여주기로 결심했다.

'교장선생님 아들, 김영주는 월남 씹쟁이.'

학교 교문 바로 앞에 있는 게시판 시멘트 테두리에다가 붉은 크레용으로 그린 그 화려한 벽서는 나의 짓이었다. 그땐 월남 방망이과자, 월남치마, 월남 고깔모자, 하는 식으로 '월남'자가 붙는 것이 유행이어서 나도 월남을 붙였던 것 같다. '월남'이라는 글자에는 뭔가 신랄하고 모욕적인 느낌이 났기 때문이었다.

학교가 발칵 뒤집어졌지만 결국은 말썽쟁이 남자아이들 몇 명만 교무실로 불려가 자백을 강요당했을 뿐, 나는 눈곱만큼의 의심도 받지 않은 채 유유자적했다.

군 학예대회 날 우리는 오색 양산을 들고 망사를 넣어 엉덩이 부분을 부채처럼 편 발레복을 입었다. 어깨는 단지 금색의 가는 끈으로만 되어 있고 깊게 팬 앞가슴에는 분홍색 깃털이 달려 있었다. 너희들은 뻐꾸기야, 뻐꾸기처럼 폴짝폴짝 가볍고 귀엽게 튀어올라야 해! 무용 선생님이 마지막으로 당부했다.

다섯 뻐꾸기들은 너무 짧아 가랑이가 다 드러난 발레복을 입고, 이웃 학교 강당의 무대 입구에 숨을 멈추고 섰다. 빼곡히 들어찬 강당의 맨 앞줄에 손가락에 펜을 끼우고 앉아 있는 심사위원들의 얼굴이 어렴풋이 보였다. 뻐꾸기 왈츠의 첫 선율이 우리의 팔을 당겼다. 우리는 선율에 실려 발끝을 내딛고 오색 양산을 빙빙 돌리며 재재재재 옆 걸음으로 미끄러져 나갔다.

우리는 단체 발레 부문 일등을 먹었다. 그리고 일주일 뒤 도청이 있는 도시에서 열린 도 대회에서 이등이라는 좋은 성적을 올렸다. 우리는 군수님의 금일봉과 지역 유지들의 성원에 힘입어, 강가의 고급 여관으로 옮겨 하룻밤을 더 자고 관광을 하며 불고기를 먹었고 사이다와 아이스크림도 먹었다. 나는 강을 처음 보았기 때문에 난간에 기대 오래 내려다보았다. 택시들이 빠르게 곁을 스쳐갔고 강물은 아까운 실타래처럼 한없이 흘러가고 있어서 어지러웠다.

아버지도 무척 기뻐하셨다. 그러나 엄마는 무슨 일로인지 숙모와 한바탕 싸웠고, 나의 일에 대해 기뻐하기는커녕 질투하거나, 혹은 의도적으로 무시하는 것 같았다. 엄마는 언제나 그랬다. 내가 백 점짜리 시험지를 받아와도 그거 잘해서 뭐하느냐, 는 태도였다.

며칠이 지난 어느 날, 느닷없이 오후에 집에 들른 아버지께서 내게 하얗게 포장된 상자 두 개와 역시 흰 포장지에 싸인 좀 작은 사각 상자를 내밀었다. 나는 큰 상자는 천안 명물 호두과자란 걸 알고 있었다. 아버지는 일 년에 한두 번 서울 출장 갔다 오실 때면 그 상자를 들고 오셨다.

"문계장님이 출장 갔다 오셨는데 네 소식을 듣고 축하한다고 이걸 주셨다."

아버지는 문계장에 대해서는 꼭꼭 경어를 썼다. 엄마가 붉은 얼굴로 흘끔흘끔 쳐다보았다. 문계장은 아버지의 동료였다. 군청에서 유일한 여자 계장이었는데 머리끝에는 고데를 넣고 흰 원피스를 입고 검은 뾰족구두를 즐겨 신는 지성적인 노처녀였다. 그녀는 아버지의 생일이나 할머니 생신 같은 때에 다른 동료들에 묻혀서 이따금 집에 들렀다.

나는 그녀로부터 온 전동차 모양의 은색 연필깎이에 온통 마음을 빼앗겼다. 오빠조차 샘이 난 나머지 넋을 잃을 지경이었다. 토요일에 왔던 오빠는 광에 있는 자신의 보물주머니에서 빨간색만 모은 구슬과, 일곱 가지 색칠을 한 팽이와, 줄넘기와 공과 딱지와 연필과, 심지어 튜브까지 걸며 바꾸자고 꼬드겼으나 뜻대로 되지 않자, 갖은 협박을 하다가 나중엔 뺑 하고 나의 허벅지를 걷어차고는 달아나버렸다. 엄마는 그런데도 오빠 역성을 들며 울고 있는 내 등을 빗자루로 후려 쳤다.

읍내에서 유일하게 선글라스를 끼고 다니는 멋쟁이 아버지는 왜 문 계장과 결혼하지 않고 엄마와 결혼을 했을까? 언제나 배가 부르고 깨 어지는 소리를 내고 숙모와 싸우거나 할머니와 싸우는 작은 눈에 얼 굴이 붉은 여자. 엄마는 아침이면 우리의 사열을 받고 위엄 있게 나가 서서, 한밤중에 우렁찬 오토바이 소리를 내며 달려오는, 멋진 아버지 와는 요만큼의 공통점도 없어 보였다.

문계장이 우리 엄마였더라면, 동생들도 이렇게 많이 낳아 나를 궁 지에 몰아넣지는 않았을 텐데, 하는 것이 솔직한 내 심정이었다. 그녀 라면 결코 이렇게 많은 실패를 하지는 않았을 것이 정녕 분명했다.

쯧쯧쯔, 니가 고마 머스마로 태어나지, 아이고 너거 엄마가 고생이 다.

엄마의 계원들이나, 아버지의 동료나, 어중간한 친척들이 우리집을 생각해준답시고 셋째나 넷째에게 그런 말을 할 때마다, 나는 수치심 과 엄마에 대한 분노로 몸을 떨었다. 우리들은 모두 잘못 뽑힌 제비들 처럼 꽝, 이었던 것이다.

씰데없는 지집년들이 줄줄이 나와 애비 등골을 빼먹는다. 집밖으로 돌게도 되어 있제, 아들 하나 있는 건 공분지 뭔지 시킨다꼬 백 리 밖 으로 보내놓고, 집이라고 들어서보모 지집만 모두 여섯 년이 드러누 워 있으니, 집구석이라고 들어오고 싶겠나? 오데서 아들 하나 더 안 낳아 들어오는 것만 해도 용하지!

할머니는 공공연히 우리의 등짝을 후려치며 분수를 알도록 가르쳤다. 그러나 나는 좀 달랐다. 나는 결코 결코 실패가 아니었다. 모두다 실패라 해도 최소한 나는 내 자리가 있었다. 나는 첫딸이었고, 아버지의 눈길에서 나는 나 자신이 모두와는 다르게 아버지가 원했던 딸이라는 확신을 갖고 있었다. 나는 아버지와 한패였던 것이다. 그리고 완전히 솔직히 말하자면, 나 역시도 그것이 여자애든 남자애든 간에 동생들이 지긋지긋했고, 동생이라는 존재 따윈 내 인생에 하나도 없었으면 했다. 어쩌다 차례가 되어 손에 쥐어보는 급식빵마저 동생들과 나누어 먹어야 할 때는 정말 동생들이 끔찍했다. 네 개의 분단 여덟 줄, 하루 한 줄에 배당이 되니 거의 열흘에 한 번꼴로 급식 차례가 왔다.

하루는 집이 먼 다른 아이들처럼 가는 도중에 다 먹어버리기 위해서 책가방을 멘 채로 다른 아이들 속에 끼어 갔다가 길을 잃어버렸다. 우리 인생 속에 얼마나 많은 다른 길의 가능성이 있을 수 있는 것인지…… 길은 한 구덩이에서 풀려나온 실뱀떼처럼 꿈틀거리며 꼬리에 꼬리를 물고 나를 다른 곳으로, 다른 뱀의 머리 위로 실어갔다.

어스름이 내린 뒤 순경 아저씨가 나를 자전거 뒤에 태우고 집에 오자, 엄마는 누군가 손가락을 넣어 입을 찢는 듯이 억지로 미소지으며, 고맙다고 인사했다. 그리고 순경 아저씨의 자전거가 아직 마당에서 채 벗어나기도 전에 설거지통의 구정물을 내게 확 뿌렸다. 곧이어 설거지통도 내 발등에 내던졌다.

"집이 싫으면 나가거라, 이년아! 하느님 맙소사! 저런 년을 맏이로 떨어뜨리다니, 아이고 복도 복도, 조선 천지에 지지리 복도 없는 년의 팔자!"

내가 급식빵을 뜯어먹으며 다른 동네 아이들 틈에 우쭐우쭐 끼어 가더라고 누군가 일러바친 듯했다.

나는 학교 개나리 울타리 속에 쭈그리고 앉아 우리 가게에서 새어나오는 불빛을 보며 아버지의 오토바이 소리가 들리기를 기다렸다. 아버지 등뒤에만 묻어 들어가면 엄마는 스스로 언제 패악을 쳤느냐는 듯 시치미를 떼기 때문이었다.

한참을 그렇게 있자니 캄캄한 교정 저 안쪽 연못가쯤에서 도닥도닥 말소리가 들렸다. 그것은 틀림없는 아버지 음성이었다. 그 말소리는 얼마 후 교문 쪽으로 가까워지더니 뚝 끊겼다. 교문 앞 플라타너스나무 앞에 이르자 학교 본관에서 비춰온 희미한 불빛 속에 아버지와 흰 블라우스를 입은 여자가 드러났다. 나란히 걷고 있던 여자는 문득 발을 멈추고 아버지 품으로 와락 기울어졌다. 아버지는 휘청하더니 오른손으로 오토바이를 꽉 쥐고 한 손으로 엉거주춤하게 여자를 안으려고 했다. 그러나 여자는 이내 아버지 품에서 떨어져 언제 그랬느냐는 듯이 쌀쌀하게 또박또박 걷기 시작했다. 여자가 마구 걸어 교문을 빠져나가자 아버지는 여자를 부르며 뒤따라갔다. 민희— 민희— 마치 휘파람 소리 같았다. 숨을 턱밑에 가둔 채 성난 듯 간절하게 부르는 소리가 어둠 속에 낮게 파동쳤다. 민희— 민희—

흰 블라우스를 입은 여자는 문계장이었다. 문계장의 이름이 문민희인 모양이었다. 예쁜 이름이었다. 할머니 이름인 박봉애나 엄마 이름인 조덕자 따위와는 비할 바가 못 되었다. 두 사람은 칠흑 같은 어둠 속에 집을 뒤로하고 신작로를 따라 읍내 쪽으로 내려갔다. 나는 한

참을 더 개나리 울타리에 몸을 끼운 채 숨어 있다가 나를 부르러 나온 할머니 뒤에 숨어서 집으로 들어갔다. 어두운 방안에 세 명의 동생들 곁에 누워 아버지가 오시나 귀를 세우고 있다가 나는 그만 잠이 들어버렸다.

"야야야 야야야 차차차 차차차아— 기타 소리 땡땡땡 춤을 춤을 춤을 춥시다."

안마당에서 동생들의 노랫소리와 어른들 웃음소리가 들려왔다. 나는 늦잠에서 일어나 창문 밖을 내다보았다. 일요일이라 아버지도 삼촌과 나란히 치약거품을 물고 웃고 있었다. 삼촌은 입가에 치약을 흘렸지만 아버지는 입가에 거품 하나 흘리지 않고 깨끗하게 웃고 있었다.

아버지는 언제 돌아오셨을까. 장독에서 김치를 꺼내는 엄마도 주홍색 플라스틱 바가지를 든 채 맑은 얼굴로 웃고 있었다. 매화나무와 복숭아나무에 푸른 잎이 무성했다.

읍내 극장에 쇼가 들어와 트럭을 탄 흥행단들이 나팔을 불고 북을 치며 한차례 신작로를 휩쓸고 갔다. 아버지는 언제나 극장에 들어가는 표를 갖고 계셨다. 어린 동생들과 할머니를 뺀 우리 식구는 전부 극장엘 갔다. 극장은 읍내에서 하나뿐인 이층 건물이었고 벽에는 반짝이는 정사각형 타일이 붙어 있었다. 그리고 큰 간판에는 늘상 남자와 여자의 얼굴을 겹쳐놓은 그림이 민망하게 그려져 있어서 그 아래를 지날 때면 금세라도 머리 위에 무엇이 떨어질 것처럼 조마조마해졌다.

근처에 채 닿기도 전에 풍짝— 푸짝— 신나는 음악이 가슴을 요동치게 했다. 극장 안은 침침했는데 바닥은 축축한 흙인 듯했다. 벽과 통로와 의자 사이에서, 오랫동안 고여 있던 장소에서 나는 서늘하고 습기 찬 기운과 지린내와 담배 냄새 따위와 곰팡이 먹은 이불에서 나는 뭐라 말할 수 없는 비밀스러운 냄새가 뒤섞여 났다.

삐걱삐걱거리는 얇은 베니어 의자는 극성스러운 시골 관객들이 이미 두 시간 전부터 자리를 다 차지해버렸다고 한다. 그렇지만 아버지는 곧 극장 관계자를 만나 자리를 두 개 얻어 엄마와 나란히 앉았다. 삼촌과 숙모, 장씨 아저씨와 월림 아재 내외와 오빠와 나와 동생은 무대 바로 아래의 흙바닥에 신문지를 깔고 앉아야 했다.

대형 화면 옆에는 금연, 정숙, 금일 상영 프로, 개봉박두 등 알 수 없는 말들이 붉은 글씨로 박력 있고 의미심장하게 쓰여 있었다. 아이스케키를 파는 소년들이 아이스케키! 입안이 얼어붙는 아이스케키! 라고 외치며 지나가고 매점의 여자애가 오징어나 땅콩, 심심풀이 땅콩, 껌도 있습니다! 외치며 돌아다녔다. 사람들은 잠깐도 가만있지 않았다. 의자를 삐걱거리며 뒤로 돌아보거나 크악, 하고 가래침을 바닥에 뱉거나 싸우거나 우는 아이를 쥐어박거나 담뱃불을 붙이거나 무언가를 씹거나…… 월림 아지매의 표현에 따르면 사람들이 극장을 이고 나가게 떠든다고 했지만 그런 소요 속에서도 내게는 모든 것이 너무도 고요하게 비쳤다. 특히 나는 쇼가 시작되려고 불이 꺼지는 순간 의자의 첫 줄에 앉아 있던 어떤 남자의 무릎 위에 맡겨졌는데 순간적으로 내가 고구마를 깔고 앉은 것이 아닌가, 하는 당혹감에 빠졌다.

그 고구마는 점점 커지고 단단해지고 뜨거워졌다. 극장 무대에는 젖꼭지 부분과 사타구니 부분만을 구슬로 가린 무희가 허리를 많이 흔들며 뭔가 고통스러운 듯도 하고 지저분한 냄새를 맡는 듯도 한 표정을 짓고 있었다.

나는 내가 일어서서 나갈 때 그 남자의 무릎 속에 있는 고구마가 엉덩이에 붙어오지나 않을까, 하는 곤혹감에 사로잡혀 동그란 조명이 훔쳐보는 눈동자처럼 빨갛고 파랗게 변하는 무대를 적막하게 바라보았다.

나는 그 아저씨의 고구마에 대해 아무에게도 물어보지 않았다. 하늘이 있듯 구름이 있듯 예쁜 꽃들이 있듯, 내가 아직 본 적은 없지만 어디엔가 미국까지 닿는 큰 바다가 있듯 아침이면 아버지가 돌아와 계시듯 그런 것은 내가 태어나기 이전부터 그래왔던 것이었고 누구 탓도 아니기 때문이었다.

드디어 미국에서 고모가 왔다. 고모가 귀국하는 것은 지난겨울부터 이미 예고된 일이었다. 고모가 어떻게 미국까지 갔느냐고 묻자 할머니는 장죽에 담뱃가루를 꼭꼭 눌러넣고 불을 피워 연기를 길게 빨아들였다가 내뿜고 난 후 대답하셨다. 삼촌 머리를 깨고 혼날 것이 무서워서 계속 계속 도망가다보니 미국까지 간 것이라고…… 나는 스물두 살이었던 한 처녀가 달겨드는 남동생의 머리를 깨고 울면서 철로 굴다리를 지나, 넓은 들판을 지나, 강을 건너 바다를 건너 한없이 걸어가는 것을 그려보았다. 나도 길을 잃어보아서 알 수 있었다. 길은 얼마나 다른 곳으로 우리를 실어갈 수 있는지, 길에 나서기만 하면 얼마나 먼 곳까지 얼마나 다른 곳까지 다다를 수가 있는지.

고모는 상상했던 것과는 달리 금발도 아니고 푸른 눈도 아니었다. 옻물이라도 들인 듯 윤기가 흐르는 머리카락은 칠흑처럼 검었고 피부도 일부러 태워서 우리보다 더 검었다. 그리고 키가 무척 컸다. 곁에서 걸으니 마른 장대같이 긴긴 다리만 보였다. 그렇게 키 큰 사람과 나란히 걷기는 처음이었다.

고모는 엄마 아버지의 방을 혼자서 사용했다. 고모는 트렁크에서 꺼낸 옷을 방바닥에 아무렇게나 펼쳐놓았다. 고모의 옷들은 한 번 본 적도 없는 바다를 생각하게 했다. 거의가 아주 작은 물결 색깔의 옷들이었다. 소매가 없는 윗옷과 엉덩이만 가리는 미니스커트, 얼기설기 엮은 끈으로만 등을 가린 실로 보기에 난처한 옷들이어서 전부 해수욕복같이 여겨진 까닭이었을 것이다. 고모는 비눗물을 대강 뺀 끈끈한 머리카락을 엉덩이까지 풀어내리고 송충이 같은 인조 속눈썹을 붙이고, 엄마 표현에 따르면, 가랑이만 용케 가린 비단 원피스를 입고 굽 높은 나막신을 신고 친척들에게 인사를 다녔다.

고모는 아버지께는 미제 카메라를 선물했고 삼촌에게는 선글라스를, 엄마와 숙모에게는 속이 훤히 비치는 소라색과 분홍색 잠옷을 선물했다. 할머니에겐 아무것도 안 주는 것 같았고 우리에게도 주지 않았다. 고모는 우리가 마루를 닦는다면 삼원을 주겠다고 했는데 일원짜리라면 우리집 가겟방에 굴러다니는 형편이라 아무도 고모에게 고용되지 않았다. 그 일로 인해 나는 갑자기 고모에 대한 호기심이 시들해졌다. 엄마 말대로 고모는 주책스런 미국 거지일지도 모른다는 느낌이 들었다.

고모는 남편 토미의 사진을 보여주었는데 이목구비도 분간하기 어려울 지경으로 지독한 흑인이었다. 할머니는 말없이 사진을 제쳐놓았다. 베드룸, 키친, 배스룸, 발코니 등등에서 연두색과 분홍색의 반짝이는 월남 아오자이를 바꾸어 입어가면서 영화배우처럼 찍은 사진도 있고 빨간 집의 넓고 짙푸른 잔디 정원에서 찍은 귀여운 검은 아이들의 사진도 있었지만 어쩐지 모든 것이 가짜같이만 느껴졌다.

고국에서 다섯 벌의 비단 원피스와 두 벌의 한복을 맞춘 고모는 주름살 제거 수술을 해 아무 표정도 지을 수 없는 얼굴로 눈물을 줄줄 흘리며 떠났다. 너무 울어 나중엔 인조 속눈썹을 뜯어내야 했다. 할머니도 치맛자락을 걷어들고 우셨다. 몇 날 며칠 계속해서 할머니 눈에 눈물이 흘러 눈가가 짓물러 상처가 났다.

고모가 떠나자마자 엄마와 아버지는 크게 싸우셨다.

"내 말이 뭐가 틀려서? 다른 집 일가붙이들은 외국서 오니께 집도 사주고 논도 사주고 갑디다. 한밑천 떨어뜨려주고 가도 뭐할 낀데 언감생심 뜯어갈라고 하다니, 그기 미국 거지지, 내 말이 뭐가 틀리다꼬!"

엄마가 나일론을 가르는 새된 소리를 질렀다.

"야야야 야야야 차차차— 차차차아, 기타 소리 땡땡땡 춤을 춤을 춤을 춤시다."

아침이면 여전히 우리는 노래하고 춤추었다. 그리고 어른들은 웃었다. 장마가 닥쳐 비가 계속 왔다. 담장 아래 좁다란 꽃밭의 장미나무에는 분홍색 장미꽃들이 급식빵만큼이나 커다랗게 피었다. 장미의 향기는 마치 홈통에서 흘러나온 빗물이 안마당가로 흘러가듯 안마당으로 굽이쳐 흘러가며 퀴퀴한 냄새들과 뒤섞였다.

홀아비 장씨는 다리 공사가 쉬어서 아들을 데리고 매일 미꾸라지를 잡으러 다녔다. 그 작은 남자아이는 소쿠리를 머리에 눌러쓰고 긴 양은 바께쓰를 따끄르르 끌며 따라나섰다. 미꾸라지는 많이도 잡혀 장에 갖다내고도 지천이라, 매일 우리집 대야에 부어주었다. 엄마는 내게 젖은 텃밭에서 방앗잎을 뜯어오라 하고 미꾸라지를 기름에 데글데글 덖어 매일 추어탕을 끓였다. 그해 여름 우리 식구는 추어탕에 질려 그후 몇 해 동안 아무도 추어탕을 다시 먹지 못했었다.

월림 아지매는 비가 내리퍼붓는데도 이따금 안마당에 내던져졌다. 두 사람은 온몸에 뻘을 묻히고 레슬링 선수처럼 뒤엉켜 싸웠다. 만약 월림 아재가 창고에서 갈구리만 내어오지 않았더라면 아지매가 이겼을 것이다.

"맞아본 놈은 팰 줄도 안다고 까딱하모 월림댁이 이기겠다!"

엄마가 중얼거렸다.

"여펜네가 뻑세게 굴면 얻어맞게 되는 법이다. 저리 머리를 뱀대가리처럼 곧추세우니, 사흘들이 매타작일밖에. 지집은 그저 연해야 되는 게야, 죽을죄를 지어도 다소곳하게만 굴면 빠져갈 구멍이 생기는 것을 쯧…… 지집이 뭘 믿고 저리 뻑센지, 저년이 사나 열 잡아먹을 지집이다."

할머니가 그렇게 중얼거리며 산 너머 고향 마을에 다니러 나가자 엄마가 대문간으로 고개를 내밀며 톡 쏘았다.

"뻣뻣한 년들 매타작감이면 저 할마시는 벌써 맞아 죽고 남지도 않았겠네."

장대비가 몹시 쏟아지던 토요일 오후, 일찍 퇴근한 아버지는 문계장 집에 나를 데리고 갔다. 아버지는 오토바이를 타지 않고 우산을 받고 앞서 걸었다. 나는 우리집에서 아버지와 유일한 한패였다. 내가 더 어렸을 때는 아버지는 나를 데리고 다방에도 자주 가셨다. 나를 푸른 이끼가 잔뜩 낀 수족관 옆에 앉히고 친구와 툭툭 치며 이야기하고 담배를 피우고 하하 웃었다. 다방 아가씨들이 모여들어 내게 말을 시키고 아버지 이름을 묻기도 하고 유과를 주기도 했다. 아버지는 다방에 올라갈 때 내 손을 잡고 천천히 좁은 나무계단을 올라갔던 것과 달리, 내려올 땐 언제나 나를 번쩍 안고 우르르 뛰어내려오셨다. 어쩌면 아버지는 그때 작은 연애를 하고 있었는지도 모르겠다.

나는 신발도 다 빠지고 치마도 다 젖었지만 아버지와 걷는 기분에 우쭐해져서 팔랑팔랑 따라갔다. 아버지는 내가 길을 잃었던 그 골목과 같은 비슷비슷한 대문들과 골목들을 지나 한 대문을 밀고 들어갔다. 그 골목의 집들은 더구나 똑같아 보였는데 아버지가 대문을 민 곳은 세번째 집이었다. 둥그런 큰 정원을 지나 봉숭아꽃과 채송화가 무리져 피어 있는 담장가를 돌아가니 예쁜 별채가 나타났다. 수돗가에 붉은 달리아떼가 허리가 휘어질 듯 피어 있었다. 자세히 보니 정말 허리가 휘어져서 끈으로 묶어놓은 상태였다. 그리고 활짝 열린 문의 방 안에서 발을 젖히며 문계장이 나타났다. 끝이 소라처럼 오므려진 검은 머리카락을 눈부시게 흰 리본으로 묶고 흰 원피스를 입고 있었다. 안경을 쓴 얼굴도 박 속처럼 희었다. 그리고 들어올린 두 손 위에는 그 모든 것보다 더 흰 수건이 들려 있었다. 나는 아버지를 올려다보았다. 아버지는 입을 다물고 한 대 맞은 사람처럼 문계장을 보고 있었다.

발이 쳐진 방안은 이제 막 물을 간 어항 속처럼 맑고 고요했다. 문계장은 아버지껜 커피를 드리고, 나에겐 사이다를 주었다. 그리고 잘 닦인 안경 너머로 나를 빤히 보았다. 입가에 장난기 어린 미소가 가득 고여 있었다. 나는 어찌해야 할지를 몰라 그녀를 향해 짧게 웃어주고는 수포들이 달라붙은 유리잔을 보다가 방안에 있는 또하나의 방을 가리고 있는 레이스 커튼을 보다가 했다. 꽃모양의 같은 모티프를 여러 개 이어 짠 노란색 커튼이었다. 커튼 너머의 방은 어둡고 서늘해 보였다. 실례되게도 나는 사이다를 마지막 한 방울까지 다 마시고 카악, 트림을 하고 한차례 후드득 떨기까지 했다. 전에 받은 선물에 대해 고맙다는 인사를 해야 할지 어쩔지 고민에 빠져 있는데 문계장이 내 손을 이끌고 서서 방 가운데에 큰 비중을 차지하고 놓여 있는 피아노 뚜껑을 열었다. 그리고 내가 피아노를 둘러싼 레이스와 까마귀처럼 검고 새 이빨처럼 흰 건반들에 대해 감탄할 사이도 없이 떵!— 하고 눌렀다.

"여자는 피아노도 칠 줄 알아야 하는 거야. 그래야 교양 있는 규수지……"

나는 아버지의 명령에 따라 일주일에 세 번 문계장 집에 가서 피아노를 배웠다.

"뻐꾹뻐꾹 봄이 가네, 뻐꾸기 소리 잘 가란 인사 복사꽃이 떨어지네—"

나는 빗소리에 섞이며 노래하고 피아노를 쳤다. 문계장의 품에서는 비 온 뒤 풀밭을 지나올 때 나는 풋내가 났다. 내 등뒤에 가만히 설 때나 팔을 뻗을 때나 나를 가만히 쳐다볼 때도……

나는 문계장이 자리를 비울 때면 피아노를 치다 말고 잠깐씩 노란 레이스 커튼이 쳐진 또하나의 속방을 바라보았다. 이상하게도 그 방 안에 무엇인가가 숨어 있을 것만 같아 가슴이 두근거렸다. 이를테면 아버지가 자주 잃어버린 라이터들이나 손수건, 심지어 엄마가 귀신 곡할 노릇이라며 온 장롱을 다 뒤지다 결국 못 찾고 만 아버지의 봄 점퍼도 그 방 벽에 걸려 있을 것만 같은 두려움과 어쩌면 지금 이 순간 아버지가 숨어 있을지도 모른다는 안타까움이 몰려와 두 눈을 꼭 감아버리곤 했다.

문계장은 고깔 양과도 사두었다가 내어주고 사이다도 늘 한 잔 가득 부어주었다. 이렇게 빨리 배우는 아이는 없을 거라며 기뻐했고 내가 피아노에 재능이 있다고 말했다. 그리고 내가 영리하며 손도 참 예쁘다고 했다.

사실 나는 손이 예쁘다는 말을 늘 들었다. 아버지를 닮아 시골 아이 같지 않게 피부가 희고 긴 손가락을 가진 것이다. 이것만 해도 엄마를 닮지 않아 얼마나 다행인지, 나는 아직 인생을 몰랐지만 엄마처럼은 절대로 되지 않으리라는 결심만은 이미 확고했다. 엄마처럼 산다면 살아볼 필요도 없으며 심지어 자라볼 필요조차 없을 것이었다.

내 결심도 모르는 채 엄마는 내가 맏딸 노릇을 하지 않는다고 욕을 퍼부어댔다. 그러나 어떤 핍박을 받는다고 해도 나는 절대로 맏딸 노릇을 받아들이지 않을 작정이었다. 맏딸이란 내 의지로 된 일이 아니었고 엄마가 줄줄이 동생을 두어서 된 일이니 나로선 거부할 자유가 있었다. 나는 아무도 몰래 일기장에 썼다.

'나는 공주처럼 살 테야.'

문계장은 피아노를 친 후에 꼭 손을 씻고 내게도 양은대야에 물을
담아주었다. 나는 문계장이 가랑파 같은 희고 연한 손을 씻을 때면 밤
마다 동전을 세어 묶다가 잠드는 엄마를 떠올렸다. 엄마는 으레 동전
을 쥔 채로 졸다가 다 못 센 동전들을 장롱 밑에 밀어넣고 잠들어버리
곤 했다. 손도 씻지 않고……

문계장이 나의 엄마였다면 얼마나 좋을까…… '알리바바와 사십
명의 도적'에 나오는 동네 같은 미로를 더듬어 그 세번째 집을 찾아갈
때마다. 그 세번째 대문에서 나올 때마다 길을 잃을 것 같은 어지러운
떨림 속으로 그런 생각들이 흘러갔다.

어느 날이었다. 그날 엄마는 갑자기 우리 자매 모두를 읍내 목욕탕
에 데리고 가 깨끗하게 씻겼다. 그리고 저녁 설거지 뒤끝에 엄마는 부
뚜막의 양념통들 하나하나를 꼼꼼히 닦으며 내게 말했다. 나는 발끝
을 들었다 내렸다 하며 헹군 그릇들을 선반에 포개어 올렸다.

"니 문계장 좋제?"

"응, 좋아."

"얼매나 좋노?"

"……"

"맨날 야단만 치는 이 엄마보다 백배 천배 좋제?"

"……"

나는 대답 대신 엄마가 자꾸만 닦고 있는 양념통들을 쳐다보았다.
양념통에는 깨소금과 고춧가루, 잔소금 등이 이제 막 새로 담은 듯 소
복소복 담겨 있었다.

"와 말을 안 하노?"

"그건 와 묻노?"

"니는 니 아부지하고 속이 똑같으니께 물어보는 기다. 문계장 좋제? 교양 있고 멋쟁이고 양순하고……"

엄마의 기미 지고 붉은 얼굴이 더 붉어진 것 같았다.

"엄마가 없을 때는 니가 동생들 잘 돌봐야 된다. 맏이는 엄마 대신인 거 알제?"

"엄마 어디 가?"

예사스런 당부 같지 않아서 나는 겁이 덜컥 났다. 낮에 목욕탕에 갔을 때도 이상했었다. 동생들이 말썽을 부리고 때를 씻지 않겠다고 울거나 찡얼대는데도 엄마는 양재기 밟는 소리를 내지 않고 앞이 흐릿한 열기 속에서 긴 한숨만 내쉬었다. 엄마는 산같이 부른 배를 안은 채 끝까지 입을 꼭 다물고 뽀드득 소리가 나도록 한 명 한 명 씻기기만 했던 것이다.

"……"

"아버지가……"

나는 말을 꿀꺽 삼켰다. 아버지가 문계장과 결혼하겠다고 선언했는지도 모른다. 그러면 엄마는 어떻게 해야 할까? 나는 가슴속 어느 부분이 녹슨 칼에 베이는 듯 아팠다. 엄마는 배가 턱에 닿을 듯 부풀어 있었다.

"엄만 왜 자꾸 아일 낳아?"

나는 느닷없이 잔뜩 볼멘소리를 했다.

"니 아부지가 갓난아이를 좋아하니께, 그래도 아기가 걸을 때까지는 집에 좀 붙어 있어주니께…… 사람들은 내가 아들 욕심이 있어서 아이를 낳는다고 여기겠지만 꼭 그런 것만은 아니다. 니 아부지는 딸도 좋아한다. 정말이다. 온 천지 사방이 자기 집인지 섣달 열흘 삽짝에 안 들어섰던 때도 있었지만 그래도 갓난아기가 생기면 꼬박꼬박 들어왔다. 너거 오빠 때도 그랬지만 니 때는 말도 못했다. 얼마나 좋아했는지, 해도 넘어가기 전에 들어오더라…… 강숙이 때도 그랬고 정숙이 때도 그랬고 현미 때도 그랬고……"

그 말 어딘가에 무엇이 있었을까? 그 말은 오래도록 내 가슴속에서 울렸고 어쩐지 엄마에 대한 가시가 휑하니 빠져나간 것 같았다. 나 자신이 좀 순해지고 기분도 좀 편해졌으며 올망졸망 따라붙는 동생들도 그리 밉지만은 않게 여겨졌다. 최소한 딴 사람들이 생각하듯 무조건 꽝 신세들은 아니었던 것이다. 엄마와 아버지는 짧은 한때나마 우리를 사이에 두고 행복했던 것이다. 그리고 우리의 탄생 역시 우리가 기억할 수 없는 짧은 한때나마 소중했던 것이다.

한밤중에 엄마가 대문을 열고 나가버릴까봐 귀를 기울인 채 몇 날이나 잠을 못 이루었다. 그러나 다음 날에도 그다음 날에도 나는 엄마의 도마질 소리에 놀라 잠이 깨곤 했다. 그리고, 잠산에 뫼를 썼나, 식구대로 안 깨우면 못 일어나니…… 어쩌고저쩌고, 하는 양재기 밟는 소리 같은 엄마의 잔소리에 안도감을 느끼며 길게 기지개를 켰다. 장마가 길어 거의 사십여 일이나 계속되었다. 어느 때는 사흘이나 계속해서 장대비가 온 적도 있었다. 둑이 터지면 산속에 있는 중학교로 피신을 해야 한다고 잠결에 어른들이 두런거리는 소리를 들었다. 장마

동안 우리는 춤추고 노래하지 않았다. 안마당은 물이 잘 빠지지 않아 뻘밭이 되어버렸고 아침마다 비가 와서 다들 자기 집 부엌 안에서 세수를 하고 잠시 안마당을 멀거니 보다가 들어갔다. 대신 지렁이와 집달팽이떼가 마당가 시멘트 담벽을 타고 오르거나 장독간을 거닐었다. 어느 날은 장독 바닥에 뱀만큼이나 긴 지렁이가 허옇게 부풀어 뒤집혀 있기도 했다. 마당가엔 골풀과 비름 따위의 풀들이 솟아났고 매화나무와 복숭아나무에는 가지마다 푸른 열매가 빽빽하게 붙어 불쑥불쑥 자라고 있었다. 어른들은 비가 너무 많이 와서 과일이 다 맛이 없을 거라고 쓴 입맛을 다셨다.

한밤중에 마침내 엄마가 아기를 낳았다. 아침에 마루에 나가니 할머니가 생쌀과 미역과 돈을 올린 삼신상에 촛불을 켜고 빌고 있었다. 할머니는 빌기를 끝내자 산모방에 상을 들이밀고 돌아나왔다. 나는 아기가 궁금하여 문 앞에서 얼쩡거리고 있었는데 물이 엎질러져 새어나오듯 낮은 흐느낌이 들려왔다. 흐느낌은 굽이치며 점점 커졌다. 그것은 불어난 피처럼 내 몸속으로 굽이쳐 흘러왔고 여러 마리 짐승의 울부짖음으로 변해갔다. 꼼짝 못하고 못 박힌 듯 그 자리에 서 있을 때 나는 고통이나 기쁨, 또 슬픔이나 알 수 없는 두려움 같은 것들로부터 엄마와 내가 아직 분리되지 않은 한몸이라는 것을 느꼈다. 나는 고통에 휩싸여 울기 시작했다. 마치 내가 엄마 자신의 눈물이기라도 한 것처럼…… 실제로 이 삶은 엄마에게 너무나도 부당했다. 너무나 너무나. 내가 방안으로 들어가자 엄마는 자리에서 벌떡 일어나 곁에 있던 빗자루로 삼신상을 두드려 부수기 시작했다. 온 방안에 생쌀이 튀어 흩어지고 촛불이 넘어지고 마침내 상다리가 부서졌다. 엄마는 또 딸을 낳은 것이었다.

나는 엄마가 잠든 뒤 살금살금 방을 치웠다. 망가진 빗자루와 부서진 판, 상다리와 초 따위를 주워내고 걸레로 흩어진 쌀을 쓸어모았다. 방안 공기는 물을 끓여 닭을 잡았을 때처럼 후텁지근하고 비릿했다. 아기는 낡은 포대기에 아무렇게나 싸여 숨소리 하나 없이 자고 있었다. 새의 다리보다 더 가늘게 느껴지는 다리와 밀가루로 만든 것 같은 작은 발이 낡은 포대기 사이로 비어져나와 있었다. 나는 걱정이 되어 배에 귀를 대어보았다. 아이가 빨갛고 작은 얼굴을 찌그러뜨리며 하품을 했다. 그러자 저절로 웃음이 나왔다. 아버지도 이 모습을 본다면 저절로 웃음이 나올 것이 틀림없었다. 비록 엄마가 삼신상을 부수었어도 엄마가 했던 말을 나는 굳게 믿고 있었다.

"엄마가 또 딸을 낳았어요."

나는 말을 해놓고 비참한 기분에 휩싸였다. 나는 왜 다른 어른들이 말한 대로 또, 라고 말하고 있는 것일까, 내 엄마와 내 동생에 관해서. 나는 스스로에게 불만이 차올라 생각지도 않게 왼쪽 끝, 가장 낮은 음의 피아노 건반을 꾹 눌렀다. 나는 너무 큰 울림에 놀라 얼른 손을 뗐다. 피아노 의자에 나란히 앉은 문계장도 그 갑작스런 울림에 놀란 것 같았다.

"예쁘니?"

"예. 굉장히 예뻐요."

나는 문계장이 만회할 기회를 준 데 대해 감사하는 마음이었다.

"너보다도 더?"

"예, 우리들 중에서 제일로 예쁜 애가 될 것 같아요."

물론 그 말을 하기 전에 나도 오래 망설였다. 그러나 나는 말해버리기로 했다. 왜냐하면 아버지는 엄마의 장담과 달리 아직도 집에 빨리 들어오지 않거니와 걸핏하면 외박을 하고 있었기 때문이다.

"우리 아버지와 결혼하실 거예요?"

"뭐?"

눈을 깜박이며 나를 보고 있던 문계장의 얼굴이 점점 빨개졌다.

"누가 그런 말을?"

나는 아무 대답도 할 수 없었다. 사실 누가 그런 말을 한 적은 없었으니까.

문계장은 화가 난 것인지 괴로워하는 것인지 알 수 없는 얼굴로 멍하니 앉아 있다가 피아노 건반들을 천천히 눌렀다. 마치 자신의 내부에 무언가를 묶어둔 어떤 이음새들을 단속해보는 듯이 그것들을 다시 한번 힘껏 비끄러매는 듯이……

"넌 영리한 아이야. 하지만 넌 아직 아무것도 몰라. 니가 느낀 것이 사실이기는 하지만…… 그러나 나와 박계장님은 결혼하지 않아. 아버지는 누구와도 새로 결혼하지 않는다. 왠지 아니? 이 세상에서 사모님보다 더 박계장님을 사랑하는 여자는 없기 때문이야. 어떤 사랑도, 어떤 여자도 사모님에 비하면 오뉴월에 잠시 흩날리는 눈발에 지나지 않게 되지. 인혜야, 너 이제 여기 오지 말아라. 나 곧 이사하게 될 거 같거든. 좀, 먼 데로."

문계장이 내 등에 팔을 두르고 가만히 말했다. 문계장의 품안에서 풋내가 났다.

"그리고 인혜야…… 너 자랄수록, 아버지 외롭게 두지 말고 잘해드려라."

그 말끝에 눈물이 툭 떨어졌다. 레― 눈물이 떨어진 흰건반에서 소리가 울린 것만 같았다. 나는 그 말들이 무슨 뜻인지 다 알 수는 없었지만 문득 아버지도 참 가엾다는 생각이 들었다. 나는 뒤늦게 연필깎이를 선물해주어서 고마웠다고 인사하고 레이스 커튼은 끝내 들춰보지 못한 채 그 세번째 대문을 나왔다.

극장 앞 대로에 나왔을 때 나는 긴 한숨을 쉬었다. 나는 이제 알리바바의 미로에서 길을 잃을 염려를 하지 않아도 되었다. 한여름 기우는 해가 거리를 황금빛으로 물들이며 따갑게 빛을 되쏘았다. 뽑아낸 국수를 빨래처럼 주렁주렁 널어 말리는 국숫집 곁 공터 앞에서 교장선생님 아들과 마주쳤다. 나는 가슴이 푸각거렸지만 애써 아무렇지도 않은 얼굴로 지나쳐 가려 했다. 교장선생님 아들이 친척이 있는 도시로 전학을 간다는 것은 모르는 여자애가 없었다.

"잠깐만 저리로 가자."

그는 나의 피아노 교본책을 보며 고개를 삐딱하게 숙이고 말했다. 나는 지은 죄가 있는 만큼 좀 두렵기도 하고 또 알 수 없는 이유로 가슴이 떨리기도 했다. 우리는 국수가 조금씩 흔들리며 마르는 공터의 한쪽에 섰다. 옷에 풀을 먹일 때와 같은 청결한 생밀가루 냄새가 가득했다.

"니가 그랬다는 거 난 알고 있었어, 그 낙서 말이야."

나는 애써 한결같은 표정을 지켰다. 그 순간 왠지 더러운 냄새를 맡는 듯한 표정으로 춤을 추던 무희의 모습이 떠올랐다.

"왜 그랬니? 내가 너한테 뭘 그렇게 나쁜 짓을 했다고?"

나는 눈을 치켜뜨고 뻔뻔스러운 놈, 하는 얼굴로 그를 올려다보았다.

"넌 나빠, 난 다 알아!"

"말을 해봐, 뭐가 나쁜지."

"넌 무용반 여자애 모두를 다…… 손을 잡거나 입을 맞추고, 껴안으려고 했고……"

그의 분홍빛 입술이 보랏빛으로 질렸다.

"절대로 그건 아니야. 뭐가 잘못된 거야, 난 너에게밖에는 그러지 않았어. 너를 기다렸을 뿐이라구. 정말이야, 정말이야!"

이번엔 내가 질릴 차례였다. 그는 너무나 완강하게 작은 이마에 핏줄을 세우며 결백을 주장하고 있었다. 사람들이 노여워하는 눈초리로 힐끔거리며 지나갔다.

"절대로 아니야. 나는 곧 떠나. 한 번씩 오겠지만 니가 날 그런 놈으로 보면 난……"

이제 그의 얼굴은 발갛게 열이 올랐다.

"내 말을 믿어. 차라리 그날 내가 한 짓을 사과하라면 하겠어. 하지만 다른 건 아니야. 잘못된 거야."

나는 그를 빤히 쏘아보았다. 그의 눈 속이 갓 씻은 유리처럼 빛났다. 그의 말이 진실일지도 모른다는 생각이 들었다. 계집애들이 게임을 하기 위해서 만들어낸 말이었는지도 모른다. 먼 곳으로부터 아득히 벌의 붕붕거림이 들려왔다. 넘어져 찔릴 것만 같았던 가시나무의

흰 꽃들도 다시 피어났다. 나는 희미하게 웃었고 그도 내 미소를 알아
보았다. 화해가 된 우리는 나란히 국수가 마르는 공터를 나와 각자 가
던 길로 폴짝폴짝 달려갔다.

　나는 햇빛 속에서 날려가는 비눗방울들을 보았다. 나는 내가 느끼
는 감정의 이름은 아직 몰랐으나 집까지 한 번도 쉬지 않고 폴짝폴짝
날갯짓을 하듯 달려갔다. 숨이 하나도 차지 않았다. 할머니가 저녁 준
비를 할 동안 멸치를 까며 가게를 보았다. 아기와 함께 아직 누워 있
는 엄마에게 가서 문계장에게 들은 이야기를 해줄까 말까 망설이며.

　멸치를 까느라 고개를 숙인 채여서 나는 들어오는 손님을 눈여겨보
지 못했던 것 같다. 그들은 진열판에 놓인 과자를 한 봉지 쥐고 돈을
놓고 나가버렸는데, 나는 지폐를 쥐고도 한참 만에야 그들이 거스름
돈도 받지 않고 갔다는 사실을 깨달았다.

　거리에는 한여름의 지는 햇볕이 더욱 뜨겁게 비치고 있었다. 황금
빛을 받으며 먼지가 이는 신작로를 두 사람이 걸어가고 있었다. 손을
꼭 잡은 작은 아이와 여자였다. 나는 뭔가 좀 이상하다고 여기면서도
그들을 소리쳐 부르며 따라갔다. 분명히 소리가 들릴 텐데도 그들은
둘 다 돌아보지 않았다. 나는 가슴에 독침이나 수류탄을 품은 간첩일
지도 모른다는 상상에 몸이 오싹해졌다. 그들은 잔뜩 먼지를 뒤집어
쓴 늙은 버드나무 앞에 이르자 갑자기 뒤로 돌아섰다. 나는 주춤주춤
다가가 돈을 건네었다.

　손님은 살을 찢고 빼내기라도 하듯 힘겹게 손을 내밀었다. 피가 배
어난 누런 천에 감긴 손가락은 세 개밖에 없었고, 그나마 잔뜩 오그라
붙어 있었다. 그러고 보니 여자는 더운 여름인데도 때가 긴 긴 블라우

스를 입었고 검은 털실 머플러로 얼굴을 반 이상 가리고 있었다. 눈썹이 불에 그을린 듯 듬성듬성했고 눈에는 눈곱이 잔뜩 끼어 있었다. 머리카락 끝이 번개가 치듯 쭈뼛했지만 나는 가속도로 몰려오는 아득한 두려움을 다스리며 태연하게 그 손 위에 잔돈을 올려주었다. 쥐기 쉽도록, 그리고 떨어지지 않도록 세 개의 손가락 안에 단정하게 놓았다. 누런 천에 감긴 손이 바르르 떨고 있었다. 머리를 함부로 자른 여자아이의 머루 같은 눈이 나를 올려다보았다.

손님은 어린 내게 세 번이나 깊숙이 머리를 숙여 인사를 했다. 들판 끝머리에서 기차가 기적을 길게 울리며 굴속으로 들어갔다. 어떤 순간은 그것 자체가 곧바로 영원이 되는 때가 있다. 마치 유성이 우리 가슴에 떨어지는 순간처럼…… 검은 털실 머플러로 얼굴을 가린 손님은 천천히 몸을 돌려 아이의 등을 밀며 다시 발을 끌기 시작했다. 서쪽 산에서부터 황금빛이 부채처럼 펴진 신작로 끝에서 완행버스가 금빛 먼지를 일으키며 달려오고 있었다.

그것은 내가 누군가에게서 감사를 받은 첫번째 사건이었다. 나는 그 순간 내 손에 뻗쳤던 그 신비한 고요와 가슴이 확장되는 듯한 어른스러운 느낌이 바로 사랑하는 마음이라는 것을 어렴풋이 느꼈다. 나는 나 자신을 위해서 그리고 동생들을 위해서 정말로 엄마가 아버지를 기쁘게 하기 위해 아이를 많이 낳았기를 빌었다. 그리고 이제라도 아버지가 기뻐하시며 아기가 걸어다닐 때까지만이라도 집에 빨리 들어오시기를…… 그래서 밤에 엄마 대신 동전을 세어 묶고, 언젠가처럼 우리와 씨름을 하고, 그리고 꿈속에서 본 것처럼, 튼튼한 팔로 아기를 공중에 들어 둥개둥개 흔들어주기를……

야야야 야야야 차차차, 차차차아— 기타 소리 땡땡땡 트위스트 춤을 춥시다—

장마가 끝난 뒤에도 우리는 더이상 아침에 춤추고 노래하지 않았다. 삼촌이 없었기 때문이었다. 월남 가기 전에 가졌던 꿈대로 시골서 돼지를 키울까, 아니면 도시로 나가 직업을 가질까를 궁리해온 삼촌이 마침내 도시로 떠난 것이다. 삼촌은 도시에서 직업소개소를 열 거라고 했다. 그러면 삼촌은 소장님이 된다고 했는데, 나는 막연히 그 일이 보건소장님 같은 것이 아닐까, 추측했다.

어느 날의 밤과 새벽 사이에, 보따리 하나 없이 나가버린 월림댁은 보름이 지나도록 돌아오지도 않고 소식도 없어서, 월림 아재는 도로 자기 본가에 가서 지냈다. 할머니는 가끔 장씨가 밥을 끓여먹는 어두운 부엌을 향해 혀를 찼다.

"윗동네의 홀아비는 장날마다 가서 간칼치 엮어오듯 새 지집을 꿰차고 오는데 장씨는 우째 그래 능력도 없소, 오데 가서 업어와도 업어와야지, 하루 이틀도 아니고 사나가……"

할머니는 또 땅이 꺼지게 한숨을 내쉬며 괜스레 작은집 식구가 나간 빈방의 문을 드르륵 열어보기도 했다. 빈 창문은 눈동자가 패어나간 생선의 눈처럼 휑하니 열려 있었다. 장롱이 놓였던 곳의 벽은 아끼느라 처음부터 벽지가 발리지 않아 누렇게 바랜 신문지와 찢어낸 아리랑 잡지가 드러나 있었고, 벽 여기저기엔 사촌들의 낙서 자국이 보였다. 방바닥에도 장롱이 놓였던 자국과 뜨거운 것을 놓아 누른 자국과 머큐로크롬 따위를 엎지른 붉은 얼룩들이 나 있었다.

나는 신을 신고 빈방 안을 거닐며 괜스레 한숨을 들이쉬고 내쉬었다.

'너희들은 저녁에 씻지두 않고 자지? 우린 깨끗하게 씻고 잔—다. 자자 원기소 세 알씩 먹고……'

저녁마다 아이들을 뽀독뽀독 희게 씻기고 쌉싸름하고 시큼하고 어느 순간 토할 것같이 고소한 원기소를 보란 듯이 자기 아이들에게만 먹이던 어긋지기숙모의 목소리가 방안 어딘가에서 울리는 듯했다.

아야야 아야야 차차차, 차차차아— 기타 소리 땡땡땡 트위스트 춤을 춥시다—

삼촌은 그뒤 몇 번이나 정신병원에 입원하며 급속도로 상해갔다. 그는 마흔여섯에 알 수 없는 피부병과 알코올중독과 성병을 간직한 채 영원히 눈을 감았다. 겨우 마흔여섯이었으나, 삼촌은 마치 일흔도 넘은 노인처럼 이가 빠지고 주름이 지고 살결이 검게 시들어 있었다. 월남에서 얻어온 고엽제 병이라고 했다. 우리는 우기의 과일처럼 세월에 떠밀려 무럭무럭 자랐다. 그리고 그때 이후론 한 번도 더 그 노래를 부르지 않고 춤도 추지 않았다. 그런 때는 우리 일생에서 꼭 한 번뿐인, 강물 위로 마구 풀려나간 아까운 실타래처럼, 한 번뿐인 어느 한때인 것이다.

봄
피
안 彼岸

강 건너 저쪽, 그곳을 피안이라 한다. 번민이 없는 곳, 고통이 없는 곳. 오욕칠정이 끊어진 초탈의 언덕…… 구도자들이 화두의 바랑을 짊어지고, 칠 년, 십사 년, 이십일 년을 기어오르는 가파른 물 언덕. 누가 이쪽 언덕과 저쪽 언덕을 갈라, 그 사이로 강을 흐르게 했을까. 누가 마디마다 아픈 이 삶을 고통이라 하고, 저쪽 언덕에 피안이 있다고 손으로 가리켰는지, 삶을 끊지 않고는 이를 수 없는 그 먼 곳을 향하여……

하루하루, 언제나 날씨가 다른 현실의 삼백예순다섯 날을 위안하기 위해서일까. 배들을 뒤집는 험한 태풍과 집들을 쓸어가는 거친 폭우, 논밭을 붉게 태우는 모진 가뭄과 강을 얼게 하는 추위와 잠을 이룰 수 없는 더위를 준비하고 있는 기상학에서는 다난한 일 년 속에, 십사 일의 피안을 넣어놓았다. 춘분과 추분의 삼 일 전후, 봄 피안과 가을 피안…… 오늘은 봄 피안 오 일째 드는 날이다. 간밤부터 비가 오고 있다. 비는 우수를 지나자 긴 겨울 가뭄을 옆으로 물리며 내리기 시작했다. 마른 하천이 흐르고, 바닥을 드러냈던 논바닥에 물이 차오른다.

산아래 마을은 아침안개에 가라앉듯이 지워져가고, 마을 앞의 작은 못도 오늘은 흐려져 내다버린 접시처럼 우울하게 비를 받고 있다. 늘 열두어 마리쯤의 까치가 앉았다가 날곤 하던 밭언덕도 일하는 사람 없이 텅 비었다. 공중은 보이지 않는 비와 잡히지 않는 안개로 가득하다. 구름조각은 산 중간에 걸려 있고……

세우. 검은 감나무 가지와 길을 따라 얼크러진 칡넝쿨과 마당의 빨랫줄에도 물방울 꽃이 맺혀 반짝인다. 밤사이 계속 내린 비로 배수가 나쁜 흙마당에 물이 고이고 있다. 나는 물이 고여드는 마당 뒤켠을 망연히 바라본다. 눌러놓은 돌덩이가 반쯤 물속에 가라앉았다. 돌덩이가 물 위로 가볍게 떠오를 것만 같다. 가슴이 출렁 흔들린다. 그에게서 세번째 짧은 편지가 왔었다. 암호처럼, 그저 날짜와 시간만 적혀 있었다. 그를 본 뒤로 육십여 일이 흘러갔다. 나는 스스로 가슴 위에 무거운 돌덩이를 눌러놓고, 병을 앓듯 누운 채 날들을 보낸다. 쓰고 뜨거운 약기운처럼 피안의 날들이 이마 위로 하루하루 지나간다. 이렇게 보낼 수 있는 데까지 날들을 보내면 누군가 이편과 저편을 갈라줄지, 그 사이로 강을 흘려보내줄지…… 아직도 나는 보내야 할 마지막 편지를 완성하지 못하고 있다. 엊그제는 나의 서른세번째 생일이었다.

나의 생일은 해마다 봄 피안의 첫날에 든다. 한밤중에 돌아온 남편은 서른세 송이의 장미가 포장된 꽃다발을 들고 왔다. 갑자기 나이만큼의 꽃다발이라니, 그것은 몹시 심술궂은 장난 같았다. 어쩌면 실제로 의미 있는 경고일지도 모르며, 부드러운 종류의 항의인지도 모른다. 그가 의도한 바일 수도 있지만, 나는 내 나이가 그렇게도 많은 숫자라는 데에 놀라 그로테스크한 감정에 빠져들었다. 몇 번이나 꽃송이를 세었다. 서른세 살이란 물론 예순여섯 살 같은 나이에 비해 결코 많지 않다. 그러나 화려한 포장지 속에 잘 재단되어 순서대로 묶여 있는 서른세 송이 꽃의 주검을 한눈에 본다면 누구나 지나치게 많다고 느낄 것이다.

나는 다시 한번 눈으로 꽃을 센다. 내 인생에 이제 다시는, 나이 숫자만큼의 꽃을 받고 싶지는 않다. 그것은 여자에게 흔히 주어지는 부당한 암시의 일종으로 느껴지며 동시에 본질적으로는 나와 아무런 상관도 없기 때문이다. 서른 이후 나는 나이를 휘저어버렸다. 나는 아주 늙은 할머니일지도 모르고 작은 여자아이일지도 모르며 아직 처녀아이일 수도 있다. 또 어쩌면 늙은 남자일지도 모른다. 방안에 마르는 장미 향기가 가득하다. 장미들은 침대 머리맡에 걸려 있다. 밤에 잠들어갈 때, 마치 잠이 마르는 꽃들 너머에 있는 것같이 의식의 마지막 순간에, 잔인하게 느껴지는 짙은 향기에 휩싸여 맥을 놓곤 한다.

잠을 제대로 자기 시작한 것은 생일이었던 날, 요컨대 봄 피안에 든 첫날부터였다. 열세 시간을 날아갔었다. 시간이 우리보다 여덟 시간 늦게 가는 유럽에서 열흘가량을 보내고 돌아온 뒤로, 다시 열흘간이나 생활을 옳게 못했다. 가족들이 모두 나가버린 아침에 다시, 따스한 잠이 톱밥처럼 쏟아지는 침대 속으로 기어들고는 했다. 그리고 오후 네시면 겨우 정신이 깨고, 새벽 네시가 설핏 지나야 다시 잠을 이룰 수 있었다. 잠이 든다기보다는 정신이 무너지는 듯했다. 무너지는 정신의 끝에, 내려다보이는 구름이 있었다.

돌아오는 비행기 안에서 아득히 아래에 떠 있는 구름을 내려다보았
을 때, 구름을 이렇게 내려다보고도 예전처럼 살 수 있을까, 하는 생
각을 했었다. 시베리아 상공을 비행하는 중이었다. 바깥 기온은 영하
육십오 도라고 했다. 예전처럼 구름이 있는 곳, 그 공허하고 검은 심
연을 푸른 하늘이라고 느낄 수가 있을까…… 흩어졌다가 모이는 구
름들 사이를 산책하며, 애써 이룬 구름 형체의 자폭 같은 흩어짐으로
인해 한순간 가슴이 저리던 상실의 전율을 다시 한번 느낄 수 있을까.
사랑한다고, 그 말을 다시 그에게 할 수 있을까. 구름이 땅 위에 떨어
진다 해도 이제 내가 놀랄 것인가……

오후에 비가 그친 뒤 미리 엄마가 들이닥쳤다. 늘 그렇듯이 누군가
에게 쫓기듯이 허둥대는 모습이었다. 어딘가에서 한바탕 눈물을 쏟았
는지 이미 커다란 두 눈 속이 붉었다. 머리를 남자보다 더 짧게 자르
고, 두툼한 모직 스커트는 너무나 짧아, 마치 엉덩이에 두른 벨트처럼
보였다. 두 귀에 꽂은 은색 이어링조차 귀를 부풀리고 있는 듯 고통스
러워 보인다.

"신이 엄마, 오랜만이야. 꼭 일 년 만이네. 그새 이사 갔을 줄 알았
는데 아직도 이 산골에 계시네. 내가 미친년 같지? 울어서 얼굴도 붓
고 얼룩진 낯에 다시 찍어발랐더니 화장도 뜨고……"

미리 엄마는 자기 얼굴을 두 손으로 감싸더니 차가운 마룻바닥에
주저앉았다. 다 드러난 다리가 안쓰러워 얼른 방석을 내주었지만 그
녀는 올라앉지 않았다.

"더러운 연놈들이 아이도 보여주지를 않고……"

내가 부엌에서 찻물을 끓이는 동안 미리 엄마는 이미 눈물을 쏟고 있다.

"나 다음 달에 적금 탄다."

미리 엄마는 갑자기 일어서서 다가오더니 귓가에 속삭였다.

"삼천만원이야."

그녀는 다시 마루로 가서 이번엔 방석 끝을 살짝 타고 앉았다.

"나 나간 지 꼭 일 년 만에 그 돈 모았어요. 여자들은 나가면 돈 벌데야 널렸지. 소개소 안 거치면 한 달에 삼백도 번다. 신이 엄마, 나어서 돈 벌어서 저놈 없애고 우리 불쌍한 미리 찾을 거다. 짐승 같은것들, 자식도 못 보게 하고. 불쌍한, 불쌍한 내 새끼!"

일 년 전 꼭 이맘때에 옷 보따리를 들고 내려온 그녀를 계곡 바깥버스정류장까지 태워주었었다. 그때도 비가 왔다. 저녁이 다 되어 어스름이 깔릴 무렵인데, 아무렇게나 싼 옷 보퉁이를 안고 들이닥쳤었다. 몸을 떨고 있었다. "그 연놈들이 돌아오면 때릴 텐데, 또 맞으면이번엔 꼭 죽을 것만 같애……" 미리 엄마는 그렇게 말하며 울었었다. 그리고 며칠 전에도 두 팔이 묶인 채 몽둥이로 맞았다며 옷을 들어 여기저기 붉은 자국들을 보여주기 시작했다. 나가지 않으면 미친년으로 몰아 병원에 감금시키겠다고 협박을 하더라는 것이다. "그날자칫했으면 두 손이 묶인 채 실려갈 뻔했어. 이제 무서워서 더 못 버티겠어." 그녀는 부들부들 몸을 떨었다. 내가 처음 미리 엄마를 보았던 날도 파리채로 얼굴을 맞았다고 했었다. 얼굴이 잔뜩 부었고, 언제나 그렇듯이 눈 속이 붉게 충혈되어 있었다.

그땐 우리 가족이 산에 들어온 지 다섯 달도 채 안 되었을 때라 산 주인 남자를 잘 몰랐다. 다만 그가 성정이 거칠며, 법조차 두려워하지 않고, 제멋대로 사는 사람이라는 정도는 소문을 들어 알고 있었다. 그는 외제 왜건을 타는데, 길에서 몇 번인가 스쳐간 적은 있었다. 터미네이터, 그에 대한 나의 첫인상은 그것이었다. 비대칭의 무표정 속에 야릇한 폭력성과 돌발적인 광기가 느껴지는 얼굴. 확 뜯으면 피가 흐르지 않고, 금속판 위에 복잡하게 얽힌 붉고 노란 전선들이 뭉쳐 있을 것만 같았다. 나는 그가 두려웠다. 그래서 가끔 산 위 그들의 집에서 밤새 개들이 짖어대고 바람 소리 속에 난자당하는 듯한 여자의 비명 소리와 울부짖는 소리 같은 것이 섞여와도 남편을 깨우거나 올라가보지 않았다.

터미네이터가 새로 데리고 온 여자와 합세해 미리 엄마를 쫓아내려고 무조건 밟는다는 소문이었다. 미리 엄마도 아이를 배고 들어와 전처를 밀어낸, 두번째 여자였다. 그녀는 전처의 두 딸과 자신의 딸을 키웠는데 계모 짓을 꽤 가혹하게 했다고 한다. 밥을 굶긴다거나 비를 맞게 한다거나, 추운 방에 자게 한다거나, 손으로 구타하는 것들이었는데, 마침내는 젓가락을 던져 아이의 머리에 큰 상처를 입혔다. 아이는 병원에 실려갔다. 그 일로 인해 터미네이터에 의해 학대죄로 고발당했으며, 미리 엄마는 범법자로 인정되어 법적으로 위자료 한 푼 없이 쫓겨나게 되었다는 것이다. 그러나 미리 엄마 당사자의 말은 좀 다르다. 요컨대, 터미네이터에게 새 여자가 생기자 일이 그렇게 되도록 꾸며, 결국 자신에게 올가미를 씌웠다는 것이었다.

터미네이터는 교묘한 속임수로 미리 엄마를 고발하기 전에, 그녀

앞으로 되어 있던 땅의 명의까지 다른 사람에게로 넘겨버렸다고 한다. 미리 엄마는 쫓겨나면서도 자신이 피땀 흘려 산 땅과 미리만은 절대로 포기하지 않으려 했다. 그녀는 십여 년 동안 아이들 키우며 사는 동안 생활비 한 푼 받은 적이 없었다고 한다. 그것은 아랫동네 사람들도 인정했다. 미리 엄마 자신이 산딸기, 고사리, 취나물, 둥굴레 뿌리, 혹은 산초 잎 같은 것을 훑어 머리에 이고 시오리 길을 걸어나가 내다 팔고, 농사를 짓고, 염소와 개를 키워 아이들과 산중생활을 해왔다는 것이다.

아랫동네 사람들은, 계모니까 비 오는 날 아이들에게 비닐을 씌워서 학교에 보내고, 다 떨어진 신발을 고무줄로 묶어 신게 했다고 말하지만, 본인은 형편이 그랬다고 한다. 자신도 그애들하고 똑같이 비 맞고 추운 방에서 자고 굶기도 하고, 그렇게 살았다고. 산 전체가 다 자기 땅이라는 말에 속아 팔자를 버린 것이 분해, 돈만 생기면 모으고, 조금이라도 모이면 한 평이라도 더 땅을 사놓았다는 것이었다. 그러나 그녀가 계모로서 전처 아이들을 학대했다는 죄명을 쓰지 않을 수 없었던 것은 자신이 낳은 미리에게만은 우산을 씌우고, 더 맛난 것을 먹이고, 몹시 애지중지했다는 것이 명백한 사실이라는 데에 있었다. 그러나 더 알고 보면 꼭 그녀만이 미리를 애지중지한 것은 아니었다. 전처의 딸들인 미주와 미종도 미리를 너무나 사랑하고 있어서 이복자매라는 상상이 가지 않을 정도였다. 그리고 그의 아빠 터미네이터도 마찬가지이다. 뿐만 아니라, 자기가 낳은 딸의 귀신에 씌어 무당이 되었다는 세번째 여자까지도. 그 세번째 여자는 미리와 있을 때는 아기 목소리를 내며 함께 인형놀이를 한다는 소문이었다.

미리 엄마가 떠난 뒤 늦여름까지 그들은 이 산속에서 꽤나 유쾌한 생활을 하는 것 같았다. 새 옷을 입은 아이들은 고양이 새끼들을 한 마리씩 안고 계곡 사이를 쏘다녔고 그 새로운 터미네이터 부부는 자주 선글라스를 나란히 쓰고, 똑같이 눈부시게 흰옷을 입고는 외제 차를 타고 외출했었다. 자주 손님들이 몰려오기도 하고 아이들 얼굴도 점점 피어났다. 무당은 큰굿을 맡는 알려진 도사이며, 터미네이터는 박수처럼 짝을 이루어 함께 일을 하러 다닌다고 했다. 무당이 집에 있을 때는 누가 아이이고 어른인지 구분이 안 가게 살더라고 했다. 굿상 차리는 일을 돕느라, 그 집에 올라갔다 온 마을 여자에 의하면, 그들은 물을 받아 함께 물장구를 치며 목욕을 하는데 그때 무당은 까르륵까르륵 아기 웃음소리를 내며 미리의 얼굴에 셀 수도 없이 많은 입맞춤을 퍼붓는다는 것이었다. 나도 언덕에 차를 세워놓고 여자애들과 산딸기를 따먹는 그 여자를 본 적이 있다. 치마에 산딸기를 딴 여자아이들이 그녀의 두 손바닥에 천천히 딸기를 부어주고 있었다.

만나본 사람들은 하나같이 무당은 예삿사람이 아니며, 분별력이 있고 너그럽고, 경우가 바른 사람이라고들 했다. 그에 비하면 미리 엄마는 정신이상자에 불과하다는 말도 빠뜨리지 않았다. 그러나 겨울이 올 무렵 무당도 터미네이터에게 속아 돈을 떼먹혔다는 소문이 나기 시작하더니 어느 날, 무당은 자신의 흰색 승용차에 아이들을 다 태우고 산을 떠나버렸다. 그녀는 정말로 그 여자아이들을 사랑한 것 같았다. 무당은 남자와 헤어지게 되어도 미리와 미종 미주, 세 여자애는 자신이 키울 것이라고 했다 한다. 이제 그들은 아무도 이 산속에 없다. 얼마 후 터미네이터도 그들과 합류해 도시에 있는 무당의 아파트에 살고 있다. 무당의 수입은 아이들에게 가정교사를 붙여줄 정도로 넉넉하고 사랑도 넘치는 듯했다. 터미네이터 역시, 무당에게 톡톡히 신세를 지고 있을 것이라는 짐작이 틀리지는 않을 것이다. 이제 산속 그들의 집은 빈집일 뿐이다.

나는 깎은 사과와 차를 미리 엄마의 무릎 앞에 놓고 마주 앉았다.

"따뜻하구나!"

미리 엄마는 두 손으로 소중하게 찻잔을 감쌌다. 추웠던 모양이었다.

"잘 먹겠어요."

그녀가 고개를 숙이고 호록 마시는데, 볼에서 눈물이 떨어졌다.

"맛있네…… 나, 그래도 차 한 잔 얻어마실 데도 있으니, 아직 괜찮지? 나 미친 사람 안 같지?"

"그럼요. 미치긴…… 그런데, 머리가 너무 짧아요."

나는 귀 위로 절벽처럼 파르라니 깎인 머리 밑을 잠시 보았다. 그녀는 남자아이처럼 앞머리를 자기 손으로 슥슥 쓰다듬었다.

"거기 세계엔 많아도 스물여덟이야. 아주 많아도 서른두셋이지. 그래도 서른두셋이면 아직 여린 구석이 있어. 나, 서른여덟이잖아. 그속에서 뛰려면 이 수밖에는 없어. 치마도 짧게 스웨터도 짧게 머리도 짧게, 쇼트만이 살 길이지 뭐. 그래도 나만 하니까 이렇게라도 살고 있는 거지. 다른 년 같았으면 벌써 돌았을 거야. 남의 영업을 그냥해 처먹고 개구멍으로 빠져나가려고 수작하는 놈도 있고, 눈알을 빼느니, 뭐를 뽑느니 겁주는 놈도 있고…… 길을 걷다가도 무슨 생각이 떠오르면 보도블록이라도 뜯어 내 머리를 내려치고 콱 죽어버리고 싶지만, 너무 억울하면 죽지도 못해. 너무 기가 차면 눈물도 안 나오고, 하긴 다 말랐겠지만. 울면 뭐해? 자주 울면, 달도 못 채우고 이곳저곳 쫓겨다니기나 하지."

미리 엄마는 샐쭉 웃었으나, 복받치는 감정을 다스릴 수가 없는지 붉은 두 눈에 이내 글썽 눈물이 고였다.

"그때나 지금이나, 어쩌면 나 미쳤는지도 모르지. 내가 미주와 미종이 구박했어요. 하지만 내 죄가 아니야. 이 산속에서 땡전 한 푼 들어오는 데 없이 살려고 해보라지. 누구라도, 이 험한 곳에서 전처 자식 둘이나 데리고 살아보라지…… 남자는 바깥으로만 싸돌아다니고. 내가 아니야, 이 골짜기가 죄지. 걔들 구박한 거 내가 아니야. 이 골짜기고, 지들 애비지. 더런 놈. 밟으면 똥만 나올 놈!"

미리 엄마는 가방 안에 손을 넣어 휘젓더니 구겨진 손수건을 꺼내 형형, 하며 콧물을 닦았다.

"나 오늘부터 이 산에서 지낼 거야. 내 땅하고 미리 끝내 안 넘겨주면, 나도 생각이 있어요. 그놈도 갑갑하겠지. 다 팔아먹고 이제 남은 땅도 없을 테니. 하지만 내가 그 사정 봐줄 줄 알고? 없으면 토해내기라도 하라고 할 거야. 어차피 나 다른 데 가서 다시 시작 못해요. 난 끝났어. 그러니 못할 거 없지. 벌써 알아봤어. 사람 사서 연놈들 죽일 거야. 정상적인 방법으로는 안 되는 놈이니까. 원수 같은 골짜기를 피로 물들이고 내 인생도 여기서 끝내는 거야. 그게 바로 반전이라는 거지, 반전."

반전이라는 단어를 쓰면서 미리 엄마는 칼날이 반짝이듯 한순간 웃기까지 했다. 나는 일종의 감동을 했다. 그녀는 반전이라고 말한 것이다.

"난 그 희망으로 살아, 연놈들을 죽일 수 있을 거라는 희망. 정말이야, 그것을 생각하면 자다가도 벌떡 일어나 앉게 돼. 아무리 더런 놈이 위에서 눌러도 참을 수 있었어."

어쩌다가 저렇게도 얽혔을까, 나는 안쓰러워 가만히 그녀의 눈을 바라본다. 너무 많은 눈물이 상처를 입혀놓은 붉은 두 눈. 저렇게 얽히면 정말 어떻게 가닥을 푸나, 나는 잔뜩 머뭇거리다가 작은 음성으로 말한다. 그녀에게 하기는 몹시 힘이 드는 말이다.

"미리 엄마, 그냥, 잊어버리도록 노력해볼 수는 없어요? 저번에 왔을 때 보니 미리 잘 지내는 것 같았어요. 얼굴이 아주 밝고, 예뻐졌어요."

미리라는 말이 나오자 그녀의 눈에서 눈물이 왈칵 솟구쳐 흘렀다.

"자식은 제 엄마 안 잊어요. 자라면, 틀림없이 저절로 찾아올 거예요."

"저희들도 깨닫는 날이 오겠지. 내가 그래도 저희들 공부시키려고, 공부하라고 야단치고…… 사는 게 너무 힘들어서 그랬지, 속으로 그리 미워한 적 없다는 거. 내가 자모회의 때는 학교 가서, 마음 약한 우리 애들 조금이라도 잘 봐달라고, 선생님한테 부탁도 하고…… 누가 계모 새끼들이라고 놀리는 애가 있으면 혼을 내주고, 그랬는데. 우리 애들 판사도 되고 의사도 되라고 빌었는데……"

나는 미리 이야기를 하는데 그녀는 미주와 미종까지 포함하며 형형 울먹였다.

"그래요. 자라면 알게 될 거예요. 우리도 다 그렇게 맺힌 것 풀면서 살고 있잖아요. 그러니 지금 안 되는 일들 잠시 잊고, 때를 기다리면서 다르게 시작해보세요. 아무 일도 없었다고, 나는 오늘 새로 태어났다고 생각하면……"

"나 못해요. 안 잊어요. 잊을 수가 없어. 잊으면 좋죠. 그러면 다음 순서는 저절로 되겠지. 하지만 못 잊어. 그래서 길을 걷다가도 미치고, 더런 놈 아래에 깔려서도 지난 일들이 덜컥 목에 걸려와서 미치는 거지. 이렇게 사는 건 산목숨이 아니에요. 신이 엄마, 입장 바꾸어서 생각해보세요. 나한테 그런 쉬운 말 못해. 그런 말일랑은 다시 하지 마."

"그렇지만 나쁜 것과 대적을 하면 할수록 점점 더 불행해져요. 더구나 그런 무서운 마음을 품고 살면…… 스스로 더 상하게 돼요. 그냥 용서하세요. 정말로 불행할 때는 그 수밖에는 없어요. 아무 일도 아니었다, 아무 일도 없었다고 마음을 달래야 해요. 다 잊고, 텅 빈 마음으로 돌아가서 조그만 가게 같은 것 하나 차려서 살아요."

"못해. 나 다시 살아보려고 했으면 이렇게 못 살았어. 내가 희망이 있어서 산 줄 알아요? 나 독으로 살았어요. 독뿐이지, 그거 빠지면 나 못 일어나. 십 년을 유린당했어요. 절정의 나이들이 그 속으로 다 지나갔지. 이 산으로 치면 난 칡넝쿨처럼 얽혔어. 나 자신도 뿌리가 어디 있는지도 모르게 원한이 깊어. 어차피 그것들을 죽여야 끝이 날 거야. 내 인생도……"

미리 엄마는 벌떡 일어섰다.

"미친년처럼 말도 많지. 말 많은 것도 증세라는데, 내가 정말 미쳐가는 건 아닌가 몰라. 갈게요. 나 같은 거한테 이렇게 좋은 차를 내주고, 맛있는 사과 내주어 고마워요. 정말, 나 신이 엄마 고마워요. 십 년 만에 이 동네 떠나던 날, 내 손에 돈 쥐여준 사람은 신이 엄마뿐이었어. 신이 엄마는 돌아서서 나 욕 안 하지? 나 이렇게 사는 거 이해할 수 있지?"

나는 고개를 끄덕였다. 때론 잊으라는 말이 어떤 말보다 더 잔인하고 무의미할 수도 있다. 잊고, 아무 일 없는 듯이 돌아가서 다시 사는 일이, 흡사 스스로 목숨을 끊는 일과 같을 수도 있다. 살아도 죽은 것과 같은 삶. 어떻게 그녀에게 잊으라고만 할 수 있을 것인가. 짧은 치마 아래 다 드러난 다리가 눈을 아프게 했다. 밖에는 다시 비가 오고 미리 엄마가 우산도 없이 집 뒤 언덕을 오르고 있었다. 뒤켠 마당에 고였던 물도 어느 사이 빠져나가고 눌러놓은 돌덩이가 드러났다.

아이를 태우러 가려고 차를 타고 마을로 내려가니 수호 엄마가 우산을 들고 길에 서 있었다. 바깥으로 나갈 일이 있는 모양인지 화장한 모습이었다.

"어디까지 가요?"

"학교에요."

"그래, 됐네, 거기서는 버스가 더러 있으니 타고 나가지 뭐."

그녀는 물이 주르르 흐르는 우산을 몇 번 털고 차문을 열었다.

"미리 엄마 왔습디다. 봤어요? 동네를 지나 산으로 가는 거 봤는데."

그녀는 차에 오르며 바쁜 듯이 물었다.

"봤어요."

"아이구 미친년, 쫓겨나갔으면 그뿐이지 오긴 또 뭐하러 와."

나는 차를 움직이며, 망설이다가 물었다.

"왜 미쳤다고 하세요?"

"도저히 정상적인 상식으로는 이해가 안 가는 여잔걸. 우리 동네에서는 그 여자를 이해한다는 사람은 아무도 없어. 그러니 돈 여자지."

"사람이 정상적이지 않은 게 아니라, 상황이 정상적이지 않으니까 사람도 그렇게 보이는 거겠죠. 일이 그렇게 됐으니 얼마나 힘들겠어요. 여기 살 때도 고생을 많이 한 모양이던데."

"고생이야 무지 많이 했지. 그러니 미친년이지. 뭐하러 살러 들어와서 그 떼고생을 하고, 그렇게 맞고 내쫓겼으면서도 사내를 못 잊어서 맴을 도니, 동네 사람들이 뭐라고들 하는지 아우? 그 사내 아래 몽둥이가……"

"남자에게 잘못이 있다고는 생각하지 않는가보죠? 한마을 사람이면 당연히 행실이 나쁜 남자에게 동네 어른들이 타일러야 할 텐데요."

"그 사람은 동네에서도 벌써 내놓은 사람인걸."

"그러니 그런 남자를 상대해야 하는 여자가 어땠겠어요? 미치지 않기도 어려웠겠지요."

"그러니 미친년이지. 그런 놈을 따라 들어왔으니."

"사람 사는 건 다 비슷해요. 빠져들 땐 잘 모르고, 알고 난 뒤엔 언제나 늦죠."

빗줄기가 갑자기 굵어져 와이퍼를 한 단계 더 빠르게 작동시켜야 했다. 비포장길에는 군데군데 황토물이 고여, 비켜가는 트럭이 누런 물을 벽처럼 일으켜 앞 유리창에 끼얹고 갔다. 잠시 시야가 가려졌다. 나는 속력을 거의 정지시키다시피 늦추었다.

"아이구 고마운 비! 인제 농사 걱정 완전히 덜겠네."

뒷좌석에 앉은 수호 엄마는 편안한 얼굴로 웃었다.

미리 엄마를 태워 계곡 밖의 버스정류장에 데려다준 날, 그녀는 스칼렛 오하라가 등장하는 〈바람과 함께 사라지다〉의 마지막 장면 이야기를 했다. 산 하나를 갖고 있다는 터미네이터가 한참 자기를 따라다닐 때, 그녀는 그 스칼렛 오하라를 꿈꾸었다고 했다. 영화의 마지막 장면처럼 다시 일어서서, 거대한 땅을 일구리라고…… 산아래에 대문을 만들고 산중턱에 구름 같은 흰 집을 짓고 산꼭대기까지 길을 내어 가축을 방목하리라고…… 그 말을 하면서 그녀는 서럽게 울었다. 엄마가 사치가 심한 사람이어서, 아버지가 죽고 난 뒤 불과 이 년 만에 파산을 했다고 했다. 결국 꿈 많던 그녀는 고등학교 졸업도 못하고 집을 나오고 말았다. 어린 마음에 엄마로부터 상처를 입은 그녀는, 돈을 모으려면 일단 쓰지를 말아야 한다는 것을 철칙으로 삼았다. 그리고 빨리 돈을 벌 목적으로 다방에 취직을 했다. 그때만 해도 다방은 깨끗한 편이었다고 한다. 기둥서방은 있을지언정, 티켓 같은 건 없었다고. 그러나 그녀는 사람을 좋아하고 잘 믿다보니 남자에게도 두어 번 속았고, 여자에게도 두어 번 속았다. 그녀는 사람은 믿기 어려워도 산이야 나를 속이겠느냐고 생각했다. 열심히 일구고 또 일구면, 꿈을 이루게 될 거라고 믿었다.

"그런데 이제 끝났어! 다 끝났어. 몇 년 전부터 세상이 바뀌었는지 이런 산골까지 부동산 경기가 좋아지니까, 그놈이 미쳤어. 하긴 원래 미치기 딱 알맞은 놈이었지. 배운 것도 없이, 있는 거라곤 산등성이 바위들이 구르는 거친 땅덩이들뿐이었으니. 세상이 바뀌니까 좋은 곳만 골라 한 덩이씩 한 덩이씩 팔아먹고, 집을 새로 짓는다더니, 그 돈으로 외제 차를 사질 않나. 그걸 타고, 허파에 바람이 들어서는 사기꾼들과 몰려다니며 여자들한테 사기칠 궁리나 하고……"

그러면서 미리 엄마는 몹시 흐느껴 울었다. 언제 우리 미리 보거든, 에미 이야기 좀 잘 해달라고, 턱을 떨었었다. 에미 잊지 말고 기다리라고, 에미가 꼭 미리 찾으러 올 거라고. 보거든 꼭 전해달라고, 꼭…… 그렇게 떠난 여자가 일 년 만에 나타나, 그동안 애써 번 돈으로 골짜기를 피로 물들이겠다고, 한다. 어쩌면 아무도 막지 못할 것이다. 그녀는 그 피비린내 가득한 반전을 제 삶의 끝이라고 정하고 있다. 파멸을 향해 한 점 두려움도 없이 치닫는 그녀 앞에 잊으라든가, 용서하라는 말은, 차라리 얼마나 창백한가.

삶의 매혹이란 저마다 제 운명을 꽃피우는 데 있는 것은 아닌지. 자기 존재의 시간을 알고, 꽃이 피어날 때와 질 때의 위기를 피하지 않는 사람들. 그들은 제 빛깔을 찬란히 드러내며 두려움 없이 파탄을 향해 치닫는다. 불붙은 날개를 펄럭이며 제 운명의 끝을 송두리째 드러내는 이들, 그들은 불을 피해가려 하지 않는다. 불행의 신비, 불행의 매혹은 거기에 있다. 파멸하지 않은 영혼은 그것을 피해간 존재들일 뿐. 안전 속에 제 운명을 의탁해온 사람들, 그것이 평범한 사람들의 이름이다. 그들은 상처 없는 것을 자랑하지만 나는 그들을 단 한 번도 사랑해본 적이 없다. 나 자신까지 포함하여. 나는 무엇을 두려워하나……

한밤이다. 깊은 잠이 든 남편은 가볍게 코를 곤다. 나는 말라가는 꽃에서 어렴풋한 식초 냄새를 느낀다. 아직도 비가 내린다. 석유 탱크 위에 올려놓은 스티로폼에 빗물 떨어지는 소리가 또독또독 들린다. 빗소리를 들으며 나는 점점 무거워지는 돌덩이의 무게를 느낀다. 그를 잊고, 나를 눌러놓은 돌덩이도 잊고, 이 삶과 꿈 사이의 어지러움도 다 끊어버리고 나면 무엇이 남나. 삶에서 삶을 버리고 나면…… 나는 꼭 누군가의 허깨비 같기만 할 것 같다. 머릿속에 이천 년 전 로마 거리를 걸었던 발자국 소리가 울린다. 닳은 포석을 울리던 나의 발소리가 내 머릿속을 걸어다닌다. 그리고 아래로 내려다본 구름…… 누군가 말했었다. 우리가 파란 하늘이라 부르는 것은 사실은 눈에 보이는 심연이라고. 심연의 저편에서 심연의 이편을 바라보는 푸른 눈.

봄 피안 일곱째 날이다. 아침에는 까치가 날갯짓하는 소리에 놀라 눈을 떴다. 푸드덕 소리가 어찌나 선명한지, 마치 잠든 나의 옆구리를 차고 날아오르는 듯했다. 며칠 동안 물에 씻긴 마을과 숲과 산이 새로 돋은 봄나물처럼 싱그럽다. 이십 리 계곡 바깥 길 건너의 안쪽 마을도 오늘은 선명하게 보인다. 그쪽에서도 꼭 내가 보듯이 이쪽이 선명할 것이다. 그의 눈 속에도 이 순간 내 모습이 담겨 이렇게 눈 뜨기도, 눈 감기도 아플는지……

파리에서는 개를 끌고 다니는 사람들과 오래된 건물의 무수히 다양하고 아름다운 난간 쇠장식들을 보았다. 로마에서는 무너져내린 성곽들과 색색가지 차양들을 보았고, 피렌체에서는 신문을 들이밀며 관광객의 허리에 찬 지갑을 여는 소매치기 소녀와 갈릴레이의 무덤과 〈시네마 천국〉의 영화관 앞마당 같은 작은 광장들을 보았다. 그리고 밀라

노에서는 서서 꾸는 꿈인 양, 몇 분간 청록색을 보여주던 저녁하늘과 가닥가닥 땋은 머리에 눈이 아이스크림 같은 남자들을 보았다. 루체른에서는 우리와 조금씩 다르게 생긴 야채와 육류와 빵과 꽃 들을 띄엄띄엄 놓고 한가롭게 파는 강변시장을 보았으며, 취리히에서는 세계 최초라는 등반 열차를 타고 오른 리기 산장 꼭대기에서 구름떼가 포말처럼 이는 둥근 지구를 보았다. 그리고 그 모든 곳에서 나는, 선명한 나를 보았다. 나의 중심을……

시테 섬은 파리 제1구의 제로 포인트이다. 그들은 그곳을 세계의 중심으로 잡고 서울까지의 거리를 8991킬로미터라고 기록해놓았다. 시테 섬을 본 이후, 나는 밤마다 서성댔었다. 오를리 공항 근처의 한 호텔 방에서 나는 공책을 펴고 그에게 마지막 편지를 써보려고 했다. 창밖에는 불 켜진 활주로와 날렵하고 아름다운 비행기들의 몸체가 보였다. 유리창이 더러워서 창밖은 흡사 비가 오고 있는 것 같기도 했다.

나는 무릎을 꿇고 싶었다. 새벽잠에 빠졌을 머나먼 나의 중심을 향해. 이 세상에서 유일하게 나를 기다리고 있을 그곳…… 나는 그 모든 인과를 잊고 그곳에서, 그 모습으로 태어난 듯 살겠다고 차가운 유리창에 시린 손바닥들을 대고 중얼거렸다. 꿈과 현실 사이에 난마처럼 얽혀, 자주 어지러운 격정을 일으키곤 하는 그 모든 것을 끊겠다고, 내게 허용된 것만을 갖겠다고 다짐했다. 그러나 나는 마지막 날까지 편지를 완성하지 못하고, 남편의 선물을 사고 계단을 내려오다가, 결국 다시 달려 올라갔다. 그리고 그것과 똑같은 것을 하나 더 사고 말았다.

'이러는 것이 무슨 소용이 있나…… 그러나 아무 소용도 없이, 빈 나뭇가지에 물방울 꽃 맺히듯, 서로의 가슴에 사무치는 것이 또 무슨 죄가 될까.'

나는 뒤켠 마당에 쭈그리고 앉아 커다란 돌덩이를 젖힌다. 그리고 상자에 넣고 비닐에 봉해 묻어두었던, 그의 선물을 두 손으로 파낸다. 젖은 흙이 손에 달라붙고, 열 개의 손톱 밑에 가득 박힌다. 나는 더러워진 손을 오래 내려다본다. 피안은 저편에 있지 않았다. 그것은 언제나 내가 놓은 불의 한가운데에 있었다. 나는 지금 그에게로 간다. 그뿐이다. 발밑까지 다가왔던 까치가 옆구리를 차듯 푸드덕 날아오른다. 미리 엄마가 있는 산속 집은 아직 고요하다.

꽃들은 모두 어디로 갔나

기말시험이 끝나고 긴 겨울방학이 시작되었다.

집주인 여자는 세 든 사람들에게, 필요하면 창고에 가서 난로를 골라 쓰라고 말했다. 일요일 오후에 나는 두툼한 털실 카디건을 새로 꺼내 입고, 난로를 고르러 목조계단을 내려갔다. 창고 앞에는 대문 앞 별채에 사는 남자가, 석유난로 하나를 해체해놓고, 그을음과 기름이 묻은 걸레로 닦고 있었다. 남자는 그의 앞을 지나가는 나를, 혀를 내미는 뱀처럼, 재빨리 훑어보았다. 그는 근처 종합병원에 근무하는데, 스물여덟 살쯤이라고 들었다. 나는 늘 그렇듯이 그 남자가 불편했다. 그는 언제나 불안한 열기에 휩싸인 듯한 병적인 눈으로 나를 훔쳐보았다. 남자는 걸레를 손에 쥔 채 잠시 동안 그냥 앉아 있더니 서둘러 조립하기 시작했다. 뭔가가 그의 손에서 떨어져 날카로운 금속음을 내며 시멘트 바닥에 나뒹굴었다. 창고 안에는 높은 천장에서 빠져나온 긴 줄 끝에 오 촉짜리 전구가 희미한 불을 밝히고 있었다. 나는 먼지와 거미줄과 냉기 서린 퀴퀴한 냄새와 정리되지 않은 채 잔뜩 쟁여진 망가진 물건 더미 속에서 잠시 현기증을 느꼈다. 잠시 시간이 흐른 뒤에야 창고 문 오른쪽 바닥에 쭈르르 놓여 있는 난로들이 보였다. 나는 비슷비슷한 난로들 중에서, 방열판과 보호살이 그중 빛나고 칠이 덜 벗겨진 것으로 골라들고 나왔다. 냉기가 살갗을 파고들어 몸이 으스스 떨렸다.

"지난주에 심지는 전부 갈았지만 한번 열어서 청소를 해야 돼—"

주인여자가 부엌문으로 내다보며 소리쳤다. 그리고 남자가 일어섰다.

"이거 다 닦은 건데, 잠깐만 기다렸다가 이걸로 가져가시죠."

남자는 나와 눈이 마주치자 시선을 땅에 떨어뜨렸다. 주인여자가 어떻게 되나 보자는 얼굴로 내다보고 있었다. 나는 재빨리 대답했다.

"괜찮아요. 나도 난로를 풀어서 닦아보고 싶으니까요."

남자는 여드름 자국이 난 작고 검은 얼굴로 나를 짧게 쏘아보고는 끈적이는 듯한 그 축축한 시선을 돌렸다.

난로를 힘겹게 들고 계단을 올라 이층 낭하에 오르니, 누군가 뒤에서 등을 톡 두드렸다. 영원이 소리도 없이 다가와 서 있었다. 그는 내일 집으로 떠날 것이었다. 그리고 또 며칠 후엔 군대엘 가야 했다.

"너 정말 집에 가지 않고 여기서 겨울을 지낼 거니?"

영원이 난로를 받아들며 물었다. 나는 고개를 끄덕했다.

"추울 거야."

"난 추운 게 좋아요."

나는 얼굴을 가리는 머리카락을 귀 뒤로 넘겨 붙이고, 양해를 구할 때처럼 짧게 웃었다. 조금씩 움직일 때마다 박스에서 갓 꺼내 입은 두 툼한 카디건 스웨터에서 나프탈렌 냄새가 살금살금 새어나왔다. 나는 정말 손끝이 딱딱하게 굳을 정도로 추운 것을 좋아했다. 나 자신이 공중에 걸린 나무선반처럼 군살 없는 명징한 느낌이 들기 때문이다.

"난 니가 올겨울을 따뜻하게 지냈으면 좋겠어. 그러면 내 마음이 더 놓일 것 같애."

영원은 콤비를 벗고 검은 스웨터 차림으로 낭하에 퍼져 앉았다. 그러고는 내게서 장갑을 벗긴 뒤 난로를 만지기 시작했다.

"다행히 심지는 새로 갈았네."

낭하에 달린 격자창으로 따스한 햇볕이 가득 들어왔다. 이 일본식 목조집 이층엔 낭하를 따라 세 개의 커다란 방이 있고, 그 끝에 기역 자로 꺾어져 거실이 딸린 방 두 개가 더 있었다. 첫번째 방엔 내가 살고 있다. 그리고 두번째 방엔 영원의 두 친구 인효씨와 태영씨가, 세번째 방엔 무슨 일을 하는지 알 수 없는 사십대 남자가 종종 왔다갔다 하는 게 보였다. 그리고 꽤 넓은 마루가 딸린 끝방에는 중학교 다니는 딸 하나를 가진 여자가 사는데, 삶에 지친 듯한 짙은 화장 속에 아직은 소녀적인 표정을 간직한, 묘한 얼굴의 여자였다. 여자는 늘 혼자 다녔고, 오후 다섯시쯤에 나가 자정이 넘어서, 고요한 목조 낭하를 뚜 각뚜각 울리며 돌아왔다. 늘 그렇지만 오늘은 영원의 두 친구도 없어 더 조용했다.

나는 커피포트에 물을 올리고 스위치를 켜놓은 뒤, 창가에 섰다. 낭 하 반대쪽의 격자 유리창은 11월이 시작되면서부터 언제나 덜컹덜컹

바람에 흔들렸다. 뒷집의 검은 뒷마당이 보이고, 하루종일 한 번도 짖지 않는 커다란 검은 개가 육중한 체인을 철렁대며 서성이는 것이 보인다. 문이 달려 있지 않은 앞마당 현관과 터널처럼 뚫려 있는 현관 안쪽은 굴처럼 어둡다. 그 집도 일본식 목조집이다. 이런 집들은 거의 오륙십 년쯤은 된 집들이다. 내 방에서는 그 집 일층의 방 하나와 이층의 부엌 하나가 보인다. 부엌살림이 놓여 있으니 부엌일 뿐, 좁다란 차양을 빼내고 간신히 양쪽 벽만 가린 초라한 곳이어서, 바깥이나 마찬가지였다.

일층 방엔 오늘도 노인이 창 쪽으로 고개를 돌린 채 이불에 파묻혀 잠들어 있다. 두터운 이불이 노인의 바랜 가죽 같은 얼굴을 가리고 있다. 이미 허리가 굽은 노파가 물주전자와 컵이 놓인 쟁반을 노인이 누운 철제침대 곁 사이드테이블 위에 놓고 의자를 당겨 앉더니 양팔을 내밀어 노인의 어깨쯤을 누른다. 안마를 하려고 하는 것 같은데 누워 있던 노인이 갑자기 팔을 홱 뿌리친다. 노인은 창 쪽으로 좀더 몸을 돌려 눕고 노파는 두 손을 무릎 위에 모으고 우두커니 앉아 있다. 노파의 얼굴은 아무런 표정의 변화도 없다. 흡사 낡은 가죽 같다. 그저께 저녁에는 노파가 돌아누워 있는 노인의 등에 얼굴을 파묻자 노인이 몸을 돌려 안아주었었다. 무척 조용한 포옹. 두 사람은 울고 있었던 것 같기도 했다.

"이 구두 니 거니?"

영원이 열린 문으로 구두 한 짝을 들어 보였다. 구두는 그의 손끝에서 달랑거렸다. 발등 위로 가는 줄이 지나가 옆의 고리에 걸리는 높은 굽의 검정색 구두였다.

"내 거예요."

"신은 걸 한 번도 본 적 없는걸."

"한 번도 안 신었으니까."

커피를 담은 쟁반을 낭하 바닥에 놓자 영원이 나를 빤히 처다보았다. 그것은 나를 보아도 흡사 그 자신을 보고 있는 것 같은, 시선이 모호한 눈동자였다. 영원의 얼굴에 코끝에서 귀 쪽으로 그을음이 길게 묻어 있었다. 나는 손가락을 펴 그 얼룩들을 닦아주었다. 얼굴은 아직 미지근한 빵처럼 부드럽고 축축했다. 내게 작별인사를 하러 온 얼굴이었다. 얼룩은 희미해졌고 내 손가락이 더러워졌다. 왠지 눈물이 날 것 같았다. 그가 내 손을 잡았다.

"우리 엄마 구두예요."

"돌아가셨다면서?"

"내가 열다섯 살 때였지요. 그때부터 늘 갖고 다녔어요. 지금은 신발장에 있지만 처음엔 이불 속에 있었지요. 잘 때 꺼안고 잤어요. 그다음엔 책상 위에 있었구요. 그다음엔 진열장에 있었어요. 지금은 그냥 다른 신발들처럼 신발장에 있지요."

"엄마 발이 아주 작았군."

"내 발도 그만큼밖에 자라지 않았어요."

"이 구두가 네게도 맞단 말이야?"

나는 생긋 웃고 흰 면양말을 벗은 뒤 구두를 신어 보였다.

"예뻐!"

그가 그을음이 묻은 손으로 내 발목을 움켜쥐었고 나는 일어나 낭하를 딛고 빙빙 돌며 깔깔거렸다. 목조 낭하에 뾰족구두 닿는 소리가 어지럽게 울렸다. 영원이 나를 바닥에 주저앉히고 입을 맞추었다. 늘 그렇듯이 그냥 입술만 가만히 눌렀다가 뗐다. 그리고 구두를 벗기고 발가락들을 만졌다.

"네 발가락, 아직 덜 여문 옥수수알들 같애."

격자창 바깥 아래채의 지붕과 흰 목조 벽엔 마른 나팔꽃 넝쿨이 아직도 엉겨 있었다. 지난여름부터 가을까지 아침마다, 눈을 부비고 나가면, 나팔꽃이 피어 있었다. 모닝커피 잔들을 들고 영원과 인효씨, 태영씨와 함께 낭하 바깥, 나팔꽃이 많이 핀 베란다에 나가 인효씨가 치는 기타에 맞추어 노래를 불렀었다. 그는 비틀스를 연주하지만 정작 그가 가장 신날 때 부르는 노래는 〈송학사〉와 〈꽃보다 귀한 여인〉이었다. 나팔꽃이 꽃잎을 오므린 서늘한 저녁이나 한증막같이 더운 한밤중이나 비가 축축하게 내리는 한낮도 좋았다. 그리고 태풍이 지나간 뒤 지붕들이 바짝바짝 타는 뜨거운 한낮에는 더 좋았다.

나는 더이상 더위를 참아내지 못하고 얼음을 채운 유리잔을 들고, 나팔꽃이 꽃잎을 오므려 시든 콩밭같이 푸르른 지붕 위에 나가 앉는다. 차라리 더위 속에 투항해 더위의 먹이가 되어버리는 것이다. 바람은 불지 않고, 축축한 공기는 더운 담요같이 내 몸에 감긴다. 입안이 가득차도록 얼음조각들을 집어넣고 무릎을 꽉 싸안으면, 젖은 담요같이 감기는 한증막 속에 깜박 잊고 있었던, 해안도시의 바다 냄새가 한 움큼 실려왔었다. 그냥 바람과 달리 머리카락들을 젖히며 짜릿하게 당도하던, 겨울 해초의 촉감처럼, 서늘하고 상큼하던 바람…… 나는 머리카락 속으로 파고드는 그 한 올의 바람이 주는 짧은 기쁨을 위해 곧잘 낭하 밖 베란다에 나가 더위의 꼭대기에 앉아 있곤 했다.

"그거 찾았어?"

"그거?"

"스푼 말이야."

"아, 못 찾았어요. 내가 무슨 착각을 하는 것 같기도 해. 가끔씩 스푼이나 젓가락 포크 따위가 한 개씩 없어지는 것, 이상하지 않아요? 스푼 먹는 바퀴벌레 같은 것이 있을 수도 있다고 생각하면 소름이 끼치죠. 하지만 그게 아니면 더더욱 이해가 안 되는 일이에요. 쥐가 물고 갔을까요? 혹시 영원씨가 가져간다면 차라리 납득하기가 쉽겠는데."

"내가 그럴 수도 있을 거라고 생각하니?"

"아뇨, 그러니까 끔찍한 거지. 대체 내 스푼들은 어디로 갔을까…… 그동안 모두 열두 개의 스푼들이 없어졌다구요. 훔친 스푼으로 대체 무엇을 할 수 있죠?"

"옛날엔 대포를 만들었지. 하지만 요즘의 스푼으로는 안 될걸. 이 방은 사실 너무 허술해."

영원은 방심한 채 중얼거리며 문살이 촘촘한 미닫이문을 흔들었다.

"누구든지 마음만 먹으면 간단하게 들어갔다 나올 수 있어. 열쇠로 잠가놓아도 이 두 짝의 방문을 들어올리기만 하면 손쉽게 떼어지니까."

"그렇지만 간혹 잃어버리는 스푼이나 젓가락 때문에 이사를 할 수는 없어요. 난 이곳이 마음에 드니까. 처음엔 아주 당황했었죠. 내가 쓰던 스푼, 젓가락, 포크가 모두 다 없어져버렸으니까. 하지만 요즘은 넉넉히 사서 옷장과 책상서랍에다 감추어두고 써요."

"이곳은 여러 가지로 안 좋아. 특히 겨울에는 난방도 안 되잖아.

다다미방이라고는 해도 추울 거야. 게다가 이렇게도 낡고 허술하고…… 집 같지도 않아."

"난 그 점이 다 좋은데요. 특히 집 같지도 않은 점이요."

"너 집이 그렇게 싫으니?"

아버지는 언제나 불편해 보이고, 창문 없는 방안엔 자궁암을 앓는 할머니가 언제나 누워 있고, 부엌엔 입술이 두껍고 몸이 검은 아버지의 새 여자가 있고 집 이곳저곳에서 마주칠 때마다 소름이 돋아오르는 두 명의 낯선 남자아이들이 있는 집.

"난 아마 앞으로도 오랫동안 이런 곳을 떠돌 거예요. 가능한 집의 구조를 가지지 않은 곳들로요."

언제까지 나는 떠돌 수 있을까, 내가 나를 마주치지 않고 하루하루를 보내려는 것처럼 허무한 음모. 집에 돌아가지 않고 계속해서 모르는 곳으로만 떠나갈 수가 있을까……

"난 너밖엔 몰라. 너의 집이나 너의 가족들은 모르겠어. 형태조차 잡히지 않아."

"나도 그런걸요. 난 영원씨조차도 잘 모르겠어요."

그가 괴로움까지 서린 난처한 표정을 지었다.

나는 갑자기 정말로 영원에 대해 아무것도 모르겠다는 생각이 들었다. 마주 보고 앉아 있는데도 그는 소문으로만 들은 먼 나라의 낯선 섬 같다. 어떻게 하면 그를 알 수 있게 될지 나는 그런 방법을 아직 몰랐다. 서울에 있다는 집도, 서울만큼 막막하고, 평범하게 구성된 가족들도, 평범할 뿐이라는 그의 마음도…… 그에게 묻고 싶었다. 왜 편지를 하겠다거나 면회를 오라거나 하지 않고 내게 마지막 인사를 하려 하는지. 나를 사랑하는지, 왜 나와 자려고 하지 않는지…… 그러나 한편으론 그랬다. 나는 아무것도 몰랐고 그가 하는 행위들이 그것대로 자연스럽게 느껴지기도 했다. 왜 언제나 내 곁에 맴돌면서 나를 좀더 사랑하지 않는지 물을 수는 없는 일이니까. 그것은 참으로 이상한 애원이 되고 말 것이다.

옆방 인효씨와 태영씨의 친구인 그를 안 지 육 개월이 되었고, 일주일에 두어 번쯤 오후에 데이트를 했고 그리고 그가 몇 번인가 깊은 밤중에 내 방문을 두드리고 격정적으로 방안에 들어와서는 정작은 별말도 없이 서성대다가 돌아가기도 했지만, 그러나 그가 입대를 하면서 내게 무언가를 약속해야 할 무슨 징후 같은 건 없었다. 입술만 눌렀다가 떼는 가벼운 입맞춤처럼…… 그는 아직 내게 사랑한다고 말한 적조차 없었다.

이른 저녁에 우리는 석유통을 들고 나갔다. 식사도 하고 기름도 사올 참이었다. 매시간 계단을 구르듯 기온이 하강하고 있는 날씨였다. 우리는 버스가 매연을 뿜어내며 지나간 거리를 달려 무단 횡단했다. 석유통을 쥔 영원이 다른 손으로 내 뒷목덜미를 쥐고 달렸다. 마치 어린 강아지를 쥐듯…… 석유통을 가게에 먼저 맡기고 다시 버스를 타고 시내로 더 나가 조용한 일식집엘 들어갔다. 영원은 내게 다른 날과는 다른 특별한 것을 먹이고 싶어했다. 내가 이름들이 낯선 중국요리보다는 초밥이 좋겠다고 말했고 그는 언젠가 가본 적이 있는 한 일식집으로 나를 데리고 갔다. 식사 후에는 거리를 좀 걷다가 커피전문점에도 들어갔으나 몹시 산만하게 느껴졌다. 언제나 그렇듯이 그 시간엔 쇼핑을 하거나 누군가를 만나려는 사람들과 그저 복잡한 장소들을 배회하는 사람들로 거리는 붐볐다.

우리는 사람들 사이를 나와 바다 쪽으로 곧장 걸어내려가 해안도로를 따라 내 방이 있는 방향으로 걸었다. 해안도로는 철공소나 주물공장 같은 작은 공장들의 긴 벽들과 통운회사의 창고들, 세관과 여객터미널, 연탄공장과 원목이 적재되어 있는 항구로 이어져 있었다. 쇠문이 닫혀 있는 작은 공장들 안에서 간혹 백열등 불빛이 비쳐나오기도 했지만 길은 어둡고 발밑은 축축하게 느껴졌다. 자동차들은 고속으로 달리고 그때마다 바람이 해일처럼 덮쳐왔다. 날씨 탓인지 그 해안길을 걷는 다른 행인은 한 명도 없었다. 영원이 내 목도리를 같이 둘러 둘의 얼굴이 서로 묶인 채 빈틈없이 끌어안고 걸었다. 우리는 제3부둣가의 한 허름한 횟집 테라스에 앉아 계속해서 세 개비의 담배를 한 모금씩 번갈아 피웠다. 그 횟집은 겨울 동안 폐업중인 듯 보였다. 바다는 석유처럼 검고 표면이 번들거렸다. 그리고 차가운 해초 냄새와 젖은 나무 냄새, 화약 냄새 같은 것이 차례차례 날려왔다. 나는 장갑을 낀 손으로 시린 코를 막았다. 그가 노래를 불렀다.

'꽃들은 모두 어디로 갔나, 소녀들이 꺾어갔지. 세월이 지나 소녀들은 모두 어디로 갔나, 청년들에게로 갔지. 세월이 흘러 청년들은 모두 어디로 갔나, 전쟁터에 가서 죽었지. 그리고 모두 꽃이 되었지. 세월이 지나……' 그가 노래를 그쳤다.

처음 듣는 노래였다. 나는 제목이 뭐냐고 묻는다. 그는 모른다고 말한다. 그냥 옛날부터 알고 있었다고…… 나는 계속해요, 한다. 그는 싫다고 말한다. 나는 계속해요, 한다. 영원은 사실은 거기까지밖에 몰라, 한다. 아마 처음부터 엉터리 노래일지도 몰라, 한다. 나는 괜찮으니까 처음부터 다시 해요, 한다. 영원은 병 속의 굳은 가루가 떨걱대듯 다시 노래를 시작한다. '꽃들은 모두 어디로 갔나……' 나는 영원이 아주 옛날부터 저절로 알고 있는 그 노래를 잊지 못할 것 같았다. 그래서 영원이 어디론가로 떠난 뒤에 나 혼자 또 이곳에 올 것 같았다. 어느 때, 가끔씩은 그리워서, 살 속에 녹슨 칼이 든 것처럼 몹시 고통스러울 것 같았다.

난 평범해. 그는 가족도, 꿈도, 취향도 그냥 평범하다고 했는데 나는 그 평범한 것들을 알 수가 없었다. 왜 언제쯤 올게, 라고 말하지 않고 이렇게 긴 작별을 하고 있는 것일까. 남자들은 늘 이러는 것일까. '스푼들은 모두 어디로 갔나, 어떤 청년이 훔쳐갔지, 청년은 어디로 갔나, 군대에 가서 죽었지, 그리고 지옥에 갔지……' 영원이 노래를 바꾸어 부르며 어둠 속으로 달아났다. 나는 소리를 지르며 그를 따라 달렸다.

난로에 불을 붙이자 방안은 곧 따뜻해졌다. 불을 붙일 때 빠져나온 석유 냄새는 방안의 공기와 부드럽게 섞여들었다. 우리는 꽁꽁 언 몸을 풀기 위해 뜨거운 꿀차를 마셨고, 몸이 따뜻해지자 들어올 때 사온, 차가운 맥주와 파인애플 캔도 따 먹었다. 영원은 내가 켠 라디오를 꺼버렸다. 라디오에서는 지방 방송국의 DJ가 핑크 플로이드를 소개하고 있었다. 라디오가 꺼지자 이층엔 아무도 없는 듯 조용했다. 방안의 유리창과 낭하의 유리창 들이 일제히 바람에 흔들렸다.

나는 도넛 모양의 아주 노란 파인애플이 담긴 유리그릇을 들고 조금씩 떼어먹으며 이리저리로 서성대었고 영원은 바닥에 앉아 침대에 등을 기댄 자세로 나를 응시하고 있었다. 우리들 사이에 석유난로가 빨갛게 타고 있었다. 그는 오늘밤 돌아가지 않을 모양이었다. 무슨 일인가, 무슨 일인가가 일어날 것만 같아 조바심이 났다. 1980년의 마지막 달이었다. 나는 곧 스무 살이 될 것이었다. 나는 아직 남자와 자는 것에 대해 아무것도 몰랐다. 나의 몸에 남자의 그것이 들어올 어떤 곳이 있다는 것은 내겐 흉흉한 소문에 불과했다. 남자의 그것이란 것조차도. 그러나 때가 되면 모든 것은 자연스럽게 될 것이다. 내가 아무것도 모른다 해도, 때가 되면…… 난로 속의 철망이 검붉게 달아타버린 재처럼 보였다. 어느새 나의 몸에 열기가 생겼다.

열한시였다. 그 시간쯤 늘 그랬던 것처럼 어둠 속에서 아기 울음소리가 들려왔다. 뒷집 노부부의 방엔 불이 꺼져 있었다. 뒷집 이층의 부엌에 불이 켜지고 붉은 내복 위에 초라한 스웨터를 걸친 여자가 움츠리고 나와 가스레인지에 주전자를 올렸다. 부엌문 앞 베란다에 분유통이 조르르 나와 있는 집이었다. 다시 새끼 고양이같이 연약한 아기 울음소리가 들렸다.

나는 불을 끄고 돌아섰다. 동그란 철망 속의 난롯불이 방 한가운데에 고요하게 떠올랐다. 어둠이 잠시 눈을 가렸으나 창문으로 들어온 빛으로 방안은 곧 윤곽을 드러냈다. 나는 파인애플이 담긴 유리그릇을 낮은 책장 위에 놓고 스웨터를 벗었다. 그리고 남방셔츠를 벗었고 벨트를 푼 뒤 진 바지를 벗었다. 옆에 쌓인 옷들의 부피가 너무 커서 우스꽝스러운 기분이 들었다. 속옷 한 가지씩과 양말이 남았을 때 나는 무엇부터 벗어야 할지 조금 망설였다. 내가 문득 영원을 바라보자 그는 한 손으로 자신의 얼굴 가운데를 가리고 뭔가를 꾹꾹 다지듯이 힘겹게 웃었다. 나는 몸을 뒤로 젖히며 빙글빙글 돌았다.

"이제 무엇부터 벗는 게 좋을까?"

"그만해. 희진아. 이리 와봐."

나는 난로 앞으로 다가갔다. 그의 얼굴에 난로 불빛이 붉게 반사되었고 눈동자 속엔 불꽃이 타고 있었다.

"소름이 돋았어."

영원이 내 팔을 쓸어내렸다. 그리고 침대에서 담요를 끌어내려 내 몸에 둘러주었다.

"희진아."

나는 눈을 들어 그에게 대답했다.

"희진아. 넌 오늘밤…… 희진아, 난 네게 어떤 상처도 입히고 싶지 않아. 난 네게 아무 짓도 하지 않을 거야. 그냥 너와 밤을 보내고 싶어."

"……"

"넌 나와 관계를 가지겠다고 생각했니?"

"……늘 그렇지만 난 미리 무슨 생각 한 건 없어요. 되어가는 대로, 당신이 원하는 대로 하겠다고 생각했어요."

"그래, 넌 그랬을 거야."

영원은 요가하는 사람처럼 빳빳하게 허리를 잔뜩 세워 앉은 채 건조하게 말했다.

"네 몸엔 아직 아무 일도 생기지 않았지. 난 네게 상처를 입히고 싶지 않아. 첫경험이란 어떤 경우에도 여자에겐 상처이지. 내가 너를 갖고 난 뒤 내일 떠나면 넌 나중에 깊은 원한을 갖게 될 거야. 난 원한 없이 그냥 기억되고 싶어. 이건 진심이야. 네가 나를 잊지 말았으면 좋겠어."

스물세 살 먹은 청년이 그렇게 말했다.

"첫경험한 여자를 많이 아는 사람같이 말하네요."

"그래, 너에 비하면 나는 잡놈이지."

"나를 원하지 않나요?"

영원은 요가하는 자세로 어떤 생각에 몰입하려는 듯이 입을 꾹 다물었다. 그리고 고통이 굳어버린 듯한 눈으로 잠시 나를 바라보았다. 몸의 한 중심에 아주 천천히 탄환이 지나간다면 그런 얼굴이 되지 않을까…… 그는 자신의 바지를 풀고 내 손을 끌고 들어갔다. 막대처럼 딱딱한 그것은 허리 바로 아래까지 올라와 있었다. 어떤 상상력도 준비하지 못했던 내 손은 충격을 받았다. 그것은 여태껏 내가 만져보았던 그 어떤 것과도 비슷하지 않았다. 남자의 팔이나 다리나 손가락이나 얼굴의 피부와는 물론 달랐다. 나는 이내 손을 떼고 담요 속에 웅크렸다.

"나 쇼크 먹었어요."

침묵이 흐른 뒤 내가 중얼거렸다.

영원은 고개를 숙였다.

"이건 널 원해. 너무나 열망해서 슬플 정도야. 그렇지만 이건 너와 아무 상관도 없어. 넌 나중에야 알게 되겠지만, 누군가 너를 필요로 한다 해도, 너 아니면 안 된다고 할 때도, 이건 너를 원하는 그 진실과는 아무런 관련도 없어. 이건 다른 나라의 낯선 섬처럼 다른 체제에

속해 있지. 이해하겠니?"

나는 고개를 끄덕끄덕했다.

"흔한 말 같지만…… 나를 잊지 말아. 오랜 세월이 흐른 뒤에도 기억해줘."

그럴 것 같았다. 난 그를 이해할 수 있을 것 같았다. 그리고 그를 영원히 잊지 않을 것 같았다. 아이로니컬하게도 그가 자신의 감정과 아무런 상관도 없다고 부인한 그 낯선 섬을 통해서…… 그 연약한 점막은 고통이 뭉친 것처럼 딱딱하고 슬픈 것처럼 부드러웠다. 목조계단을 오르는 발소리가 울렸다. 높은 코르크굽 슬리퍼를 끄는 끝방 아주머니의 발소리가 오래오래 낭하를 울렸다.

그는 담요에 쌓인 내 등을 끌어안았다.

꽃들은 모두 어디로 갔나. 소녀들이 꺾어갔지. 오랜 세월이 흐른 뒤 소녀들은 모두 어디로 갔나. 청년들에게로 갔지. 세월이 흘러 청년들은 모두 어디로 갔나. 전쟁터에 나가 죽었지. 그리고 모두 꽃이 되었지.

새벽에 눈을 뜨니 그는 없었다. 난로도 꺼져 있었고 맥주병과 잔들과 파인애플을 담은 유리그릇과 레코드들로 어지럽던 방바닥도 깨끗이 치워져 있었다. 방안은 이미 희부윰하게 밝았다. 창문은 여전히 덜 걱덜걱 흔들리고 있었다. 나는 손을 폈다가 다시 오므렸다. 손안에 그 낯선 섬의 생생한 감촉이 되살아났다. 막대처럼 딱딱하고 생각하는 듯이 조금 움직이고 그리고 더운 듯이 촉촉하던 열대의 점막…… 그가 이 방에 오는 일은 이제 없는 것이었다. 나는 믿어지지가 않았고 이해할 수도 없었다. 그러나 이런 일도 생기는구나, 하고 생각했고 창문 흔들리는 소리를 들으며 벽에 이마를 대고 조금 울다가 다시 잠이 들었다.

그가 떠났지만 별로 달라진 건 없었다. 나는 여전히 아침에 잠에서 깰 때면 누운 채로 열 손가락을 눈앞에 쫙 폈고 그때마다 안심이 되기도 하고 동시에 불안한 심정이 되기도 했다. 늘 맨 처음 떠오르는 건 영원에 대한 생각이었지만 대체로 기분도 괜찮았다. 생각해보면 한 남자가 좀 어정쩡하게 다가왔다가 여전히 어정쩡한 상태로 떠났다는 것이 그리 나쁜 일도 아니었다. 중요한 것은 영원이 나를 아꼈다는 것이었다. 그는 단순한 사람이 되지 않으려고 노력했고, 잊혀지지 않으려고 괴로워했었다. 왜 그렇게 생각이 드는지 알 수는 없었지만, 어쩌면 그는 고통스러울 정도로 나를 사랑했었다는 느낌이 들었다.

가끔은 아침에 눈을 뜨면 곧장 할머니 생각이 났다. 할머니는 만 십 개월째 앓아누워 계셨다. 아버지는 아침저녁 문안인사만 간단하게 했고 아버지의 새 여자는 악취가 폭발하는 듯한 어두운 방에서 무표정하게 병 수발을 하고 더러운 피 빨래들을 씻었다. 두 남자아이는 할머니 방문 앞을 지날 때면 코를 싸쥐고 다녔다. 전율을 일으키는 그 악취는 여름엔 할머니의 방안뿐 아니라 거실의 의자들 사이에도, 벽 모서리나 문틈에도 냄새가 배어 있다가 공기가 건드리면 풀썩 새나오곤 했다. 할머니는 자주 군대에 가 있는 오빠 이름을 불렀다. 물론 나에게 죄책감이 전혀 없는 건 아니었다. 적어도 할머니에게는…… 그러나 그건 나로선 정말 감당하기 벅찬 일이었다. 나는 겨울방학 동안 집에 가지 않을 생각이었다. 그렇다고 아르바이트를 할 필요도 없었다.

아버지가 보내주는 돈은 늘 잔고가 두둑하게 남곤 했다.

1981년의 1월 연휴가 지난 어느 날, 정오에 길 건너 식당에 밥을 먹으러 갔더니 같은 과 친구인 준수와 예비역인 운규 형이 와 있었다. 그들도 방학 때 집에 올라가지 않을 거라고 했다. 그들도 학교 바로 앞 셋집에서 한방을 쓰고 있었다.

"희진아, 저녁에 영화나 보러 가자."

준수가 시락국을 뜨며 물었다.

"좋지 뭐."

"우리가 데리러 갈게. 어디 있을 거냐?"

"도서관."

"너 고시공부 하냐?"

운규 형이 건성으로 물었다.

"그거 비슷해요."

"비슷해?"

그들은 어이가 없다는 듯이 입을 벌리고 나를 쳐다보았다.

"공무원시험 준비."

"정말이냐?"

"정말. 열심히 하는 건 아니지만, 어쨌든 9급이라도 합격만 되면 학교 다니는 거 그만둘 생각이야."

"동사무소에 다니게?"

준수가 코미디하듯이 물었다.

"아니, 아주 먼 시골 면사무소에 다니게."

"그래서 뭘 할 건데?"

"뭘 하긴? 아무것도 안 해도 되는 거지. 가만히 앉아 있다가 이따금 문을 열고 민원인이 들어오면 주민등록등본을 끊어주고, 주소 이전을 시켜주고 그리고 승진시험 공부하고."

"공부는 굉장히 좋아하는구나."

"죽은 듯이 혼자 하면 되니까."

"그거 괜찮다."

운규 형이 한참 만에 입을 열었다.

"그거 괜찮아."

운규 형이 다시 고개를 끄덕끄덕했다. 그러면서 내 얼굴을 뚫어지게 들여다보았다.

"그런데 희진아, 너 무슨 일 있니?"

"아뇨."

나는 고개를 가로저었다. 그리고 식어버린 국물을 떠넣었다.

"희진아."

운규 형이 다시 부르는데 고개를 들 수가 없었다. 눈물이 국그릇 속에 투툭 떨어졌다. 나 자신도 왜 눈물이 나지, 하는 심정이었다. 국그릇 속에 영원의 얼굴이 어른거렸다. 영원이 자주자주 떠올랐지만 그런 때에 꼭 슬펐던 것은 아니었다. 오히려 아무 일도 없었던 그날 밤의 일들을 생각하면 흐뭇하기도 하고 소중하기도 했다. 나를 잊지 말아, 라던 고통 가득한 음성은 어떤 모호함 속에서도 내게 위안이 되었다.

"국 간이 안 맞냐, 왜 짠물을 보태고 그러나?"

준수가 나즉나즉 중얼대고 운규 형이 내 어깨에 손을 얹고 몇 번 두드리더니 일으켜세웠다.

"나가자."

거리엔 밝고 환한 햇빛이 채로 거른 듯 곱게 비치고 있었다. 바람도 잔잔했다. 나는 그들의 방에 함께 휩쓸려가 두 사람이 두는 바둑판 곁에서 시간을 보내다가 시내에 나가 영화를 보고 그리고 저녁밥을 거른 채 생맥주를 마셨다. 그리고 우리 방에서 차를 한 잔 마시고 그들은 돌아갔다.

나는 정말로 공무원시험 준비를 시작했다. 나는 아버지에게 돈을 받지 않고 집을 떠나고 싶었다. 아버지에겐 늘그막에 국민학생 아이 둘이 생겼고 젊은 아내가 생긴 것이었다. 그리고 내년 봄이면 돌아와 복학해야 할 오빠도 있었다. 나는 매일 오전에는 도서관에서 보냈고 오후엔 혼자 방에 있거나 운규 형과 어울리거나 정은이 아르바이트로 카운터를 보는 카페 'In'에 들렀다. 카페 'In'은 정은의 이모가 경영하는 가게였다.

도서관에서 돌아오니 주인집 부엌 앞에 집주인 여자와 이층 끝방에 사는 아주머니가 팔짱을 낀 채 나란히 서 있었다. 눈인사를 하고 계단을 오르려는데 집주인 여자가 무거운 손짓으로 나를 부르며 다가왔다.

"저기…… 방에 뭐, 잃어버린 거 없나 확인 한번 해봐요."

나는 왜 그러느냐는 눈빛으로 쳐다보았다.

주인여자가 이층 아주머니를 돌아보았다. 아주머니도 내게로 다가왔다.

"내가 오늘 아침부터 어디 나갔다 들어오는데, 대문간 별채 총각이 아가씨 방문을 붙이느라고, 진땀을 흘리고 있는 거예요. 나는 아가씨가 있는 줄 알고 예사롭게 왜 그러냐고 물으면서 방안을 보니 아가씨도 없고, 별채 남자는 문짝을 든 채 이 추운 날씨에 얼굴에 땀을 송송 흘리고 있더니, 그냥 두고 냅다 튀어나가버렸어."

순식간에 그동안 어떻게 된 일이었는지를 알 것 같았다.

"방문은 우리가 붙였어. 문이 허술해서……"

주인여자가 미안해하며 덧붙였다.

"어쨌든 집에는 들어올 테니 내가 지키고 있다가 잃어버린 물건은 변상받을게. 우리가 보기에 무엇을 들고 가는 것 같지는 않았는데…… 어쨌거나 그런 찜찜한 사람을 그냥 둘 수는 없어. 들어오는 대로 내보내야지."

"그럼요. 만약 아가씨가 자고 있는 밤이었어봐요. 생각만 해도 끔찍한 일이지요!"

짙은 화장을 한 이층 아주머니가 소녀 같은 맑은 눈을 찡그리며 힘주어 말했다.

방은 정돈된 그대로였다. 그러나 싱크대 서랍 안의 스푼과 포크와 젓가락 들은 물론이고 옷장과 책상서랍 속의 것들도 깡그리 없어져버렸다. 머리끝이 서늘해졌다. 보이지 않는 끈적끈적한 것이 벽을 타고 흘러내리는 것 같았다. 대체 훔친 스푼들은 어떤 용도로 쓰이는 것일까? 먹은 것을 다 토할 것만 같았다. 나는 방에 있고 싶지가 않아 다시 나가 정은이 아르바이트하는 가게 'In'으로 갔다.

정은이 애플주스 두 잔을 직접 가져오며 내 안색을 살폈다.

"너 기분 안 좋아 보인다."

기분이 안 좋아 보이는 정도가 아니었을 것이다. 나는 숨겨놓은 스푼까지 몽땅 사라져버린 일상이 두려워서 버스 안에서 좀 울었었다. 버스에서 내려 번화한 거리를 걸을 때도 발밑이 푹푹 빠지는 듯한 기이한 공포는 껌처럼 들러붙어 떨어지지를 않았다. 나는 울상을 짓고 앉아 있었다.

"준수가 그러더라, 너 실연당했다고. 그래도 머리 깎고 절에 들어가지 않고 시골 면사무소로 가려 한다고 대견하다데."

나는 쓰게 웃었다.

정은이 테이블 위에 두 팔을 괴고 얼굴을 앞으로 바싹 기울였다. 예의, 너에 대해 뭘 좀 안다는 듯한 그 얼굴이었다. 정은은 얼마 전부터 자주 나의 안색을 살피며 그런 표정을 지어왔다.

"너 요즘 아무데서나 울고 다닌다며…… 영원씨 못 잊겠니?"

한동안 운 자국이 울긋불긋 나 있는 내 얼굴을 가만히 바라보고 있더니 정은은 대뜸 말했다.

"내가 영원씨 잊게 해줄까?"

"무슨 말이니?"

나의 음성은 지하실에서 꺼내온 연장처럼 서늘했다. 정은은 잔인해지는 것쯤은 각오한 바라는 듯 서슴없이 입을 열었다.

"현영원의 두 얼굴."

"두 얼굴?"

"그래, 두 얼굴."

"무슨 말이니?"

말을 툭 던져놓고 정은은 사과생즙 글라스를 기울여 티스푼으로 떠먹기 시작했다. 나는 정은이 실컷 떠먹도록 두었다. 아니 실은 나는 테이블에 몸을 바짝 붙이고 앉은 채 숨도 겨우 쉬고 있어서 아무것도 할 수가 없었다.

"희진아, 나 많이 망설였어. 솔직히 지금 내가 하려는 말, 하지 않는 게 옳다는 것도 알아. 어쩌면 이건 나의 이기적인 욕구일지도 몰라. 사람이란 진실을 드러내려는 욕구라는 게 있으니까. 그렇지만 난 또 그렇게 생각해. 경혜와 내가 알고 있으면서 장본인인 너만 모르는 건 사악한 거라고."

경혜는 정은과 함께 고등학교 때 한반 친구로 다른 학교에 다니고 있었다. 그 학교는 영원이 다니는 학교이기도 했다.

"요점을 말해봐. 영원씨에 대해서."

"미안하다. 이런 말을 하게 돼서. 경혜가 말하려는 걸 그렇게 말렸는데 결국 내 입으로 이 말을 하게 되었구나. 전번 가을 체육대회 때 경혜 우리 학교에 놀러 왔었지."

그때 영원과 나는 운동장에서 일찌감치 내려오고 있었고 경혜와 정은, 준수는 교문을 들어서서 올라오다가 중간에서 만났었다. 그날 경혜와의 만남은 내게 상당히 불편한 인상으로 남겨져 있었다. 경혜는 소매가 긴 흰 원피스를 입고 자신이 레이스실로 직접 짠 자루가방을 어깨에 메고 있었는데 그 길다란 가방 속엔 그으음 취미를 붙인 서예 화선지가 돌돌 말려 꽂혀 있었다. 전에는 몰랐는데 그날은 경혜가 상당히 작다는 느낌이 들었다. 진 바지를 입어도 미니스커트를 입어도 불리한 체형이었다. 그건 긴 플레어스커트를 입어도 마찬가지일 것이었다. 무엇보다 그날 경혜의 눈빛이 나를 불편하게 했었다. 내가 오랜만에 온 친구를 몰라라 하고 남자의 팔에 매달려 떠나버렸기 때문이었을까, 아니면 영원의 완벽한 외모에 질렸던 것일까, 하는 생각까지 들 정도로 경혜는 불편한 얼굴을 했던 것이다. 그뒤 내가 두어 번 전화를 했으나 경혜는 집에 없었고 내게 연락이 오지도 않아 친구들 사이에 끼어 만나게 되면 한 번씩 보는 정도로 뜸했었다.

"너희들 가고 난 후 돌아서서 걸으면서 경혜가, 저 사람 누구냐고 물었어. 내가 희진이 남자친구라고 말했지. 경헨 암말 않고 바닥만 내려다보고 걷더라. 그런데 그날 밤에 경혜가 집으로 전화를 했었어. 그 애 성격에 많이 망설인 거지. 한마디로 말해, 영원이라는 사람은 자기 학교 생물학과 여자애랑 같이 사는 바로 그 인물이니 너에게 말을 해주어야 한다는 요지였어. 경혜네 학교에도 간간이 둘이 붙어다녀 소문이 자자했었나봐. 영원씨 외모가 워낙 튀잖니. 이렇게 될 줄 알았으면 그때 경혜가 말하려고 했을 때 말리지 말았어야 했는데. 그땐 희진이 너 그 사람과 아직 그렇게 많이 친해지지도 않았을 땐데."

정은이 다급하게 덧붙였다.

"……"

나는 정은이 입만 쳐다보고 있었다.

"이런 말 해서 미안해. 난 니가 공연한 눈물을 쏟고 다니는 것에……"

정수리가 얼어붙는 것 같았다. 나는 정은을 노려보고 있었던 모양이다.

"날 그렇게 노려보지 마. 솔직히, 그래, 이건 좀 우스꽝스러운 일이야."

나는 정은을 노려보는 것을 멈출 수가 없었다.

"거짓말 같니? 경혜에게 확인해줄까?"

어쩌면 그 순간에 내가 정은을 증오했는지도 모르겠다.

"제발 날 그런 눈으로 보지 마. 나도 이런 말 하고 싶지 않았단 말이야. 니가 에지간히……"

나는 정은의 항의를 받자 한 팔로 턱을 고이고 흰색 레이스커튼이 양옆으로 귀엽게 묶여 있는 창문께로 눈길을 보냈다. 이번엔 정은이 나를 빤히 쳐다보고 있었다. 내 얼굴은 급격히 뜨거워지더니 왈칵 눈물이 쏟아졌다. 눈물은 엎질러진 물처럼 마구 흘러내렸다. 나는 자리에서 벌떡 일어섰다.

"희진아, 희진아."

정은이 다급하게 나를 부르며 팔을 붙들었다. 나는 정은의 손가락들을 풀고 계단을 달려 내려갔다. 그것들을 모두 내가 삼키기라도 한 것처럼, 사라진 스푼과 포크와 젓가락 들이 텅 빈 몸속에서 쩔렁쩔렁 부딪치는 듯했다.

밤새 눈이 내린 뒷날이었다.

나는 운규 형과 준수네 방에서 자고 다 저녁에 돌아오는 길이었다. 전날 다섯시경에 내리기 시작한 눈은 자정이 되도록 계속 내렸다. 끝방 아주머니가 낭하를 길게 울리며 지나가고 난 후 곧장 운규 형이 왔었다. 운규 형은 눈 속에 물기가 많은 내 첫인상과 기쁠 희자가 든 어울리지 않는 이름 때문에 과 아이들 중에서 가장 먼저 내 이름을 기억하게 되었다고 했다. 한 손에는 검은 비닐봉지가 들려 있었다. 비닐봉지 속에서 국산 포도주와 밀감과 쿠키와 초콜릿이 나왔다.

카세트에서 〈라 캄파넬라〉가 흐르고 있었다. 언젠가 어떤 좋은 일이 있었던 것만 같은 느낌, 그것을 기억해보라고 기억해보라고 속삭이며 〈라 캄파넬라〉는 흐르고 있었다. 포도주를 두 잔째 비우고 있을 무렵 준수가 나타났다. 준수도 어디 술자리에서 나온 것 같았다. 준수는 신발도 벗지 않고 문 앞에 선 채, 우리에게 나오라고 했다.

우리는 주택가의 작은 거리를 따라 올라가 새벽까지 돌아다녔다. 거리엔 아무도 없었고 눈은 발광체처럼 눈부시게 환하고 따뜻하고 조용하게 내려 쌓였다. 바람도 불지 않았고 차갑지도 않았다. 우리는 눈에 덮인 가겟집 앞 의자에 풀썩 앉아 각자의 엉덩이 크기를 재어보기도 하고, 가겟집들의 차양을 털어 눈사태를 만들기도 하며 천천히 걷다가 눈을 뭉쳐 서로를 겨냥하며 숨차게 내달리기도 했다. 그리고 주택 사이의 작은 공원, 눈 덮인 잔디 위에 누워 쉬기도 했다. 눈의 결정이 어지럽도록 빠르게 공중에 흩뿌려지는 것이 가로등 불빛에 비쳤다.

네시쯤이었을 것이다. 나는 그들의 방에 함께 갔고 운규 형의 팔에 안겨 잠들었다. 운규 형은 자그마치 서른 살이었고 한때는 직장을 가졌고 결혼도 했던 사람이었다. 그러나 임신중이었던 아내가 자살을 해버린 후 그뒤론 어떤 여자와도 관계를 가져본 일이 없다고 했다. 올해 들어 두 번 사창가에도 찾아갔지만 실패했다는 것이었다. 나는 실패라는 것이 어떤 의미인지조차 알 수 없었지만 그가 서른 살이었기 때문에 편안했다. 나보다 십 년이나 더 많은 나이였다. 그의 팔도 그의 가슴도 그의 사랑도…… 운규 형의 품안은 아주 옛날에 숨어들던 다락방 같은 느낌이었다. 아직 엄마의 물건들이 있었고, 망가진 물건들과 먼지와 거미줄들의 따스한 이력에 대해 나 자신이 낱낱이 알고 있었던 그 옛날의 다락방.

대문에 들어서니 며칠째 보이지 않던 대문 앞 별채 남자가 다른 남
자들 몇 명과 짐을 싸고 있었다. 마루에 종이박스들이 쌓여 있고 펼쳐
진 신문지들이 발자국이 찍힌 채 마루에 흩어져 있었다. 방을 비우기
로 한 모양이었다. 열린 방문 안에서 짐을 싸던 별채의 남자가 뭔가
결정짓지 못한 얼굴로 나를 흘깃흘깃 쳐다보았다. 그의 얼굴은 추위
에 질려서인지, 아니면 그동안 술에 찌들어선지 어두운 보랏빛을 하
고 있었다. 나는 그에게 화나 있다는 사인 따위는 굳이 보내지 않았
다. 무관심하게 고개를 치켜세웠을 뿐이었다. 그때 나의 옆방에 불이
켜져 있는 것이 보였다. 나는 얼음 위를 걷듯 조심스럽게 이층으로 올
랐다. 인효씨가 와 있었다. 방문을 열고 나를 바라보는 그의 눈 속엔
정작 나보다도 더 많은 할말이 깃들어 있었다.

"알게 됐구나. 사실이야."

인효씨가 주저하지도 않고 간결하게 대답했다.

"그 때문에 그 녀석, 많이 괴로워했어. 여기 오지 않으려고 애 많이
썼었어. 널 안 좋아하면 될걸, 안 좋아하기가 뭐가 그리 힘드냐고 우
린 놀렸었지. 우리도 일이 그렇게 될 줄은 몰랐어. 학교가 다르다 해
도 이 작은 바닥에서는 빤한 일인데…… 하여튼."

인효씨는 의자를 빙글 돌려 책상 위에 있던 담배를 피워물었다. 목
제책상 위엔 묵은 먼지가 하얗게 쌓여 있었다. 나는 그가 권한 창문
밑에 놓인 작은 소파에 앉아 있었다. 푹신한 쿠션을 가진 하얀색 소파
는 깊숙한 냉기를 품고 있었다. 나의 체온과 쉽사리 화해할 것 같지

않았다. 소파는 하염없이 나의 체온을 뺏어가고 있었다.

"그 녀석 죽었어."

인효씨는 담배를 톡톡 털며 다시 말했다.

"영원이 죽었어. 나 서울 갔다 오는 길이야. 총기 사고가 났었대."

나는 몸을 떨며 희미하게 웃었다. 텅 빈 웃음이 나왔다.

"그 말, 믿을 수 없어. 물론, 지금 이 도시의 어느 거리를 돌아다닌 대도, 나와는 상관도 없지만."

나는 일어섰다.

"그렇지만 사실이야! 그는 이제 없어."

"사실이면요?"

내 음성은 추위와 충격 때문에 덜덜 떨렸다. 나는 그를 오래 노려보았다. 알 수 없는 눈물이 고였다.

"앉아. 커피 탈 테니까."

나는 신을 끌며 내 방으로 돌아와 불도 켜지 않고 어둠이 짙어가는 방 벽에 기대앉아 있었다. 추워서 몸이 떨리는데도 몸을 일으켜세워 난로를 켤 수조차 없었다. 간신히 담요를 끌어내려 두르자 눈사람이 녹듯 차가운 눈물이 자꾸 흘러내렸다. 턱밑의 담요자락이 흠씬 젖도록…… 그러다 깜박 잠이 들어버렸다.

아기 울음소리가 들리는 사이로 창문이 흔들리고 그리고 누군가 방문을 두드리고 있었다. 고운 달빛이 비치고 창호지 문에 가위로 오려 붙인 듯한 남자의 그림자가 붙어 있었다. 옆방에서 문이 열리고 잠시 침묵이 흘렀다.

"없다는데 왜 그래요?"

"상관 말아요."

"무슨 볼일인지 모르지만 내일 아침에 해요."

"상관 말아요."

인효씨와 별채 남자의 격하면서도 잔뜩 억누른 음성이 번갈아 들렸다.

다시 문 닫히는 소리가 들리고 그림자는 여전히 문에 붙어 있었다. 불을 켜고 머리를 쓸어붙였다. 깊은 우물을 들여다볼 때 같은 어지러움이 내 중심을 휘저었다. 나는 아직도 밖에서 돌아온 차림 그대로였다. 코트를 벗어 침대 위에 놓고 문을 열었다. 문은 잠겨 있지 않았고 틈까지 벌어져 있었다.

"할말이 있습니다."

어두운 얼굴에 깊숙이 박힌 남자의 눈이 짐승처럼 빛났다. 왜소한 늑대, 열등한 늑대 꼴이었다. 그가 나를 향해 얼굴을 디밀었다. 나는 뒤로 물러섰고 그는 한발 방안으로 들어섰다. 그에게서 술냄새가 훅 풍겼다. 나가세요, 하려는데 옆방의 문 열리는 소리가 났다. 그리고 남자의 등이 뒤로 젖혀지며 순간적으로 끌려나갔다.

"내일 하라니까!"

인효씨가 고함을 질렀다.

"상관 마, 이 새끼야."

별채 남자가 낮고도 힘들게 내뱉었다. 남자가 손에 뭔가를 꽉 쥔 팔을 휘둘렀다. 뜻밖에도 장미꽃 다발이었다. 인효씨가 그의 가슴과 얼굴을 치기 시작했다. 남자의 어깨가 낭하의 유리창에 부딪쳐 유리창

들이 와장창 내려앉았다. 깨어진 창문으로 얼음조각 같은 바람이 피잉 몰아쳐왔다. 남자는 반격하지 않은 채 맞기만 했다. 그의 손엔 장미꽃 다발이 그대로 쥐어져 있었다. 남자가 깨어진 유릿조각들 위로 넘어졌다.

"그만해요. 그만하라니까!"

내가 외치자 인효씨가 나를 돌아보았다.

"들어가세요. 내 손님이야. 내가 알아서 해요."

인효씨는 넘어진 남자의 손안에 있는 꽃다발을 노려보았다.

"희진아, 너 믿어야 해. 영원이 죽었어. 처음부터 널 속이려고 했던 건 아니야. 그렇게 되지 않으려고 노력했지만 뜻대로 안 되었던 거야. 그리고 영원인 죽었어. 너, 너 만에 하나라도 너 자신을…… 희진아, 절대로 자학하지 마. 영원인 정말로 죽었어. 영원일 용서하지 않으면 안 돼."

또 희미한 웃음이 나왔다.

"꼭 할말이 있어서……"

별채 남자가 중얼거렸다.

"들어오세요."

나는 인효씨를 외면하며 그 남자에게 말했다.

남자는 유리를 밟으며 일어서서 나를 뒤따라 방안으로 들어왔다. 그리고 그때까지 꼭 쥐고 있던 꽃다발을 방바닥에 놓았다. 꽃잎이 더러 떨어지고 헝클어져버렸지만 안개꽃 속에 주황색과 흰색 장미를 섞은 아름다운 꽃다발이었다. 남자의 귀밑 쪽과 손등의 상처에서 피가 흘렀다. 나는 티슈를 뽑아주었다. 남자는 거울 앞에 다가가 얼굴과 손을 닦았다. 나는 연고와 밴드도 찾아주고 난로에 불을 붙였다. 불꽃이 일어날 때 석유 냄새가 서글픈 추억처럼 한 움큼 달아났다. 그는 혼자서 꼼꼼하게 약을 바르고 밴드를 붙였다. 문득 그가 종합병원에 근무한다는 사실이 떠올랐다.

"병원에선 무슨 일을 하세요?"

"혈액은행과에 근무합니다."

그는 짤막하게 대답했다. 혈액은행, 아마 혈액을 보관하고 필요한 파트에 공급하고 구입도 하는 그런 일인가보았다. 뇌출혈처럼 따분한 일일 것 같았다. 나는 그의 등뒤 쪽 간이부엌에 서서 유자차를 두 잔 끓였다.

"그동안 미안했습니다."

등뒤에서 자신 없는 음성이 머뭇머뭇 들려왔다.

"이 말은 꼭 하고 싶었습니다."

그러고는 또 침묵이 찾아왔다. 나는 차 쟁반에 놓인 유자차를 저으며 그에게 등을 돌린 채 서 있었다. 구걸하는 듯한 음성이 다시 들렸다.

"희진씨와 가까워지고 싶었지만……"

나는 그의 말을 막기라도 하듯 성큼성큼 다가가 그의 발 앞에 유자차를 내려놓았다. 그리고 카세트를 눌렀다. 〈라 캄파넬라〉가 흘러나왔다. 언젠가 기억나지 않는 언젠가, 좋은 일이 있었다고 속삭이며 기억해보라고, 기억해보라고 〈라 캄파넬라〉는 방안을 가득 메웠다. 아픈 상처 위에 흰 붕대를 묶고, 머리카락이 젖은 채 따뜻한 바닷가를 달리는 느낌……

"쓰지는 않았어요. 정말이에요. 모두 모아두었어요. 미친 짓인 줄

알지만, 희진씨에게 닿았던 물건이라는 생각에 자꾸 갖고 싶어져
서……"

나는 창가로 휙 돌아섰다. 찻잔이 출렁 흔들렸다. 뒷집 노인들의 방
에 이제 막 불이 켜졌다. 얼굴이 창백하고 꺼실한 노파가 어깨까지 오
는 머리카락들을 푼 채 방 가장자리로 사라졌다가 물 한 잔을 들고 나
타났다. 붉은 내복 차림이어서 노파의 거미같이 마르고 구부정한 몸
이 다 드러났다. 노파는 노인의 허리를 반쯤 세워 물을 먹였다. 몇 번
인가 쉬어가며 천천히…… 노인이 언짢은 얼굴로 뭐라고 투정을 하
고 노파가 뭐라고 대답을 하는 것 같았다. 노인이 돌연 팔을 뻗어 노
파의 손에 든 물컵을 내쳤다. 물컵이 날아가 노파의 얼굴에 물이 쏟아
졌다. 나는 한 손으로 눈을 가렸다.

생은 말라버린 가죽 같은 저토록 늙은 얼굴을 내게 덮어씌울 수도
있었다. 한 남자와 평생을 산다 해도, 다른 나라의 낯선 섬을 가진 그
를 나는 끝내 알 수가 없을 것이다. 그리고 모르는 남자는 내가 내민
물컵을 내치고 나의 늙은 얼굴에 물을 쏟는다. 생은 아직도 순진한 나
의 눈 위에 짙은 화장을 하게 하여 놀란 얼굴이 되게 하고, 내게 자궁
암을 선물하기도 하고 휠체어에 앉힐 수도 있다. 혹은 한밤중에 붉은
내복 바람으로 부엌에 나가 아기의 분유를 타게도 할 수 있고, 비명횡
사의 슬픈 단명을 내려줄 수도 있다.

내 얼굴에 차가운 물이 쏟아진 듯 눈물이 흘렀다. 이제 막 스무 살
이 된 나는 그 순간에, 아주 낯선 곳에서 단순하고 지루한 일을 하며,
아무에게도 소식을 전하지 않고 쓸쓸하게 살겠다고 결심한다. 낡은
옷들을 손질해 입고 푸성귀를 시들지 않게 보관해 마지막 것까지 알

뜰히 먹고, 매일 똑같은 길을 산책하고 책장이 떨어지고 제목을 잃어버린, 아주 오래된 책만을 읽는다. 나는 이 생으로부터 운명 따위로부터 무관심하게 잊혀져 거리낌없이 먼지에 뒤덮이겠다고 결심한다.

나는 돌아서서 그를 쳐다보았다. 왜소한 늑대 같은 눈에 슬픔이 가득차 있었다. 문밖에서 어머, 하는 낮은 비명과 함께 높은 코르크굽 슬리퍼가 유릿조각들을 밟는 어지러운 발소리가 들렸다. 바람이 방문을 흔들었다. 잠시 적막이 흐른 뒤 남자가 방문을 열고 나갔다.

꽃들은 모두 어디로 갔나. 소녀들이 꺾어갔지. 세월이 지나 소녀들은 모두 어디로 갔나. 청년들에게로 갔지. 세월이 흘러 청년들은 모두 어디로 갔나. 군대에 갔지, 그리고 죽어서 꽃이 되었지. 세월이 흘러……

스무 살 이후로 한동안 나는 아무것도 갖고 싶은 것이 없었다. 단 하나라도 진정하기를 바랐으나, 모든 것은 내 것이 되는 순간 이미 그것과 비슷한 것으로 변질되어버리고 말았다. 영원이 정말 죽었는지, 혹은 어딘가에 살아 있는지도 더이상 확인해보지 않았다. 몇몇 남자와 자리에 누웠으나 아무하고도 함께 밤을 보내지는 않았다. 세상의 모든 것은 내 손에 닿는 즉시 껍질 벗긴 감자처럼 변질되었다. 꿈속에서는 언제나 거미가 거미줄을 치듯 누군가가 내 귓속에다 넘쳐나도록 거짓말을 해댔다. 그리고 꿈속에서 일어난 일은 절대로 현실에서는 일어나지 않았다. 그러나 이따금, 아주 이따금 잠에서 깨어나 나도 모르게 눈앞에 열 손가락을 좍 펴볼 때가 있었다. 그러면 맑은 날씨의 구름조각처럼 영원의 얼굴이 빠르게 떠오르고 뜨겁고 연

약한 열망이 손가락 사이로 한순간, 날개 달린 뱀처럼 스슥 사라져가
곤 했다.

남자의 기원

起源

연어가 돌아온다. 텔레비전 뉴스를 보았어. 알래스카 언 소금바다에서 연어가 다시 돌아오고 있다. 미아, 듣고 있니? D는 내가 그를 안 후로 사 년 동안 해마다 그렇게 말해왔다. 연어가 돌아온다고, 뉴스에서 보았다고. 그리고 더 나이들기 전에 나를 갖고 싶다고 말한다. 연어가 돌아오는 것을 중요한 뉴스로 올리는, 텔레비전 보도국의 데스크 역시 남자일 것이다. 우연하게도, D가 전화한 그날, 남편도 저녁에 돌아와 식탁에 앉으며 말했다. 연어가 돌아온다는군. 그렇게 말한 남편의 얼굴에는 잠시 낯선 동요가 일었다. 그러나 뭔가 말을 이을 듯하던 남편은, 딱딱한 갑각류의 등을 지고 한 끼 밥을 기다리던, 원래의 무표정한 얼굴로 돌아가고 말았다. 나는 남편 앞에 수저를 놓으며 말했다.

　"연어가 돌아오는 것이 남자들의 감수성을 뒤흔드는 어떤 실마리라도 되나요?"

"왜 그렇게 묻지?"

남편은 지나치게 민감해진다.

"남자들이 연어의 회귀에 관심이 많은 것 같으니까."

"누가 또 연어의 회귀에 관심을 보였다는 거지?"

엿보는 듯한 남편의 눈에 불쾌한 의심이 어렸다. 나는 돌아서서 밥통을 열고 남편의 그릇에 밥을 담았다.

"……텔레비전 뉴스요. 며칠 전에 뉴스에 나왔어요."

"……"

"남자들이 정말로 원하는 것은 뭐죠? 가슴에 손을 얹고 생각해볼 때 말이에요. 자기가 무엇 때문에 움직이는지 남자들이 알기나 할까요?"

나는 그의 앞에 이제 막 불에서 내린 찌개 냄비를 놓았다. 남편이 숟가락을 들고 매운 국물을 떠올렸다.

"모든 남자들은 상실한 나라를 가진 고독한 존재들이지. 알렉산더 대왕, 칭기즈칸, 진시황제, 나폴레옹, 심지어 히틀러도 바로 그 나라에 가고 싶었던 것인지도 몰라. 남자들에겐 세계를 다 정복한다 해도 결코 갈 수 없는 나라가 있어."

휘어진 굽잇길을 돌아 다시 액셀레이터를 밟는 순간 눈앞에 경찰이 보인다. 그는 오토바이 위에 올라앉은 채, 능숙한 손짓으로 차를 갓길에 세우라는, 신호를 보내고 있다. 계기판은 시속 110킬로미터를 가리키고 있다. 나는, 잠시 망설이지만, 이 위험한 도로에서 그와 레이스를 벌이는 것은 불리하다는 결정을 내리고 주유소 앞 갓길에 차를 세운다. 주유소 입구에는 여전히 조화를 가득 담은 플라스틱 화분탑이 세워져 있고, 주유소와 휴게소의 지붕에서 방사선으로 뻗어나온 수십 개의 긴 줄에는 수많은 바람개비가 돌아가고 있다. 그것들은 피서객들이 줄을 잇기 시작한 지난 7월 초의 어느 날 등장한 유혹적인 구조물들이다. 그러나 지난여름 주유소에서 기획한 최고의 이벤트는 '로렐라이'로 불린 여자애였다.

긴 머리카락을 바람 속에 풀어놓은 여자애는 몸에 꽉 끼고 소매가 긴 분홍색 윗옷을 입고, 검고 긴 다리를 드러내는 초미니스커트를 입었었다. 그녀는 무표정한 얼굴로, 교통정리를 하듯 권위적으로 팔을 움직여, 차들을 주유소로 유인했다. 한여름 불볕 속에 소매가 긴 분홍색 윗옷이 매혹적으로 빛났고, 그녀의 긴 다리는 이내 노예소녀처럼 검어졌으며, 붉은 갈색 머리카락이 습기 찬 바람에 날리다가 자주 어여쁜 얼굴에 감겼었다. 여자애는 하루종일, 한결같이 그 자리에 서 있는 것 같았다. 남편은 출근하던 아침에 빈번히 그 주유소로 유인되어 기름을 넣었다. 마치 라인 강가에서 뱃사람들을 유혹했다는 로렐라이처럼, 그녀는 아침부터 밤까지 고혹적인 고통을 겪으며 손짓하고 있어서, 사로잡혀 들어가지 않을 수 없었던 것이다. 남편의 카풀 파트너인 남자는 아침마다 그녀를 향해 키스를 날리고, 낮은 차창으로 얼굴을 빼내 비틀어가며, 요란하고 음란한 손짓을 보냈다고 한다. "로렐라이 그 여자애 때문에 곧 자동차들이 사고가 나기 시작할 거야." 남편은 중얼거렸지만, 그러나 내가 알기로는 사고 같은 건 나지 않았다.

물론 이제 여자애는 없다. 이미 오래전에 주유소의 여름 행사는 끝났다. 다채롭고 어여쁜 조화를 가득 담은 플라스틱 화분탑과 바람개비도 전과 같지는 않다. 조화들은 이상하게도, 들판의 살아 있었던 풀들과 함께 시들어, 한 덩이의 바랜 베이지색으로 뭉개졌고 비와 바람에 손상되었다. 바람개비도 마찬가지여서 군데군데 떨어져나가 이가 빠지고, 더러는 망가져 바람에 덜렁거리고만 있다. 지난여름은 이미 오래전의 여름들 속으로 사라진 것이다. 지금은 11월이다. 숲에는 잠에 어린 낡은 속눈썹들이 무수히 떨어져내리고 있다. 오래전의 뉴스를 기록한 바랜 신문 스크랩들처럼, 가위로 오려낸 거대한 비늘조각들처럼……

경찰이 다가온다. 맙소사! 그는 미국영화 속의 폴리스맨처럼 멋진 복장을 하고 허리에는 총을 차고 있다. 게다가 아주 잘생겼다. 나의 눈에 장난기가 어리고 입가에 미소가 떠오른다. 늘 그렇지만, 나는 잡지나 영화 속에서 본 것들에 대해서는 도무지 진지해질 수가 없다. 다른 여자들은 어떻게 영화의 주인공처럼, 혹은 잡지 속의 봉인된 페이지들처럼 사랑을 나눌 수 있는지 불가사의하다. 나는 행위중에도, 이것이 무언가와 비슷하다는 자각이 들면, 우스꽝스러워서 견딜 수 없어진다. 흐물흐물하게 기운이 빠져나가버리거나, 상대가 모르게 꾹꾹 억누르다가 결국 터져나오는 폭소의 소용돌이에 휘말리고 마는 것이다. 그러나 점점 더 많은 삶의 행위들이 영화나 잡지와 유사해지고 그 속에 잠식되고 있으니, 진지하게 무슨 행위를 할 수 있을지 속수무책이다.

나는 차에서 내리기로 한다. 차문을 꽝 닫고 몇 발자국 나가, 골반을 약간 앞으로 내밀며 선다. 여자 나이 서른이 넘으면, 언제 골반을 내밀고 턱을 들어야 하는지 알게 된다. 어느 요리에 소금을 넣어 간을 했는지 간장을 넣어 간을 했는지 저절로 알게 되는 것이나, 사람이란 몸이 크거나 작거나 혹은 늙었거나 어리거나, 누구나 아이에 지나지 않는다는 것을 저절로 알게 되는 것과 같다. 그런 것은 나이들어가는 여자에게 주어지는 일종의 반대급부가 아닐까.

"안전속도를 어겼습니다. 이 도로는 시속 칠십 킬로미터로 제한되어 있습니다."

나는 약간 웃는다. 그럴 의사는 없었지만 비웃는 것처럼 보였을지도 모른다. 대체 이 도로에서 시속 70킬로미터로 달리는 차 따위는 한 대도 없기 때문이다. 8톤 트럭조차 이 평평하게 뻗은 도로에서는 그렇게 달리는 것을 모욕으로 느낄 것이다. 그러나 나는 다른 차 운운은 하지 않는다. 경찰들이 가장 싫어하는 말이 '공평'이라는 것은 상식적으로 알고 있기 때문이다. 나는 한발 더 그를 향해 다가가 바짝 붙어 선다. 숨기려 해도 그의 표정이 굳어진다. 난처해하는 모습이 꼭 욕조 속에서 나를 맞이하는 아들의 얼굴 같다. 아들은 이제 막 삼십 개월이 되었다. 그 아이도 최근에 칼과 총을 마련해 한결 의기양양하다.

"면허증을 제시해주시죠."

나는 면허증을 꺼내 주며 그의 눈을 똑바로 바라본다. 그리고 웃음기 없는, 약간 비극적인 표정으로 말한다.

"처음이에요. 저, 운전한 지 이 년 만에 처음 걸린 거예요."

그는 면허증의 사진과 나의 얼굴을 번갈아 보았다. 그리고 눈에 붙은 무언가를 털어내듯이 눈을 잇달아 깜박이며 말한다.

"운이 좋으셨군요. 그렇게 빨리 달리는데 처음 걸렸다니."

말은 그렇게 하지만 그의 표정에서 푹 누그러지는 미묘한 변화가 느껴진다. 남자, 그들은 대체로 처음에 약하다. 어머니, 고향, 고추친구, 첫사랑, 첫경험, 첫인상, 처녀성, 첫눈에도 여자보다 더 약한 것은 아닐까.

경찰은 면허증을 뒤집어서 잠시 내려다보고 있더니 몇 번 고개를 끄덕인다. 그리고 툭툭 끊어지는 음성으로 건조하게 말한다.

"무슨 뜻이 있는 것은 아니지만, 처음이라니 오늘은 봐드립니다. 위험한 길이니 안전속도를 지켜주십시오."

"감사합니다."

경찰관은 음성처럼 표정도 굳어 있다. 나는 미소를 짓고 면허증을 돌려받은 뒤, 돌아섰다가, 다시 뒤를 돌아본다. 이상한 정적이 나를 덮치고, 돌연 우리의 배경이 색소가 증류된 흑백필름 상태라는 것을 깨닫는다. 흑백필름 속에서 경찰은 오토바이를 세운 곳으로 걸어가고 있다. 갑자기 도로에는 차가 한 대도 지나가지 않는다. 차가 끊기면 도로는 일시적이고 불안한 정적에 휩싸인다. 화요일 오후의 도로는 대체로 한산한 편이다. 나는 차에 오른 채 유리문 밖으로 소음도 없이 경찰 오토바이가 사라지는 것을 바라본다. 그는 허리에 총을 차고 11월의 여위고 신경질적인 햇살이 가득한 공허하고 불안한 도로를 빠르게 달려 사라진다. 그는 사막같이 황량한 이 도로에서 내달리는 금속 야수를 잡으러 다니는, 지구 파괴를 지난 미래 세기의 사냥꾼 같다. 언젠가 그런 공상영화를 본 것도 같다. 이 모든 것은 영화와 비슷하다. 나는 허전하게 웃는다. 그는 저렇게 살고 싶었을까. 삼십 개월인 내 아들처럼 그도 어릴 때부터 허리에 총을 차고 범인을 쫓는 경찰이 되겠다고 꿈꾸었을까. 나는 핸드브레이크를 풀고 기어를 넣고 차를 출발시킨다.

아들은 경찰이라는 이름으로 장난감 칼을 나의 허리에 갖다댄다. 아이는 명령하고, 협박하고, 강요하다가 마침내 어느 순간 나의 허리를 장난감 칼로 찌른다. 아무런 이유는 없다. 자신이 경찰 역할을 하고 있다는 것밖에는. 얼마 전 총을 가지게 된 뒤 나의 아들은 다시 자신의 잠자리를 쟁취했다. 태어나면서부터 자신의 자리였던 더블침대의 한쪽, 곧 엄마인 나의 옆자리이다. 그 아이는 출생 후 밤마다 이마에 피가 거꾸로 몰리고 새파란 핏줄이 서도록 울어대어 결국은 아기 침대에서 들어올려져 나의 옆자리로 왔었다. 대신 아빠는 옆방으로 내쫓겼다. 아이는 그후 줄곧 더블침대에서 엄마와 엉켜서 잤다. 아이는 아주 깊은 밤에도, 잠시 침대에서 꺼내 옆방에다 눕혀놓으면, 어김없이 잠이 깨어 아빠를 난처하게 만들곤 했다. 말을 하게 되자 "엄마는 내 것"이라고 완강하게 자기 소유를 주장했다. 그리고 아이는 이불을 푹 뒤집어쓰고 엄마의 허리께에서 속삭였다. "엄마, 난 아빠야." 그것은 심각한 증세들과 과격한 행동들을 수반하는 것이어서 실제로 아빠를 화나게 하곤 했다. 그들 사이에는 밤마다 자리다툼이 일었고, 남편은 한밤중에 아이를 옮겼다가 부부의 일이 끝난 뒤에, 혹은 운이 나쁘면 일 도중에 아이를 원래 제 위치에 놓아주는 일을 반복해야만 했다.

아이는 먼저 칼을 갖게 되었다. 아이가 가장 먼저, 그리고 가장 진지하게 긴 칼을 겨눈 사람은 바로 자신의 아빠였다. 아이는 칼이 생긴 뒤로 이불 속에 품고 잠이 들었다. 아이는 자기 것을 지키기 위해 실로 비장한 노력을 했다. 그토록 열망해 마지않았던 총을 가게에서 처음으로 보았던 날, 아이는 더이상 걸으려고 하지 않았다. 아이는 이미 텔레비전에서 총의 위력을 본 바가 있었고, 그동안 총을 어떻게 구할 것인가를, 고심해왔던 것이 분명했다. 아이는 신문의 하단 광고란에서 총포사 광고기사를 몇 번이나 찢어들고 와 엄마를 졸랐던 것이다.

"이 총은 어디에 있지? 이 총은 어디에 있지?"

아이는 가게 바닥에 완강하게 드러누웠다. 예상대로 아이가 총을 겨눈 사람은 그의 아버지였다. 아이는 총을 갖게 되면서 옆방에서 다시 엄마 곁으로 왔다. 아마 당분간은 엄마를 안고 가슴에 손을 밀어넣거나 얼굴을 쓰다듬고 입을 크게 벌려보며 잠잘 수 있을 것이다.

어린 남자아이는 누구나 한때 엄마를 빙빙 맴돌며 자신이 다시 들어갈 수 있는 틈을 찾는 것 같다. 자신이 나와버린 천국이 엄마의 몸속에 있다는 사실을 알고 있는 몸짓이다. 아이는 그것을 찾고 싶어 엄마의 몸을 뒤지지만 결국 찾지를 못한 채 아빠와의 싸움에서 지쳐간다. 그것은 영원히 닫혀버린 방이기 때문이다. 그리고 아이는 어느 날 깨닫게 될 것이다. 자신이 자신의 여자가 아닌 다른 남자, 요컨대 자기 아버지의 여자의 몸에서 태어난 존재라는 것을. 그러면 내 아들은 어떻게 될까. 분명한 것은 나를 떠난다는 사실이다. 나를 떠나면서 아들은 걷잡을 수 없이 자랄 것이고, 나는 달걀 속의 노른자위처럼 곱던 아들의 몸에 불꽃같이 거친 비늘이 돋는 것을 지켜보아야 할 것이다. 어미의 몸안에서 누구나 한때는 고통을 모르는 담수어였던 모든 아들들……

"해마다 어머니 제사상을 차릴 때면 눈물이 흘러나와 멈출 수가 없었어. 아내와 누님들이 흉을 보고 나중엔 청승스럽다고 화를 내기까지 해도 언제나 눈물이 봇물처럼 흘러나왔지. 올해도 그랬어. 눈물이 흘렀지. 그렇지만, 아내도 누님들도 아무도 몰랐겠지만, 이번에는 어머니 때문이 아니라 너 때문에 울었어. 미아, 난 네가 너무 보고 싶고, 어찌할 바를 모르겠고, 가질 수가 없어서…… 너를 갖지 못하고 한 해씩 나이들어가는 것이 어떤 느낌인지, 얼마나 안타깝고 절망적인지……"

D의 어머니는 유복자인 그를 낳았고 그가 네 살 때 재가를 했다. 그는 의붓아버지를 맞아들인 것이다. 상실감이 너무나 크고 모욕적이어서 네 살이었던 그는 말문이 막히는 병이 들었었다고 한다. 그러나 아무도 원인을 모르는 채 유년기는 지나갔다. 그는 말이 없이도 자랐던 것이다. 그러나 다행히 학교 갈 무렵엔 다시 말을 할 수가 있었다. 그는 서른아홉 살이다. 그는 아직 지갑 속에 어머니의 사진을 숨기고 있다. 사진 속에는 놀랍게도 눈매가 그와 똑같은, 쪽을 찐 여인이 들어 있었다. 그는 바람결에 어머니라는 말만 묻어와도 콧등이 시큰해지면서 차디찬 눈물이 눈썹 끝에 매달린다고 한다. 어머니…… 충격적인 상실로 인해 그에게는 여전히 가슴에 품은 벼려진 칼처럼 난자의 아픔으로 간직되는 이름인 것이다.

"한 번만, 꼭 한 번만 너를 갖게 허락해다오."

해마다 연어가 돌아오고 D는 그렇게 말해왔다. 그를 안 후로 사 년 동안. 그사이 나는 아기를 가져서 배가 아주 불러지기도 했는데도 그는 변함없이 그렇게 말했다. 어쩌면 그는 나를 직접 보지 않았고 전화만 했기 때문인지도 모르겠다. 나는 배가 아주 불러 해산달이 다가올 때도 전화상으로 굳이 나의 상태에 대해 말하지는 않았다. 그렇게 배가 부른 나는 엄밀히 말해 내가 아니었고, 길고 지루했던 임신기란 내 생의 예외적이고 일탈적인 시간이었다. 그러나 동시에 내 몸에 한 생명을 완전히 허용했던 성스러운 시간이며, 그런 만큼 내 생의 가장 순수한 시대였다고도 할 수 있을 것이다.

　남편은 오늘 아침 출장을 떠났다. 그는 나를 전속계약한 포주 같다. 남편은 나를 성적으로 이용하고, 전적으로 나의 성을 관리하며, 언제든 자유롭게 요구할 수 있는, 유일하게 합법적인 존재이다. 그의 욕구는 큰 이변이 없는 한 네 시간을 넘기지 않고 해결된다. 그는 남편으로서의 자신의 권리를 잘 파악하고 있고, 자신의 욕구에 대단한 권위를 부여한다. 그러나 남편은 오늘 멀리 떠났다. 그는 빨라도 내일 저녁쯤에야 올 수 있을 것이고 아이는 친정엄마에게 맡겼다. 그리고 남편은 나에게 시내에 나가 그의 친구를 대신 만나달라는 부탁까지 한 상태이다. 지난 사 년 동안 이렇게 기회가 좋았던 적은 없었다. 나는 바닷가에 있는 호텔 아일랜드에서 D를 만나기로 했다. 호텔 아일랜드는 바닷가 낮은 언덕 위에 불안하게 세워져 있다. 호텔 로비로 가려면 푸른색 지붕의 긴 테라스를 지나야 한다. 그 호텔의 창틀들은 선명한 초록색이며 이층 창문마다 길다란 흰 커튼들이 바다를 향해 돛처럼 펄럭거렸다. 지난여름 남편의 친구들과 우리는 몇 번인가 호텔 아일랜드를 지나 그 안 마을의 선착장에서 낚시를 했었다.

　나는 갓 서른을 넘겼고, 어느 때보다도 아름답고 자율적이다. 나는 세속의 금들을 넘어서는 것에 어떤 죄책감도 느끼지 않는다. 서른이 된다는 것은 그런 것이다. 죄가 되는가 안 되는가는 오직 자신만이 선택할 수 있고, 때로 죄책감 따윈 완전히 사양할 수도 있다. 나는 액셀러레이터를 다시 강하게 밟는다. 차바퀴가 차선 안의 노면에서 떨어지는 일 따윈 결코 없을 것 같은 자신만만한 흡착감을 느낀다. 모든 것은 맡겨두면 되는 것이다. 아마도 D가 원하는 대로 되어갈 것이고, 내가 가만히 있어도 모든 행위는 그가 할 것이다. 남자에게 나를 허락한다는 것은 대체로 그런 형태를 갖게 되는 게 아닌가. 포장된 선물처럼 두 팔을 벌리고 가만히 나를 놓는 것. 여자는 자신의 아름다움 때문에 사랑하고 남자는 여자의 아름다움 때문에 사랑한다. 누군가 그렇게 말하는 것을 들었다. 아름다움이란 자연의 원초적인 폭력이라고. 그러므로 아름다운 여자란, 남들에게 무슨 짓인가를 하게 만드는, 또하나의 폭력이다. 나는 그 말을 잘 이해한다. 그리고 그 말이 여자의 욕구에 대해 얼마나 무책임한가에 대해서도 또한 잘 이해하고 있다.

나는 약간 휘어진 오르막길에서 무언가를 향해 목숨이라도 걸듯이 액셀러레이터를 강하게 더 강하게 밟는다. 내가 이토록 속도를 위반하며 아마조네스처럼 내달리는 것은 혼돈 속에서나마 나를 허용함으로써, 세상의 질서를 위반하려는 의지를 갖고 있기 때문일지도 모르겠다. 나는 나를 위반하려 하기 때문에 이 순간 빗자루를 탄 마녀처럼 자신만만한 것이다. 성적인 위반이란 어쩌면 우리 생의 어떤 성공보다도 거대한 자기 성취감을 동반할 수도 있다. 빗자루를 타고 하늘을 날거나, 우산을 들고 하늘로 올라가는 동화 속의 그림들은 어쩌면 일탈된 성적 암시일지도 모른다.

바다로 가는 길을 두고 나의 차는 정지신호에 걸린다. 나는 시내로 들어갔다가, 가능한 간단하게 그리고 상대와 만족스럽게 시간을 보낸 후에, 다시 이곳으로 와 바다를 향해, 호텔 아일랜드로 가게 될 것이다. 지금은 세시, D와의 약속은 일곱시로 잡혀 있다. 나는 D를 만나기 전에 남편의 친구이며 나의 대학 선배이기도 한 정해 형을 만나고 와야 한다. 남편은 갑자기 출장을 가게 되자 나에게 대신 나가주기를 부탁했다. 정해 형은 여동생 결혼식을 보기 위해 이 년 만에 고향에 내려왔다. 남편은 그가 묵는 형님집 연락처를 갖고 있지 않았기 때문에 약속을 취소할 수가 없었다. 그리고 남편의 성격상 오랜만에 고향에 온 친구를 도저히 그냥 보낼 수 없기도 했다. 남편은 원래부터 정해 형에게 관대했고, 정해 형 역시 그랬다. 그는, 남편이 블루스 파트너로 나를 몇 번이고 내어줄 수 있는, 유일한 친구인 것이다. 아마도 남편은 정해 형이 내게 맞는 타입이 아니라는 것을 알기 때문인지도 모른다. 언젠가 나는 그렇게 말했던 것이다. "정해 형은 호모적인 자질이 다분해……" 그러나 그 호모적인 자질이라는 것이 무엇이었을까?

어떤 근거로 내가 그렇게 말했는지 지금 와서는 잘 기억나지 않는다. 다만 내가 알고 있는 특징은 그가 스타일리스트이며, 그의 애정이 코즈모폴리턴적이라는 점이다. 그의 태도는 부드럽고 예민하며, 취향은 엄격하고, 생활은 자유롭고도 사교적이며 단정하다. 그리고 친척집의 어린아이로부터 노인들까지, 단골 식당의 웨이트리스나 청소부 아줌마나 그의 회사 사장이나 같은 동네에 사는 아가씨나 유부녀나 옆집의 개나 고양이까지, 그에게는 진실로 우정 어린 상대가 된다. 그의 인생관은 가볍고 태도는 진지하다. 말하자면 그는 상당히 매력적인 남자인 것이다. 그런데도 그 무엇인가가, 남자로서 핵심적인 한 부분이, 결핍되어 있다. 마치 여자와 남자 사이의 비무장지대 같은⋯⋯ 무엇 때문에 그렇게 느껴지는지는 몰라도 아마 그 부분이 남편이 아무런 경계도 하지 않고 나를 정해 형에게 보내게 하는 요소이며, 또한 나 자신이 가볍고도 조용한 호감을 갖는 요소이기도 하다. 바로 그 점이 D와 다르다.

D는 평범하다. 그러나 남자로서의 핵심적인 한 부분이 가득차 끓어넘친다. D의 몸속에는 상대를 덮칠 듯한 폭풍이 들어 있다. 그 점이 남편이 D를 경계하게 하는 요인이며 내가 그를 두려워하면서도 일말의 감동을 느끼는 요인이 된다. D는 남편의 첫 직장 선배였다. 그는 나를 알게 된 뒤 꽤나 어처구니없게 우리의 연애에 개입했고, 온몸으로 나를 덮쳐 우리의 결혼을 방해했다. 심지어 결혼한 후에도 지나치게 자주, 예고도 없이 집을 방문했다. 그는 결혼 속으로까지 침입했던 것이다. 일부일처제의 수호자인 남편으로서는 D가 영원히 이해하지 못할 낯선 얼굴의 사람이었다. 무표정하고 집요하게 체제를 공격하는 테러리스트, 남편 있는 여자를 가지려 하는 위법적인 욕구. 그러나 나는 그를 이해할 수가 있었다. 단번에, 처음부터⋯⋯ 마치 내 몸에서 나간 듯 D는 첫 순간부터 낯익은 신호를 보내왔다. 남편은 직장을 바꾸었고 말없이 집까지 옮겼다. 그러나 D가 우리의 전화번호를 알아내기란 어렵지 않았을 것이다. 그는 나에게 종종 전화를 해왔다. 햇빛이 밝은 날, 언제나 아주 환한 정오 무렵, 남편의 부재가 햇살만큼이나 투명한 한낮에⋯⋯

두툼한 청색 카펫을 밟고 들어서자 정해 형이 자리에서 일어서서 손짓을 한다. 그는 주황색 콤비를 입고 있다. 언제나 그랬던 것처럼 그는 반갑다는 표시로 나의 어깨를 주황색 두 팔로 안는다. 잘 정돈된 옷장 문을 열었을 때 같은 정결한 목조 냄새가 나는 가슴. 사 개월여 만의 만남이다. 그의 곁 빈 의자 위에는 그가 아끼는 오래된 가죽가방이 단정하게 놓여 있다.

"그 헤어스타일 좋은데."

"형도 좋아요. 안경이 바뀌었네요."

그는 약간 불균형한 얼굴을 하고 있지만, 그러나 유럽 쪽으로 가면 할머니들이 붙들고 놓지 않을 정도로, 전형적인 미남 대우를 받는다고 으스댔었다. 그는 독특한 표정을 가진 불균형한 얼굴에 김구 선생 같은 안경을 쓰고 있다.

"그런데 원규는?"

그는 출입문 쪽을 짧게 바라보았다.

"그 사람 출장 갔어요."

"아, 그래서 미아 혼자 나왔다는 거야?"

"굉장히 난처해했어요. 그렇지만 너무 중요한 일이라 안 갈 수도 없었죠. 미안하게 되었다는 말, 꼭 전하랬어요."

"뭐 미안해할 것 하나도 없다고 전해요. 덕분에 미아와 단둘이 데이트하게 되었으니 나로서는 행운을 잡은 셈이지."

웨이트리스가 다가왔다. 그는 이미 주스를 마셨고 나는 홍차를 시켰다. 그는 사과주스가 좋았다면서 웨이트리스에게 몇 마디 말을 시켰다. 긴 여행에서 익힌 그의 사교성은 놀랍다. 4월의 공기처럼 포근하고 조용한 음성에는 누구나 경계심을 풀지 않을 수가 없다. 뻣뻣한 얼굴이었던 웨이트리스가 이내 호홋 하며 웃는다. 그는 상냥해진 웨이트리스에게 성냥을 부탁한다.

"아들은 잘 크지? 요즘도 칼을 품고 자나? 원규 말이 보통 애가 아니라던데. 옛날 왕국에서 왜 왕자를 바구니에 담아 물에 띄워 보냈는지 이해할 수 있겠다더군."

남편과 정해 형은 가끔 통화를 하는 모양이었다.

"요즘은 더 공격적이에요. 한쪽 손에는 칼, 한쪽 손에는 총을 들고 적개심이 가득차 있죠. 엄마를 지키겠다고 아빠를 공격하는데 저렇게 자라서 마더 콤플렉스가 심한 공격형 인간이 될까봐 걱정이에요."

"하긴 정복자들은 대체로 마더 콤플렉스가 많았다더군. 하지만 뭐, 괜찮을 거야. 남자애들이란 다들 좀 그러니까. 나만 빼고."

"정해 형은 어릴 때 안 그랬대요?"

"난 못 그랬지…… 만 두 살 무렵 엄마와 떨어져서 할머니 손에 자랐어. 아버지께서 젊은 나이에 시골로 발령을 받으시는 바람에 셋이만 그리로 가서 따로 살았지. 토요일의 저녁 무렵이면 엄마가 계시는 집 마당에 마침내 들어설 수가 있었는데 막상 집에 가면, 내가 기억하는 한, 난 엄마를 바로 보지도 못했을 정도로 수줍어했어. 엄마는 낮 동안 다섯 명의 다른 형제들에게 둘러싸여 힘들어 보였고 새삼스럽게 내게 내어줄 틈도 없었지. 그리고 좀 조용해지는 밤이 되면 엄마 방에는 언제나 아버지가 들어가셨고…… 아버지가 들어가시면 문이 꼭 닫혀버리는 것을 매번 바라보았지. 지금도 그런 꿈을 꾸어."

그가 끊어진 말을 두고 담뱃갑을 뒤집었다가 폈다가 했다. 그리고 다리를 바꾸어 꼬고 안경을 들어올리며 말했다. 갑자기 밭은 음성이

나왔다.

"그때 어린 마음에도 이상하게 엄마 방에 들어가서는 안 된다는 것을 알고 있었던 것 같아…… 엄마란 어린 시절 내내 한 번도 채워지지 않았던 허기의 대상이었어. 다시 집으로 돌아왔을 때는 국민학교 육학년이었고 곧 중학교를 가기 위해 엄마 곁을 또 떠나고 말았지. 엄마도 그땐 나를 손님 대하듯 했었어."

그는 가슴에 손을 갖다대며 헛웃음을 지었다.

"가슴이 아프군. 엄마 이야기를 하면 아직도 가슴이 빈 북처럼 느껴져! 내 아픈 태생의 신화지."

그때 웨이트리스가 살짝 웃으며 그의 가슴 앞에 커피숍 이름이 박힌 성냥을 놓아주고 내 앞에 홍차를 놓고 목을 까닥 숙였다.

"당케 쉔—"

그는 웨이트리스에게 웃어주었다.

"형은 결혼 안 하세요?"

느닷없는 나의 질문에 그는 보여줄 것이 없다는 듯 양손을 펴며 어깨를 들썩 들어올렸다.

"전에 잘될 것 같다는 여자분 있었잖아요. 카피라이터라고 했죠?"

그의 얼굴에 막막함이 떠올라 표정을 흐려놓았다. 그는 담배를 꺼내 천천히 불을 붙였다.

"그러지 않아도 너와 언제 이 이야기를 해보고 싶었어……"

그는 말하고 싶다고 하면서 정작 담배만 피웠다. 그가 담배를 눌러 끄고 또 담배를 빼어물자 나는 미지근한 엽차 물을 마셨다. 그리고 마침내 말해봐요, 하듯이 손가락으로 탁자를 톡톡 두드렸다.

"마지막이 안 돼…… 마지막에 무언가가 되지를 않는 거야. 다른 남자들은 어떻게 결혼을 하는지 모르겠어. 이번엔 난 그애를 정말로 사랑했지. 아주 사랑했지. 그애가 앞에서 차를 몰고, 내가 그 뒤에 따라갈 때면 그런 생각까지 했었어. 이렇게 가다가 샛길에서 돌발적으로 다른 차가 그애 차 앞으로 뛰어들면 어쩌나. 너무 끔찍한 상상이었지. 만약 저렇게 곁에서 달리던 차가 갑자기 뛰어든다면, 나는 이런 식으로 튀어나가, 그애의 차를 보호할 거라고 결심하곤 했어……"

그는 탁자 위에 손으로 차의 위치를 잡은 뒤, 뒤에 놓인 손을 재빠른 동작으로 빼내어, 앞에 놓인 손 곁에 놓았다.

"지난주에 우린 헤어졌어. 난 그애를 분명히 사랑했는데도 그애는 그것을 느끼지 못하고, 내가 고백해도 그 말을 믿지 않아. 그러고는 마침내 헤어지자고 하는 거야. 왜냐하면, 그 전날 자신이 만나자고 나에게 전화를 했는데 내가 선약이 있다고 거절했기 때문이라는 거야. 한 번이 아니고 이미 여러 번 그런 일이 있었다고 화를 내더라. 친척집에 초대를 받았다거나, 지방에서 친구가 올라왔다거나, 일이 밀려 있다거나, 동생과 쇼핑을 가야 한다거나 하는 이유로 말이야. 그리고 내가 자기보다 차라리 내 개를 더 좋아하고 내 여동생이나 우리 사무실의 아가씨들에게 더 친절하고 무엇보다 나 자신의 생활을 너무나 사랑해서 자신을 정말로 사랑할 수 없는 사람이라는 거야. 정말 그럴까? 선약이 있다고 말하는 것이 잘못이었을까. 어째서 그녀가 부르면 그 모든 약속과 일을 미루어두고 달려나가야 사랑이라는 것일까. 내가 이기적인가? 솔직히 말해 그게 사랑이라면 나로서도 그런 폐쇄적인 관계는 갖고 싶지가 않다고 말해버렸어. 그녀는 내 인생 전부를 내달라고 강요했으니까. 게다가 그녀는 내가 자기에게 육체적으로 접근하지 않은 것도 그녀를 사랑하지 않은 증거라고 하는 거야."

그는 멋쩍은 화제라는 듯 맥 빠진 얼굴을 들어올려 싱긋 웃었다.

"난 그녀의 의사를 최대한 존중했었어. 그녀가 경계심만 조금 늦추었더라도 나도 자연스럽게 표현할 수 있었을 거야. 그녀는 어깨를 안고 춤추는 것조차 힘들어했어. 안 돼요, 안 돼, 라고 했지. 난 그 말을 존중했어. 그게 아니라면 내가 안 된다는 그녀를 강제로 끌어안고 춤을 추고 호텔로 데리고 들어가 엘리베이터를 타고 룸을 찾아가기라도 했어야 한다는 것인가? 그런 거 강간 아닌가? 그녀는 안 돼요, 했으면서도 나를 정말로 사랑한 건가? 난 알 수가 없어. 다른 남자들은 어떻게 여자와 마지막 순간까지 가는지, 그리고 어떻게 결혼을 하는지. 그런 여자와 결혼해서, 평생 섹스할 때마다 일방적으로 성행위를 치러야 한다고 생각하면, 상상만 해도 끔찍해. 그런데도 그애는 최소한 나보다는 자신이 더 깊이 사랑을 했을 거라고 말하더군. 흔히 여자들이 그렇듯이 아름다운 이별을 장식하기 위해 한 뜻 없는 말이겠지."

"그러면 형은 사전에 분명하게 뜻을 밝히는 여자와만 관계를 가졌어요?"

"물론이지. 최소한 서로 의사는 맞아야지."

"그런데 그런 여자들 중의 한 명과는 왜 결혼하지 않았죠?"

"그 여자들도 나와 맞지는 않았어. 그녀들은 하나같이 결혼에 별 관심이 없었던 것 같애. 그냥 섹스만을 원했던 것이지. 관계도 돌발적이었고 그녀들은 삶에도 결혼에도 나만큼 진지하지가 않았어. 문제는 그런 것이지. 진지한 여자들은 안 돼요, 하며 무조건 움츠러들고, 의

사표시를 해오는 여자들은 도무지 진지하지가 않았어. 세상에는 그 두 부류의 여자밖에는 없는 것 같애."

"형은 여자를 갖기를 원하는 게 아니라 커뮤니케이션을 원하는 거예요."

"당연하지. 내가 여자를 가져서 어쩌겠어? 누군가의 인생을 통째로 갖는 건 거북스러워. 난 자신의 인생이 단단한 좋은 상대를 원해. 일전에는 술집에서 웬 신사가 내게 접근을 했었지, 호모였어. 거절했지. 그를 경멸한 건 아니지만 어쨌든 일단은 낯설었어. 그렇지만 한편으로는 남자들의 관계에서는 커뮤니케이션이 더 잘 이루어지지 않을까 하는 기대가 생기기는 했어."

그가 담담한 얼굴로 고개를 끄덕인다. 그 얼굴 표정은 내겐 낯설게 보인다. 그는 분명히 D와 다르고 나의 남편과도 다르다. 그들은 나라를 정복하듯이 한 여자를 정복하려는 사람들이다. 그들은 자신들이 가진 몸속의 폭풍으로 한 여자를 가질 수 있다고 믿는 부류들이다. 그러나 이 남자는 그렇지 않다. 그는 한 여자도 가져본 적이 없고, 가지기를 원하지도 않으며 가질 수 있다고 믿지도 않는다. 아니 여자를 갖는다는 것을 자기 침해로 여기고 있다.

"스무 살 이후로 제대로 연애를 해보지 못했어. 사랑이란 스무 살 때나 가능한 에너지인 거 같애. 그때라면 자신이 가진 모든 것을 자연스럽게 한 여자에게 걸 수도 있었을 거야. 이미 연애도 결혼도 적령기가 지나버린 거지."

"그럼 적령기엔 무엇을 하고 놓쳤어요?"

그는 동전을 삼킨 어린아이처럼 놀란 눈으로 잠시 나를 바라보았다.

"어머니가 돌아가셨더랬지. 스물일곱 살에…… 내 속에서 굉장한 배반감과 상실감이 폭발했어. 가슴속에 숨겨둔 거대하게 팽창한 북이 갑자기 펑 터져버리는 것 같았어. 픽 터져버린 북…… 결국 이 삶이 내게 단 한 번도 허용하지 않고 그 봉인을 닫아버린 거였지. 영원히 말이야. 영원히……"

그는 아, 하며 왼손을 들어올리더니 굳어진 얼굴을 훑어내렸다.

"내 생애에서 엄마와 집에서 함께 지낸 날이 통틀어 몇 달쯤이나 될까. 많은 곳을 아주 멀리까지 헤매고 돌아다녔어. 독일과 영국, 러시아, 그리고 프랑스…… 서른도 휘끈 넘은 어느 날에야 그 슬픔에서 헤어날 수 있었어. 프랑스에서였지. 커브를 돌 때마다 덜덜거리는 소리가 나던 고물차를 타고 프로방스의 시골을 여행하다가 우연히 마주친 마을의 성당엘 들어갔어. 오후였는데 주로 할머니들이 미사를 드리고 있었어. 신부님이 설교를 하고 있었지. 나도 차가운 나무의자에 앉아 고개를 숙였어. 그러자 곧 눈앞이 캄캄해지는 거야. 분명히 눈을 뜨고 있고 바깥에는 햇빛이 빛나는 오후였는데…… 그리고 눈물이 쏟아지기 시작했지. 처음엔 숙인 무릎 위에 나무책상 위에 눈물만 툭툭 떨어지던 것이, 어깨가 흔들리고 몸이 커다랗게 흔들리고, 나중엔 흐윽흐윽 흐느끼다가 그만 쥐어짜듯 통곡이 흘러나오기 시작한 거야. 마침내 앞에 앉은 남자가 같이 울면서 손수건을 얼굴에 대어주자, 난 어린아이처럼 엉엉 울기 시작했어. 얼마나 많이 울었는지, 나 자신이 결코 멈추지 않을 폭포수 같더군……"

그는 말을 멈춘 채 이해하겠느냐고 안경 너머로 묻는 것 같았다. 나는 고개를 끄덕했다.

"그런 뒤에 여행을 중단하고 돌아왔었어. 담담해졌지."

나는 그를 도와주고 싶다는 생각을 한다. 그는 단지 공격성이 없다는 이유로 호모가 되어버릴지도 모른다. 자신이 공격적이 되지 않고 또한 상대의 생을 전폭적으로 떠맡지 않는 결합이란 호모적으로 더 가능하지 않겠는가. 호모가 된다면 세상을 얼마나 불편하게 살아야 할 것인가를 생각하면 마음이 아파진다. 하지만 노력한다 해도 내가 과연 그의 좋은 상대를 구할 수가 있을까. 하나하나 꼽아보아도 내 주위의 여자들이란 한결같이 그가 지난주에 헤어진 예쁜 여자와 다르지 않다. 나를 포함한 그녀들은 서둘러 꾸며진 여성적 아름다움으로 자신의 욕구를 기만한다. 그들은 포장된 선물처럼 열려지기를 기다릴 뿐이다. 그래서 모든 첫 관계는, 심지어 공식적인 결혼을 한 초야조차도 흡사 강간적인 요소를 띠는 것이다. 오해와 오해가 맞물리는 동의하는 강간과 동의하지 않는 강간의 차이를 가엾은 남자들이 어떻게 알겠는가. 남자들로서는 오히려 밀어붙이면 가능한 상황인가 아닌가가 더욱 뚜렷한 여자의 의사표현이 되고 말 것이다.

"미아, 무슨 생각 하니?"

그가 겸연쩍어하며 자신의 뺨을 감싼다. 내가 그의 얼굴을 너무 오래 들여다보고 있었는가보다. 그러나 나는 계속해서 김구 선생 안경 너머의 그의 맑은 눈을 마주 본다. 연어들이 뒤척이는 알래스카의 얼음바다 같은, 시리도록 청량한 눈이다. 나는 깨닫는다. 오늘 바닷가 언덕의 호텔 아일랜드에 가지 않으리라는 것을. 포장된 선물 꾸러미처럼, 그 푸른색 지붕의 테라스 안으로, 내가 걸어들어가는 일 따위는 일어나지 않는다는 것을. 가엾은 D는 나를 갖지 못한 채 다시 11월을 보내야 할 것이다. 11월에는 이따금 돌풍이 불고, 숲속의 어린 새들이 죽어 선명한 흰 배를 내보이며 나무덤불에 걸릴 것이다. D는 힘겨운 11월을 지나, 또 한 해 더 자신의 소금바다에서 늙어갈 것이다. 거친 비늘들이 해져 상처마다 소금이 들러붙고 그 자리에 더 거친 비늘이 돋아, 영원히 그 갈망과 상실에 익숙해지지 못할 것이다. 가슴속의 북이 스스로 터져버리기 전에는……

"모든 남자들에게는 이미 상실한 나라가 있죠. 남편이 그랬어요. 남자는 세계를 다 정복한다 해도 갈 수 없는 나라가 있다구요."

그가 두 손을 테이블 위에 올리고 나를 빤히 바라보며 웃음을 짓는다. 나는 크고 가지런한 그의 두 손에 조용한 호감을 느끼며 바라본다. 언젠가 나의 손을 스치고, 나의 어깨를 스치고, 나의 등을 스쳤던 두 손이 나의 마음을 스치는 것 같다. 나는 갑자기 좋은 생각이라도 난 것처럼 자리에서 일어선다.

"우리 나가요. 내가 고적한 바닷가길을 알고 있거든요."

연어가 돌아온다. 텔레비전 뉴스를 보았어. 알래스카 언 소금바다에서 연어가 돌아오고 있다. 미아, 듣고 있니? D와 남편이 동시에 연어 이야기를 했던 그날, 남편이 뜨겁고 매운 찌개를 가운데 놓고 저녁밥을 먹는 내내, 텔레비전의 오락 프로그램에서는 몸집이 뚱뚱한 백인 남자들이 전쟁 흉내를 냈다. 서바이벌 게임장과 닌자 스쿨에서 남자들이 총과 일본도로 스트레스를 풀고 있다는 해설이 흘러나왔다. 이편과 저편으로 갈린 군인 복장의 남자들은, 총과 예리한 단도로 완전 전투태세의 무장을 했고 실제로 탄환을 쏘며, 비장한 얼굴로 자신이 선택한 가상의 전장 속으로 뛰어들었다. 그들은 총을 쏘고 그리고 어설픈 엑스트라처럼 비명을 지르며 땅 위에 피를 뿌리고 죽었다. 농가 주택을 습격하는 프로그램이 있고 늪지대나 산악전, 혹은 정글전투 프로그램이 있었다. 그리고 포로가 되어 실제로 생명이 위태로운 온갖 고문을 당하거나 그 반대로 온갖 고문을 시행하는 잔혹한 프로그램이 유흥을 위해 준비되어 있었다. 그들은 돈을 지불해가며 지나칠 정도로 진지하게 전쟁 흉내를 냈던 것이다. 그들의 꿈속에서는 전쟁이 준비되고 있었다. 어디에서나, 지구 어디에서나……

만
월 滿月

* 초판 출간시 이 소설의 제목은 '낯선 운명'이었다.

요망스런 짐승! 나는 손가락들을 부채처럼 펴며, 엄마 흉내를 내어, 제법 원한스럽게 중얼거렸다. 바늘로 긁어낸 듯 피가 엉긴 상처는 장지 뿌리부터 시작되어 손목까지 그였는데 점점 더 부어오르는 듯했다. 겨울을 지낸 손등은 그러잖아도 불그죽죽하고 꺼칠한데 이젠 영 못 쓰게 되어버렸다. 나는 손을 외투 호주머니 속에 도로 집어넣었다. 호주머니 속에 이 빠진 접시나 금간 거울조각을 숨기고 가는 기분이었다. 엄마 말대로 보름날에는 고양이들 심사가 틀리는지도 모를 일이다. 안아주면 등을 동그랗게 휘어, 차가운 코를 팔 안쪽에 들이밀며, 가르릉가르릉 파고들던 나비가 오늘은 돌연히 발톱을 세워 빠져나갔던 것이다. 나비는 아침부터 커다란 쥐를 잡아 부엌방 뒤주 밑으로 기어들어 장판을 더럽히다가 빗자루를 든 엄마한테 대문 밖까지 쫓기기도 했다. 그 와중에 아버지께서 아끼시던 꽃 핀 동백나무 화분도 넘어져버리고…… 엄마 성화에 못 이겨 뒤주 밑을 치우러 가보니 쥐의 머리 부분만 댕강 남겨져 있었다.

큰집으로 가는 신작로는 고적했다. 장날이 아닌 땐 늘 그렇지만, 토
요일이라 아이들도 일찍 하교해버려 신작로 끝까지 사람 하나 보이지
않았다. 나는 이따금 지나는 버스들이 하얀 먼지를 공중 높이 띄워올
리는 메마른 신작로에서 발을 빼, 지름길이기도 하지만, 겨울 풀과 지
푸라기와 보드라운 흙으로 덮인 논과 밭 사이의 들길을 택했다. 그 길
에선, 발밑에서 흙이 부스러지는 소리를 들으며, 가만가만 노래를 불
러볼 수도 있었다. 나는 작은 개울 위에 걸쳐진 외나무다리를 건널 때,
긴 한숨을 내쉬며 패티 김의 노래를 어른이 된 기분으로 불러보았다.

'어쩌다 생각이 나겠지— 둥근 달을 쳐다보며는— 그날 밤 그 언
약을 생각하면서 지난날을 후회할 거야— 산을 넘고 멀리멀리 헤
어……'

형부가 잘 부르던 노래였다. 나는 다리 끝에 우뚝 섰다. 역겹기도
하고 서럽기도 한 감정이 복받치며, 뭔가 목구멍으로 울컥 올라오는
것만 같았다. 형부는 정말 어디로 갔을까? 형부는 자기가 장가든 큰
집보다 우리집에서 더 많이 지냈다. 밥도 같이 먹고 방바닥에 나란히
엎드려 만화책도 보고, 콩나물이나 두부를 사러 가는 심부름 길도 같
이 가주었으며, 우리 자매들의 글씨 흉내를 내어가며 국어 숙제를 대
신 해주기도 했었다. 어떤 땐 해가 진 뒤에도 큰집에 가지 않고 우리
들 속에 섞여 한이불 속에 발을 넣고 있다가 아버지 역정에 쫓겨서 나
가기도 했다. 고개를 꺾고 어두운 대문간으로 나가는 형부의 뒷모습
을 볼 때면, 나는 형부가 실제로는 아내의 사촌처제인 나를 사랑하는

비극적인 남자라는, 터무니없는 상상을 만들어 잠시 탐닉하기도 했었다. 흡사 비련의 여주인공처럼 창문에 이마를 대고, 어두운 대문간으로부터 들려오는 삐걱 문 열리는 소리와 삐거덕 문 닫히는 소리를 들으며, 막연하게 짐작해왔던 슬픔이라는 감정에 달콤하게 잠겨드는 것이었다.

형부는 낯빛이 몹시 희고 키는 장대같이 컸으며 서늘하고 깊은 눈언저리엔 늘 엷은 보랏빛이 감돌아 기품이 있었다. 흡사 왕관을 벗어놓고 모험을 떠난 그림책 속의 왕자님 같았다. 큰언니는 형부를 만나는 그 순간 첫눈에 반해버린 것이라고 엄마는 말했다. 나는 반했다는 관용구에 대해 막연하지만, 김이 서린 차가운 유리창에 누군가의 이름 하나를 써넣는 것 같은 뭉클한 느낌을 감지했었다. 나 역시 그렇게 잘생긴 사람은 처음 보았다. 텔레비전에서조차 그보다 더 잘생긴 사람은 없었다. 결혼식 날, 겨우 허리께에 닿는 큰언니와 나란히 선 형부는 백설기같이 흰 얼굴로 코를 벌름거리며 웃었었다. 나는 형부라고 부르게 될 최초의 존재를 획득한 즐거움으로 들떴으나, 동시에 마음 밑바닥에서 출렁이는 알 수 없는 상실감으로 인해 슬프기도 해서 감정이 혼란스러웠다. 형부같이 잘생긴 남자가 왜 큰언니와 결혼을 하는지 나로서는 끝내 이해할 수가 없었다. 어쩌면 형부는, 마법에 걸려 꼽추의 모습을 하고 있는, 큰언니를 구해주기 위해 나타난 진짜 왕자가 아닐까? 그들이 진실한 사랑의 입맞춤을 나눌 때, 이 아름다운 이야기는 대단원의 막을 내리게 될지도 모른다. 나는 그때 큰언니가 보여주게 될 눈부시게 아름다운 진짜 모습을 기다렸었다. 그러나 왕자였을지도 모를 그 형부는 어느 날 돌연히 사라져버리고 말았다.

"망종 같으니라고! 돈에 눈이 어두워 왔다가, 속을 알고 보니, 별 바랄 거 없다 싶으니까 줄행랑을 놓은 거야."

"아이고, 영 그쪽 잘못만도 아닌 모양이더마는. 결혼만 하면 한 살림 떼내준다고 해놓고 살림 내줄 기미가 없다고, 진서방이 몇 번이나 말 좀 해달라고 내한테 사정을 했는지 아요?"

"그게 그 말이지. 살림 안 내주는 대신 면사무소에 취직시켜준다고 했으면 집에 방 많겠다, 거기서 살림하면서 면사무소나 다니면 될 걸 가지고 지 처가 아 가진 거 뻔히 알면서 집을 나가버려? 감히 안방 장롱까지 뒤져 집안의 패물을 훔쳐내 가다니, 천하에 망종 같으니라고! 그놈의 집구석도 그래, 아들 있는 데를 모를 턱이 없을 텐데 바락바락 달겨들면서 모른다고만 하니."

부아가 치민 아버지 얼굴은 벌겋게 달아올랐다. 그런데도 다른 때와는 달리 엄마는 물러서지 않았다.

"취직자리도 그렇지, 당사자 사정 봐가면서 일을 맞춰야. 집안 체면에다 일을 맞추면, 배운 공부가 없는데 면에 취직만 시켜준다고 펜대 쥐고 일을 해먹겠소? 지가 생각해도 자신이 없으니 만 것이지. 살림을 좀 떼내준다고 말을 냈으면 지가 장사를 하든 농사를 짓든, 애시당초 약속대로 해줬어야지. 진서방 밑으로 동생이 줄줄이 달렸습디다. 그 집도 오죽했으면 그 허우대 멀쩡한 아들을 곱사 며느리한테 내주었을까? 입장을 뒤바꿔놓고 생각해보지, 그 집서도 오기를 부리고 나올 만 안 한가."

"그래, 그런 인간이 한 살림 내주면 잘 하고 살 것 같애? 그놈은 어차피 허여멀건한 낯바닥으로 몸뚱이 삭을 때까지, 평생 여자 등이나 기웃거릴 놈이야."

"그거야, 그아 뜻을 꺾지 못하고 결혼까지 시킨 어른들 잘못이 컸지. 돈을 주고 사서라도 멀쩡한 사위를 보겠다고 중매쟁이한테 언질을 넣은 것부터가 잘못이고요. 애시당초 고마 짝이 맞게……"

"또 그 소리! 그 왜, 사람이 이왕지사 터져버린 일을 갖고 수습할 방도를 취할 줄 모르고 꼭 허물을 캐내고 그래?"

아버지가 눈을 부릅뜨고 빽 소리를 지르자 엄마는 입을 꼭 다물었다. 아버지와 엄마는 그 일로 몇 번이나 더 크게 말다툼을 벌였었다.

좁은 외나무다리를 건넌 뒤부터는 산그늘이 진 곳이라 갑자기 어둡게 느껴졌다. 마을은 왼편 저쪽에 오밀조밀 어깨를 붙이고 있고 오른쪽엔 음험한 산이다. 산등성이가 빛을 받아 번쩍 빛나자 갑자기 으스스해지며 전에 친구에게 들었던 이야기가 떠올랐다. 친구 말로는 산등성이에 서 있는 고목나무 밑 그쯤이 애장터라는 것이다. 죽은 아이들을 넣은 독을 묻지도 않고 그곳에 모아두었기 때문에 비 오는 밤엔 독 안에서 불덩이들이 빠져나와 날아다닌다고 했다. 실제로 신작로에서 보면 언제나 그곳이 햇빛에 반사되어 빛을 되쏘았다. 이제 길은 점점 산밑으로 가까이 가고 있었다. 산은 왜 이리도 고요한지. 굳이 달맞이를 가겠다고 나를 부른 큰언니가 다시 원망스러워졌다. 숨소리도 없이 큰 손이 휘휘 목덜미 뒤에 따라오는 것만 같았다.

큰 대문은 굳게 닫혀 있었다. 닫힌 문을 보자 마음이 더욱 무거워졌다. 나는 도랑가 잔가지들이 까맣게 마른 무궁화나무 곁을 지나, 바깥 마당을 가로질러, 지붕을 이고 선 큰 대문을 밀었다. 삐이익— 무엇을 이르기라도 하는 듯이 지나치게 큰 소리를 내는 문이다. 나는 큰집의 대문 소리가 언제나 억울한 모함같이 원망스러웠다. 어두운 대문간의 천장에는 크고 작은 괭이와 삽, 갈퀴 같은 농기구들이 가로로 걸쳐져 있고 바깥쪽으로는 낫과 호미 들이 주렁주렁 걸려 있었다. 그리고 큰아버지 자전거도 대문간의 벽에 기대 세워져 있었다. 바로 곁 닭장에서 따숩고 역겨운 깃털 냄새와 함께 닭이 홰치는 소리들이 들렸다. 축담 위에 휘끈 들어올려진 높은 마룻바닥이 전과는 달리 엷은 먼지에 부옇게 덮여 있었다. 원래 애자가 하루만 집을 비워도 제일 표나는 곳이 마루였다. 큰어머니는 마당가의 우물에서 물을 길어 그릇들을 씻고 있었다. 커다란 양재기들이 대야에 가득 담겨 있는 것으로 보아 점심때 동네 사람들과 보름밥을 나누어 먹었는가보다.

"국혜 오나!"

"예."

"와 그리 기운이 없노?"

"무서워서예."

"무서버? 열두 살이나 먹은 처이가 훤한 대낮에 무섬을 타?"

큰어머니는 아이구, 하며 몸을 일으켜 두레박을 우물 속에 던져넣었다. 줄이 스스슥 풀렸다. 두레박줄은 잔뜩 시달려서 색도 빠지고 꼬임도 더러 풀려 나들나들했다. 나는 꼭 두레박을 잃을 것 같아 숨을 죽였다. 깊은 우물의 정적 속에 두레박 닿는 소리가 철벅, 울렸다. 큰어머니는 줄을 홱, 젖혀 잠시 두레박에 물이 고이기를 기다려 천천히 걸어올렸다.

"산이 너무 조용해서, 묏등들도 많고…… 큰어무이, 저기 산등성이 고목나무 밑에 진짜 애장터가 있어예?"

나는 대문 지붕 너머를 손짓하며 물었다. 큰어머니는 길어올린 물을 대야에 쏟아부었다. 물이 부서지는 얼음조각처럼 맑아 보였다.

"그게 언제적 이야긴데. 고렷적 이야기인걸. 한 해께 언제, 독한 염병이 돌아, 온 동네 아이들이 떼로 죽는 바람에 거기를 공동 애장터로 썼지. 하기사 아직도 그때 쓴 옹깃조각들이 나뒹굴긴 하더라만…… 산길로 왔나?"

"예."

"그래서 얼굴이 사색이구나. 인자 나이도 들었으니 혼자 산길로 다니면 안 되지, 귀신보다도 더 무서운 게 있으니 말이다."

"그게 뭔데예?"

"글씨…… 하이튼 니도 처이가 다 됐은께, 인자부터는 산길로 다니지 말고 신작로로 다니거라."

"와예?"

"에구― 물어대기는, 문둥이 말이다. 간 빼먹는다 안 하나? 고만 묻고 큰언니한테나 들어가봐라. 작은언니한테서 소포가 왔으니 먹을 게 있을 기다."

"애자 언니는 인자 안 와예?"

"애자는 인자 영 저거 집에 갔다. 원래 열여섯 살까지만 데리고 있기로 약조된 일이었다. 시집도 가야 될 기고."

애자가 정말 고향으로 가버렸다니 말을 잇기 어려울 정도로 아쉬웠다. 애자는 언니의 몸도 돌봐주고 같이 놀아도 주고, 밥도 하고 빨래도 하고 농사일도 거들어주는 일꾼이었지만, 내게는 무엇보다 핀치기의 여왕이었다. 애자를 꼬여서 동네에 나가기만 하면 삽시간에 동네 아이들 핀은 모조리 내 호주머니에 들어왔던 것이다.

"큰아버지는예?"

나는 사랑방 쪽의 눈치를 살피며 시큰둥하게 물었다.

"요런, 어른 안부를 빨리도 묻는다. 동네 둘러보러 나가셨으니 그냥 들어가라."

나는 안심이 되어 마당으로 폴싹 뛰어내렸다. 큰아버지가 사랑방 문을 열고 높은 마루 아래 서서 인사하는 나를 내려다보면 늘 숨이 막히는 것 같았다. 큰어머니는 소쿠리에 건져낸 그릇들을 볕바른 구석에 밀어놓고 부엌으로 들어가셨다.

대나무로 엮은 닭장 저켠에 있는 별채는, 이제 사람 발길이 닿지 않아 빠르게 퇴락하고 있어서 아주 먼 곳처럼 보였다. 갓을 쓰고 바람에 날리도록 긴 수염을 하얗게 기르신 두루마기 차림의 할아버지는 늘 별채 앞의 샛대문을 이용하셨다. 우리도 술래잡기 놀이를 하며 그쪽으로 들락거리곤 했는데…… 가끔 문이 열릴 때면 진이 질질 녹는 듯한 독한 담뱃내가 났다. 골초였던 할아버지는 그러나 정작 박하사탕을 너무 많이 먹어서 돌아가셨다고 한다. 그 말은 사실일 것 같다. 할아버진 벽장 안에 사탕을 가득 숨겨놓고 계셨으니까.

나는 마루 쪽으로 가지 않고 장독대를 돌아 뒤뜰로 갔다. 포도가 익는 철에도, 곶감이 마르는 철에도 익힌 고구마를 썰어 말리는 철에도 나는 곧잘 뒤뜰을 들락거렸다. 고요 속에 불을 피워놓은 듯 햇볕이 이

글거리는 곳이었다. 큰집 뒤뜰은 포도나무 한 그루를 제외하고는 온통 꽃으로만 장식되는데 해마다 여름이면 절정에 이른 온갖 꽃들이 마당에까지 넘치도록 피어났다. 작년엔 달개비꽃이 유난히 많이 피어 곳곳에 보라색 물감을 엎지른 듯했었다. 그러나 지금은 텅 비어 묵정밭 같았고 햇살도 아직은 먼 곳에 있었다. 보름이 지나고 땅속에서 따스한 기운이 오르기 시작하면 큰언니는 다시 거름을 내고 흙을 일구어줄 것이다. 그러면 해마다 그랬듯이, 지난해 흩어졌던 꽃씨들이 싹 터, 출석이라도 부르듯 순서대로 뾰족뾰족 고개를 내밀 것이다. 툇마루의 문 안쪽에는 언니가 있을 텐데 자는지 아기도 언니도 아무 기척이 없었다.

솔가지 타는 연기 냄새가 훅 스며나는 부엌을 지나 높은 마루를 올랐다. 큰집 마루는 무척 높다. 어릴 적에 키만큼 높은 마루에 오르려다가 떨어져 뒹군 기억이 있는데, 큰언니도 바로 이 마루에서 떨어져 허리가 꺾인 것이라고 했다. 엄마는 어떤 때는 큰어머니가 갓난아기를 안고 내려서다가 떨어뜨렸다고 했다가, 어떤 때는 큰언니가 아기일 때 어른들이 깜박하는 사이 마루 끝으로 기어나가 떨어진 것이라고도 했지만 이야기의 끝은 언제나 같았다.

"다 그놈의 마루 탓이야! 도끼로 탕탕 찍어내 군불이나 지펴버리지! 대명천지에 혼자서 무슨 대단한 양반 가문이라고 그렇게 마루를 높게 끄잡아올려서는…… 한번 딛고 오르내리기가 얼마나 불편한지. 너희 큰아버지가 그 높은 마루 위에서 흥흥, 하며 사람 눈을 빼먹을 듯이 빤히 내려다보면, 난 아직도 간이 다 오그라붙는다. 그놈의 풍수 말에 놀아나서 조상 무덤을 메고 돌아다니다 가산을 혼자 다 탕진하고, 인제 무엇으로 양반 노릇을 하실랴지."

큰어머니는 아기를 살리기 위해 대도시에 있는 큰 병원까지 달려갔으나, 한 달 뒤에 집으로 돌아왔을 때는 차라리 죽는 게 낫겠다고 마당을 치며 통곡했다고 한다. 허리와 하반신 부분이 제대로 성장할 수 없어서 꼽추처럼 될 거라고 했기 때문이었다. 바깥방을 지나서 속방문을 열었다.

언니의 방은 한낮이어도 어둡다. 물속에 들어서본 적은 없지만 어쩐지 방안은 깊은 물속 같았다. 물속이라면 그렇게 어둡고 그렇게 조용하고 그렇게 단조로울 것이다. 언니는 소포 꾸러미를 끌러보지도 않고 머리맡에 밀쳐둔 채, 저녁같이 어스름한 방 한가운데에 모로 누워 있었다. 언니의 몸통은 보통 사람보다 두 배쯤 더 높고 짧았다. 아기는 언니의 몸통 아래에서 쌕쌕 잠들어 있었다. 인형처럼 예쁜 아기다. 씨도둑질은 못한다더니 지 애비를 빼다박았다고 엄마가 말했었다. 그런데 언니는 모로 누워서 울고 있었나보다. 내가 들어섰는데도 돌아보지 않더니 손을 더듬어 머리 위의 수건을 채가 얼굴을 묻고 코를 휑 풀었다.

"거 앉아라."

목소리가 물먹은 솜처럼 무겁고 먹먹했다. 큰언니는 말을 하면서도 나를 바라보지는 않았다.

"국혜야, 언니 허리가 아파서 좀 누워 있을란다. 그거 풀어봐라, 과자가 있으면 꺼내 먹어라."

대구에서 은행에 다니는 작은언니는 월급날이면 꼭 큰언니에게 소포를 보내왔다. 그것이 바로 이 시골에서 큰언니를 멋쟁이로 만드는 비결이었다. 나는 언니 말대로 소포 꾸러미를 풀었다. 여성잡지와 로션, 비스킷과 껌 두 통, 분홍색 매니큐어와 아기 딸랑이. 나는 얼른 셀레민트 껌부터 까서 씹었다. 그리고 책장에서 학생잡지를 몇 권 빼와 '칫치와 샬리'라는 만화를 보았다. 작은 칫치는 잘 토라지고 미쭉 큰 샬리는 이래도 흥흥, 저래도 흥흥 한다. 샬리는 꼭 진서방 형부 같기도 하다.

한참 동안 책을 보다가 고개를 들어보니 큰언니는 여전히 높다란 등을 세우고 얼굴을 벽 쪽으로 돌린 채 모로 누워 있고 아기는 젖내를 풍기며 쌕쌕 자고 있었다. 창호지 문의 손잡이 윗부분엔 지난가을에 먹인 꽃잎과 잎사귀 들이 그림자처럼 비치고 마주 보이는 벽에는 꽈리가 조롱에 싸인 채 종처럼 걸려 있었다. 애자가 있을 때는 꽈리 속을 파내고 이빨로 살짝 깨물어 굴려 꽈악꽈악 누가 더 크게 소리를 내나 시합을 하기도 했었는데…… 나는 꼼짝도 않는 큰언니를 잠시 보고 있다가 가만히 일어나서 꽈리 한 알을 살금살금 떼냈다. 꽈리 껍질이 바스락 소리를 냈다.

뒤뜰로 열리는 낮은 문에 내린 종이 발에 손끝을 뻗으니, 헛것을 만지는 듯, 허전한 전율을 일으키며 잠시 흔들렸다. 언니 방에서는 약간 야단맞을 각오만 한다면 심심할 리가 없었다. 어린 소녀의 호기심을 채워주는 진귀한 물건들이 구석구석 끝도 없이 숨어 있기 때문이었다. 작은 찬장 위 유리갑 속에는 삿갓모자를 등에 지고 치마 옆가랑이가 깊숙이 파인 옷을 입은 노오란 살색의 월남 인형과, 꽃분홍색 한복을 입고 칠보비녀를 찌른 한국 인형이 들어 있다. 언니는 담뱃갑 속의 은박지로 만든, 손잡이까지 달린 아주 작은 핸드백을 한국 인형의 팔에 걸어두었다. 그 인형들은 언제나 반짝반짝 빛나며 살아 있는 사람보다 더 또렷이 사람을 쳐다보고 더 생생하게 미소를 보내준다. 그리고 벽에 붙어 있는 여러 개의 그림 액자들과 조개껍데기들…… 조개껍데기들은 물을 채운 유리병에 담겨 있기도 하고 작은 거울의 테두리에 붙어 있기도 하고 목걸이처럼 한 줄로 꿰어져 서랍 속에 들어 있기도 하다. 그리고 색색의 실과 온갖 모양의 단추 들이 들어 있는 색동 바느질함과 은은한 화장품 냄새가 스며 있는 삼면경이 달린 검은 자개 화장대, 예쁘고 화려한 화장품통들……; 그렇지만 무엇보다 내가 탐하는 것은 선반 위에 포개져 있는 상자들이다.

그 속엔 비단 양단 공단 지지미 깔깔이 뉴똥 다후다 플란넬 아사 반짝이 포플린 나일론 등등, 내가 그 이름을 다 알지 못하는 온갖 종류의 갖은 색, 갖은 무늬 천조각들이 가득 들어 있다. 아마도 이불 홑청을 뜨고 남은 것들이거나 저고리나 치마의 남은 옷감들, 속바지를 만들고 남은 천조각들, 혹은 베갯잇이나 언니의 드레스나 블라우스, 또 어쩌면 방석이나 밥상보를 뜨고 남은 조각들이 몇 년 혹은 십수 년을 묵으며 상자 속에 모여든 것 같았다.

그 각양각색의 빛깔과 질감과 무늬 들에 취해 한 조각 한 조각 손바닥 위에 펴보고 상자를 닫을 때면, 내 가슴속으로 알 수 없는 감정들이 회오리쳐왔다. 차곡차곡 접혀져, 내 생의 어디선가에서, 복병처럼 기다리고 있을 삶의 낯선 얼굴을 미리 펴본 것만 같은 아득한 설렘……

오곡밥과 나물로 저녁을 먹은 후 큰언니와 나는 곧장 집을 나섰다.

언니는 연둣빛깔의 우단 드레스를 입고 외출할 땐 늘 그렇듯이 예쁜 주홍색 뾰족구두를 신었다. 그러나 감색 비로드 오버를 여미고 나선 큰언니의 키는 커다란 얼굴에도 불구하고 올겨울 훌쩍 컸다는 말을 듣는 사학년생인 나와 비슷했다. 들의 빈 논바닥에 아이들 몇이 불붙은 깡통들을 빙빙 돌리며 달리고 있었다. 들판은 그사이 여기저기 검게 그을렸고 공중에는 검은 눈처럼 재가 날렸다. 큰언니는 그쪽이 지름길이라 생각했는지 하필이면 애장터가 있다는 고목나무 쪽 산등성이를 향해 곧장 들길을 질러갔다. 나는 조금씩 뒤처지다가 큰언니가 돌아보면 마지못해 달려갔다. 그런데 산아래 가까이 가보니 뒷동네에서 오르는 아이들로 땅거미가 진 좁다란 산길은 오히려 붐비고 있었다. 주홍색 뾰족구두를 신은 큰언니의 걸음에 밀린 아이들은 옆 둔덕으로 후다닥후다닥 달려올라갔다. 오르막길이라 그런지 큰언니의 걸음은 오늘따라 더 느린 것 같았다.

간신히 산등성이에 올랐을 때는 벌써 커다란 달이 저쪽 맞은편 산 위에서 얼굴을 쑥 빼는 중이었다. 큰언니는 헛발을 디디며 묵정밭 안으로 삐각삐각 들어갔다. 밭 아래는 가시덤불과 잡목림 들이 얽힌 가파른 낭떠러지였다. 밭 끝에 큰언니와 나란히 서니 발끝부터 머리끝까지 보름달 속에 들어가 둥실 실린 듯했다. 노란 달 속에 실려 천천히 공중에 떠오르는 느낌…… 나는 현기증이 일어 몇 걸음 뒤로 물러났다.

큰언니는 손을 모으고 기도했다. 갑작스런 일이라 나도 손을 모으고 고개 숙여 눈을 감았지만 흡사 깊은 물에 잠긴 것처럼 아무런 생각도 나지 않았다. 공부를 잘하게 해달라거나 고무과자를 많이 먹게 해달라는 소원 따위는 어차피 우스울 것 같았다. 큰언니는 무엇인가 오래오래 빌었다. 곁에 서 있자니 나의 현실이 너무 보잘것없어 나도 어른이 되면 저렇게 간곡하게 빌 운명적이고 슬픈 인생을 내려달라고 빌고 싶어졌다.

"달─집에 불이야!"
"달─집에 불이야!"
큰언니가 기도를 채 끝내기도 전에 건너 산꼭대기에서 모여든 사람들의 고함소리가 들리더니 불길이 화륵 치솟았다. 맞은편 달이 떠오른 산에서도 흰 연기가 피어올랐다. 큰언니는 당황하기 시작했다.

"아니, 올해는 와 저쪽 산에다가 달집을 지었을꼬? 아이고 별일도 다 있네!"
그쪽 산은 얼마 전 기념탑을 새로 올린 곳인데, 계단도 백육십다섯 개를 만들고 꽃나무도 많이 심어 공원으로 개발을 한 곳이었다. 큰언니는 가시덤불에 긁히면서 삐깍삐깍 헛발을 놓으며 마구 달리기 시작했다.

나는 곤혹한 심정으로 큰언니를 뒤따랐다. 돌아오거나 같은 방향으로 휩쓸려가는 사람들이 느린 걸음으로 길을 막는 우리에게 곱지 않은 눈살을 꽂으며 스쳐갔다. 나는 원래부터 달에 대해 진지하지 않았지만 큰언니가 사력을 다하는 모양을 보자 이제는 우스꽝스러운 기분이 되었다.

달집은 생솔가지로 꼭꼭 다져놓아도, 불이 붙자, 금세 집채만큼 높이 불길이 치솟아올랐다. 검붉은 불티가 방향 없이 회오리치고 검은 연기가 갈퀴처럼 펄럭이며 하늘 높이 날아올랐다. 달집 속에서 한 떼의 까마귀들이 튀어나와 아우성치며 하늘 높이 달아나는 것 같았다. 검은 연기 속에 타닥타닥 생솔가지 타는 맵고 향긋한 냄새가 자욱했다. 혀를 내미는 뜨거운 불기운 때문에 가까이 갈 수 없겠는데도 언니는 사람들을 파고들어가 불 앞으로 바짝 다가섰다. 둘러선 사람들의 얼굴엔 불기가 벌겋게 올라 있었다. 아주머니들과 할머니들은 양손을 쉴새없이 비비며, 흰 종이와 천 같은 것을 품속에서 꺼내 무어라고 외치며 불 속으로 던져넣고, 남자들은 긴 장대로 이은 냄비를 불더미 속에 넣어 콩을 구웠다. 큰언니는 거친 숨을 다듬으며 두 손을 모으고 잠시 고개를 숙였다. 그리고 고개를 들며 소매 속에서 붉고 긴 옷고름을 주르륵 뽑아내 불길 속에 힘껏 내던졌다.

"아악!"

둘러선 사람들이 일제히 가느다란 비명을 내질렀다. 큰언니의 붉은 옷고름이 채 불 속에 닿기도 전에 누군가 던진 꾸러미처럼 고양이한 마리가 불 속에 휘익 뛰어든 것이었다. 불붙은 솔가지들이 쓰러지고 불 속에서 야오옹! 야오오! 하는 날카로운 비명소리가 몇 번 들렸으나 이내 조용해졌다. 분명하진 않았지만 생솔 타는 냄새와 콩 그을리는 냄새 속에 매캐한 노린내가 나는 것 같았다. 나는 요의를 참으며 길게 진저리를 쳤다.

"뭐꼬, 방금 뭣이 뛰들어갔노?"

"아이고 숭측 맞아라!"

"고양이 아이가! 고양이가 뛰들었다!"

"시상에 이기 무슨 일이고!"

잠시 소요가 일어났으나 달집이 푸석 주저앉자 갑자기 조용해졌다. 볏짚과 생솔로 엮어 세운 달집은 속이 허술했다. 달집은 잇달아 주저앉으며 빠르게 스러지고 있었다. 사람들은 입을 꾹 다문 채 일제히 우리 둘을 쳐다보았다. 애자 생각이 간절했다. 이럴 때 애자가 있다면 큰언니를 얼마나 잘 지켜주겠는가. 불붙은 달집을 사람들을 향해 던져서라도 큰언니를 쳐다보는 눈들을 내쫓았을 것이다. 손에 떡과 돼지고기 조각을 쥔 아이들은 여전히 까를까를 웃으며 불 주위를 빙빙 돌았다. 아이들이 곁을 지날 때마다 조용한 어른들의 몸이 기우뚱 흔들렸다. 한 무리의 여자들이 큰언니를 획 돌아보며 올해는 유례없는 흉년이 들 거라고 쑤군댔다. 하필 요귀나 다름없는 고양이 새끼가 불 속으로 뛰어들었기 때문이었다.

큰언니는 후들후들 떨리는 손을 모아 간신히 기도를 끝내고는 나뭇가지가 뚝 부러지듯 풀썩 주저앉았다. 사람들은 수런거리며 구운 콩을 나누어 먹고 농악패들은 징소리만 요란하게 두드려대며 신명 없이 달집 주위를 몇 바퀴 돌았다. 장구 치는 여자가 자꾸 큰언니를 돌아보았다. 산꼭대기 왕릉 위에서 대여섯 명의 아이들이 불이 든 깡통을 획획 돌리는 것이 보였다. 쓰러진 검은 달집으로 바람이 획 불어갈 때마다 갈라놓은 짐승의 배처럼 붉은 밑불이 화르륵 드러났다.

큰언니는 벌떡 일어나 뒤도 돌아보지 않고 앞장서서 계단을 밟고 내려가기 시작했다. 이번엔 지름길이 아닌 신작로로 이어지는 길을 잡았다.

"큰언니야, 달이 진짜로 소원을 들어주나?"

달에게 기대는 큰언니의 소원이 아무래도 부질없어질 것만 같아 나도 모르게 잔뜩 볼멘 목소리가 되었다.

"그럼, 해, 마다, 들어, 주었는데."

숨을 몰아쉬며 계단을 내려오던 큰언니의 음성은 딸꾹질이라도 걸린 것처럼 끊어져서 나왔다.

"큰언니야, 올해는 뭐 빌었는데?"

"……우리 효영이, 건강하게, 무럭무럭 크게, 해달라고……"

큰언니의 음성이 울음에 잠겨드는 것을 눈치챘지만 나는 아무것도 모르는 척 시치미를 뗐다.

"형부 오라고는 안 빌고?"

"……"

학학거리던 언니는 뒤엉킨 숨을 풀려는 듯 갑자기 멈추어 섰다. 커다란 보름달은 휘영청 밝은 하늘 한가운데로 활짝 펴진 노란 우산처럼 둥둥 떠가고 있었다. 언니는 자칫 달처럼 공중으로 떠오르기라도 할 듯 천천히 천천히 계단을 밟고 내려갔다. 나는 계단을 밟고 뒤따르며 마음속으로 빌었다. 달님, 우리 큰언니 기도를 꼭 들어주세요. 그리고 형부도 꼭 돌아오게 해주세요. 돌아와서 진실한 사랑의 입맞춤으로 마법에 걸린 큰언니를 풀어주세요.

노란 달 속에 구름의 그림자 같은 잿빛 얼룩이 비쳤다. 달 속에 가파른 벼랑이 들어 있는 것만 같았다. 추워서 이빨이 따닥따닥 떨렸다. 시린 손등을 부비니 고양이에게 할퀸 상처가 다시 아렸다.

"불쌍해서 우째 하겠노! 저라다가 영영 지정신 놓아버리는 기나 아인지. 저 비에, 아이고 저 찬 비에…… 하느님도 무심하시지…… 전

생에 무슨 죄가 얼매나 많길래 저래 험한 일을 다 겪어라 할꼬! 벌써 갖다버린 지가 나흘쟨데, 아직도 지 새끼 내놓으라고 온 산을 헤매고 있으니, 저 찬 비에. 아이고, 비도 비도 참 청승시럽다……"

보름을 지낸 며칠 뒤, 효영이는 죽었다. 그렇게 작은 것이 퍼렇게 굳어 있는 것을 잠에서 깬 큰언니가 신새벽에 발견했다고 한다. 소리 하나 없이 경기를 일으킨 것이었다. 엄마는 연 나흘 계속 큰집을 오갔다.

봄을 재촉하는 비가, 여름 장대비처럼 주룩주룩 쏟아졌다. 나도 앉은뱅이책상에 엎드려 눈이 새빨갛게 되도록 울었다. 눈물 속에 큰언니의 붉은 옷고름을 덮치던 고양이가 어른거렸다. 모든 게 요귀 같은 고양이 때문인 것 같았다. 하필 그때 고양이놈이 함께 뛰어들었으니. 한참을 울다가 고개를 들고 창 바깥을 내다보니 나비가 긴 빗줄기를 주룩주룩 맞으며 장독대 위를 어슬렁거리고 있었다. 나비는 나와 눈이 마주치자 우뚝 멈추어 서서 빗줄기 너머로 이편을 바라보았다. 놈은 나를 노려보며 몸을 부르르 털기까지 했다. 내가 공연히 등가죽을 잡아채 마당으로 집어던지고, 무릎 사이로 기어드는 놈의 코끝을 꼬집고, 수시로 머리통을 꽁, 때리며 냉대를 하자, 나비도 더이상 집안에 들어오지를 않았다. 나비는 얼굴에서 등과 다리에 이르기까지 흡사 가면을 쓴 듯 흰 바탕에 정확하게 정대칭인 검은 무늬를 하고 있었다. 그것은 새로운 사실이 아니었다. 그러나 나는 몰랐던 사실을 발견한 것처럼 눈이 휘둥그레졌다. 그 검은 무늬는 몸 전체가 도화지에 검은 물감을 찍어서 반으로 접어 눌린 듯이 어김없는 정대칭이었다. 내 눈은 점점 휘둥그레졌다. 고양이도 무엇에 놀란 듯 커다란 눈으로 나를 쳐다보고 있다가 비에 젖은 몸을 또 한번 부르르 털었다.

큰언니는 사흘째 산에서 내려오지 않고 물도 한 모금 삼키지 않은 채 산등성이 고목나무 밑을 파헤쳤다. 저러다 실성하겠다고 사람들이 혀를 찼다. 동네 끝집에 사는 대나무집 무당할매는, 이제 사내 가슴에 박혀 있던 말뚝마저 뽑혔으니 집 나간 사내는 영영 돌아오지 않을 것이라고 말하고, 언니 목숨이라도 건지려면 죽은 아이를 파내어 보여주고 큰굿을 벌여야 한다고 했다. 그러나 원래 무당할매와 사이가 좋지 않았던 큰아버지는 일없다고 일축했다. 그러나 나흘쨋날, 큰언니가 눈이 하얗게 뒤집힌 채 뻣뻣하게 언 몸으로 산에서 업혀 내려오자, 결국 큰집 식구들은 죽은 아기라도 한번 더 보여주기로 결정을 했다.

그러나 이상하게도 정작 아기를 가마니에 말아 산으로 가져갔던 구씨는, 자신이 묻은 곳을 찾지 못하고, 여기저기를 파헤치며 어물거렸다. 구씨 말로는 처음 파 뒤집은 밭 너머 자리가 분명히 묻은 자리인데, 죽은 아기가 없어졌다는 것이었다. 동네 사람들은 흉측한 표정을 지으며 문둥이가 파갔을 거라고 쑤군댔다. 이제 문둥이에게 먹힌 애기가 평생 큰언니 발꿈치를 따라다니며 가는 데마다 괴롭힐 거라고 했다. 그런가 하면 아버지를 비롯한 친척들은 구씨가 문둥이에게 아기를 팔아넘긴 것 같다고 실토할 때까지 족쳐야 한다고 노발대발하기도 했다.

억지로 속 빈 애기 무덤을 하나 만들어 정신을 놓아버린 큰언니를 대강 달래기는 했지만 깨어난 큰언니는 탈진에 폐렴이 겹쳐 일어나지를 못했다. 원래 심약한 큰어머니도 흉사를 감당하지 못하고 자리에 누우시게 되었고 옷이며 음식 수발을 제대로 받지 못하신 큰아버지도 급격히 풍채를 잃어갔다. 처마 밑과 서까래 사이사이에 천장과 벽 모서리에, 집안 구석구석 어디서 그렇게도 많이 몰려왔는지 왕거미들이 질기게 줄을 쳐댔다. 그것들은 검은 물이 괸 방울들처럼 거미줄의 한가운데에 다리들을 모아붙이고 달랑달랑 붙어 있었다. 집안은 금세 불에 그을린 듯 괴괴한 정적에 묻혀들었다.

그해 뒤뜰에는 꽃도 피지 않았다. 저절로 터져 흩어졌다가 저절로 싹틔우고, 출석 부르듯 순서대로 피어나던 큰언니의 뒤뜨락은 묵정밭처럼 잠들어 있었다.

"미물이 먼저 아는 게야…… 한스런 마음에는 꽃이 피지 않지. 꽃씨들이 다 떠내려가버렸는갑다."

엄마가 혼잣말을 했다.

봄이 다 가고 여름도 거의 지나고 추석이 다가올 즈음에야 큰언니는 집안일을 조금씩 하기 시작했다. 처음에는 밥 해먹고 설거지하는 정도가 고작이어서 엄마가 계속 드나들어야 했다.

"그놈의 마루, 몸 성한 나도 오르내리기가 힘든데, 그아는 오죽하겠노! 조금만 더 낮아도 너거 큰언니가 그래 힘들지는 않을 낀데…… 지금이라도 탕탕 찍어내 불 싸질러버리지 않고!"

엄마는 큰집에 갔다 오면 으레 중얼거렸다. 그러나 정작 큰언니가 마루에 대해 불평하는 소리는 한 번도 들어본 적이 없었다. 큰언니는 마루에 앉아 대문 지붕 위를 하염없이 바라볼 때에도 한 손에는 걸레를 쥐고 버릇처럼 마루를 닦고 있었다. 그래서 큰집 높은 마루는 다시 반들거렸다.

"큰언니야, 뭐를 보는데?"

자주 대문 지붕 위를 바라보는 시선을 따라가다가 말고 물으면 언니는 어디 먼 데를 갔다 온 듯 지친 눈빛으로 대답했다.

"구름을 봤다. 구름은 자꾸 움직이제…… 어디로 흘러다니는지. 나도 니처럼 몸만 가벼우모 어디로든 가버렸으면 좋겠다."

엄마는 큰언니가 가버린 형부를 기다리는 것이라고 했다.

"누구라 해서 마음을 다 빼주었던 사내 품을 잊기가 쉽겠나…… 어쩌자고 지 생긴 것을 잊고, 그리 허영스러운 연사에 빠져버렸는지. 안 돌아온다, 무당할매 말 아니라도 누구나 알지. 그 망할 인사 절대로 안 돌아온다. 어디서 잘 살기는 하는지. 앞길이 구만리인 젊은 사람이, 겨우 그 돈 차고 가서는 꼭꼭 숨어 사느라 제 무덤 제가 파고 있는 것이나 아닌지. 허우대만 멀쩡하지, 야무진 구석이 있나, 어디 진실한 구석이 있나……"

해를 넘기자 큰언니는 애자가 하던 일들을 모두 해냈다. 부엌일에, 약 수발에, 빨래며 청소며 닭 키우고 돼지 키우는 일까지, 둥글게 닳은 높은 마루턱을 오르내리며 해냈다. 큰어머니는 지병인 당뇨에 심장병까지 겹쳐 계속 자리보전을 했고, 큰아버지는 숨쉴 때마다 거릉거릉 가래 끓는 소리를 내며 자주 심상치 않은 기침을 했다. 큰집은 서원 아래 대대로 내려온 논 다섯 마지기마저 낸 것도 모자라 큰어머니 병원비와 약값, 두 오빠의 학비로 집 둘레의 옥답을 야금야금 팔아치우고 있었다. 그리고 작은언니도 큰아버지가 반대하는 남자와 알고 지내다가 결혼식도 올리지 않고 독일로 떠나버렸다. 그와 함께 매달

어김없이 도착하던 소포 꾸러미도 뚝 끊겨버렸다. 어느 날 큰언니는 긴 머리를 잘랐다. 손톱에 매니큐어도 칠하지 않았고 옷도 더이상 새로 맞추어 입지 않았다.

집안일을 도맡은 큰언니는 급격하게 살이 쪄서 앉고 서는 일을 점점 더 힘들어했다. 제 몸을 못 가누는 풍선처럼 아래위 없이 떠오르고 가라앉는 듯, 힘겹게 움직이는 모습이었다. 사탕을 숨겨놓고 먹는지도 몰랐다. 앞이빨이 뿌리에서부터 까맣게 썩어내려왔다. 빈집이 금세 폐가가 되어버리듯 큰언니는 급작스럽게 늙어갔다.

중학교 이학년이 된 어느 날 친구와 하굣길에서 언니를 보았을 때, 다행히 언니가 아직 나를 발견하지 않았기에 슬몃 피해서 지나치려 했다.

"꼽추다! 국혜야, 야, 저 좀 봐라!"

친구는 낮은 소리로 소곤대며 내 옆구리를 아프도록 찔러댔다. 한 손에 무거운 장바구니를 든 큰언니는 짧은 다리로 빠르게 걷느라 커다란 눈이 힘껏 튀어나온 채 숨을 몰아쉬며 옆길로 들어서고 있었다. 커다란 얼굴과 짤막한 허리통은 더욱 부풀었고 이상하게도 겉늙어 머리가 희끗희끗 세어버린 모습이었다. 그러나 발에는 여전히 칠 센티나 팔 센티쯤 되어 보이는 높은 뾰족구두를 신고 있었다. 눈이 아파왔다. 유난히 커다란 소리를 내며 짧고 무거운 몸통을 옮기는 그 뾰족구두는 이제 큰언니의 운명을 덥석 물고 가는 덫 같았다.

그 이듬해 큰언니는 도로공사에서 일하는 인부와 맺어져 두번째 결혼을 했다. 엄마 말에 의하면 새 형부는 인물이 없고 어리석고 가난하고 나이도 많지만 심성이 곱고 착실해서 스무 살부터 근 이십 년 동안 한 번도 일터에 결근을 한 적이 없다고 했다. 읍내의 큰 도로와 그 인근의 포장된 아스팔트길은 물론이고, 알고 보니 우리집 앞길과 큰집 앞길도 모두 새 형부가 넓히고 다지고 또 포장도 하며 지나간 길이라고 했다. 그러나 무엇보다 놀라운 것은 실은 칠 년 전에 매파가 새 형부를 큰집에 넣었는데, 그때 큰언니가 노발대발 물리쳤다는 사실이었다.

"너거 큰언니가 인자 세상살이를 안 기다. 그땐 워낙 귀하게만 자라서 지 몸이 그랬어도 남부러운 줄을 모르고 꿈을 꾸면서 살았제. 진작 지 처지와 비슷한 사람하고 맞추었으면 그런 몹쓸 일도 안 겪었을 거로. 사람 사는 일이 와 늘 이 모양인지, 불쌍한 사내만 하나 버려놓고…… 다행히 너거 새 형부가 그때 퇴짜맞은 자리가 바로 이 집이라는 거를 기억 못하는 모양이다만 모자라 보여도 사람 속은 알 수 없는 일이라, 알고도 모르는 척하는지, 정말로 모르는지, 뒤늦게 사실을 알게 되모 서운해서 틀어질지도 모를 낀데……"

한번은 버스를 타고 도로 보수공사를 하는 현장을 지나다가 정말로 형부가 일하는 모습을 보았다. 형부는 주홍색 조끼를 입고 달려오는 차들을 향해 붉은 색깔의 공사 표시 깃발을 엉거주춤하게 흔들고 있었다. 새 형부는 늘 그렇듯이 그때도 굽이진 길 끝에다 시선을 놓아버린 얼굴로 아무 기억도 없는 사람처럼 산란하게 웃고 있었다. 큰언니는 결혼한 이듬해에 건강한 아들을 낳았다.

가족들에게 말은 안 했지만 나는 대학생이 되어 집을 멀리 떠난 곳에서 첫번째 형부를 다시 본 적이 있었다. 하늘은 머리맡까지 내려와 탁 털기만 해도 눈이 쏟아질 듯 슴슴한 날씨였다. 싱그러운 바람은 체로 거른 듯한 고운 습기를 머금고 상기된 뺨에 스며들었다. 서클 MT를 가는 길이었다. 우리 일행이 기차표를 사는 동안, 나는 한 친구와 역 옆 시장 안에서 깻잎장아찌, 김치, 멸치볶음 따위의 밑반찬을 사고 있었다. 반찬가게 여자는 내가 고른 반찬들을 비닐봉지에 담아 묶고 있었다. 나는 여자의 양념 묻은 손으로부터 거스름돈을 받지 않기 위해, 지갑을 열어 동전을 세었다.

그때 가게에 딸린 작은 방에서 길다란 맨발이 쑥 나오더니, 낡아서 퍼져버린 검정 구두에다 망설이듯 끼웠다. 기척에 고개를 든 여자가 남자 쪽을 향해 눈웃음을 흘렸다. 바람 든 비닐봉지처럼 꾸깃꾸깃 살찐 늙은 여자에겐 어울리지 않는 교태스러운 미소였다. 남자의 낯익은 얼굴을 본 나는 그만 팔을 떨어뜨려버렸다. 동전들이 와르르 바닥으로 떨어졌다. 시든 무처럼 쭈그러진 얼굴과 주독으로 끝이 부어오른 코, 핏발이 선 눈이었지만 큰언니의 왕자님이 분명했다. 친구는 우두커니 서 있는 나를 힐끔 쳐다보며 여기저기로 굴러간 동전들을 주웠다.

저녁에 전화해, 하고 속살거리며 늙은 반찬가게 여자가 양념 묻은 천원짜리 몇 장을 남자의 바지 뒷주머니에 찔러넣었다. 남자는 여자의 어깨를 스치고 나의 어깨와 친구의 어깨를 스치고 가게 밖으로 나갔다. 외투도 없이 얇아 보이는 남방셔츠만 입고 있었다. 걸을 때마다 낡은 바지가 바람에 날려가는 빨래처럼 펄럭거렸다. 그는 곧 사람들 속에 섞였고 횟집 모퉁이를 돌아 자취를 감추었다. 그가 사라진 길 위로 눈이 내리기 시작했다. 눈은 오래전의 일을 기억해내듯 한두 송이씩 습기 찬 바람에 날려왔다. 나는 빈 지갑을 든 채 모퉁이를 오래 바라보고 서 있었다. 한때는 가족이라는 이름으로 우리집 깊숙이 발을 들여놓았던 사람이었다. 한상에서 숟가락을 떠올리고 한이불 속에 발을 넣고 뒹굴며 나의 숙제를 대신 해주고, 나란히 벽에 등을 기대앉아 텔레비전을 보았던 가족…… 반찬가게를 나와 질척거리는 시장길을 지나 역 광장으로 올라서자, 목화송이처럼 큰 눈이 휘영청한 공중 가득 어지럽게 흩날렸다. 나는 눈을 힘껏 뜨고 하늘을 올려다보았다. 눈은 아득한 곳으로부터 내려오고 있었다. 분분히 날리는 흰 눈 속에 이 세상 가장 깊숙한 방에 숨어 있던 찬란한 천조각 하나가 어른어른 빛나며 다가왔다. 우리가 한 걸음씩 다가갈 때 생의 저편에서 똑같은 걸음으로 곡진하게 다가오는 복병처럼, 그토록 낯선 얼굴을 흔들며……

새는 언제나 그곳에 있다

봄밤이었다. 봄밤의 공기는 꽃향기로 가득 채운 거대한 애드벌룬처럼 유리문에 부딪힌다. 그것은 예감이나 추억에 관한 말일지도 모른다. 우수가 지나면 젖은 나뭇가지에서 숨어 있는 꽃들의 향기를 맡을 수 있는 것처럼. 나는 봄이 부딪히는 창가에서 검은 어둠을 응시하며 울고 있었다. 그때 나는 서른 살이었다. 나는 그 사실을 그날 밤 돌연히 상기하게 되었다. 서른, 나는 당황한 채 칠흑 같은 어둠을 바라보고 있었다. 머릿속에는 누군가 먼지 덮인 계단을 밟고 내려오는 소리가 들렸다. 낡은 풍금 소리같이 커다랗고 스산한 울림. 모래가루가 섞인 것 같은……

그날 신문의 해외토픽란에서는 외국의 한 외판원 남자가 자기 집 계단 마지막 칸 뚜껑을 뜯고 들어가 이십 년 동안 나오지 않고 있다는 소식이 실렸다. 아흔 살쯤 나이 먹었을 것 같은 노파가 계단 뚜껑을 젖히고 그 아래의 암흑을 향해 손짓하는 사진이 실려 있었다. 이제 그만 나오지그래, 하는 것 같았다. 이제 그만 나오지그래. 누군가 내 머리 위 계단 뚜껑을 열고 그렇게 말해주었으면, 나를 좀 내다버려주었으면. 어리석게도 나는 그런 생각을 하며 울었다.

눈물은 제 스스로 까닭이 있다는 듯 어두운 세상을 향해 끊임없이 흘러내렸다. 오랫동안 나쁜 양부의 거짓말로 길러진 고아 아이의 눈물처럼. 그 고아 아이는 이제 머리에 쓴 비단수건을 풀어놓고, 하나뿐인 검은 구두를 꺼내 신고, 아주 먼 곳으로 가는 밤버스를 타러 나갈 것이었다. 거짓말쟁이 양부 따윈 혼자 앓다가 죽으라지…… 내가 눈물 흘리며 그의 관이 실린 장의차에 실려가는 일 같은 건 결코 생기지 않을 것이다.

내 이름은 이미나. My name is MINARI. 중학생이 되어 세번째 영어시간쯤이었을 것이다. 아직 서로 이름도 알 수 없었던 낯선 단발머리 여자애들은 까르르 웃어댔다. 그로부터 나는 미나리로 불린다. 미나리, 스물세 살의 청년이었던 남편은 나의 별명에 열광했다. 미나리, 미나리, 미나리…… 그는 어쩌면 누군가를 향해 미나리라고 부를 수 있었기 때문에 나를 사랑한 게 아닐까. 미나리라고 부르면 쌉싸름하고 연한 이미지가 이빨 사이에서 아삭 씹힌다고 했다. 남편은 여전히 나를 미나리라고 부른다. 그것은 여자에 대한 그의 취향인지도 모른다. 그가 미나리, 라고 부르면 나는 여전히 세번째 영어시간의 단발머리 중학생인 것처럼 느껴진다. 유순해지는 느낌이면서 동시에 너무 작은 스웨터를 껴입고 있는 것 같은 불편한 느낌…… 딸도 가끔 미나리 엄마라고 부른다. 아주 화가 났을 때나 아주아주 기분이 좋을 때.

우리 가족이란 나와 네 살짜리 딸과 서른두 살 먹은 남편이 전부이다. 우리 셋은 작은 아파트에서 이 년 동안 살고 있다. 나는 대학 캠퍼스에서 남편을 만났고, 스물다섯에 결혼을 했으며, 몇 해 뒤에 아이를 낳았다. 아이를 낳은 뒤에도 일을 계속했으나 우여곡절 끝에 결국은 직장을 그만두었다. 아이 때문에 남편이 직장을 그만두는 경우는 없으니까. 직장은 내게 무엇이었을까. 직장을 그만두자 내게 공적인 부분이 사라졌다. 나는 사적으로만 존재하게 되었다. 누구도 이제 내 이름을 부르는 일은 없어진다. 간혹 은행에서 이름이 불려지기도 하고, 동사무소에서 이름을 대기도 하지만 그건 그야말로 기호의 성질일 뿐이다. 어쨌든 이건 아주 흔한 이야기다. 이 모든 것은. 많은 여자애들이 학교 캠퍼스에서 장래의 남편감을 만나고, 이삼 년쯤 직장생활을 하다가 스물대여섯 살에는 결혼을 하고 그리고 바로 직장을 그만두거나 일이 년 더 버티다가 그만둔다. 대체로 딸이나 혹은 아들과 딸을 사적으로 낳고, 사적으로 키운다. 그녀들은 지극히 사적으로 존재하고 남편은 아침마다 집을 나가 어두운 밤에 셋집으로 돌아온다.

의식하지 못하지만 남편은 차에서 내려선 한순간, 언제나 한 걸음 뒤로 물러서며 자기 집의 불빛을 구별해내려고 애쓴다. 베란다 선반 위에 놓인 딸아이의 곰인형의 머리 부분이나, 휴일 나들이에서 샀던 삭아버린 토끼풍선 혹은 미처 걷지 못한 빨래들의 낯익음 따위로 자신이 돌아갈 집의 불빛을 확인하는 것이다. 남편이 한 걸음 뒷걸음질칠 때, 뒤돌아 도망치고 싶은 얼굴인지, 다정히 들어서고 싶은 얼굴인지, 어둠 속의 작은 동요를 나는 알 수 없다.

그날 밤도 그랬을 것이다. 남편은 무거운 다리를 계단에 올리고 또

올리며 돌아왔다. 그리고 손을 씻은 뒤, 식탁에 앉아 김이 오르는 공깃밥을 넓은 그릇에 붓고 열무김치와 미나리와 냉이무침, 매운 김치 몇 점을 넣고 풋고추와 실파가 송송 뜬 된장을 끼얹어 비벼서 먹었을 것이다. 그해 시어머니께서 보내준 된장은 특별히 맛있었다. 뚝배기에 된장을 두어 스푼 떠넣고 물을 자작하게 부어 한번 끓인 뒤, 멸치 너덧 마리만 넣어주고 실파와 풋고추를 썰어넣기만 하면, 남편이 감탄해 마지않는 고향의 맛이 완성되었다.

그리고 또 무엇을 했을까? 아이는 잠들어 있고, 나는 수돗물을 흘리며 설거지를 했을 것이다. 그는 밤세수를 하고 텔레비전 소리를 들으면서 시사잡지 같은 것을 넘기고 있었겠지. 그리고 무엇을 했을까, 무언극처럼 어떤 대사도 없고, 어떤 표정도 떠오르지 않는다. 그저 몇 장면의 흔들리는 옆모습만 떠오른다. 어항이 없었는데도, 거실 벽에 좁다란 어항이 있었고 그 속에 두 마리 금붕어가 몸을 부딪치지도 않고 마주치지도 않으며 권태로운 지느러미를 움직였던 것 같다.

한밤중에 우리는 잠을 이루지 못한다. 그는 손을 뻗어 나의 가슴을 더듬으며 자신의 몸을 나의 등과 엉덩이에 밀착시킨다. 내 몸은 그의 품에 안긴 채 여섯 번도 더 읽은 낡은 책처럼 부스럭거리는 소리를 낸다. 먼지와 습기를 먹어 뻣뻣한 책장들같이. 내가 우유부단하게 방어하는 사이, 그가 뒷목과 어깨에 단단한 이빨을 박으며 잠옷 앞가슴의 단추들을 푼다. 그리고 머리 위로 옷을 벗겨낸다. 그가 원피스 잠옷을 머리 위로 벗겨낼 때면 이유를 알 수 없는 환멸이 엄습한다. 한순간 생겨난 틈이 걷잡을 수 없이 벌어지고, 몸안의 공기가 싸늘하게 바뀌어버린다. 그러나 원피스 잠옷을 아래로 벗겨낸다 해도 그런 환멸은 피할 수가 없다. 나는 잠옷이 저절로 사라지기를 원하는 것일까. 언제쯤 나는 진정으로 헐떡이며 스스로 잠옷을 벗어던질 수 있게 될까. 진정으로.

비가 왔으면…… 나는 속으로 탄식한다. 언제나 그렇다. 섹스가 시작될 때면 나는 비를 생각했다. 비의 냄새가 창틈으로 들어오고 커다란 나뭇잎에 떨어지는 빗소리가 들리고, 훈훈한 습기가 파도처럼 벽을 지나왔으면, 추억과 감각과 잔털을 눕히는 그런 따스함이 나의 꽃들을 천천히 벌려주었으면…… 섹스를 할 때면 우리가 가난하고, 우리에게 자극이 없는 날들이 오래 계속되어왔으며, 우리에게 꿈이 없다는 것을 깨닫게 된다. 우리에겐 떨림이 없는 것이다.

섹스란 어떤 의미에서든 일종의 전율이 아닐까. 불안이든 격정이든, 추억이든 혹은 슬픔이든, 놀람이든…… 두 몸이 얽혀 작은 배를 타고 검게 출렁이는 바다 멀리, 한없는 끝으로 나가도 두렵지 않고, 꿈인 줄 알고 꾸는 꿈처럼 두려움 없이 심연을 향해 솟구치는 그런 전율. 불구덩이에 빠져도 뜨겁지 않을 것 같고 척추에 바늘을 꽂아도 고통을 모를 것 같은 육체의 일탈. 네 손이 닿을 때, 네 입김이 스칠 때, 네 이빨이 파고들 때…… 그러나 나와 비슷하게 미지근한 허벅지, 마치 또하나의 나의 손인 것 같은 너의 손, 붓털 같은 머리카락과 똑같은 음식 냄새의 여운을 가진 축축한 입술. 아, 비닐같이 미끄럽기만 한 너의 몸.

우리는 산골짜기 외딴집에 사는 다 자란 남매같이 외로워진다. 우리는 이런 순간에 서로 지독하게 사랑한다는 것을 더 간절히 깨닫는다. 우리는 피를 섞은 근친상간처럼 사랑하는 것이다. 그러나 그 사랑으로 아무것도 할 수가 없다. 우리는 서로에게 파고들기 위해 버둥거리지만 그것은 흡사 떨어져나가려고 필사적인 것 같은 몸짓이기도 하다. 이미 네 속엔 내가 너무 많고, 내 속엔 네가 너무 많다. 나는 너와 다르고 싶다. 너와 구별되고 싶다. 우리는 떨어져나가기 위해 허우적거린다. 너를 사랑하기 때문에. 남편은 문득 파고들기를 멈추고 스탠드를 켠 뒤 담배를 찾아 문다.

"사랑해."

남편이 연기를 훅 뿜으며 말한다.

"나도."

나는 천장을 향해 반듯하게 누우며 말한다. 쓸쓸하다. 이 많은 사랑으로 무엇을 하나…… 소금밭에 생명이 자라지 않듯, 이 많은 사랑이 불모의 황무지를 낳을 수 있다는 것이 기이하다. 남편이 한 팔을 침대에 짚은 자세로 낮게 말했다.

"낮에 네 후배를 만났어. 이름이 뭐였더라. 배……"

"미혜……"

"맞아. 그애가 옆 사무실에 오퍼레이터 자리가 비었는데 어디서 듣고 왔는지 취직 부탁하러 왔더라. 복도에서 우연히 마주쳤거든. 잘 안될 것 같다면서, 아는 사이면 부탁 좀 해달라기에 옆 사무실에 들렀더니 박사장이 손을 휘휘 내젓는 거야."

"왜?"

"미혼이기는 해도 스물아홉 살이나 먹은 여자를 불편해서 어떻게 쓰냐고 하더라. 그리고 너무 칙칙해, 라고 했어."

"그애 아직 결혼 안 했대?"

나는 벗은 가슴을 이불로 감싸 덮는다.

"초췌하더라. 아닌 게 아니라 칙칙했어. 전엔 퍽 명랑했잖아. 지나칠 정도로. 우릴 따라다니며 놀려먹기도 많이 했는데."

"바깥에서 너무 많은 상처를 받았는지도 몰라. 망가진 세탁기처럼."

가슴이 싸하게 아파왔다. 이 년 전 여름에 그녀를 좌석버스 안에서 만난 적이 있었다. 그녀는 여전히 키가 작았고 눈도 컸지만 전처럼 귀엽게 보이지 않았다. 몹시 더운 날이었는데 두꺼워 보이는 치마를 입고 앞이 막힌 검은 구두를 신고 상기된 얼굴로 땀을 흘리고 있었다. 그녀는 얼마 전까지는 변호사 사무실에 나갔는데 요즘엔 책 세일즈를 하고 있다며 가방에서 서적 팸플릿들을 보여주었다. 몹시 지쳐 보였다. 그녀는 어느 시에서처럼, 찬바람에 얼굴을 다치면서 어두운 거리를 한없이 걸어가고 있는 것 같았다. 머리에 썼던 비단수건을 바람에 날리고, 하나뿐인 검은 구두를 신고, 하나뿐인 검은 가방을 들고.

'결혼은 안 하니?'

결혼생활에 무슨 만족감이 있지도 않은 내 입에서 생각지도 않은 말이 튀어나왔다.

'차차요.'

그녀는 검지손가락으로 무릎 위에 놓인 대형 국어사전을 톡 두드리며 짧게 대꾸했다. 아마도 진저리나게 들은 질문이고, 같은 대답을 하기에도 이력이 난 것 같았다.

'누구 만나는 사람은 있니?'

'있긴 하죠. 늘 바뀌는 게 문제지만.'

그 나이가 되면, 이제 불 켜진 창문 안이 조금 더 나은 법이야. 나는 그녀 곁에 앉은 채 자꾸만 튀어나오려는 말들을 누르며 팸플릿을 쥔 배미혜의 창백한 손등을 보고 있었다. 그리고 그녀가 꺼내 펼친 수첩에 주소와 전화번호를 묵묵히 적어주었다. 그 순간 나는, 어쩌면 그런 글자로 표현되고 있는 가정에 안착한 나 자신에 대해 안도했을지도 모른다. 잘 가, 하며 내가 일어서려 하자 그녀는 대뜸 무릎 위에 놓여 있던 대형 국어사전을 내게 안겼다. 나는 어깨에 가방을 멨고 양손에 종이가방을 들고 있었는데, 종이가방 든 손으로 엉거주춤 국어사전을 껴안고 말았다. 햇볕이 불티처럼 활활 내리던 정류장에서 나는 묶인 사람처럼 잠시 서 있었다. 사전 때문에 가방 안의 양산을 꺼내 펼 수도 없었다. 배미혜는 버스 안에서 환하게 웃으며 손을 흔들었다. 국어사전은 벽돌처럼 무거웠다. 나는 그것을 엉거주춤 껴안고 횡단보도를 건너 아파트 광장을 지나고 몇 개의 동을 더 지나야 했다. 바람 한 점 없고, 그늘 하나 없는 몹시 뜨거웠던 한여름 오후였다.

그날 나는 배미혜를 안됐다고 생각했었다. 그러나 지금은 다르다. 나는, 그사이 그녀가 얼마나 멀리 갔을까, 를 생각한다. 그녀는 다름 아닌 자기 생의 지름을 그리고 있는 것이다. 아주아주 먼 생을……

"그애 네 한 해 후배지? 아, 그럼 넌 서른 살?"

남편은 제품에서 치명적인 결함이라도 발견한 사람처럼 신음소리를 냈다.

"아, 그럼 댁은 서른둘이고?"

나는 늘어진 카세트테이프처럼 느슨한 음성으로 흉내를 냈다. 누군가 농담처럼 웃기라도 할 것 같은데 둘 다 웃지 않았다.

"나 서른 살 맞아?"

잠시 후 내가 다시 중얼거렸다.

"그래 미나리, 너도 서른 살이 되었어."

"어쩐지."

"어쩐지라니?"

"그냥, 어쩐지 이곳이 동굴 같았어. 어둡고 깊고 아무도 없는 동굴에서 쑥과 마늘만 먹고 있는 기분. 머리 위에선 누군가 모래먼지가 낀 계단을 밟고 내려오는 것같이 아주 낡은 풍금 소리가 들리고……"

그가 두번째 담배를 다 피우고 스탠드 불을 끄려고 나를 돌아보았을 때 나는 울고 있었다.

"누가 나를 좀 내다버려주면 좋겠어. 공터에다 남몰래 내다버리는 망가진 냉장고처럼, 고물 세탁기처럼 내버려져서 실컷 비를 맞고 싶어. 실컷 햇볕을 받고, 바람에 휩쓸리고 술에 취하고 싶어. 정말이야. 답답해서 죽을 것만 같아."

남편은 내 눈물을 닦고 침대에서 끌어내렸다.

그는 나를 거실로 데리고 나가 포도주를 채운 잔을 주고 얼굴 여기저기에 몇 번인가 키스를 했다. 나는 춤을 추면 섹스를 하고 싶어질지도 모른다고 생각한다. 흠씬 섹스를 하고 아무 생각 없이 잠들고 싶다고 생각한 나는 긴 팔을 뻗어 그의 등을 감고, 그의 목과 어깨에 나의 얼굴을 부빈다. 그러나 여전히 그의 체취를 맡을 수 없고 뜨거워지는 체온은 우스꽝스럽게 느껴지며, 그의 몸은 비닐처럼 미끄럽기만 할 뿐이다. 나의 허벅지살 같기만 한 지루한 감각. 나는 건조한 모래언덕 속으로 빠져드는 사람처럼 지루하게 허우적거린다. 함께 몸을 붙이지도 않았지만 내내 전율이 일던 첫 데이트 날의 그 이상한 공기를 그리워하며.

그의 어깨에서 겨울바람 냄새가 났었다. 멍 빛깔의 해초 냄새 같은 것이었다. 나의 머리카락에선 정말로 미나리 냄새가 난다고 그가 속삭였었다. 그의 손가락 끝에서는 언뜻 불냄새가 났었다. 나는 착각인지도 모른다고 생각했다. 불냄새가 왜 날까, 숯 굽는 남자도 아닌데. 나는 오랜 뒤에야 그것이 담뱃불 냄새란 걸 알게 된다. 그리고 웃음소리에 섞여 나던 술냄새, 구두 밑창에서 나던 밤거리의 냄새. 머리카락에서 나던 마른 나뭇가지들의 냄새……

서른 살, 나는 무엇인가가 몹시 두려웠다. 달이 구름 속으로 잠행하는 밤처럼 나의 생은 어두워 보였다. 나의 욕망은 어디에 있는지, 깨어나기도 전에 생은 노파의 배처럼 싸늘하게 주름지고 있었다. 어쩌면 모든 것이 잘못되어온 것인지도 몰랐다. 세상의 모든 아버지는 양부이며, 모든 교훈은 양부의 교훈이었는지도 모른다. 비가 왔으면…… 그날 밤 우리는 거실 소파에서 건조한 섹스를 했다. 건조한 섹스란 나이프와 포크 부딪치는 소리만 나는 식욕 없는 식사 같은 것. 남편은 부드럽지만 집요하다. 그는 절대로 욕망을 가진 채로 잠들지는 않는다. 남편이 침실에서 잠들어갈 동안, 나는 오래오래 비가 내리지 않는 어둠 속을 바라보았다. 나의 욕망은 어디에 있나…… 눈물이 계속해서 흘렀다. 나쁜 양부의 거짓말 속에서 길러진 여자애처럼 나는 이제 머리에 쓴 비단수건을 풀고, 하나뿐인 검은 구두를 꺼내 신고 아주 먼 곳으로 떠나고 싶었다.

서른 살이 되기 전에는 서른 살의 여자들에 대해 생각해본 적이 없었다. 서른 살의 여자에 대해서는 들은 적도 없었다. 삶은 서른 살의 여자를 비밀에 붙여놓고 있다. 봉인된 시간, 유예된 시간. 아이가 낮잠 든 동안 나는 거실에서 서성댔다. 그것이 유일하게 혼자인 시간이었다. 나는 아이의 손을 쥐고 은행 창구에 줄을 서 있었고, 아이의 손을 쥐고 아파트 앞 상가의 장난감가게나 빵가게, 수예점이나 비디오가게나 중국집에 갔고 시장에서 푸성귀나 생선 따위를 흥정했으며 아이와 둘이서 햇볕이 쏟아지는 한낮에 점심밥을 먹었다. 아이에게 글자를 가르치고, 퍼즐게임을 하고 인형놀이를 했으며, 둘이서 목욕을 했다. 아이가 놀이터나 옆집에 놀러라도 가고 나면 나는 거실에서 서성댔다. 거실에서 서성댈 때 처음에는 그런 생각이 떠오른다.

세탁기를 전자동으로 바꾸어야 할 텐데. 정말 꼴사나운 장롱이야. 요즘은 아무도 저런 장롱을 사용하지 않아. 새로운 스타일의 장롱은 수납공간이 완전히 달라졌어. 다리미도 바꾸어야 할 것 같애. 벽지라도 바꾸면 좀 살 것 같은데, 옆집 아줌마가 다른 아줌마로 바뀔 수는 없을까. 내일은 좀 다른 일이 생겼으면…… 바뀌지 않은 채 버티는 지리멸렬한 모든 것들에게 견딜 수 없는 원한이 생긴다. 그리고, 삼류 극장의 필름 끊긴 화면처럼 하얗게 일어서는 공백. 생각이 뚝 끊겨버린다. 나는 다른 사람처럼 거실 천장과 바닥과 벽 들을 휘둘러본다.

이곳은 어딘가. 나는 왜 이곳에 있나. 나는 너무 오래 이곳에 앉아 있었다. 혼자서 필름이 끊긴 어두운 극장에 앉아 있는 나. 어디엔가 주인공이 실종된 공백의 필름이 쌓이고 있을 것이다. 그리고 우울한 날들은 불치의 병처럼 영원히 계속될 것만 같다. 사층에서 오랫동안 아래를 내려다보고 있으면 바닥이 나의 다리를 끌어당긴다. 뛰어내리라고, 별일 아니니 다리를 벌리고 단숨에 뛰어내리라고, 시멘트 바닥이 이스트를 푼 빵 반죽처럼 부풀어오르며 잔인하게 속삭인다. 내 인생의 벼랑 아래에 끊임없이 버려지고 있는 날들, 날들은 폭포수처럼 가파르게 떨어지고 있었다. 서른 살이란 아무도 돌아나간 적이 없는 긴긴 동굴 같다. 모두 각자의 통로로 더 깊숙이 발이 빠지며 걸어간다. 기생들이 퇴기가 되고, 논리적인 여자들이 자살을 하고 착한 여자들의 몸이 부어오른다. 알을 품고 있는 닭들의 시간. 일곱 마리 새끼에게 젖을 물리고 누운 개와 돼지 들의 시간, 젖내와 수마와 자기 분열의 시간. 성스럽게 파멸해가는 육체의 시간, 쑥과 마늘의 시간. 웅녀는 그 동굴에서 무엇을 했을까. 곰의 마법이 풀리는 혹독한 밀폐의 시간……

　나와 내 친구들은 결혼을 해 낯선 도시로 흩어진 후, 세 번쯤 이사를 했고 두 번쯤 전화번호가 바뀌었다. 처음엔 몇몇 친구가 짝을 지어 나를 방문했고 나와 몇몇 친구가 또다른 친구 집을 방문했었다. 맞벌이하는 친구들의 집은 아무도 지나가지 않는 복도처럼 휑뎅했고, 주부가 된 친구의 집엔 인형의 드레스처럼 레이스 장식이 너무 많아 거추장스러웠다. 그리고 모든 친구의 남편은 어쩐지 그녀들의 아버지와 비슷하게 불편한 존재였다. 그뒤 우리는 아이를 옆구리에 끼고 적어서, 분유 얼룩이나 아이의 묽은 침 따위가 떨어져, 흡사 눈물로 얼룩진 것 같은 편지를 몇 번 교환하기도 했다. 그리고 몇 번인가 편지가 되돌아오고 전화가 불통되었다. 한동안이 흐른 후, 명절의 뒷날쯤에 친정 도시에서 갑작스럽게 만나 서로의 근황을 묻고 다시 연락하자고 말하며 바뀐 전화번호와 주소를 적고 애매한 얼굴로 헤어졌었다. 그러나 누구도 곧 연락하지는 않았다. 그리고 또 한동안이 지나면 연락이 두절되었다. 그리고 다시 주소가 바뀌고 또 전화가 불통, 부치지 못한 편지가 읽다가 만 책 속에서 툭툭 떨어지곤 하던 시간…… 우리는 서로에게 더이상 아무 호기심도 없었다. 심지어는, 더이상 아무 일도 일어나지 않는 서로의 삶이 혐오스러웠는지도 모른다. 나의 스물아홉 살 생일엔 의류 브랜드의 회원관리과에서 꼭 한 통의 카드를 보냈고 시가의 큰형님이 축하 전화를 해온 것이 전부였다. 우리는 모든 것을 잊어가고 모두에게서 잊혀져가고 있었다. 나는 다른 친구들처럼 아이를 하나 더 낳아야 할지 모르겠다고 생각했다. 어차피 동굴은 깊고도 깊었으니까. '웅녀는 그 동굴에서 무엇을 했을까.' 그럴 때면 나는 가끔 웅녀를 떠올렸다. 웅녀는 쑥과 마늘만 먹으며 동굴에서 백일 동안을 보내고 여자로 변신했다. '변신, 무언가로 변신할 수 있다면, 아주 흉한 색깔의 털과 커다랗게 울부짖는 목소리를 가진 곰 같은 것으로라도 변신해서 이 생을 활짝 열어젖히고 나갈 수 있다면. 망가진 구식 세탁기처럼 잡초 우거진 공터에 내버려져서 실컷 비를 맞았으면……'

그 주의 일요일은 아버지의 예순번째 생일이었다. 우리는 준비한 선물을 차에 싣고 새벽 고속도로를 달리고 있었다. 새벽 고속도로는 출렁이는 흰 우유잔처럼 안개로 가득차 있었다. 가로등 불빛조차 아무 소용이 없었다. 이따금 맞은편에서 추억이 출몰하듯 별안간 차들이 나타나 주춤대곤 했다. 남편은 문자 그대로, 완전 오리무중이라며 투덜투덜 불평했다. 코앞에서 손바닥이 뒤집히듯 언뜻 안개 지역이라는 표지판이 드러났다가 사라졌다.

스무 살엔 그런 꿈을 꾸었다. 아버지나 엄마의 생일 따위와는 무관한 인생을 살 거라고. 아주아주 멀리 가서 아버지와 엄마의 생일 따윈 상상 속에서조차 나타나지 않는 전혀 다른 삶을 살 거라고. 생이 열어놓은 빈 괄호를 채우느라 소모하는 뻔한 삶은 절대로 살지 않을 거라고. 실제로 스무 살의 수첩 겉장의 안쪽에는 그렇게 쓰여 있었다. '나는 여태껏 있어본 적이 없는 유일한 삶을 살 것이다. 그것만이 나의 목표이다.' 스무 살에 꿈꾸었던 그곳은 얼마나 먼 곳일까.

스무 살 땐 누구나 자신에 대해 잘 알고 있는 것처럼 보인다. 자기 식대로 살기 위해 두리번거리고 검은색 트렁크를 들고 아주 멀리 떠나기만 하면 완전히 다른 생이 있을 거라고 믿는다. 그러나 서른 살에는 그렇게는 생각하지 않는다. 아주 먼 곳에도 같은 생이 기다리고 있다는 것을 안다. 세상에 대해서도 과대망상은 없다. 세상이란 자기를 걸어볼 만큼 가치 있지도 않다. 그것은 의미 없는 순간에도, 의미 있는 순간에도 끊임없이 상영되고, 누구의 손에도 보관되지 않고 버려지는 지리멸렬한 영화필름 같다. 세상은 외투처럼 벗고 입는 것. 벗어버릴 수 없는 것은 자기 자신이라는 것을 안다. 그러나 누가 자신이 누구인지 알 것인가. 서른 살에는 다만 자신이 아직 자신이 아니라는 것만을 알 수 있을 뿐이다.

나는 아버지가 허무해할까봐 이른 새벽 남편을 깨우고 아이를 씻겨 안개 속을 헤치고 달려간다. 아버지, 어떤 아버지를 만나느냐는 여자에게 최초의 운명이 된다. 젊은 아버지는 앞산에 진분홍 복사꽃이 핀

봄날 전축에 레코드판을 올리고 나에게 생애 최초의 것이 될 노래를 가르치신다. 나를 커다란 무릎 위에 앉히고. 그때 나는 네 살이다. 해는 져서 어두운데 찾아오는 사람 없어 이 일 저 일을 생각하니 슬프기 한이 없네…… 나는 아버지로부터 슬프기 한이 없다는 노래를 최초로 배우고, 투명한 비눗방울로 만든 악보처럼 공중에서 천천히 떨어지던 아지랑이를 배운다. 아버지는 빨간 미제 구두를 신고 흰 레이스 드레스를 입은 나를 자전거 뒤에 싣고, 신작로를 지나고 철길 건널목을 지나 유치원에 입학시킨다.

그때로부터 열두 살이 되도록 나는 아버지가 부르면 안방에 불려가 노래하고 춤을 추었다. 친구분이 오셨거나, 혹은 집안에 좋은 일이 있거나, 아버지 기분이 좋거나 아주 나쁘거나, 일이 잘 안 되거나 잘된 날들이었다. 아버지는 내가 계속해서 춤출 수 있도록 무용학원 고전무용반에 등록을 시키셨다. 그 퇴기 같았던 무용선생이 내게 가르친 것이 있다면 그것은 교태였다. 나는 오랫동안 아버지를 사랑했고 그리고 오랫동안 아버지를 혐오했다. 어느 날 나는 말한다. 아버지, 난이제 기생처럼 춤추기 싫어요. 그 순간 어쩐지 나는 엄마로부터 태어난 것이 아니라 아버지의 배를 가르고 나온 것만 같이 아팠었다. 그로써 나와 아버지의 실제적인 관계는 끝이 났다. 아버지는 더이상 낯선출장지에서 프릴이 달린 원피스나 반짝이는 에나멜 구두를 사오지 않았다.

그후 오랫동안 나는 우울했다. 나는 단 한 순간도 남자 앞에서 자연스러운 나였던 적이 없다. 나는 눈을 내리깔고 살짝 짓는 미소를 곁눈질로 보여주는 춤추는 여자애였다. 물건을 집을 때도 거리를 걸을 때도, 무언가를 비켜갈 때나 누군가에게 미소지을 때도, 생각할 때도 울 때에도, 나는 춤추는 여자애의 교태를 잊은 적이 없었다. 잊을 수가 없었다. 그것은 백혈구처럼 핏속을 흘러다니며 나를 감시했다. 나는 여자인 것이 부끄러웠다. 아버지는 내가 어떤 여자가 되기를 바라셨을까.

아마 아버지 자신도 몰랐을 것이다. 내가 내 딸에 대해 어떻게 사랑해야 할지 모르는 것처럼. 우리는 다만 자기 방식대로 사랑하고 실패할 수 있을 뿐이다. 그런 건 운명인 것이다. 서른 살이기 때문에 나는 그렇게 생각한다. 그리고 아버지의 마음이 약해질까봐 근심한다. 자식을 낳고 나는 아버지의 마음을 알게 된다. 내가 낳은 자식이 그렇게도 무관하게 느껴지는 것이 놀라웠고, 때로 무관하게 느껴지는 그 존재가 그렇게도 아픔을 준다는 것이 또 나를 놀라게 했다. 기쁨 때문이 아니라 아픔 때문에 얽매이는 존재, 세상에서 가장 무거운 존재. 때로는 아주 가벼워지고 싶다. 자식이라는 것에 대해, 아버지에 대해. 서로에게 풀려나 깃털처럼 가볍게 떠돌고 싶다.

안개 속으로 아침햇살이 부옇게 비쳤다. 길을 막아섰던, 용처럼 긴 안개의 몸이 뭉텅뭉텅 잘려 하늘 높이 내던져지는 것이 보였다. 날씨가 맑을 것 같았다. 고속도로를 세 시간여 동안 달려 읍내로 들어섰다. 한동안 읍내에 나와 사셨던 아버지는 얼마 전 자신이 태어난 고향으로 다시 들어가셨다. 철로 건널목을 건너 길 양옆으로 작은 가게들이 늘어선 허술한 거리를 벗어나자 눈앞에 갑자기 그 산이 보였다. 산은 아직 안개구름에 반쯤 가려 있었다.

"어릴 때 저 산에 가고 싶었어."

남편은 곧은길을 달리며, 고개를 숙이고 맞은편 산을 보려고 한다.

"그런데?"

"아직 못 가보았어."

"왜?"

"글쎄…… 여자애였기 때문이 아닐까? 아버지가 오빠는 데리고 갔었거든."

나는 볼멘소리로 대답한다.

"안됐군. 시간이 나면 언제 가보지 뭐. 요즘은 산마다 임로가 열려 있으니까 아마 차로도 오를 수 있을걸. 더구나 저렇게 큰 산엔 틀림없이 임로가 나 있을 거야."

"지금 가고 싶어."

나는 제법 단호하게 예정에 없던 말을 한다.

"무슨 소리야? 아버님 생신은?"

"모르겠어."

남편이 백미러를 조정해 그 속으로 나를 보았다.

"스무 살 때 내 꿈은 아버지나 엄마의 생일 따윈 모르고 사는 거였어. 선물 따위를 들고 친정집에 돌아가는 일은 절대로 없기를 바랐지. 물론 결혼도 내 꿈속엔 없었고. 그런데 난 결혼을 했고, 결혼한 지 육 년째 해마다 이 짓을 하고 있어. 염증이 나."

"그거 이상한 꿈이군. 또다른 꿈도 있었어?"

"저 산에 관한 거야. 저 산에 가고 싶다는 것이었는지, 저 산을 넘어서고 싶다는 거였는지, 아니면 저 산이 두려웠는지 달콤했었는지는 기억나지 않아. 아주 오래전의 일이거든. 난 지금 저 산에 가고 싶어. 갑자기 두 가지 꿈을 동시에 이루는 거니까 좋잖아?"

"좋군. 꿈에 대해 더 이야기해봐. 요즘은 어떤 꿈을 갖고 있니?"

"요즘? 글쎄…… 요즘 내 꿈은 그런 거야. 결혼 전에 알았던 남자들을 차례차례 찾아가 그때 너를 좋아했었다고 말하고 이십사 시간씩을 함께 보내는 거야. 유치원 때부터 직장 때까지 만난 모든 남자들 말이야."

"내 꿈과 같군."

"같다고?"

"나도 전에 알았던 남자친구들을 한 명씩 차례로 찾아가 너를 좋아했었다고 말하고 이십사 시간씩을 함께 보내고 싶어."

"여자친구가 아니고?"

"그래, 남자친구. 결혼한 뒤론 친구와 이십사 시간을 함께 보낸 적이 없었거든."

"난 그들에게 한 번도 내 감정을 드러내보지 못했어. 더러는 정말 좋았던 사람도 있었는데."

"알 만해. 넌 틀림없이 그랬을 거야."

"후회스러워…… 정확하게 말하면, 그건 후회할 감정의 것이 아니라 훨씬 더 근본적인 내 인생의 문제인 것 같아."

나는 긴 한숨을 쉰다.

"정말 지금 저 산에 가고 싶니?"

"응, 정말."

"무슨 산이지?"

"이곳 산들 중 가장 높고 험한 산. 육이오 때는 빨치산과의 전투가 얼마나 치열했던지 계곡에 온통 붉은 핏물이 흘러넘쳐 미군들이 갓 댐! 이라고 비명을 질러 일명 갓대미 산으로 불려. 일제시대에 구리를 캐낸 폐광들이 군데군데 버려져 있어. 열 개 이상일 거라고 했어. 습기 찬 굴속은 얼음 같은 바람이 불고 음험하고 무서워. 그 속엔 박쥐들이 산대."

"단지 그게 가고 싶은 이유니?"

"모르겠어. 내가 아는 건 어린 시절부터 가고 싶었다는 거야."

남편은 갑자기 차의 속도를 떨어뜨리며 망설이듯 달렸다.

"……그래, 그렇게 끔찍한 일은 아닐 거야. 산으로 가는 거."

남편은 내 고향 마을로 가는 갈림길을 그대로 통과하며 다시 속력을 내었다. 그쪽 길가의 보리밭들이 푸르렀다. 경운기를 몰고 밭이랑을 치는 농부들이 보였다.

남편은 산아래에 있는 학교 앞의 컴컴한 구멍가게에서 담배와 팥이 든 빵과 우유와 쿠키 따위를 샀다. 구멍가게의 양철지붕에는 폐타이어들이 커다란 도넛처럼 주렁주렁 매달려 있었다.

"바람에 날려가지 말라고 달아놓은 거야."

혼잣말처럼 한 뒤 남편은 빵을 씹고 우유팩을 열어 마시다가 싱글싱글 웃었다.

"미나리, 가엾게도…… 산에 오르는 것이 한이 되었다니. 어쩐지 넌 페타이어를 주렁주렁 매단 저 양철지붕 같아."

그는 손을 뻗어 나의 머리카락을 흩뜨리며 킬킬거렸다.

"남자들은 대체로 열다섯 살이 되기 전에 제가 자란 고장의 가장 높은 산을 오르게 돼."

"왜?"

"그냥, 이유는 없어. 누군가가 오르자고 하거나 오를 일이 생기게 돼. 그래서 우르르 오르는 거야. 난 그보다 더 어릴 때 아버지와 형제들과 올랐는걸. 무엇보다 남자들은 벌초를 하러 가야 하잖아. 노인들은 죽어서 높은 곳에 묻히고 싶어하고, 아버지들은 아들을 높은 산에서 아래를 내려다보게 하고 싶어하거든."

그건 사실일지 모른다. 아버지는 소년기에 그 산에 올라 호랑이를 보았다고 했다. 오빠는 열다섯 살에 아버지와 그 산에 올라 박쥐가 사는 동굴을 보았고, 독이 있는 야생화 무리와 푸른색 뱀을 보았고 산딸기 덤불 아래서는 빨치산의 해골을 밟기도 했다고 의기양양해했다. 그리고 산꼭대기에서 내려다보면 마을들은 그저 강변의 모래주름처럼 보일 뿐이고 우리가 사는 읍을 휘끈 지나 다음 역이 있는 마을까지 보인다고 말했다. 참말인지 거짓말인지 아버지는 그의 등뒤에서 싱긋 웃기만 했다. 오빠가 그 산에 올라갔을 때 나는 열한 살이었다. 아버지와 오빠는, 울며 마을 밖 갈림길까지 따라나섰던 나를 끝내 내쫓으며 먼지가 하얗게 이는 신작로를 따라 사라졌었다.

내 속에서 산은 산딸기 덤불과 독이 있는 야생화 무리처럼 무성하게 자라났다. 독이 있는 야생화 무리 사이에 호랑이가 숨어 있고, 빨치산의 해골들이 풀이 무성한 산길에 뒹굴었으며, 쫓긴 범죄자들이 박쥐 동굴에서 잠을 잤다. 그 모든 날, 모든 곳에서 산은 보였다. 심부름 갔다가 돌아오는 해질녘의 포도 위에서도, 학교 가는 이른 아침의 등굣길에도, 집 곁 빈터에서도, 역에서 돌아오는 들판길에서도, 졸다 깨어난 내 집 마루 끝에서도…… 산에 갈 기회를 엿보는 동안 몇 해가 흘렀다. 학교에서는 그 산으로 소풍 갈 계획 따윈 절대로 세울 수 없는 모양이었다.

어느 날 나는 꿈을 꾸었다. 꿈속에서 고향 마을 사람들은 그 산을 두려워하고 있었다. 사람들은, 산이 노하면 산꼭대기에 앉아 있는 거대한 새가 날개를 펴고 오랫동안 하늘을 가려버릴 것이라고 믿고 있었다. 마을에서 그 산을 바라보면 꼭대기에 잠자리처럼 무서운 눈을 가진 큰 새가 보이는 듯도 했다. 그런데 꿈속에서 어느 한낮에 새가 날개를 폈다. 새가 떠오르자 하늘은 가려져 천지가 밤처럼 어두워졌다. 사람들은 두려워서 떨며 삼거리의 거울집에 모여들었다. 거울집이 왜 거기 있었을까. 실제로 그 자리엔 이발관이 있었는데, 꿈속에서는 지붕과 벽, 문짝까지 거울로 만들어진 거울집이 있었다. 새는 시시각각 다가오고 사람들은 거울 속으로 파고들어가기 위해 필사적으로 몸부림을 쳤다. 어떤 사람은 커다랗게 입을 벌리고 아아, 소리를 지르며 돌연하게 거울 속의 자신을 향해 빨려들어갔다. 나도 거울집 안에 있었다. 고목둥치처럼 거대한 새의 발이 거울집 지붕을 뚫고 들어왔다. 새의 발톱에서 긴 칼처럼 날카롭고 치약처럼 흰 독이 나왔다. 독은 사람들을 녹이고 거울과 유리 들에 구멍을 냈다. 새의 발톱이 거울 사이에 끼어 있는 나를 향해 다가왔다. 마침내 독이 내 몸에 닿으려는 순간 거울의 한 점이 나를 빨아들였다. 나는 경악하여 아아, 입을 커다랗게 커다랗게 벌렸다.

그 꿈은 산에 대한 내 마음을 닫게 했다. 그 꿈을 꾼 이후로 나는 오랫동안 산을 잊고 있었다. 심지어 두려워했는지도 모른다. 나는 그 산

쪽은 바라보지도 않았다. 그리고 열다섯 살 되던 해 나는 집을 떠났다.

우리는 산 입구를 잘못 들어 산 밑 길에서 잠시 헤맨 뒤, 도로 내려와 다음 마을의 커다란 저수지를 지나 산으로 들어가야 했다. 나는 아직 산 입구도 모르고 있었던 것이다. 정상이 가까워지자 길은 마른 풀숲으로 덮여 길과 숲을 분간하기 어려워졌다. 폭우에 쓸려내려가 깊숙한 골이 파인 길 앞에서 몇 번이나 차를 세우고 지나갈 수 있을지 가늠해야 했다. 돌과 나무로 유실된 길을 메워가며, 때로 차의 네 바퀴가 뻣뻣하게 일어서도록 급경사를 오르고 미끄럼틀 같은 내리막길을 곤두박질하듯 내려가야 했다. 차체 아래에서는 마른 억새풀 쓸리는 소리가 끊임없이 쓰륵쓰륵 들렸다. 키 큰 억새풀들이 어느 순간 차바퀴를 꽉 감고 놓아주지 않을 것 같은 불안이 엄습했다. 산은 놀랍도록 적요했다. 아직 어떤 꽃도 피지 않았고, 한 잎의 나뭇잎도 싹트지 않았다. 차에서 내려, 해묵은 종이처럼 해진 나무둥치를 길 가장자리로 치우거나 굴러떨어진 바위를 밀칠 때면, 다람쥐나 담비가 하던 짓을 멈추고 검은 단추 같은 눈으로 우리를 빤히 쳐다보았다. 나는 가끔 불안해져서 남편의 안색을 살폈다. 그러나 남편은 단념하지 않았다. 그는 특유의 집요함과 부드러움으로 차를 산꼭대기에 올리고 있었다.

물론 산에서 호랑이나 빨치산의 해골이나 독이 있는 야생화, 박쥐가 사는 동굴 같은 건 보지 못했다. 그러나 나는 산꼭대기에서 강변의 모래주름 같은 읍의 마을들을 보았다. 산꼭대기는 뾰족하지 않고 오히려 평평했다. 꿈에서 본 격자무늬 눈을 가진 거대한 새의 흔적도 없었다. 꼭대기에서 유일하게 가늠할 수 있었던 것은 푸른 실처럼 보이는 중앙천과 읍내를 가로지르는 긴 기찻길뿐이었다. 기찻길의 가운데에는 역사가 있을 것이었다. 역사…… 그 모래주름 같은 가시거리 바깥에서 꼬물거리며 움직이는 것이 있었다. 왜 산꼭대기에서 유독 그 기억이 선명하게 떠올랐을까. 열두 살 무렵의 일이었으니, 이미 이십여 년이나 된 일이었다.

국민학교 고학년 무렵 몇 년간, 난쟁이 가족들이 역사의 창고 곁에 움막을 치고 살았었다. 얼굴과 양옆 귀와 손이 유난히 큰 난쟁이 남자는 힘이 세어서 기차가 실어온 수화물들을 창고로 나르는 일을 했다. 주로 쌀가마니나 시멘트, 목재 들이었다. 난쟁이 여자는 움막 곁 밭에서 푸성귀를 일구거나 수돗가에서 쌀을 씻거나 아들과 함께 짐이 차곡차곡 쌓인 창고의 그늘 속에 앉아 옷을 기웠다. 그녀의 배경에는 늘 늦여름 꽃들이 있었다. 맨드라미, 나팔꽃, 해바라기, 샐비어…… 그의 아버지처럼 얼굴과 양옆 귀가 커다란 난쟁이 아들은 학교에 가지 않고 종일 철로 레일들과 아버지와 엄마 곁을 맴돌았다. 그들에게선 비냄새 같은 비릿한 슬픔의 냄새가 났다. 나는 방학중에 도시의 작은집에 가거나 돌아올 때, 김치 따위를 들고 학교가 있는 먼 도시로 떠나는 친척 언니나 오빠를 배웅하거나, 어딘가를 다니러 갔다 오던 할머니를 마중 나갈 때면 난쟁이 가족을 보았다. 나는 엄마에게 억울한 야단을 들었을 때나, 갖고 싶은 것을 포기해야 했을 때, 혹은 마음속에 말 못할 슬픔이 차올라 아무도 모르게 넘쳐버릴 것 같은 때에도 역 울타리 바깥 길을 걸으며 사철나무 틈새로 난쟁이 가족을 보았다. 그들의 슬픔은 너무 낮은 곳에 있어서 세상의 슬픔이 모두 그곳으로 흘러드는 듯했다. 때론 죽고 싶기까지 했던 당돌한 나의 슬픔까지도……

한낮엔 레일 위에 햇빛이 쩡쩡 소리를 내며 부딪쳤다. 난쟁이 아들은 검은 침목을 세며 레일 위를 폴폴 뛰거나, 뜨거운 레일에 귀를 대고 기름에 전 검은 돌로 철길을 쩡쩡 두드렸다. 난쟁이 아들이 레일 위에 올라서면 아무것도 그를 흔들어 떨어뜨릴 수 없었다. 그는 언제까지나 외줄 레일 위를 걸어갈 수 있었다. 아무도 난쟁이 아들에게 간섭하지 않았다. 역무원도 난쟁이 엄마도, 난쟁이 아버지도. 그들은 난쟁이 아들이 이 역을 지나는 기차들에 대해 가장 잘 알고 있다는 것을 알고 있었기 때문이다. 난쟁이 아들은 누구보다도 먼저 기차가 오는 것을 알고 맞이했고, 역무원보다 더 멋진 동작으로 기차를 떠나보냈다. 내가 보기에 오고가는 모든 기차는 그가 부르고 보내는 듯했다.

그러나 어느 비가 내리던 여름날, 기차에서 내려 살이 부러진 형편없는 우산을 펴던 나는, 그 소식을 들었다. 난쟁이 아들이 기차에 깔려 죽었다는…… 아무것도 남지 않고, 누가 고깃국을 엎지른 듯 침목 위에 작은 얼룩만 남았다고 했다. 어떤 사람은, 난쟁이 아들의 말 못할 슬픔이 아무도 모르게 넘쳐버린 것이라고도 했다. 나는 사람들이 모두 나간 빈 플랫폼에서 오랫동안 서 있었다. 살이 부러진 형편없는 우산 속으로 빗물이 흘러들었다. 창고 겸 움막은 꼭 닫힌 채 긴 장대비를 죽죽 맞고 있었다.

아들이 죽은 두어 달 뒤 난쟁이 부부는 어딘가로 떠났다. 기차의 긴 몸뚱이와 그 많은 바퀴들을 견딜 수가 없어서, 그 긴 기적 소리를 용서할 수가 없어서 떠났다고 했다. 또 어떤 사람은 그들의 짧은 몸뚱이와 짧은 인생과 너무 긴 슬픔을 용서할 수 없어서 떠났다고도 했다. 그리고 모든 사람들은 말했다. 그들은 아주 멀리, 철로나 기적 소리나 역사 따위는 없는 아주 먼 곳으로 갔을 거라고. 아주아주 먼 곳……

나는 산꼭대기에 앉아 난쟁이 부부가 간 먼 곳을 생각했다. 그곳은 어디일까. 누구나 고통 때문에 떠나는 아주 먼 곳. 나는 서른 살이 되었고, 마침내 산꼭대기에 앉아 있었다. 어쩌면 그곳은 내 생의 가장 먼 곳이 아니었는지…… 서른을 지나면 누구나 조금씩 덜 고단해질 것이다. 더이상 자기로부터 떠나려 하지 않기 때문에. 여전히 자신이 누군지 모른다 해도 이제 그런 삶에 익숙해지는 것이다. 한차례 바람이 얼굴을 후려치며 지나갔다. 감았던 눈을 떠보니 비단수건 하나가 저절로 풀려 바람에 날려가고 있었다. 비단수건 곁으로 누가 내던진 목련꽃들처럼, 흰 새들이 하늘을 가르며 날아갔다. 시베리아를 지나왔거나, 시베리아를 지나갈 새들. 그들도 고통 때문에 떠나고 있는 것이다. 날개를 파닥이며 고단하게 자신을 밀어온 새들. 누군들 먼 곳에서 오지 않았으리. 우리는 누구나, 그곳에서 날고 있었던 것을.

어린 딸아이는 산꼭대기에서 빙글빙글 돌고 있었다. 웃으면서 딸아이를 지켜보던 남편이 내게로 얼굴을 돌렸다. 그의 얼굴에 아직 웃음이 남아 있었다.

"난 말이야. 이제 아무것도 두려워하지 않고 남김없이 살 수 있을 것 같아. 난 바다처럼 모든 것을 겪고 모든 것을 받아들일 거야. 지붕 위를 걷고, 빗줄기 속에 뛰어들고, 달 밝은 밤에 나가 빙글빙글 춤을 출 거야. 우물처럼 깊고 유성처럼 빠르게…… "

남편의 얼굴에서 서서히 웃음기가 걷혔다. 나는 자리에서 일어나 딸아이 곁에서 빙빙 돌기 시작했다.

"미나리, 위험해."

남편이 걱정스러운 얼굴로 말했다. 그러나 나는 이제 누구도 생을 본 적이 없다는 것을 알아버렸다. 생이란 선한 것도 악한 것도 아니며, 단지 자신의 욕망에 충실해야 한다는 것을. 나는 미소지으며 두 팔을 죽 뻗고, 그리고 열 개의 손가락을 폈다. 손금 안의 내밀한 길들을 향해 바람이 몰려왔다.

"나를 미나리라고 부르지 마. 그건 더이상 입을 수 없는 너무 작은 스웨터 같았어. 오랫동안 불편했다구……"

나는 소리치며 더 빠르게 빙빙 돌았다. 내 몸은 내밀한 정적의 한 점을 꿰뚫고 있었다. 우물처럼 깊고 유성처럼 빠르게…… 아이의 웃음이 깔깔깔깔, 부딪치는 돌처럼 벼랑 아래로 쏟아졌다. 아아, 나의 입은, 거울 속의 나에게 빨려들어갈 때처럼, 커다랗게 커다랗게 벌어졌다. 동굴 속에서는 오직 자기를 향해서만 걸어나올 수 있을 뿐이다. 텅 빈 눈 속으로 봄햇빛이 쏟아져들어왔다.

사
막
의

달

1

여자는 세 벌의 옷을 고른 후, 싸두세요 나중에 나가는 길에 다시 들를게요, 라고 했다.

작은 사내아이처럼 짧게 자른 밝은 밤색 머리카락이 식물의 홀씨처럼 따로따로 바람에 날려갈 듯 가벼워 보였다. 허리 사이즈 23, 154센티 정도의 키, 화장하지 않은 몹시 창백한 얼굴은 노란 그림자를 드리우고 있었다. 몇 살인지 예측할 수 없는 표정이었지만 그녀의 음성만은 쉰셋 먹은 여자처럼 닳아서 숭숭 구멍 뚫린 틈새로 바람이 스쳤다. 아주 오래된 원피스처럼……

나는 황당한 표정으로 문을 밀고 나가는 여자의 뒷모습을 쳐다보았다. 물론 옷을 싸두지도 않았다. 그 여자는 돈도 전혀 맡겨놓지 않았기 때문이었다. 아침부터…… 나는 중얼거리며 돌아섰고 뒤에 온 손님에게 그 옷들 중의 하나를 팔았다.

여자는 열두시에 다시 나타났다. 아침과는 또다른 모습이었다. 화장을 했고 무릎까지 올라오는 부츠와 가죽 미니스커트 그리고 예쁜 수가 놓인 앙증맞은 초콜릿색 카디건 스웨터를 입었다. 달콤한 모습 사이로 어딘가 모르게 쓰디쓴 여운이 느껴졌다. 여자는 옷을 팔아버린 것에 대해 가볍게 짜증을 내며 목 쉰 음성으로 경고하듯 말했다.

"이 동네에서 나한테 옷을 못 팔면 장사 재미 못 볼 텐데."

그녀는 실제로 나머지 두 벌과 속옷 한 벌을 더 사갔다.

분식점에서 배달되어 온 점심을 먹고 신문지로 덮어 내놓으려는데 옷수선가게 여자가 커피를 타 들고 왔다. 거미줄에 걸렸다 빠져나온 사람처럼 머리와 옷에 실밥이 묻어 있었다. 그녀는 커피를 홀짝 마시며 짙은 자주색 남자 스웨터에서 실밥을 떼냈다.

그 옷은 남편이 입었던 옷과 똑같았다. 색깔과 모양, 가슴에 그려진 브랜드의 마크까지. 남편보다 오히려 그 옷을 사준 시어머니가 아꼈던 옷이었다. 빨랫줄에 널어둔 옷을 걷어와 식탁 위에 휙, 팽개치던 시어머니의 새된 음성이 귓속에 쟁쟁했다.

'이 옷, 꼴 좀 봐라! 하느님 맙소사! 순모 스웨터를. 그것도 남편 옷을 세탁기에 집어넣어 돌리다니. 본데없는 것 같으니라고! 너는 그 나이 되도록 너희 집에서 무엇을 배웠니? 세탁기엔 집에서 입는 허드레 옷이나 돌리는 것이지, 갈음옷을 집어넣다니, 그것도 남자 옷을!'

"이거 우리 아저씨 옷이다. 여기 봐, 이거 메이커 옷이야. 순모라 굉장히 따뜻해. 우리 여기 오기 전만 해도 메이커 옷 아니면 상대도 안 했어. 난 메이커도 국산 말고 외제 직수입 브랜드를 입었다. 요즘은 일제가 국제적 빼션이다. 우린 점심도 밖에서 안 먹었어, 꼭 집에 들어와서 먹었지. 우리 아줌마는 깔끔하면서도 맛깔스럽게 음식을 잘했거든. 자기 말따나 특기 요리가 서른여섯 가지나 됐기 때문에 질릴 틈도 없었어. 일본식 매운탕 맛은 정말 일품이었는데……"

그녀가 또 시작한다. 여자는 꼭 점심을 먹은 후 한낮에 꿈을 꾸듯 화려한 회상에 젖었다. 나름대로의 방법으로 하루의 힘든 오르막을 오르는지도 모를 일이었다. 여자가 문득 입을 새침하게 오므리며 의혹의 눈길을 던졌다.

"너 안 믿지? 니가 안 믿는다는 거 알아. 그렇지만 그거 사실이야."

여자는 안 믿어도 그만이라는 듯이 왼쪽 엄지손톱을 덮는 굳은살을 다른 손의 손톱으로 밀어낸다. 나는 여자의 자줏빛 얼굴을 본다. 검은 얼굴 바탕엔 곰팡이 같은 검푸른 기미가 뿌리 깊숙이 박혀 있다.

"믿어, 난 니가 그 말 할 때마다 믿었어."

나는 작은 계집애처럼 단순하게 말했다.

"그래, 사실이니까. 난 이쁜이수술도 서울까지 가서 호텔 잡아 잡지책에 나온 성형 박사한테 했었어. 우리 아저씨를 만나고 나니 어쩐지 나 자신에게 자신이 없는 거야. 그래서……"

여자의 얼굴에 난처한 기색이 완연하다. 또 해선 안 될 말을 해버린 것이다.

"아니, 그게 아니지…… 우리 아저씨가 어느 날 그거 한번 해보라고 하는 거야. 그래서 했어. 내가 헷갈려. 오래전 일이라. 킥! 의사가 한 한 달쯤 하지 말라고 했는데 사정이 어떻게 되어가지고, 우리 아저씨가 어떻게나 조르던지 말이야."

여자가 터질 것 같은 웃음을 머금고 얼굴을 가까이 기울이며 속삭였다. 신김치 냄새가 훅 풍겼다.

"그래서 하게 됐는데, 아이구! 어찌나 아픈지 나 떼굴떼굴 굴렀어. 우리 아저씬 내가 맹장 터진 줄 알고 벌거벗은 채로 쩔쩔매고…… 후훅, 그런 일도 있었다. 나 그때는 살도 이만큼 안 쪘었는데……"

그녀는 육감적인 둥근 어깨와 출렁이는 가슴, 그리고 제법 잘록하고 탄탄한 허리를 하고 있다. 게다가 먼로만큼이나 화려한 엉덩이…… 그 엉덩이는 지금 실밥이 허옇게 긴 코르덴바지에 꽉 싸여 있었다. 시베리아에 유배된 카추샤의 모습이 저렇지 않았을까?

'마음대로 사랑하고 마음대로 떠나가신 첫사랑 도련님과 정든 밤을 못 잊어—' 여자가 예의 18번 노래를 죽죽 늘여 뽑다가 일어섰다.

"아, 일하자! 일이 산더미처럼 밀렸어. 해도 해도 끝이 없는 나의 일! 어서 돈 벌면 나도 옷가게나 할래. 이렇게 우아하게 앉아 있다 손님 오면 좀 노닥거리면서 한 가지 팔고, 또 그냥 앉아 있고…… 미싱, 가위, 실밥, 옷 먼지, 각양각색의 구질구질한 헌옷 냄새들…… 지겨워! 내가 무슨 벌을 받는 건가. 하루종일 미싱질을 하다보면 어떤 땐 죽어서 지옥에 와 있는 게 아닌가 싶어진다니까."

여자는 두툼한 엉덩이를 쥐어짜듯 실룩실룩 흔들며 손을 들었다가 내리고 쇼윈도 바깥으로 지나갔다. 여자가 가자마자 여자의 아저씨가 모는 회사 택시가 미끄러져와서 옷수선가게 앞에 섰다. 택시에서 내린 흰 얼굴의 자그마한 남자가 목에 힘을 잔뜩 주고 옷수선가게로 들어갔다.

여자가 헤프게 자기 이야기를 하는 편인데도 두 남녀가 어떻게 된 사이인지, 어떻게 해서 마흔이 코앞에 닥친 사람들이 네 평 옷수선가게를 반으로 질러 커튼을 치고 나무판을 걸친 침대에서 둘이서 자고 먹고 살고 있는 것인지, 알 수가 없었다. 여자 말로는 크게 잘되던 공장이 부도가 나 돈이라고는 버는 대로 빚쟁이들한테 보낸다고 하지만 도저히 속을 알 수 없는 사람들이었다. 하긴 그렇기는 나도 마찬가지일 것이다. 냉장고니 세탁기니 살림살이를 보면 한 살림 펴고 산 살림인데 나이도 어중간한 서른에 노처녀다운 관록도 보이지 않고 돈벌이가 서툴기만 하니…… 주인여자를 위시해 이웃가게 사람들이 첩살림이라느니, 이혼녀라느니, 구구한 억측을 할 만도 했다.

목욕통을 든 이층 아가씨들이 우 몰려들어왔다. 비 맞은 풀잎 냄새가 가게 안의 갇힌 공기를 흔들며 소소소 뒤섞인다. 한낮의 햇살이 따뜻한가보다. 아무도 추워 보이지 않고 얼굴들이 우물가에 핀 작은 꽃들처럼 순정하다. 젖은 머리카락에서 물이 흘러 윗옷 어깨와 등이 조금씩 젖고 있다. 열아홉 살 혹은 스무 살 스물한 살…… 화영이, 진주, 민재. 난희는 아직 일어나지도 못하고 있다고 한다.

"난희? 걔 어제 왕자랑 붙어서 한 사흘 못 일어날걸."

"왕자?"

"왕 남자. 데리고 노는 정도가 아니고 아주 뭉개버리는 치들 있잖아."

진주가 행어에 걸린 윗옷들을 뒤적이며 웃지도 않고 말했다.

"싫어, 이건 너무 야하다. 차라리 이걸로 할래."

진주가 타조 깃털이 목둘레와 소매 끝에 달린 검은 비로드 옷을 내려놓고 파란색 라운드넥의 비로드 윗옷을 목에 대어본다.

"이건 청바지하고 입어도 잘 어울리겠다. 요즈음 손님들은요, 야한 것보다 여대생 같은 차림을 더 좋아해요."

"그래, 언니 다음에 옷 하러 갈 때 여대생 같은 단순하고 세련되고 그런대로 부티나 보이는 반코트 하나 갖다줘. 흰색이 좋겠지. 좋긴 가죽이 좋은데……"

"그런 건 봉한테서 살살 빼내야지, 그깐 걸 왜 니 돈으로 사니. 바아보, 김부장님한테 잘 부벼봐."

민재 말에 관자놀이에 긴 흉터를 가진 화영이 핀잔을 던진다.

"안 돼, 그분 부인 모르게 쓸 돈 없는 사람이야."

"아이구 '조강지첩'이 여기도 있네."

유리잔 깨지듯 까르르 웃어대며 아가씨들이 나간 뒤 보니 축축한 티셔츠가 뒤집힌 채 선반에 놓여 있다. 새로 산 옷을 입고 가면서 잊어버리고 간 모양이다. 외상을 다는 바람에 장부 정리하느라 나도 챙겨줄 틈이 없었다. 손에 들고 보니 둘둘 뭉치고 축축한 티셔츠가 힘든 나날에 적셔낸 눈물 자국처럼 서글프게 느껴진다. 아가씨들을 데리고 있는 마담도 세 벌이나 외상이 적혀 있다.

서른아홉에서 마흔아홉까지, 날에 따라 시간에 따라 나이의 편차감이 크게 오는 마담은 보통 자정이 설핏 넘어서 들어온다. 그리고 오전 열시에 화장독이 올라 불그죽죽한 얼굴로 커다란 지갑을 겨드랑이에 끼고 수금을 하러 나갔다가 오후 세시쯤 들어오고 또 다섯시경엔 두꺼운 화장을 하고 주로 검은 옷이나 붉은 옷 위에 무스탕을 걸치고 가게 앞을 지나 큰길에서 택시를 잡는다. 빚에 쫓기기라도 하는 듯 늘 허둥지둥거린다. 얼마 전만 해도 중형차를 몰았다는데 심야영업이 정지되면서 갈수록 어렵다고 한다.

'전번 옷가게에는 장사를 많이 시켜주었었는데, 그 돈 반만 나누어도 이 집 부자 될 텐데, 그 여잔 돈 많이 벌어 나갔어. 지금은 안 좋아. 모두에게 안 좋은 시절이야. 이런 땐 문 닫아걸고 적게 먹고 가는 똥 싸며 앉아 있는 게 차라리 나은데……'

마담은 외상을 달 때마다 그렇게 중얼거렸다.

오후 서너시 사이에는 늘 그렇듯이 찬거리 사러 나온 아줌마들이 우르르 들렀다가 떠들썩하게 옷만 휘저어놓고 지나갔다.

색이 좋으면 사이즈가 안 맞고 사이즈가 맞으면 디자인이 안 좋다. 어차피 한 계절에 한 가지도 사 입을까 말까 한 사람들이다. 오늘은 마사지 아줌마가 출장 온 날이라 단체로 마사지를 받았다고 한다. 그래서인지 얼굴들이 촉촉하고 계란 냄새를 풍겼다. 아줌마들은 옷을 쑤셔입으면서도 같이 온 사람끼리 끊임없이 떠들어댄다.

김장배추는 어쩌기로 했니? 우리 통로는 한 차 주문해서 나누기로 했다. 우린 시골에서 갖고 오잖니, 애아빠 차 트렁크로만 실어와도 우리 식구 김장은 돼. 요새 김치 많이 먹니? 우리 은인 어찌된 건지 김치는 입에도 안 댄다. 요즘 애들은 진짜 서양식으로 입맛이 변했나봐. 비타민이라도 먹여야 되겠어. 이거 어떠니? 너희 아저씨 입을 짝 벌리겠다. 그래도 사실 남자들 속으론 야한 걸 좋아한다. 그래, 속은 야한 걸 좋아하지. 자기 혼자 볼 때는 야한 게 좋다나. 그래서 속옷은 좀 프로같이 입으라더라. 프로라니? 아마도 직업적이라는 뜻이겠지? 하긴 이십 년 동안 사흘돌이로 했으면 그 방면에 프로는 프로지 뭐. 말끝에 숨 돌릴 틈도 없이 다 같이 와그르르 웃어댔다.

여자들이 그렇게 휘젓고 가고 난 후 멍하니 앉아 있자니 집 생각이 났다. 좋은 기억이라고는 하나도 없는데도 문득문득 생각이 나곤 한다. 벌레가 뜯어먹어 배춧잎에 구멍이 숭숭 났어도, 반드시 무공해농법으로 키운 배추로만 김장을 담던 집이었다. 물론 배추뿐 아니라 매일 먹는 계란이나 두부, 콩나물 따위도 시중의 것은 일절 쓰지 않았다. 당연히 쌀이나 물도 아주 까다롭게 특별히 주문을 했다. 그런데도 시아버지는 별다른 원인도 없이 급격하게 기력을 잃어갔었다. 결국 암이라는 진단을 받고 돌아가셨지만…… 그런데 시어머니는 부아가 나는 일이 있을 때면 늘 이런저런 불평 끝에 시아버지 그렇게 된 것도 내가 시집오고부터였다고 퍼붓곤 했다.

어쩌면, 지금 와서 생각해보면 시어머니 말대로 시아버지는 내 눈물방울들에 의해 천천히 독살되었는지도 모를 일이다. 세 그릇의 밥을 퍼서 미리 준비된 상에 올려 방에 들이고 나면, 한 홉 정도의 밥을 밥솥 바닥에 펴서 노릿노릿할 만치 따닥따닥 눌인다. 그리고 두번째 행구어 받아낸 쌀물을 붓고 밑이 타거나 넘치지 않도록 지키고 서서 저어 시아버지의 뜨물 숭늉을 만들어야 했다. 방안에서는 챙강챙강 사기그릇에 수저 부딪치는 소리들과 나직한 말소리가 들리고…… 그러면 어김없이, 내게서 죽 한 그릇 받아보지 못한 앙상한 엄마 얼굴이 떠오르고, 뜨물 숭늉 솥에 눈물방울들이 떨어졌다. 친정엄마가 아직 목숨 부지하고 앓고 있을 때였다.

시어머니는 설 추석과 생일날, 그 외엔 친정 걸음을 허락하지 않았다. 나는 본데가 없는 아이였고 남편까지 사대독자로 면면이 이어져 내려온 시댁 음식과 가풍과 법도를 익히고 대를 잇는 일에 전심전력해야 했다.

엄마, 가엾은 여자. 내 머릿속에는 엄마의 모습 하나가 액자 속의 초상화처럼 박혀 있다. 그날 엄마는 그곳에서 전화를 건 듯 다리 곁 공중전화부스에 기대 서 있었다. 그것이 엄마의 마지막 모습이었다. 12월 초순이었는데도 전날 밤부터 기온이 뚝 떨어져, 뼛속까지 시린 날이었다. 엄마는 초췌한 병자의 얼굴을 내가 짜서 보낸 녹색 털실 목도리로 감아 목에서 질끈 묶고 있었다.

'오늘은 아침에 눈을 뜨니, 어쩐지 몸이 가벼워서 이 근처에 오면 널 볼 수 있을까 하고 왔다.'

엄마는 내가 혹시 시장에라도 나올까, 시집 동네의 한 길목에서 망연히 서성대다가 나중에야 전화를 한 것이었다.

'많이 힘드나?'

엄마는 나의 옷깃을 여며주고 언 생선같이 딱딱하고 차가운 손으로 내 손을 쥐고 쓰다듬었다.

'니 꼴이 와 이렇노? 거적때기처럼 빛이라고는 하나도 없구나. 여자로서 사는 일생이라는 것이 그런 줄 뻔히 알면서 내가 와 니를 그 집에 밀어넣었는가, 자나 깨나 후회가 된다.'

'괜찮아, 난 아무렇지도 않아.'

내가 세차게 도리질해도 얻어맞는 짐승 같은 엄마의 눈은 여전히 슬퍼만 보였다.

'연아, 승일랑은 다 잊거라. 절대로 승일랑은 다시 보지 말거라. 사는 게 아무리 얄궂어져도, 알겠제. 다 잊고, 지금은 눈바람치는 밤길을 지난다 생각하고 모진 맘으로 살아라. 니 눈만 바로 뜨면 아무리 어두워도 길 하나는 보이지 않던? 힘들어도 다른 마음 먹지 말고 그 집에다 마음을 붙이거라. 남편한테 정을 주고 자식새끼한테 마음을 붙여 세월을 보내다보면 일은 어찌 풀려도 풀리니라.'

뼈마디 사이로 칼날을 세운 습한 바람이 횡 불어왔다. 나는 승이라는 이름만으로도 이내 눈물이 글썽글썽해졌다.

'춥다, 들어가봐라. 어른 기다리실라.'

엄마가 언 손으로 등을 밀었다. 호주머니 속엔 택시 타고 가라고 찔러줄 지폐 한 장도 없었다. 그날 장 볼 일이라도 있었다면 시어머니께 타내어 나중에 어찌되든 몰라라 하고 일단은 찔러 보냈을 것이다. 그러나 그날은 연쇄점 갈 일조차 없었다. 아직도 자기 엄마에게서 용돈을 타 쓰면서 주제에 중형차를 몰고 다니는 남편에 대해 떨치고 넘겨버릴 수 없을 만큼 격렬한 증오가 치솟았다. 지저분한 금치산자, 덜떨어진 놈팡이, 벼락 맞아 죽을 등신! 나는 제 화에 복받쳐서 버스를 태워주기는커녕, 잘 가라는 인사도 제대로 없이 돌아서서 걸었다. 다리를 건너 돌아보니 엄마가 여전히 공중전화부스에 기대 서 있었다.

평생을 난봉질과 노름질과 온갖 가지가지 실패만 일삼은 아버지 서슬에 노심초사하며 유릿조각 가려 밟듯 조마조마하게 산 여자였다. 첩실妾室을 둘이나 거느리고 배 아파 낳지 않은 자식을 둘이나 더 키워내고도 나이 예순이 다 되어서까지 물 위에 먼지가 떠 있다는 이유로 한 잔 물을 두 번씩 세 번씩 새로 떠다 바쳐야 했다. 접착테이프로

자기가 딛는 마룻바닥, 앉을 방바닥을 꼭꼭 누르고 다니는 아버지로
부터 책잡히지 않기 위해 하루종일 걸레를 손에 쥐고 살았던 여자였
다. 너 시집만 보내고 나면 나는 니 아버지하고 이혼할 거다, 이제 세
끼 밥을 굶고 살아도 니 아버지 없는 세상에서 살아볼 거다, 원을 하
더니 내가 시집가자마자 덜컥 병들어 누워버렸다. 무슨 예감이 있었
을까. 엄마를 등뒤에 두고 돌아오는 동안 내도록 눈물이 흘러 뺨이 파
랗게 얼었었다. 그날 밤 엄마는 영원히 눈을 감았다.

　가게 문을 닫아놓고 횡하니 나가 시장 안을 휘적휘적 걸어다니며
다 해먹지도 못할 찬거리들을 움벅움벅 사들고 왔다. 봉지 안에 또 막
대사탕이 들어 있었다. 슈퍼에서 어느 순간엔가 막대사탕을 허겁지겁
집어넣곤 한다. 아참 잊을 뻔했다, 와 동시에 산수 문제를 못 풀고 흑
판 앞에 서 있었을 때 같은 아뜩한 상실감이 흰 물감처럼 뭉클뭉클 개
어나온다. 나는 스스로 통제할 수 없는 자신에게 질려서 막대사탕을
도로 빼지도 못하고 걸어나왔다.

　막대사탕을 빨아먹던 아이의 달콤한 입가에 흘러내리던 찐득찐득
한 사탕물, 사탕물에 엉기던 머리카락과 더러움이 엉겨붙던 손가락
들…… 입이 동그랗게 열리던 아이의 만족한 표정과 달콤한 입맞춤.
그 축축하고 차갑고 맑은 입맞춤, 배 위에 얹히던 가벼운 중량. 내 몸
의 혈관 속에 뒤섞여 흘러간 색색가지 투명한 사탕물들, 뼈 마디마디
뒤섞이던 웃음소리……

　습관적으로 바깥에서 돌아오면 전화기를 노려본다. 하필이면 그사
이 전화가 오지 않았을까, 마치 전화의 신호음이 엎질러진 얼룩처럼
수화기 어딘가에 묻어 있기라도 할 것처럼. 비닐봉지들을 바닥에 떨

어뜨려놓고 담배를 피워물고 있는데 느닷없이 아침에 옷을 사간 여자가 들어섰다. 그녀는 암말 없이 의자에 털썩 앉더니 백에서 담배를 꺼내 물고는 내 팔을 당겨가 불을 붙였다. 그리고 연기보다 더 빨리, 붉어진 눈에서 눈물이 흐르기 시작했다.

"사는 게 어찌 이리도 보람이 없을까. 어찌 이리도…… 살아도 살아도 헛껍데기 빈 쭉정이일까. 맵지라도 말지, 맵고 시리고…… 눈물뿐이야."

눈물이 줄줄 흘러 턱에서 똑똑 떨어졌다. 누가 먼저 안 울어주어서 못 운 듯이 내 눈에서도 눈물이 골을 이루고 흘렀다. 우리는 울 일이 있나보다 하고 서로 한참을 편하게 울었다. 이상하게도 둘 다 소리 하나 내지 않고 울어댔다. 그녀에게도 눈물을 가두어둔 호수가 있었는가보다.

여자는 일어서서 가죽치마 위에 떨어진 얼룩을 휴지로 닦아내고 얼굴에 난 화장 씻긴 자국도 대강 수습한 뒤, 난 주혜 엄마야. 이름이야 호적에나 올려놓은 거고 그냥 그렇게 부르는 거지 뭐. 저기가 우리집이야. 아니, 저건 이제 순전히 내 집이야. 가게 맞은편 세번째 집. 우린 일층에 살아, 했다. 손톱에 까만색 매니큐어가 숨은 생쥐들의 눈처럼 빛났다.

그녀가 나가자 바람이 횡— 불어왔다. 어디선가 활짝 펼쳐진 신문지가 날려와 가게 윈도에 입을 맞추고 와들와들거리다가 펄럭하며 한길로 날려갔다. 뒤이어 먼지바람이 몰려 따라간다. 성냥만 그어도 화악 타오를 것 같은 건조한 겨울 저녁이었다.

나는 전화기에 바짝 붙어앉아 크리스마스 장식을 해볼까 하고 사왔던 장식물들을 만지작거렸다. 크리스마스 은종과 부직포로 오려낸 산타와 오색 지팡이, 별과 양말과 가시나무 잎…… 휘승은 왜 전화조차 하지 않는 걸까, 나는 솜을 뜯어 눈을 만들려다가 말고 일어서서 서성댔다.

그렇게 또 나의 밤은 왔다. 늘 그렇게, 건널 수 없는 다리 한가운데 선 듯 발밑이 어지럽고 마음 둘 곳 없이…… 해진 스웨터 같은 작은 구름들 사이로 별들이, 쏟아지기 직전의 눈물처럼 파르르 떨었다.

2

휘승은 어제도 전화해주지 않았다. 그는 무슨 생각을 하고 있는 것일까. 나는 또 어쩌자는 것일까. 어쩌자고 하루종일 전화를 기다리고 반지하방의 철제침대에 담요를 덮고 누워 발자국들을 세고, 창가에 나뭇가지 그림자만 일렁여도 몸이 오그라붙는 것일까…… 간신히 허리를 굴러 바닥에 서니 몸이 벗어놓은 빨래처럼 후줄근했다. 마주앙과 소주 때문일 것이다. 전날 마주앙을 마시다 바닥이 나자 소주를 사와 마셨다. 그리고 코를 팽팽 풀어대다 잠든 모양이다. 방바닥에 뭉친 휴지들이 밟혔다.

팬히터를 켜고 커피 주전자를 올리는데 누가 셔터를 두드린다.
"아직도 문이 안 열렸기에 죽었나, 했지."
주혜 엄마가 노랗고 창백한 얼굴로 서 있다. 베이지색의 두터운 스웨터 위에 야구점퍼를 걸쳐입었다. 검은 진 바지 차림이라 더 남자아이 같다. 나는 잠이 먼지처럼 부옇게 내려앉은 얼굴로 싱긋 웃는다. 며칠 사이 와락 친해져버린 기분이다. 벽에 걸린 시계를 보니 열한시가 넘어서고 있다.

"아, 추워! 오늘 아침엔 기온이 영하로 떨어졌어. 영하 팔 도라나. 그런데 여긴 명색이 방인데도 왜 이렇게 춥니?"

주혜 엄마가 침대에 걸터앉았다. 나는 히터의 온도를 높였다.

"곧 따뜻해질 거야."

"괜찮아?"

"주혜?"

"학교 갔지, 지금이 몇 신데……"

"그렇구나……"

나는 덜 깬 말을 내뱉고는 계속 커피를 저었다.

"어제도 술 많이 마셨구나. 너 그러면 안 된다. 나 봐라, 신장병으로 죽을 뻔했다. 나도 한참 남편이 속 썩일 때는 나중엔 알코올중독으로까지 갔었어. 그짝 나면 치료하기 어려워. 죽으려고 했다가 속만 홀랑 태우고 열한 시간 만에 다시 살아났는데 정신과의사가 나더러 뭐랬는지 아니? 쇠똥으로 굴러도 이승이 낫다면서 남편을 붙잡으려다가 인생 버리지 말고 차라리 다른 남자한테 마음을 주어보라는 거야. 그래, 처방에 따랐지."

그러지 않아도 숭숭 구멍 뚫린 쉰 목소리가 모래 속으로 잦아드는 탁한 물처럼 가라앉았다.

"나도 갈 데까지는 간 년이었으니까. 이 집 이층 마담이 도와주겠다고 수첩 꺼내고 설치는 걸 그 정도는 혼자 할 수 있다고 거절했지. 훨씬 견딜 만했어. 아니 좋았어. 남편도 아무 소리 못했지. 그 개자식, 지사무실에 들어오는 년마다 야금야금 먹어치운 놈이 뭐라고 할 수 있었겠어. 이에는 이, 눈에는 눈. 맞바람 작전으로 나갔다가 결국은 집 하나 달랑 안고 낙동강 오리알 신세가 되어버렸지만…… 그래—도 약털어 자시고 앰뷸런스에 앵앵거리며 실려다닐 때보단 나아요—"

눈이 스펀지처럼 물을 머금더니 말투가 갑자기 낡은 테이프처럼 늘어졌다.

"애인이 가면— 가나보다— 오면— 오나보다— 비가 오고 바람이 불고 햇볕 나도 그냥 그러는가보다— 하고 말려고 해. 이러고 흘러가는 거지 뭐. 인생 만사 흘러가는 거지. 흐르는 게 죈가? 따지고 보면 안 흐르는 게 어디 있니? 쌍년들! 안방 차지했다고…… 그래봤자 평생 부엌 구석에 처박혀 삼시 세끼 밥이나 챙기고 살면서, 비가 오나 눈이 오나 걱정을 만들어 하면서도 뻑세게 잘난체들 한단 말이야, 썩을 년들! 저거들이나 나나 거기 헐기는 마찬가지면서 걸레니, 행주니 지랄들이야."

"아침부터 웬일? 커피 마셔."

내가 대수롭지 않게 흘려듣자 흥분했던 것이 민망한지 샐쭉 웃는다. 나는 커피를 들고 가게로 나와 소파에 앉았다.

"무슨 이야기가 이 골목으로 샜니?"

주혜 엄마도 따라나와 천진하고 달콤한 얼굴로 커피를 홀짝 마셨다.

"너 얼굴이 처음 여기 올 때보다 영 못하다. 살이 쏘옥 빠져버린 거

너 아니? 사는 맛이 없으니까 그래. 번데기 같은 방에서 눈 떠지면 기어나와 장사하고 장사 마치면 다시 번데기 속으로 기어들어가고…… 번데기 속에서 주름 잡을 일 있니? 그러지 말고 오늘은 나하고 놀러 가자. 별로 야한 데도 아니야. 그냥 술 마시고 춤출 만한 파트너가 보이면 춤도 추고 맘에 안 들면 그만이야. 그리고 마음이 맞으면 하룻밤 성도 쌓고. 그쪽 세계 남자들 오히려 깨끗해. 싫다는 사람 절대로 안 붙든다."

"난 그런 거 재미없어."

"그러면 넌 뭐가 재미있니? 혼자 술 마시는 건 재미있어서 하니? 사람이란 별다르지 않아. 이렇게 살아야 할 땐 그냥 이렇게 살아보는 거야. 죽는 거보단 나으니까."

"지금은 아니야."

"지금은 아니라고? 하긴 아직 그 정도는 아니겠지. 너 죽음이 뭔지 아니? 죽음, 난 몇 번이나 그 가까이 가봤었어. 죽음이란 말이야."

주혜 엄마가 잔뜩 목소리를 낮추어 속삭인다.

"죽음이란 무서운 거야. 죽음의 순간이란 말이지, 칠흑같이 어둡고 거대한 공간에서 꼭 내 머리만한 돌이 내 면상을 향해 정면으로 날아오는 그런 거야."

여자의 눈동자가 잠시 허공을 맴돌았다.

"피할 수 없어…… 내 면상이 깨어지는 토마토처럼 터져서 사방으로 튀겠지. 그게 죽음이야. 칠흑 같은 암흑, 지푸라기 하나 잡을 데 없는 무한함, 그리고 피할 수 없는 충돌. 그런데도 차라리 그 돌을 맞고 터져버리고 싶을 때가 있어. 사는 게 습관이 되는 것처럼 죽는 것도

270

습관이 되지. 난 솔직히 그런 내가 무서워. 정말 무서워."

주혜 엄마는 몸을 부르르 떨었다.

옷수선 여자가 국을 떠서 쟁반에 받쳐들고 들어왔다.

"늦게 일어났나보네. 뜨거운 국에 밥 말아서 한 순가락 뜨라고……"

말끝에 주혜 엄마와 눈이 마주치며 뗩은 얼굴이 된다.

주혜 엄마가 이마에 손을 얹은 채 일어섰다.

"아침 먹었니? 국 많은데 같이 먹자."

"아니아니, 생각 없어. 가서 좀 누울래. 몸이 안 좋아."

주혜 엄마가 나가자 뒤꽁무니에 대고 옷수선 여자가 핼끔 눈을 흘 겼다.

"저 여자 요즘 이 가게에서 아예 사는구나. 동네 사람들이 뭐라는 지 아니? 빨주노초파남보라더라. 이혼하고부턴 아예 집안으로 남자 들을 끌어들여서 논대. 총천연색 무지개처럼 일주일 내내 오는 남자 가 다르다나."

"그러지 마. 그렇게 살게 되는 수도 있는 거야."

"하긴 좀 불린 말이겠지. 돈벌이를 하래도 그렇게 하기는 싫을 텐 데. 여자 몸이 그래봤자 거기서 거기지 뭐, 씹이 둘인 것도 아니고."

깔깔깔깔— 깔깔깔깔— 여자는 자기 말에 자기가 휘어지게 웃는다. 아직 화장하지 않은 얼굴에 문신한 눈썹과 눈이 검푸르다.

"넌 자고 일어나도 얼굴이 참 깨끗하다. 어린 가시내 얼굴 같네."

여자는 거울에 슬쩍 자기 얼굴을 비춰본다.

"우리 아저씬 자다 깨서 보면 내 얼굴이 너구리 같다나. 이건 옛날 에 한 거라 벗기지도 못하는데…… 처음에는 가무스름한 게 인디언 인형 같다며 예쁘게만 봐주더니, 이제 지겨워졌나봐. 지저분하다느니, 뚱보라느니, 거무튀튀한 게 풍뎅이 같다느니…… 아아, 우리 아저씬 너무 희어. 같이 좀 검어지고 살찌고 못생겨졌으면 좋겠는데, 하나도 나이들지도 않아. 내가 더 나이들어 보이지? 하긴 실제로 내가 더 나이 많다. 얼마나 더 많아 보이니?"

여자의 얼굴이 일순 경직되었다.

"니가 더 나이 적어 보여. 넌 귀엽잖아. 니네 아저씨가 뭐가 잘났니. 니가 더 낫지."

"앤, 아니다. 니가 남자 볼 줄 몰라서 그러지. 우리 아저씨가 얼마나 인긴데. 일단 귀공자 타입이잖니. 여자들이 줄줄 따랐어."

"훗, 경쟁이 치열했겠구나."

"그으럼!"

하도 으쓱거려 입안에 국을 넣은 채 내가 칵칵 웃었다. 고춧물이 기도에 걸려 눈물이 쏙 빠지게 괴롭다. 맙소사, 사랑의 위대함이라니. 그녀는 어쨌거나 행복해 보인다. 어떻게 저토록 한 점의 회의도 없이 사람을 사랑할 수 있을까? 네 평 가게를 반으로 질러 커튼을 치고 자고 먹고 살아가면서도.

"난 말이야, 사랑이 문제야. 정말이지 잘사는 건 안 부러워. 한번 그렇게 살아봤거든. 그건 아무것도 아니야. 정말이야. 세상일은 좀 거짓말 같애. 내가 이야기를 해도 그때 일이 꼭 거짓말 같거든. 지금 이러고 사는 것도 거짓말 같고…… 젊었을 때처럼 꼭 필요한 것만 등에 메고 캠핑을 떠난 기분이야. 아주 작은 텐트 속에서 하루하루 떠날 일정을 미루고 사는 연인들처럼…… 물론 그래도 마음이 아픈 데는 있지. 비 오는 날 텐트 속에 갇혀 지내는 것처럼, 마음 아프고 적막한 데도 있어."

나는 너구리 같다는 여자의 눈 속을 향해 오래오래 웃었다.

"너 얼굴이 하얗다. 약이라도 한 알 먹어야겠다…… 힘내!"

옷수선 여자가 나의 얼굴을 만질 듯 손을 내밀었다가 눈을 찡긋하고는 나갔다.

나는 거꾸로 박힌 시든 배춧단처럼 의자에 파묻혀 있었다. 오전 내내 아무도 오지 않았다. 바깥엔 바람이 많이 부는지 위잉ー 위잉 하는 바람 울음 속에 무엇이 날려가 바닥에 나뒹구는 소리들이 이따금 들렸다.

기름이 떨어져 팬히터에서 그을음이 심하게 났다. 그 냄새를 맡고 있자니 콧속에 매운 물이 고이며 머리가 씻기는 듯 차차 맑아졌다. 아직 크리스마스 장식을 못한 윈도를 보다가, 불은 음식같이 축 처져버린 옷들을 보다가, 흙먼지 부연 바닥을 보다가 간신히 몸을 일으켰다. 기름부터 사와야 할 것 같았다.

부스스한 머리를 손가락으로 쓸어넘기고 장갑을 끼고 긴 오버를 덮어 감았다. 기름통을 들고 밖으로 나가자 옷 사이사이 비늘처럼 따스하게 묻어 있던 온기가 바람에 오소소 털려나가고 긴장한 살갗이 팽팽하게 조여들었다.

문득 간밤에 꾼 꿈 생각이 났다. 가게 소파에 앉아 있는데 아이가 들어섰다. 아이는 천천히 내게로 걸어왔다. 나는 몸이 떨어지지 않아 그대로 힘들여 걸어오는 아이를 보고만 있었다. 나는 무슨 말인가 하고 싶어했다. 몸속에 아이의 이름이 들끓었으나 입이 떨어지지 않아 이름을 부를 수도 없었다. 아이는 내 앞에 서더니 정강이를 세게 걷어찼다. 한 번 두 번 세 번…… 나는 아프지 않고 아픔에 대한 관념을 경험하고 있었다. 아팠더라면 잠이 깨었을 때 그렇게 울지는 않았을 것이다. 몇 시인지도 모르는 채 깨어서 울다가 다시 잠이 들었었다.

길을 걸으며 아이의 얼굴을 생각해보려 했지만 무엇을 찾아야 하는지를 잊어버린 사람처럼 길 한가운데 우두커니 서버렸다. 아무것도 떠오르지가 않았다. 처음 몇 달 동안은 어디서나 아이의 우는 얼굴이 어른거리고 울음소리가 귓속에 쟁쟁했었다. 힘에 겨워서 눈을 감으면 감은 눈의 어둠 속에서 아이는 사다리 같은 것의 칸칸에 얼굴이 끼인 채 눈물 콧물 범벅이 되어 울었다.

눈앞에 미장원 간판이 보이자 견딜 수 없는 식욕처럼 머리를 자르고 싶어졌다. 회전의자에 앉자마자 단호하게 말했다. 최신 유행으로 커트해주세요. 미용사는 한마디쯤 묻고 싶은 듯이 거울 속의 나를 바라보더니 이윽고, 단호하게 가위와 빗을 들었다. 미용사는 전정가위로 나뭇가지를 치듯 전체적으로 뒷머리와 옆머리를 대강 잘라냈다. 그리고 앞머리는 눈썹 선에 맞추어 자르고 옆머리를 귀에 맞추어 자른 다음, 뒷속머리는 여우목도리를 두른 듯 목덜미가 덮이도록 길게 층을 내어 커트를 해주었다.

호옹, 이게 최신 스타일? 나는 거울을 향해 아무도 모르게 푸석 웃어 보이고 급격하게 허전해져서 잔뜩 부은 얼굴로 나왔다. 머리가 너무나 가벼워서 걸음이 들릴 지경이었다. 뒷머리를 쓰다듬으니 여우나 고양이 같은 못된 짐승이 된 느낌이었다. 나는 몇 번 캥캥거려보았다.

나쁘지도 않았다. 폴폴 날리는 민들레 홀씨처럼, 기억까지 다 잊은 듯 가벼웠다.

길을 걷다가 충동적으로 공중전화부스에 들어가 동전을 넣고 수화기를 들었다. 휘승의 번호가 생각나지 않았다. 발신음이 웅― 울린다. 다이얼이 늦었습니다, 다시 걸어주십시오. 다이얼링 이즈 레이트, 플리즈 콜 어겐. 나는 재발신을 누르고 또 발신음을 듣는다. 간절히 듣고 있으면 이전에 그곳을 지나왔던 한 음성의 희미한 울림이라도 그 속 어디에서 나와줄 것처럼…… 몇 번이나 반복해 어리석은 짓을 했다.

석유 냄새는 나쁘지 않다. 너를 태워줄게. 눈 깜짝할 사이 송두리째 태워줄게. 바람 속에 힝힝 냄새를 섞으며 속삭였다. 석유를 머리끝에서부터 붓고 세 컵쯤 마시고 천천히 성냥을 긋는 것도 그리 나쁘지 않을 것 같았다.

기름통을 들고 주혜 집 앞에 이르자 나의 가게가 보였다. 숨이 멎는 것 같았다. 붉은색 왜건이 쇼윈도 쪽에 바짝 붙어 서 있었다. 나는 차의 전면 유리를 응시하며 다가갔다. 휘승은 한껏 의자를 뒤로 빼내 몸을 젖히고 눈을 감고 있다. 나는 어찌할 바를 몰라 차 문에 몸을 대고 차창 안의 휘승을 보기만 한다. 차창에 손바닥을 펴 그의 얼굴을 가려보았다. 이 얼굴…… 그러자 눈물이 흘렀다. 휘승이 눈을 뜨고 나를 보고 있었다. 그가 차 문을 밀고 이것을 어쩌나, 하듯이 내 머리를 당겨 그 위에 손을 얹었다. 내 머리가 숙여져 짧은 동안 그의 무릎에 얹혔다. 그의 바지에 얼룩이 졌다. 휘승은 나를 뿌리치듯 손을 거두고 타라고 했다. 나는 주저 없이 기름통을 가게 안에 들이고 가게 문을 잠근 다음, 셔터를 반쯤만 내렸다.

"춥니? 너 코도 눈도 빨갛다. 털 깎인 양 새끼 꼴이군. 그 머리라 니……"

"이 머리, 끔찍해?"

"아니, 네 본성을 잘 드러냈어."

그가 버릇대로 눈을 찡긋 감으며 웃었다. 전폭적으로 상대에게 자신을 내맡겨버리는 무장해제의 사랑스러운 미소. 차는 도시의 넓은 거리를 빠른 속도로 달리다 신호등 앞에서 울컥울컥 멈추어 섰다. 나는 그의 옆얼굴을 보고 차창으로 보이는 좁은 하늘을 보고 그리고 내 두 손을 보았다.

내 손들은 그의 이마에 닿고 싶어하고 있었다. 그의 콧등을 따라 인중을 따라 입술에 닿고, 턱을 따라 목줄기를 타고 내려가고 싶어했다. 그토록 기다려온 순간이 이렇게, 목까지 다뿍 물이 차듯 이렇게 와 있는 것이었다.

"너 많이 야위었어."

휘승이 메밀국수로 정한 나를 빤히 보았다.

"유부초밥도 주세요."

휘승이 주문을 덧붙이자 나는, 점심 먹었다면서 하는 눈으로 본다.

"니가 다 먹어야 해."

말끝에 눈에 힘을 주며 장난스레 으릉거린다.

"그땐 좋았는데……"

"어느 때?"

"네가 너희 집 가게에서 무어든 훔쳐다주던 시절."

"어두운 데서 더듬느라 늘 정강이께가 까지고 멍들어 있었어."

그때, 바닷가를 헤매며 추운 방에서 오지 않는 휘승을 기다리며 자주 울기도 했으나, 그러나 아직 세상의 상처를 모르던 아이 같던 때였다.

스타킹 샴푸 비누 치약 무스 햄 소시지 빵 잼 우유 맥주 담배 필름 구두약 가위 컵 접시 생리패드 수프 커피 각종 라면 쌀 두부 콩나물 고추장 통조림 생선과 포장육…… 그는 얼마나 많은 것을 가져왔는지 으스대며 자루를 열 때도 그렇게 으쓱댔었다. 나에게 가지고 오기 위해 그는 한밤중에 자주 자기 집 가게인 회성스토어를 털었다.

나는 아버지에게 쫓겨나 혼자 방을 얻어 지냈고 변변한 직장도 없이 그가 훔쳐다주는 것들을 쓰며 살았다. 마당 끝에서 바다가 시작되던 그 방. 갈매기들이 암탉처럼 마당이나 창틀에서 먹이를 쪼며 걸어다니던 해안의 가장 안 집이었다. 돈이 없으면 죽은 듯 엎드려 그를 기다리고 어쩌다 눈먼 돈이 생기면 어항 같은 그 방을 나와 먼 데까지 가보았다. 강원도, 제주도, 지리산, 이제는 바람 든 여자처럼 몹쓸 반촌으로 변해버린 고향…… 차비가 떨어지면 생경한 억양의 낯선 남자에게 울궈내 도망쳐오기도 했었다. 스무 살의 오 년여 동안, 네 번이나 직장을 옮겨다니며 그렇게 미쳐서 떠돌았다.

장휘승. 친구의 남동생. 우리집 행랑아범 행랑어멈의 세번째 손주. 그의 선대는 대대로 내려온 우리 집안의 하솔下率이었다. 처음 내 기억 속의 몇 년간 그들은 여전히 우리집 궂은일을 보는 아래채의 식구들이었다. 그들 가족은 행랑채에 지내던 할아버지부터 다리 건넛마을에 살던 그의 아버지 장씨, 막내아들인 네 살배기 휘승까지 대청마루 아래 멍석이 펴진 마당에서 노할아버지를 향해 일제히 큰절을 올리고, 머리를 깊숙이 조아렸다가 물러났다.

삼각지 안의 기름진 우리 논을 빌려 소작했던 승의 부모는 집안에 크고 작은 일이 생기면 와서 도왔고, 명절이나 기일에도 가족을 이끌고 인사를 왔다. 아버지 형제간의 상속 싸움과 아버지의 연이은 사업 실패와 첩질로 모든 것을 잃고 유씨 집성촌인 고향을 뜰 때에도 함께 짐을 꾸려 나왔었다. 내가 열한 살, 휘승이 아홉 살이던 때였다.

낯선 도시의 골목 하나를 사이에 두고 나란히 살림을 폈었다. 우리 집엔 오빠와 남동생, 그리고 배다른 남동생 둘이 더 보태어졌다. 타지에서 우리집이 마른 웅덩이에 빠진 개구리처럼 숨죽이고 말라가는 데 비해 시장에서 어물전을 편 장씨네는 마른바람에 불이 일듯 활활 일어났다.

아버지가 마지막으로 사업에 실패하고 작은 단층집 대문에서부터 TV, 냉장고, 전화, 의자에까지 빨간 차압딱지가 붙었을 때, 장씨는 그의 아버지인 행랑아범의 유언에 따라 우리집을 건져주었었다. 한동안 우리집에 돈이 드는 일은 장씨가 다 맡아주었다. 내 나이 열다섯 살이었다. 걱정 말아라, 네 대학도 내가 보내준다. 공부만 열심히 하거라. 장씨가 그렇게 말했다. 나는 장씨를 깊이 믿었다. 아버지는 완전히 전의를 상실하고 병든 사람처럼 방안에서 나오지를 않았다. 나오는 건 술병이었다. 쪽마루 밑과 화단가에 소주병이 울을 치듯 이어져나왔다.

휘승…… 내가 여덟 살, 휘승이 여섯 살이던 여름, 나는 집 뒤의 큰 밤나무 기둥에 묶였다. 아버지 방에서 지폐를 훔쳐낸 죄로 벌을 받는 중이었다. 점심도 주지 말고 풀어주어서도 안 되며 누구도 옆에 가지 말라고 명하고 아버지는 나가셨다. 원래 키는 컸지만 가지를 좁게 편 밤나무는 그해 해거리를 심하게 해서 잎조차 비루했다. 인색한 그늘은 그나마 정오가 지나자 완전히 왼편을 돌아 비껴나버렸다.

태양은 드러난 머리 위에 불을 엎지르는 듯했다. 아무도 곁에 오지 말라고 했지만 오빠가 꼬챙이를 든 그의 똘마니떼를 몰고 왔다. 패거리들은 마녀의 처형식이라도 보듯 빙 둘러서서 원을 그리며 나무 주위를 돌다 실실 웃으며 떠났다. 그리고 아무도 오지 않았다. 가뭄이 심해 흙먼지 덮인 잡초 속에 개망초와 소루쟁이 무리가 까맣게 타고 있었고 미루나무 잎들도 때 이르게 노란 물이 들고 있었다. 빳빳하게 풀 먹인 흰 원피스가 땀에 젖어 밀가루 익는 냄새를 피웠다. 하얀 시간 속에 내 눈 속으로 소금물이 흘러들어갔다. 햇볕이 깊이 파고들어 드러난 어깨 부분이 채찍으로 갈겨맞는 듯이 아팠다. 나는 머릿속이 맷돌에 갈리는 듯 빙글 도는 풍경 속에서 의식을 잃어가는 중이었다.

빙글빙글 도는 풍경 속에 체로 친 듯이 포슬포슬한 흙을 밟고 휘승이 오고 있었다. 양손에 가득 오동나무 잎사귀를 쥐고…… 승은 내 머리 위에 넓은 오동나무 잎사귀를 덮었다. 오동나무 잎은 물에 젖어서 뚝뚝 물방울이 졌다. 살을 벗겨낸 듯 붉은 어깨에도 무릎에도 다리와 발에도 물 적신 넓은 오동나무 잎사귀를 덮었다.

나는 꼭 다물고 있던 입을 열고 우앙— 하고 울음을 터뜨렸다. 나는 공포에 사로잡힌 비명과도 같은 울음을 터뜨렸고, 식구들이 놀라 의논 끝에 풀어줄 때까지 한순간도 쉬지 않고 계속해서 비명을 질러댔다. 나는 지폐의 가치가 무엇인지도 모르면서 단지 가지고 나가 친구들에게 뻐기고 싶었을 뿐이었다. 나는 공포와 혐오의 감정에 빠져 발작을 했다. 그것은 아버지에 대한 나의 근원적인 감정의 형태로 굳어버렸다. 그리고 그때…… 승에 대한 나의 어떤 근원적인 감정이 최초로 싹튼 것인지도 모른다.

나를 구해다오, 나를 구해다오…… 나는 늘 그런 기도를 발신했다. 스케치북 살 돈이 없을 때도, 수학시험을 치다가 공식이 생각나지 않을 때도, 선도선생님에게 불려 교무실에 뒤따라갈 때도, 남자애가 긴 골목길을 따라올 때도, 심지어 생리통이 너무 심해 방바닥을 구를 때도, 회비를 잃어버렸을 때도, 학교 변소 뒤에서 손가락 사이에 면도칼을 숨긴 불량한 기집애가 싸움을 걸어올 때도……

휘승은 그의 누나 혜선의 옷을 살 때는 어김없이 내 옷도 사지 않을 수 없도록 만들었고 회비와 학용품과 참고서와 신발과 머리핀 따위도 자신이 챙겼다. 누구나 생각이 미치기만 했다면 알아챌 수 있었을 것이다.

그는 도시락을 두 개 싸들고 다녔던 나의 고3 내내, 밤 열시면 어김없이 교문 앞에 서 있었다. 전신주 기둥에 자전거를 기대 세워놓고 가장 어두운 그늘에 서 있었다. 가슴에 일학년의 노란색 이름표가 박음질된 교복을 입고…… 장씨는 기특하게 생각했다. 혜선과 나를 앞세우고 휘승은 언제나 뒤에서 자전거를 끌고 따라왔다. 골목을 들어서는 모퉁이를 꺾을 때마다 그의 그림자가 불쑥 길어져서 저쪽 담벼락에 비치거나 나의 발밑에 밟히기도 했다. 이학기 들어 혜선이 도저히 가망이 없었던 대학 진학을 완전히 포기하게 되자 우리는 둘이서만 나란히 걷게 되었다. 언제 봐도 희디희었던 승의 운동화…… 나는 처음부터 그의 앞에서 누나인 체 행세할 줄은 몰랐거니와 그 밤의 골목

길에서는 더욱이 고개를 숙이고 걷는 부끄럼쟁이였을 뿐이었다. 나는 거의 말이 없었고 휘승은 가끔 우스운 이야기들을 들려주어 나를 미소짓게 했다.

나의 대입시험 합격, 그리고 졸업식…… 승은 졸업식 전날 밤 내 방에 돌을 던졌다.

그렇게 하지 않았을 수도 있었을 것이다. 그렇게 하지 말았어야 했다. 그러나 우린 그렇게 했다. 그가 창문을 타넘어 들어왔고, 그를 숨기기 위해 방안의 불을 끄고 숨소리를 낮추었다. 그리고…… 우리는 더 깊이 숨기 위해 더 깊이 서로의 몸안으로 파고들었다. 점점 더 깊이……

그렇게 두 마리 야수 같은 운명의 발을 묶어버린 것이다. 한몸으로는 한 발자국도 떼고 나갈 수 없는 소용돌이. 나는 영원이 무엇인지를 알게 되었다. 그것은 흘러나가지 않는 것, 지나가지 않는 것이었다. 우리는 영원에 속해 있었다.

그날 승이 한 말을 나는 고스란히 다 기억한다. 숲을 휩쓸고 가는 바람 소리 같았던 숨소리도, 희미하게 나던 입안의 신김치 냄새까지도…… 고통스럽기만 했다. 처음부터 끝까지…… 우리의 다리 사이에서 피비린내가 났고 어린 시절 고향에서 맡았던 밤꽃 향기가 났다.

기울어진 주인 집안을 단속해주고 또 그렇게 마음 써주는 것을 담담하게 받아오던, 일견 아름다워 보이기도 하던, 양쪽 집안이 승과 나의 관계가 밝혀지자 일시에 뒤집혔다. 그 바닥에는 끊을 수 없는 증오와 멸시가 서로의 꼬리를 물고 겨울잠 든 뱀 구덩이처럼 똬리를 틀고 들끓고 있었다. 그리고 일제히 나를 향해 독살스럽게 머리를 치켜세웠다. 그들은 서로 뼈를 끓일 듯 미워하고 경멸하였던 것이다. 아버지는 처마를 타고 내려오는 구렁이를 본 듯 녹슨 낫을 들고 내 등을 쫓아왔다. 나는 그렇게 쫓겨 집을 나왔다. 이학년 가을, 내 나이 스물이었다. 장씨는 내 학비를 끊어버렸다.

　나는 어쩌자고 그 길로만 갔던 것인지, 그리고 또다시 돌아와 이렇게 앉은 것인지…… 나는 승의 말대로 메밀국수에다 유부초밥까지 깨끗이 먹어치웠다. 내 몸은 밑 빠진 독처럼 다 먹은 뒤에도 배부른 느낌이 없었다.

　승은 말없이 교외의 국도로 차를 몰았다. 국도는 거의 텅 비어 있었다. 마른 지푸라기로 덮인 들판은 늦은 오후의 햇살을 받아 따스해 보였다. 자라나는 것들 다 걷어내고 겉으로도 속으로도 다 잊으면 저렇게 편한 잠에 빠질 수도 있을까, 저 잠이 깨면 또 얼마나 힘이 들까. 승이 갑자기 손을 꽉 잡고 갓길에 바짝 대어 차를 세웠다.

　"어쩌자고 또 이렇게 됐니! 단지 네 이름을 불렀을 뿐인데. 나 그날 엉망으로 취했었어. 미안해, 전화를 하지는 말았어야 했는데."

　그는 새벽 한시에 전화해 자신의 방에서 먼저 받아든 시어머니에게 나를 바꾸어주기를 요구했다. 그리고 내 이름을 불렀다. 해연아! 해연아! 해연아…… 덩치만 큰 아이인 남편이 그때는 잽싸게도 수화기를 뺏어갔다. 해연아, 해연아…… 남편은 내게 물을 권리가 있었고 나는 해명해내야 할 의무가 있었다.

　사랑, 사랑이라기보다는 차라리 목숨. 눈뜨면 언제나 속눈썹 끝에 매달려 나를 내려다보고 있는 사람, 내 몸안에 집을 지은 사람, 물결 속의 물결처럼 영원 속을 함께 겹쳐 흘러갈 사람, 산 채로 나를 삼켜버린, 산 채로 내가 삼켜버린 내 몸속의 짐승, 한날한시 한순간도 잊어본 적이 없는 내 생의 보석. 그가 부르면 나는 모든 것을 다 버리고 달려가…… 그리고 돌아가라 하면 빈손으로, 갈 곳 없어도 돌아가지……

남편은 나를 밟고 목을 조였다.

"너 때문이 아니야. 나 그 집에서 이제 그만 나오고 싶었어. 엄마를 위해 받아들인 결혼이었어, 엄마한테 너무 많이 죄를 지었으니까. 나를 생각하면 심장이 그대로 튀어나올 것같이 괴롭다고 내 앞에서 우시기에…… 엄마가 돌아가시자 아이가 날 붙들었지만…… 잘된 거야."

"넌 여전해. 몸속에 얼음을 가득 채운 듯 시간이 지나가지 않았어. 사 년이 그렇게 흘렀는데도."

승이 나의 뒷목을 쓰다듬다 왈칵 얼굴을 당겨 입 맞추었다. 그의 따뜻하고 축축한 점막이 남루한 내 생을 뒤덮었다. 추워서 떨었던 과거와 어둔 밤길처럼 알 수 없는 미래를. 니코틴 냄새와 스킨 냄새와 벽장에서 나오는 듯한 차가운 바람이 뒤섞인 냄새가 났다. 나는 그에게로 천천히 혀를 보냈다. 그사이 푸른 선이 그어진 커다란 버스가 우리에게로 기울어질 듯 기우뚱 허리를 굽혔다가 지나갔다.

강변에 찍힌 새의 발자국만큼이나 무수한 입맞춤…… 타는 모래처럼 목마른 입맞춤…… 유릿조각을 채우는 듯 아픈 입맞춤…… 피비린내가 나도록 오랜 입맞춤……

다른 곳에서 서로 그리워하는 나무가 있어 어느 날 만나 포개어진다면 이럴까. 가지 뻗은 곳과 가지 뻗은 곳이, 옹이 진 곳과 옹이 진 곳이, 그 나뭇잎 한 잎 한 잎과 잔가지 하나하나, 잔뿌리의 잔털 하나하나까지 내 몸과 꼭 같이 구부러지는 이 느낌. 내 몸이 내 몸의 꿈을 끌어안은 것 같은 완전한 겹침……

승은 정작 차에서 내려서는 캄캄해지도록 높은 둑 아래의 못가에 웅크리고 앉아만 있었다. 못가 하늘엔 푸른 초원을 덮은 푸른 풀만큼 많은 별들이 어지럽게 흔들렸다. 수정 덩어리들같이 크고 맑은 별이 우르르 못 안으로 쏟아지는 듯했다. 추워서 어린 나무처럼 온몸이 떨렸다. 그의 등에 가슴을 대고 그의 어깨에 얼굴을 대었다. 그의 등으로부터 차가운 가죽 냄새와 숨쉬는 파동이 전해져왔다. 바람에 넘어지는 마른 풀잎 소리 같은 숨결. 그의 가슴에 팔을 두르고 파고들 듯이 가슴을 바짝 붙였으나 떨림이 멎지 않았다.

"무슨 생각 하니?"

"……너를 어떻게 하니."

그의 눈가가 붉었다. 나는 손을 뻗어 그의 턱 아래를 쓰다듬었다.

"괴로워하지 마. 그냥 놔두어도 돼…… 정말이야. 난 아무것도 니 탓이라고 생각지 않아. 난 너를 시험하지도 않아. 내게 아무것도 해주지 않아도 돼."

휘승이 얼음조각같이 차가운 내 손을 쥐었다.

"우리 도망가버릴까?"

"……"

나는 전처럼 그러자고, 지금 당장 하자고 떼쓰지도 못하고 쓰레기 같은 놈, 그렇게 하지도 못할 소릴 또, 하며 킬킬 웃어넘기지도 못했다. 그는 그런 말을 스무 번도 더 했으나 한 번도 제대로 실행하지 못했다. 나는 이제 알고 있다. 그는 그럴 수 없다는 것을. 세 명의 형들을 불복하고 떨어져나가는 일이란 그에게 있어 아득한 벼랑 아래로 내팽개쳐지는 일이라는 것을. 그 집안에 있어서 가족이란 단순한 가족 이상의 어떤 내부적 자력이 넘치는 것이었다. 긴 칼을 들어 동맥을 솟구치게 하는 무서운 응결력…… 그는 언젠가 집을 나왔다가 붙들려가 그의 바로 윗형에 의해 손목의 동맥이 잘린 적도 있었다. 나는 무표정하게 그를 응시했다. 그의 손안에 잡힌 나의 손이 녹아 없어진 것 같았다.

"난 아무것도 안 원해. 그냥 둘이 이렇게 간혹 만나 잠시 함께 흘러가기만 해도……"

"그게 아니야 인마, 그게 아니야…… 우리가 가만있어도 세월이 가만두질 않는단 말이야. 우리를 다른 곳으로 데리고 가, 세월이…… 가만히 있었지만 나를 군에 입대하게 하고 너는 더이상 흘러갈 길이 없어지고, 그래서 결혼을 하게 한 그 세월이."

"무슨 일 있구나. 그렇지?"

"……"

그는 갑자기 성난 사람처럼 말문을 닫아버렸다. 돌아오는 내내 말이 없다가 나를 가게 앞에 내려놓고, 마침표를 찍는 다정한 눈빛조차 보내주지 않고 횡하니 떠나버렸다. 나는 자동차의 불빛이 사라져간

거리에 그대로 서 있었다. 가로등 사이에 괸 어둠이 가슴에 뚫린 자국처럼 쓰라렸다. 그는 결국 돌아오지 않았고 나는 나무처럼 뻣뻣하게 굳어진 몸을 간신히 구부려 가게 안으로 들어갔다.

3

27인치 재색 모직 바지, M사이즈 빨간색 슈트, 양가죽 점퍼, 소가죽 통굽 앵클부츠 두 켤레, 칼라에 털 댄 진 재킷, 주문 물량 외에 보충할 물건, 새로 빼내와야 할 물건들을 간단히 메모하고 수첩을 넣었다. 버스가 첫번째 휴게소에 들어섰다. 오징어나 귤 따위를 질겅질겅 씹던 여자들이 바쁘게 일어서서 통로를 빠져나갔다. 그들은 화장실과 공중전화부스가 모여 있는 곳으로 나뉘어 종종걸음쳤다. 무언가를 먹어두어야 했다. 나는 천천히 버스에서 내렸다.

바람이 어디선가 날아온 긴 스카프처럼 몸을 휘감고 지나갔다. 박하향이 나는 청량한 겨울바람의 끝에는 성난 고양이의 날 선 발톱이 느껴진다. 공중전화부스 앞에서 저마다 수화기에 매달려 있는 여자들을 보다가 어디에다 신호를 보내야 할지도 모르는 채 줄 끝에 붙어 섰다.

여덟시. 승은 오디오 대리점에 있지 않을 것이다. 형님들의 나이트 클럽에 나가 있을지도 모른다. 수화기를 귀에 바싹 누르고 오디오 기기들 사이를 울리는 신호음을 듣는다. 텅 빈 가슴속에 따르릉따르릉 깨어지는 거울조각처럼 신호음이 쌓인다.

나는 아무것도 먹지 않고 도로 버스에 올라 어둠을 바라보았다. 여섯 시간 동안 계속 암흑 속을 달려가야 한다. 늘 그렇지만 여행에 대한 공포가 엄습했다. 조금 전 라디오 뉴스는 위쪽 지방에 폭설주의보가 내렸다고 전했다. 생텍쥐페리. 『야간 비행』에서였던가. 비행사였던 그는, 결국 이 하늘 어딘가에서 내가 죽으리란 것을 나는 안다, 라고 써놓았었다. 나도 그런 논법으로 확률을 계산해낸다. 이 암흑의 고속도로 위에서, 어느 날 거대한 쇠뭉치의 죽음이 버스의 옆구리를 깊숙이 찔러들어올 단말마의 순간을……

한시경에 버스는 옷시장에 도착했다. 나는 새벽 시장이 본격적으로 열리는 시간까지 그대로 눈을 붙이고 있다가 두시경에야 내려 길가에 선 채로 어묵국을 사 마시고 시장으로 들어갔다. 다행히 때마침 눈이 그쳤다. 날씨가 나빠서인지 시장은 한산한 편이었다.

세 곳의 상가를 들르고 제법 무거워진 가방을 추스르며 가죽전문점들이 있는 상가로 가기 위해 침침한 좁은 거리로 들어섰다. 스물여섯 혹은 일곱, 긴 머리를 모아서 아무렇지 않게 묶고 무릎까지 덮는 검은색 파카를 입고 인디언 부츠를 신은 여자가 맞은편에서 다가왔다. 양옆에는 불 꺼진 좁은 상점 거리, 간혹 열려 있는 가게에서 새어나오는 불빛이 상점 거리의 눈 쌓인 바닥에 번져 있다. 광주 목포 순천 여수 진주 마산 진해…… 나는 어쩐지 슬픈 남쪽 지방의 이름들을 떠올린다. 그녀도 나만큼이나 먼 곳에서 밤새 달려왔을 것이다.

그 먼 남쪽에서 온 우리는 솜이불 보퉁이만큼이나 큰 가방을 메고 무게에 짓눌려 한쪽으로 어깨들이 처진 채 뽀득뽀득 눈을 밟으며 스쳐간다. 잠시 서로를 알아보는 야광의 푸른 눈빛이 흐른다. 그 눈 속에 달 밝은 들판을 헤매는 허기진 야생 고양이떼의 냄새가 난다. 어디선가 성교의 신음소리 같은 허전하고 흐린 색소폰 소리가 들려온다. 지금은 새벽 세시, 우리는 집으로부터 너무 먼 곳에 와 있다. 이 시장은 잠든 도시의 마디마디 끊어진 꿈 같다. 창녀의 터럭에 덮인 야광의 성기 같다. 무수한 장화를 신은 지네들의 구덩이 같다. 아물기 전에 새로이 뜯기는 전신 화상 같다. 왜 이런 때에 아이 생각이 나는 것일까.

모든 통증은 아이를 상기시킨다. 아이…… 뼛속에 찍은 낙인, 골수에 뒤섞은 증류수, 혈관을 채운 얼음조각, 얼굴에 그인 긴 칼자국……

나는 두 시간 반 동안 헤매었으나 돈을 반도 사용하지 못했다. 가방을 반도 채우지 못했다. 이 모든 것은 의류시장의 불경기와 관련되어 있다. 브랜드들의 파격적인 재고 방출로 시장의 옷들이 구매력을 잃고 있다. 소규모 업자들이 속속 넘어지고 상인들은 다양한 디자인에 대한 투자를 줄이고 한두 품목으로 현상 유지나 하며 버텨볼 심산인 듯하다. 요컨대 선택할 상품이 다양하지 못하다. 그 빨간색의 금색 단추 달린 M사이즈 슈트는 어디에도 없다. 가방을 채우기 위해 가짜 무스탕들을 집어넣어야 할 것이다. 그것도 괜찮다, 그 품목은 실패할 리 없는 올겨울의 히트상품인 것이다. 거기다 그럴싸한 털이 달린 것으로 잘 골라넣기만 하면 손쉽게 '따불' 이상을 붙일 수도 있다. 나는 더 이상의 수집을 포기한다. 머릿속이 햇볕에 타버린 사진처럼 하얗다.

오전 열한시경에 옷 보퉁이를 내리자마자 디스플레이할 틈도 없이 수시간 만에 반 이상이 팔려나갔다. 늘 그런 식이다. 그리고 나머지의 삼분의 일쯤은 다음 날에, 그리고 나머지는 지지부진하게 벽에 걸려 삼사 일을 흘려보낸다. 그 진행은 마음에 든다. 이틀 만에 옷이 다 팔린다면 나는 너무 자주 여행해야 할 것이니까……

나는 틈틈이 전화를 본다. 무당벌레같이 몇 개의 검은 점이 박힌 빨간색 전화기는 잔뜩 웅크린 채 시치미를 떼는 듯하다. 그동안에 전화가 왔을까, 그는 왜 전화조차 이리도 하지 않는 것일까, 무슨 일인가가 있는 것이 아닐까.

집주인 여자는 그것이 주인으로서 누려야 할 특권이라도 되는 것처럼 이번에도 옷들을 거의 죄다 입어보았다. 순전히 그 재미를 보기 위해서 옷가게를 넣었다고 서슴없이 떠든다. 그녀는 옷수선가게의 세를 조금 더 올려 두 달 전부터 수영장엘 다닌다. 제법 효과가 있어서 빠르게 몸매가 가다듬어지고 있고 한껏 옷 입는 재미에 빠지는 중이다. 그러나 그 여자는 머리를 숙일 때마다 드러나는 자신의 머리밑이, 흔히 하는 농담처럼 급격히 속알머리가 없어지고 있다는 것을 모르는 모양이다. 그걸 안다면 머리를 양팔로 감싸고 다닐 텐데. 수영장 물에 섞여드는 락스의 악영향을 고려해 최소한 수영은 중단할 텐데. 하긴 그래서 돈이 남는다고 옷수선가게 세를 도로 내려주지는 않을 것이다. 아마 아이 학원을 한 군데 더 보낼지도 모르지……

옷수선집 여자는 내가 지나가도 꼼짝 않고 미싱 앞에만 몸을 구부리고 있다. 놀라게 하려고 불쑥 들어가보니 눈 밑에 퍼런 멍이 들어 있었다. 잘 갔다 왔느냐, 는 말조차 없었다. 그녀가 말을 하지 않는 일은 좀처럼 없던 일이어서 난감하고 마음이 아팠다. 표면적으로 보아 알 만하고 그녀의 감정상태란 결국 택시드라이버인 그의 아저씨로부터 기인된 것일 테고, 그러니 아무것도 굳이 물을 것이 없었다.

주혜 엄마는 가게 문을 닫을 쯤에야 남자의 팔에 매달려 지나갔다.

주혜는 온종일 혼자 있었을까. 긴 원피스 위에 가죽점퍼를 어깨에 덮었는데 남자의 점퍼인지 남잔 스웨터만 입고 있었다. 스물세 살이나 되었을까. 남자는 어떤 일을 하는지 어떤 부류에 속하는지 알 수가 없는 모습을 하고 있었다. 아직 군대도 갔다 오지 않은 대학생이거나 지저분한 작은 주물공장에서 더러 밤을 새워 일하는 아직 잔뼈가 굵지 않은 노동자이거나 이제 막 학원을 졸업한 바텐더이거나…… 확실하게 말할 수 있는 게 있다면 그 남자는 아직 양 뺨에 솜털이 덮여 있을 부드러운 소년이라는 점이었다.

승은 전화하지 않았다. 오디오 대리점엔 항상 그가 없었다. 그를 바꾸어달라고 하면 번번이 그의 둘째형이 받곤 했다. 나는 셔터를 내린 가게의 어둠 속에 앉아 소주를 마셨다. 히터를 꺼버려 냉기가 몸을 조여왔다. 머릿속에는 기다림이 집요하게 신경을 끌어당겼다. 퓨즈가 나갈 것만 같았다. 폭발할 것만 같았다.

지긋지긋해! 나는 나를 끄집어내 멀리 던져버리고 싶었다. 나의 내장을 줄줄 뽑아내 고압전선에 감아서 태워버리고 싶었다. 나는 술 한 잔을 목 안에 털어넣고 카디건을 벗었다. 또 한 잔을 털어넣고 스웨터도 벗었다. 잠시 뒤에 양말을 벗었다. 그리고 바지를 벗었고 속옷도 벗었다. 브래지어와 팬티도 벗어던졌다. 몸이 와그르르 떨리며 온몸에 거친 모래알 같은 소름이 돋았다. 나는 와들와들 떠느라 바라던 바대로 정신을 잃을 지경이었다. 몸이 시장바닥의 언 생선궤짝처럼 굳어져갔다.

4

사흘 동안을 꼼짝 못하고 앓았다. 반지가 휘휘 돌아다니는 것으로 보아 며칠 사이 많이 야윈 모양이었다. 셔터를 열고 오랜만에 아침빛을 보니 세상이 한결 청량하게 느껴진다. 햇살이 물에 헹구어낸 듯 맑고 안타깝도록 여렸다. 좋구나, 하고 햇빛을 보는데 눈물이 났다. 옷수선가게 앞까지 물을 뿌리고 비질을 하고 화장실 청소를 한 후 쓰레기를 묶어 내고 새 비닐을 씌웠다. 옷수선가게는 아직도 문을 열지 않았다. 목욕을 다녀왔는데도 수선가게 셔터가 그대로 내려져 있었다. 외투를 어깨에 걸치고 커피를 마시고 옷들을 손질해 다시 디스플레이했다. 윈도의 유리도 닦았다. 따뜻한 날씨였고 손님은 한 명도 오지 않았다.

반지하 싱크대공장 옆 공터를 아무 생각도 없이 바라보고 있는데 느닷없이 배를 걷어차인 듯 욱, 하고 울음이 쏟아졌다. 나는 참으려고도 하지 않고 허엉허엉 울었다. 때로 눈물도 허기처럼 달래기만 할 수는 없는 것이다. 종이상자 속처럼 허술한 가게의 천장과 벽과 바닥을 두리번거리며 이 낯선 곳이 어디일까, 휘승은 왜 전화도 하지 않는 것일까, 휘승은 어디로 가버린 것일까 하며 울었다. 불쑥 들어선 손님이 우는 나를 보고 쭈뼛쭈뼛하더니 돌아나가버렸다. 모르는 사람의 눈물 속에 성큼 들어설 수 있는 사람은 별로 없을 것이다.

주혜 엄마가 들어왔다. 좋은 일이 있는지 몸이 팡팡 튀어오를 듯 경쾌했다. 예의 그 어린 남자는 유리문 밖에서 길 쪽을 바라보고 섰다.

"내 애인."

"알아. 그저께 밤에 보았어."

"왜 생뚱하게 말하니?"

"글쎄, 주혜 엄마한텐 어떨지 몰라도 저 남자에겐 좋은 경험이 아닐 것 같아서."

"별 걱정 다 한다. 애들은 그렇게 자라는 거야. 나를 지나가면 저앤 드디어 남자가 되겠지. 그것도 괜찮은 거야. 남자에겐 누구나 그런 누이가 있기 마련이라구."

주혜 엄마가 앞단추가 길게 달린 검정 원피스를 입고 거울 앞에 서자 남자가 들어왔다. 남자가 그녀에게 다가서며 눈을 질끈 감고 고개를 가로저었다. 그 순간 주혜 엄마의 눈이 남자의 눈 속으로 깊게 얽혀들더니 단추를 한 개씩 풀었다. 네번째 단추를 풀고 돌연 어깨로부터 옷을 끄집어내렸다. 가슴이 드러났다. 붉은 갈색의 작은 유두가 다툰 듯 각기 바깥쪽으로 향해 있었다. 반쯤만 차 있는, 헐렁해 보이면서도 알 수 없는 여운을 주는 표정이 풍부한 가슴이었다. 그녀는 허리를 굽혀 까르르 웃으며 몸을 수습했고 남자는 이마를 딱, 치더니 한번 휘청하고는 뭐라고 중얼거리며 빙글 돌아 밖으로 나갔다. 제기랄. 골때리는군, 이라고 했던 것 같다.

"이 옷 안 되겠다. 난 남자와 함께 옷 살 때는 백 프로 남자의 결정에 따르거든. 그건 말이지, 나는 당신의 여자가 되고 싶습니다, 라는 고백 같은 거야. 쿡! 그러니 내가 옷이 많을 수밖에. 남자들은 다 같은 것 같지만 또 조금씩 다르거든. 해연씨, 우리 지금 가게 계약하러 간다. 꽤 큰 다방이야. 저 집을 내놨거든."

주혜 엄마는 미리 골라둔 푸른색 실크스카프만 목에 두르고 나가다가 홱 돌아보았다. 풍선처럼 부풀어오른 웃음을 억지로 눌러 잔뜩 울상을 지은 얼굴이었다.

"그런데 나 어떡하지! 이번엔 나, 저 남자를 진짜 사랑하는 거 있지. 말려든 거 같애!"

주혜 엄마는 미끄러지듯 거리로 나가 팔딱 뛰어 남자의 어깨에 매달렸다. 스카프가 바람에 길게 날렸다. 아하하하— 맑게 가라앉은 겨울 공기 속에 겨자 향 같은 싸한 웃음소리가 잠시 떠돌았다.

오십 중반이나 되어 보이는 아주머니들이 들렀다가 어디를 가도 자기들은 사 입을 옷이 없다며 투덜투덜 돌아갔다. 애기를 업고 온 여자가 일주일 전에 사갔던 앙고라 스웨터를 들고 와 바꾸어달라고 떼를 쓰다가 뜻대로 되지 않자, 자기는 이 동네 토박이인데 이러고도 장사를 얼마나 잘할 수 있나 두고 보자며, 문을 꽝 닫고 돌아갔다. 전날 들렀다가 갔던 농협 아가씨가 동료를 다섯이나 데리고 와 한 가지씩 옷을 사들고 가는 바람에 갑자기 매상이 휘끈 올랐다.

부산한 시간이 지나자 따끈한 보리차를 후후 불며 마시고 있는데 위층 난희가 그의 남자친구와 나란히 큰길로 나가는 것이 보였다. 난희는 오늘 청바지 위에 밍크털 느낌이 나는 새하얀 반코트를 입고 있어서 그녀의 꿈대로 어느 양갓집의 귀염받는 규수 같다. 가끔 긴 머리를 출렁이며 딱딱한 포장길 위를 토닥토닥 튀어오르는 것이 그런 환상만으로도 즐거운 모양이었다.

두 사람에게 눈길을 주고 있는데 갑자기 검은 형체가 시야에 들어왔다. 하늘에 뜬 검은 구름 같은, 공터에 내버려진 해진 이불 보퉁이 같은, 누군가 뱉어놓은 고뇌의 덩어리 같은…… 카추샤였다. 그녀를 그렇게 멀리서 보기는 처음인 것 같다. 추워서인지 얼굴은 더 거무튀튀해 보였고 나들나들하게 낡은 베이지색 누비외투 속의 몸은 부은 듯이 부풀어 보였다. 그리고 실내화 같은 싸구려 청색 운동화…… 그녀는 보기 드물게 가난한 여자의 모습을 하고 있었다. 살찐 가난한 여자는 더욱 슬퍼 보인다. 그녀는 내가 보고 있는 것도 못 느끼는지 울 것만 같은 얼굴을 하늘로 향해 든 채 다가왔다. 그리고 곧장 나의 옷가게로 짤랑, 방울을 건드리며 들어왔다.

나는 팬히터 쪽으로 앉히고 이제 막 끓여두었던 물을 따라주었다. 그녀는 뜨거운 물을 식히지도 않고 꿀—꺽 마셨다. 화장도 하지 않은 맨살이 부은 듯이 푸르스름했고 눈 밑의 멍은 이제 노랗게 변해 있었다. 그런데도 눈 속만은 헹구어낸 듯이 정갈했다.

"우리 아저씨 집에 잘 들어왔니?"

"글쎄…… 나도 며칠 가게 문을 못 열어서…… 언제 갔었는데?"

"그저께."

여자가 숨을 길게 마시며 눈을 커다랗게 뜨더니 내 눈 안에서 무엇을 찾으려는 듯 힘있게 응시했다.

"해연아, 나 아들 보고 왔다."

무거운 것을 끙, 하고 옮겨다놓듯, 그 말이 가슴에 뿌리째 박혀든다. 그래서 그렇게도 허둥허둥해 보였구나. 나도 아이를 보고 오면 이런 모양일 테지, 하늘을 향해 얼굴을 들고 발이 들린 채 허둥허둥 걷겠지.

"나 아들이 있어. 아주 커, 열네 살이나 된다…… 스무 살에 멋모르고 낳은 아이야."

294

그새 입안이 다 마르는 듯 마른침을 삼키고 또 물을 마셨다. 물을 마시고 눈을 드는데 이미 눈물이 후득 떨어진다.

"아, 어떻게 해야 할지…… 어떻게 해야 할지 그걸 모르겠어."

옷수선 여자는 번쩍 고개를 들고 몸을 의자 등받이에 닿도록 젖히고 앉아 붉은 음식이라도 먹듯이 자신의 입술에 고이는 눈물을 야금야금 먹었다.

"아일 키워주던 큰고모가 돌아가셨어. 오늘 장례식 치렀어. 아일 그 골짜기 빈집에 혼자 두고 왔는데…… 우리 아저씬 몰라, 아무것도 몰라."

나도 눈물을 닦는다. 나도 아이가 있어. 세 살이야. 먼발치에서 순식간만이라도 보고 싶어. 그렇게 말하면 그녀에게 좀 위로가 될까…… 그녀는 따라서 우는 나를 물끄러미 쳐다보다가 입술 끝을 실룩거리며 웃어주었다. 그러나 웃음 끝에도 눈물은 여전히 굴러떨어진다.

"내 아들이 참 잘 컸어. 얼마나 듬직하게 컸는지…… 등이랑 어깨가 조용한 게 무겁기가 엎드린 산 하나만해…… 그동안은 무엇에 홀려 그 많은 세월 동안 아들을 버려 놔두었었는지 모르겠어. 이젠 안 그럴 거야, 좋은 공부도 시키고 내가 데리고 살 거야. 그런데 어디서부터 어떻게 풀어야 할지를 모르겠어. 우리 아저씬 아무것도 모르거든. 그리고 우리 아저씬……"

그녀는 물을 쭉 마시고 바쁘게 눈물을 닦았다.

"이건 울 일이 아니야. 그래, 울 일이 아니고말고. 무슨 방법이든 있을 거야, 방법을 찾아야지. 이번엔 절대로 울기만 하다가 일이 돌아가는 대로 내버려두지는 않겠어."

그녀는 밀린 일감도 많다며 안간힘으로 웃어 보이며 나갔다. 나가
거나 들어설 때 웃으려고 하는 건 그녀의 오래된 습관인 것 같았다.

나는 참치캔을 열어 거만한 흰 고양이처럼 저녁을 먹고 셔터를 내
리기 전에 큰길을 건너가 바게트빵과 약과 술을 사왔다. 전화 코드는
뽑아버렸다. 셔터를 내리자마자 술을 마시고 약을 먹고 그리고 이불
을 뒤집어쓰고 잠들어버릴 작정이었다.

5

폭풍이 부는 것인가, 해일이 넘치는 것인가. 무엇이 저리 문을 흔
드는 것일까? 왜 저 문은 열리지 않는 것일까. 나는 무너진 담벼락 같
은 잠에 눌린 채 벽들의 너머에서 들려오는 문 두드리는 소리를 듣고
있었다. 그것은 물속에서 울려오는 듯 내가 닿을 수 없도록 먼 곳에서
들리는 문소리 같았다. 그리고 어느 순간 전구 속의 필라멘트가 떨어
지듯 암흑 속에서 고요하게 눈을 떴다. 심장이 가슴 안에 떨어진 필라
멘트처럼 짤랑짤랑 흔들렸다.

셔터를 올리자 그가 나를 끄집어냈다. 눈이 내리고 있었다. 조용하
게 평평 내리고 있었다. 눈이 부셨다. 가게 불빛이 그의 얼굴을 비추
었다.

그는 긴장되어 보이고 두려움에 빠진 듯 보인다. 그의 눈은 운석으
로 빚은 듯이 차갑고 단단하게 빛난다. 오랫동안 너무 뜨거웠던 고통
의 기억이 각인된 싸늘한 눈동자.

우리의 머리카락 위에 눈이 떨어진다. 그의 팔이 나의 등을 덮친다. 그의 양팔이 나를 들어올려 끌어안는다. 가루가 되어 그의 발밑에 수수 쌓일 것 같다.

눈이 나의 두 눈 속에 떨어진다. 나는 그의 어깨에 눈을 비빈다. 그가 내 몸을 떼어낸다. 손가락으로 내 머리카락을 흩뜨려놓는다.

"지푸라기같이 야위었구나⋯⋯"

그는 뭔가 더 말하려다가 만다.

"그동안 어디 있었어? 뭘 했어?"

"묻지 마, 제발. 지금은 아무것도 묻지 마."

휘승이 나의 방을 둘러본다. 지하 주차장 같은 나의 방⋯⋯ 그러나 그에게 그다지 생경한 광경은 아닐 것이다. 나의 방이란 늘 이랬으니까. 승이 나의 등을 끌어안는다. 순간적으로 바람에 날려와 와들와들 거리며 윈도에 달라붙어 입 맞추던 펼쳐진 신문지가 떠오른다. 승도 그처럼 나에게 오기가 힘이 들었을까, 이리 오래 걸렸을까. 그의 이빨이 어깨뼈에 파고든다. 악― 내 몸이 앞으로 휘어졌다가 일어선다. 그의 이빨이 날갯죽지에 박힌다. 나는 얼마나 이 사람을 그리워해왔나. 이내 눈물이 흐른다. 그가 격정적으로 가슴을 움켜쥔다. 가슴이 두 개의 눌린 공처럼 튀어나갈 것 같다. 나는 소리를 지르며 휘어진다. 등 뒤의 지퍼가 열리고 그의 이빨이 가슴에 박힌다. 영혼이 젖꼭지 밖으로 굽이쳐 흘러가는 것 같다. 나의 활짝 벌어진 손가락들이 그의 머리칼 속에, 목덜미 위에, 등줄기를 따라 흘러내리다가 비명을 지르며 검은 스웨터 속으로 파고든다. 나의 얼굴은 눈물에 흠뻑 젖어 머리카락

들이 들러붙는다. 그가 머리카락을 걷고 따뜻한 흡반으로 맑은 물이
고인 나의 입술을 물고 달아난다. 입술이 물감처럼 그의 입안에서 풀
어진다. 두 귀는 따뜻한 바다에 빠져 둥둥 떠내려가는 것 같다. 푸른
물결이 나선형으로 펼쳐진 손수건들처럼 팔락팔락 흘러가고…… 따
뜻한 물 밑에서 솟구치는 공처럼 몸이 떠오른다…… 내 속에 기포를
내쉬는 아가미가 있는 것 같다. 눈 속으로 입속으로 콧속으로 따뜻한
물이 흘러나가고 그리고 흘러들어온다.

　오랜만에 완전한 잠에서 깨어났다. 열 개의 손가락들을 천천히 펴
올리며 분홍색 요람 속의 아기처럼 희미하게 웃는다. 나는 행복하다.
나무에서 떨어진 사과처럼, 완전히 바닥에 떨어졌던 깊은 잠을 자고
깨어날 때. 아직 지상에 오르기 전, 아직 손아귀에 아무것도 쥐지 않
은 그런 순정한 아침에……
　누운 채로 몸을 돌려, 벽에 기대어 잠든 휘승을 본다. 검은 스웨터,
감긴 눈, 입가의 거뭇한 자국, 세운 무릎 끝에 완전히 이완된 손이 떨
어져 있다. 그의 것 중에 한 가지만 가지라면 저 손을 가지리라. 잔털
하나하나의 자리와 그 길이와 쓰러지는 방향과 손가락 끝 소용돌이의
무늬까지 다 알 것 같은 저 손의 향기와 온기와 감촉…… 그런데 그
는 왜 저리도 슬픈 잠에 빠져 있는 것일까, 악몽처럼…… 가만히 흔
들어서 쫓아버릴까.
　잠에서 깬 그는 조금씩 조금씩 수축하며 현실로 돌아온다. 그리고
눈을 뜨고 맞은편 벽을 본다. 눈 안이 붉게 충혈되었다. 그 눈 속에 눈
물이 고인다. 잠 속에서 울고 있었던 듯 눈물이 흐른다. 털짐승이 지

지직거리며 불에 타듯 내 몸이 오그라붙는 통증을 느낀다.

"미안해……"

그리고 급기야 미안해, 라고 말한다. 미안해, 그는 자기의 전 존재를 뉘우치는 듯 그런 말을 하고 일어서서 나간다. 나는 순식간에 모든 것을 안 것 같은 기분이 된다. 모든 것. 그것은 외투를 입은 채 느닷없이 찬물을 뒤집어쓴 것 같은 기분이다.

"무슨 일이니?"

"……"

"제발 말해줘. 너 그사이 결혼이라도 했니?"

그의 눈빛이 결혼보다 더한 것도 했다는 듯 동요 없이 나를 건너다본다.

"해연아,"

충혈된 눈이 칼로 저민 듯 아파 보인다.

"무슨 일이니? 말을 해봐."

"안 듣는 편이 나아."

휘승이 두 손을 펴 나의 귀를 막듯이 싸안는다. 그리고 내 이마 위에 그의 턱을 댄다.

"넌, 절대로…… 나를 용서하지 못할 거야. 차라리 그게 살아갈 힘이 될지도 모르지. 날 용서하지 못하게 되더라도 너는……"

그가 몸을 떼낸다.

"해연아, 너 독하지? 너 쉽게 망가지는 여자 아니지?"

나는 공포가 서린 눈으로 고개를 좌우로 흔든다. 자꾸 고개를 흔든다.

"나중에, 다음에 전화할게."

그는 그런 식으로 나간다. 접착제가 붙은 손으로 양손에 묻어오르는 실오라기들을 애써 떼어놓듯이. 짤랑, 유리문이 열리고, 우르르릉 녹슨 셔터가 열렸다. 그리고 망설이는 듯하다가 얼마 뒤 차 시동 걸리는 소리가 들리고, 그는 결코 되돌아오지 않고 가버렸다.

6

집주인 여자가 삶은 고구마를 들고 들어왔다.

"아이구 쯧쯧쯔, 이거 먹어봐. 무지개 이야기 들었어?"

그녀는 연방 의자에 걸터앉기 위해 엉덩이를 내미는 순간에도 입이 간지러워 못 참겠다는 얼굴이다. 설거지하다 튀어나왔는지 채 물기가 마르지 않은 손끝이 붉다.

"무지개가 쪽박 차게 생겼어. 글쎄 남편이란 작자한테 받은 집이 팔려고 보니 벌써 넘어가버린 집이더래. 당사자만 까맣게 모르고 있었던 거야. 어떻게 그렇게도 몰랐는지. 하긴 날이면 날마다 바람이 나서 싸돌아다녔으니 모를 만도 하지. 아무리 세상이 무섭고 더러워도 그렇지, 남편이 위자료라고 준 집이 그럴 줄이야 저도 상상이라도 했겠어? 물에 빠뜨리고 뒤통수까지 치는 격이지. 어쨌거나 십수 년을 살 맞대고 같이 산 인간이 어떻게 그렇게 뒤를 칠 수가 있을까. 더러운 세상이야. 한이불을 덮고 잔다고 한식구라고 할 수도 없는 세상이고."

나는 열기가 오르는 볼을 손바닥으로 싸안고 전화기만 쏘아보고 있었다. 집주인 여자는 내가 별 반응이 없자 독무대를 만난 양 더욱 기세를 높여 떠들었다.

"무지개가 거품을 물고 넘어갔대. 전에도 그런 적이 몇 번 있었거든, 그 집 남자가 피를 말렸어. 정신병원에도 다녔잖아. 그때만 해도 살이 잔뜩 쪘었는데. 그땐, 약 먹을 줄은 알아도 외간 남자 사귈 줄은 몰랐어. 몇 번 죽었다 깨어나더니 살도 빠지고 사람도 회까닥 변했지. 이즈음에 붙어다녔던 그 작은 애인이 그래도 어디 안 가버리고 얼쩡거리고 있더라. 하긴 좋아서 붙어 있는지, 본전 생각이 나서 붙어 있는지 알 수야 없는 일이지. 한창 커나가야 할 어린 제비가 무슨 알뜰한 순정을 바칠 일이 있다고 알거지가 된 여편네한테 붙어 있을까."

그녀는 내 얼굴을 들여다보더니 어디 아프냐고 묻고, 별 반응이 없자 잠시 혼자 더 중얼대더니 많이 아픈가봐, 하며 고구마 그릇을 두고 나가버렸다.

그녀가 나갈 때도 나는 전화기를 쳐다보고 있었다. 주혜 엄마가 푸른색 실크스카프를 두르고 젊은 애인의 어깨를 짚으려고 팔딱 뛰어오르던 모습이 붉은 전화기 위에 비쳤다가 지워졌다. 전화는 오지 않았다. 이전에, 그 어떤 어려운 때에도 휘승이 요즘처럼 이랬던 적은 없었다. 사흘째 전화기 앞에서 꼼짝도 하지 않았으나 그는 전화를 하지 않았다.

"니가 봤니? 내가 왜놈 현지처 하는 걸 니가 봤니! 왜 보지도 않은 일을 말을 만들어 옮기고 다니니?"

뭔가 옥신각신 심상치 않은 소란이 오고가더니 옷수선 여자가 급기야 판을 뒤집어엎으며 목청을 찢어발기듯 소리소리 질렀다.

"헛소문 좋아하네, 난 들은 대로 옮겼을 뿐이네. 세상이 넓은 거 같지? 몸 옮기면 아무도 모를 거 같지? 너 쪽바리 영감하고 붙어살았던 아파트에 같이 산 사람이 바로 요 동네로 이사 와서는 대뜸 너를 알아보더라. 그 사람 불러주랴? 내가 없는 말 한마디라도 했나 대면시켜주랴? 그 사람 처음부터 끝까지 전부 다 알고 있다더라. 유명했다 하던데 뭘. 신문에도 났다지? 일본인 현지처가 운전기사인 애인과 짜고 아파트를 팔아먹고 도망갔다가 잡혀 둘이 같이 징역을 살게 되었다고. 아마 그 애인이⋯⋯"

주인집 여자의 음성도 굵어졌으나 옷수선 여자보다는 한껏 여유가 있어서 유들유들하게 들렸다.

"이 썅년, 너 내 손에 죽어볼래!"

옷수선가게에서 물건 넘어지는 소리, 아우성 소리, 사람이 벽에 부딪혀 넘어지는 소리가 들려왔다.

"이년이 정말 사람 잡겠네! 아얏, 내 머리⋯⋯ 놔라, 이년아! 악―"

이번에는 주인여자가 긴 비명을 질러댔다.

"그래 이년아, 나 술잔 따르다가 왜놈 현지처도 했고 콩밥도 먹을 만큼 먹었다. 그래서 니년이 내 사는 데 보태준 거 있니? 니가 뭔데, 뭘 아는 게 있다고 콩이야 팥이야 하고 다니니? 너 오늘 잘 걸렸다. 이리 와, 주둥이를 미싱으로 꼭꼭 박아줄 테니! 동네 사람들이 나를 일제 갈보라고 한다고? 이년아, 내 씹이 갈보면 니년은 이 주둥이가 갈보다!"

"악― 사람 살려― 아악!"

옷수선 여자는 옷소매를 팔뚝까지 걷어올려 맨살을 내놓고 레슬링 선수처럼 주인여자를 획 들어올려 가게 밖으로 내꽂았다. 손아귀에 옷수선 여자의 머리카락을 쥔 주인여자는 정말 입 어디가 찢어졌는지 피를 흘리고 있었다. 둘러서서 구경하던 근처 노가다판 남자 몇이 뒤늦게 뜯어말렸지만 옷수선가게 여자와 주인여자는 곧 다시 엉겨붙었고 그 싸움은 삼 일 동안 계속되었다.

"그 여편네들 무작스럽게 독하네."

"씨팔, 저런 년들하고 한번 붙어서 해봤으면 좋겠네. 지가 죽나 내가 죽나, 사흘 낮 사흘 밤, 밑이 빠지게 해보는 거지."

"킬킬킬……"

"킬킬킬……"

싸움을 떼낸 사내들이 킬킬거리며 가게 앞을 지나갔다.

옷수선 여자는 성난 황소처럼 모두에게 적개심을 품은 것 같았다. 나까지도 포함해서. 그녀는 나와 가게 앞에서 스칠 때에도 말을 걸지 않았고 나 역시 그랬다. 그러나 그녀가 나를 보았더라면 나는 틀림없이 그녀를 향해 웃어주었을 것이다. 힘내. 그 수밖엔 없어, 하는 눈빛으로.

7

흰색의 신형 승용차가 가게 문 앞에 바짝 붙어 섰다.

뜻밖에도 남편이 내렸다. 윈도 쪽으로 짧게 눈길을 던지더니 뒷문을 열고 허리를 깊숙이 구부려 아이를 꺼내올렸다. 심장이 멎는 듯했다. 남편은 늘 하던 일이기라도 하듯 거리낌없이 가게 문을 쨀랑 열고 아이의 등을 밀어넣었다. 아이가 쪼르르 달려들어왔다. 전에 보았던 겨우 몇 걸음 떼는 걸음걸이가 아니었다. 아이는 능숙하게 뛰었다. 나무 속에서 새로운 가지가 나오고 전에 없던 새로운 잎이 나오듯이 오래 안 본 아이는 성큼 커버려 생경할 지경이었다. 아이의 얼굴엔 완연히 할머니 색이 많았다. 아이는 엄마 앞에서 머뭇머뭇거리며 아버지를 돌아보았다. 아버지와 눈이 마주치자 아이는 늘 꾸는 꿈속에서처럼 나의 다리를 힘주어 걸어찼다. 서러움이 가득차 눈앞이 캄캄해졌다. 바닥에 무릎을 꿇고 끌어안자 아이는 가만히 몸을 맡겼다. 내가 등을 두드리자 같이 등을 두드리기까지 했다. 솜으로 만든 손처럼 너무나 작고 가볍고 따스한 손이었다. 볼을 쓰다듬는데 손바닥에 가슬가슬 튼 살이 만져졌다. 나는 아이를 꽉 끌어안았다.

"엄마가 가보라고 해서……"

그는 고작 그렇게 말했다. 그의 엄마가 가보라고 안 했으면 결코 오지 않았을 남자였다.

"어머니가 가서는 어떻게 하라고 했는데요?"

"……"

그는 무심코 한 말에 꼬리가 물려서 어쩔 줄을 몰라했다.

"그냥 내가 와보았어. 어떻게 지내는지 궁금해서."

그는 가게와 안쪽에 딸린 방을 흘끔거리며 좀 안됐다는 표정을 지었다.

"어머닌 잘 계세요?"

"갑자기 많이 늙으셨어. 사람들이 다 놀래…… 너도 많이 여위었군."

너도 갑자기 늙었다는 말같이 들렸다.

"아이가 많이 컸어요. 아버님 일도 그렇고 이런저런 일로 어머니께서 고생하셨겠지요."

"정말로 그렇게 생각하나?"

"물론이지요."

사랑을 나누어 받아보지 않은 아들은, 사랑을 나누어 주어보지 않은 어머니는 어쩌면 모성에 대해 과대망상적인 기대를 갖고 있는 것이 아닐까. 아이는 그새 품안에서 잠이 들어버렸다. 아이를 방안의 침대에 눕히고 아이의 몸 위에 포개듯 엎드려 목 밑으로 코를 비볐다. 나의 기원과도 같은 향기롭고 떫은 살내가 났다. 머리부터 발끝까지 키도 가늠해보고 손도 들어올려 내 손바닥에 놓아보고 발도 꼭 쥐어보았다. 아이는 어린 모종처럼 아직 너무나 작았다. 아직은 아무것도 겪어서는 안 될 만큼 여렸다.

작은 손을 젖가슴에 갖다붙이고 나란히 누워 있으니 바닥에 쓰러져 산산이 나를 부수고 싶은 격정이 치받쳤다. 이 어미를 용서하라고, 이제부터 다 잊고 너 하나만을 위해 살겠다고…… 그러나 그것은 파산이었다. 그런 화해는 나 자신의 자살이었다. 나는 어지러운 유혹을 떨쳐내듯 벌떡 일어나 가게로 나갔다. 그는 차 안에서 가져왔는지 캔맥주를 마시고 있었다.

"엄만 어쨌거나 주현이를 봐서 너를 용서해야 한다고 말하셔."

"당신은요?"

"나?"

"그렇지요, 당신."

"건방지긴 여전하군. 당신 잘한 거 하나도 없어. 아주 지독한 여자
야."

그가 발끈 분개하자 그의 음성이 바르르 떨려나왔다.

"전후 사정을 다 두고라도 나가랬다고 잠든 새끼 놔두고 그렇게 나
가는 여자는 세상에서 당신밖에 없을 거야. 그런데도 나는 하루도, 정
말 하루 한 시간도 당신을 잊을 수가 없었어. 당신은 하루 한 시간도
내 생각을 하지 않을 거라는 것을 뻔히 알면서도 말이야."

"이상한 일이군요. 전에 당신은 하루 십 분도 나를 바라본 적이 없
었는데……"

나도 캔맥주를 뜯어서 마셨다.

"당신은 내 첫 여자야. 난 가급적이면 인생을 혼란스럽게 만들고 싶
지 않아. 내 인생은 모든 게 하나면 족해, 우리 집안은 죽 그래왔어."

"그래요, 심지어 신발도 한 가지만 있어야 하지요. 당신 집안은 그
래서 답답해요. 그러나 그런 근거가 나를 용서할 수 있도록 만들었다
면 오히려 그 답답주의에 감사해야겠군요."

그도 운이 좋은 편은 아니었다. 나이 서른에 평생 처음으로 한 여자
에게 깊이 반했으나 나라는 인물은 결코 질 좋은 아내가 아니었던 것
이다. 무엇보다 나라는 존재는 그 자체가 파탄의 실마리를 내포하고
있었다.

"그리고 나도 직업을 갖겠어. 최선을 다해볼게."

무슨 직업을요? 당신이 무슨 일을 오래 계속할 수가 있지요? 나는

말을 삼키고 입을 꼭 다문다. 그는 빈약한 앞머리가 더 빠진 듯해 보였고 좀 초췌했다. 아직 생이 시작되기도 전에, 이제 겨우 한 걸음씩 떼면서 그는 급격히 늙어가고 있었다. 나는 그 순간에도 전화기를 바라보았다. 승은 왜 그날 밤 전화를 했던 것일까, 그가 전화하지 않았다면 여전히 나는 그렇게 살고 있었을까, 쫓기는 토끼가 들어선 막다른 골목 같던 그 허황한 결혼 속에.

"물론 당신은 직업을 가져야겠지요. 그러나 나는 이대로 두세요."

어찌나 단호하게 말했던지 나의 눈에 불꽃이 번쩍 일어난 기분이었다.

"뭐?"

그때 전화벨이 울렸다. 남편은 전화기를 노려보았다. 바르르 가슴이 떨렸다.

"당신은 어머니 그늘에서 벗어나야 한다는 뜻이에요. 어떤 여자도 남편이 아닌 시어머니로부터 부식비며 목욕비며 속옷이며 신발 한 짝 살 돈을 타 쓰며 살 순 없을 테니까. 그리고 나는 이대로 살겠어요. 당신 어머니 집에 들어가지 않겠다는 뜻이에요."

전화벨이 계속 울렸다. 수화기를 들었으나 저쪽에선 아무 말도 없었다.

"여보세요?"

내 눈이 남편과 마주쳤다.

"더러운 년!"

그가 곁에 있던 쓰레기통을 걷어차 날리고 쇼윈도에 디스플레이되어 있던 목이 긴 푸른색 술병을 집어던졌다. 병이 벽에 부딪혀 박살이

났다.

주인여자가 놀란 얼굴로 유리문 뒤에서 훔쳐보는 것이 보였다.

"우리 엄만 니가 좋아서 용서하는 건지 아니? 애가 불쌍해서 그런다, 이 화냥년아!"

나는 아직도 수화기를 든 채였다. 그가 전화기를 번쩍 들더니 바닥으로 내동댕이쳤다. 내 손에서 수화기가 떨어져나갔다.

"넌 새끼가 뭔지도 모르지? 이 짐승 같은 년, 네 눈에서도 피눈물 흐르는 날이 있을 거다, 이년아!"

그는 나의 머리카락을 휘어잡아 벽 쪽으로 밀치고 방안으로 들어가 아이를 분주하게 안고 나갔다. 아이는 여전히 잠들어 있었다. 그는 어서 집에 가 이 사태를 알리고 '우리 엄마'에게 물어봐야 할 것이었다. 그러나 그건 그로서도 어쩔 수 없는, 사대독자로서 뿌리칠 수 없는 자기 몫의 삶일 것이다. 나는 바닥에 떨어진 수화기를 주워 귀에 대었다. 전화는 아직 끊어진 것 같지 않았다.

"여보세요. 여보세요, 말씀하세요."

남편의 차가 가게 앞을 미끄러져 지나갔다. 아이가 잠에서 깨어 뒷자리에 앉아 이쪽을 보았다. 나는 여전히 수화기를 귀에 대고 있었다. 나는 천천히 한 손을 올렸다. 잘 가라, 아가야. 내 아가…… 눈물이 쏟아졌다. 휘승, 뭐라고 말을 해. 나를 불러봐. 제발……

"여보세요, 여보세요?"

휘승의 집 오디오 대리점 윈도엔 솜에 싸인 크리스마스 장식 전구가 파도치듯 따스하게 빛나고 있었다. 거리로 나 있는 스피커를 통해

색소폰 캐럴 연주곡이 낮게 울려퍼졌다. 〈북 치는 소년〉이 끝나고 〈실 버벨〉이 끝나고 〈화이트 크리스마스〉가 흘러나왔다. 삽삽한 저녁이었 다. 하늘이 솜이불처럼 무겁게 처진 것이 곧 눈이라도 올 것 같았다. 오디오 대리점 옆 팬시점에는 손님이 넘쳐 임시로 가판대를 펴놓았 다. 무리를 지은 소녀들이 선물을 고르느라 몹시 붐볐다. 나는 교환해 와야 할 옷이 든 큰 가방을 어깨에 메고 몇 번인가 가게 앞을 재빠르 게 지나가 선물을 고르는 소녀들 속에 묻혔다. 가게 안엔 휘승도 그의 형도 없는 것 같았다. 이윽고 용기를 내어 가게 문을 밀고 들어섰다. 왈칵 들어서는 바람에 문 앞에 놓인 트리에 어깨가 부딪쳤다. CD코 너 앞에서 고개를 숙인 채 가게 안을 한번 더 살폈다. 휘승은 없었다. 나는 재즈 음반 한 개를 골라 카운터에 갔다.

"장휘승씨 안 계신가요?"

카운터의 남자 점원에게 돈을 내밀며 재빠르게 물었다.

"네?"

그가 고개를 들고 나와 어깨에 멘 큰 옷가방을 쳐다보았다. 얼굴이 달아올랐다.

"장휘승씨요. 안 계신가요?"

남자는 거스름돈을 내주며 말했다.

"아마 지하 창고에 있을걸요."

"창고가 어디 있죠?"

"저쪽 모퉁이를 돌아 골목으로 가면 자주색 철문이 있을 겁니다."

팬시점을 지나 모퉁이를 도니 좁은 골목이 나타났다. 한쪽엔 작은 양품점과 의상실이 있고 그 맞은편에 어두운 색의 철문이 반쯤 열려 있었다. 나는 조금 망설이다가 문 안으로 들어갔다. 계단 아래에 창고 문이 열려 있었다. 계단으로 한 발을 내려디뎠을 때 말소리가 들려왔다.

"그 집에서도 틀어질 만도 하지, 이 핑계 저 핑계를 대며 날짜를 늦춘 게 벌써 몇 번째냐. 지금 갔다 와. 니가 직접 가서 이번엔 정한 대로 하겠다고 말씀드리고 아가씨도 좀 다독거리고…… 알았지?"

"……"

"아, 왜 대답이 없는 거냐! 아직도 정신을 못 차린 거냐?"

휘승 아버지 장씨의 음성이었다. 그는 잔뜩 역정을 내고 있었다. 나는 몸을 돌려 튀어나왔다. 가방이 철문에 부딪쳐 꽝, 소리를 냈다. 의상실 옆 전신주가 서 있는 어둠 속에 몸을 붙이고 있으니 얼마 후 세 사람이 창고에서 나왔다. 장씨와 휘승 그리고 휘승의 둘째형이었다. 장씨와 휘승은 앞서가고 그의 둘째형은 창고 문을 잠근 뒤 커다란 어깨를 흔들며 천천히 따라갔다.

나는 다시 몇 번 더 가게 앞을 지나갔다. 솜에 감싸인 장식전구가 파도치듯 따스하게 빛났다. 가게 안에 그는 없고 그의 형과 장씨만 있었다. 내 어깨 위에 어디선가 묻어온 은색 장식실 한 올이 빛났다. 서울 새벽 옷시장으로 가는 관광버스의 출발시간이 임박해 있었다. 나는 가방을 추스르고 택시를 잡기 위해 도로로 뛰어들었다. 다가오는 택시들을 향해 팔을 획획 들 때마다 문득, 문득, 누구에게 질렀는지도 알 수 없는 장씨의 역정난 음성이 발밑을 어지럽혔다.

8

의자 위에 위태롭게 올라서서 쇼윈도의 위쪽 가로선을 따라 크리스마스 장식을 달고 있는데 옷수선 여자가 말없이 들어섰다. 그녀는 소파에 몸을 구기고 앉아 내가 하는 모양을 가만히 보고 있었다. 나는 새로 해온 옷가방을 가게 안에 던져만 놓고 목욕부터 갔다가 왔고, 다시 나가서 김치찌개 백반을 먹고 왔고, 그리고 셔터를 반쯤 내리고 캄캄 밤이 되도록 잠을 자버렸다. 가게 구석엔 날려간 솜털들이 뭉쳐 있었고, 옷이 빠져나간 자리는 휑뎅그렁하고 들어온 자리는 여기저기 던져진 비닐가방들과 함께 뭉치고 재여 있어서, 마치 창고 같았다. 옷부터 정리하는 게 순서인 줄 뻔히 알면서도 나는 그냥 기분 내키는 대로 크리스마스 장식부터 하고 있었다. 벌써 모레가 크리스마스이브였다. 옷수선 여자는 솜뭉치를 찢어내어 눈송이를 말기 시작했다.

"나, 가게 내났어."

"……"

나는 의자 위에 불안하게 선 채 물끄러미 돌아만 보았다.

"아들 있는 데로 가려고 해. 거기 닭장도 있고 염소 우리도 있고 하니까, 가축이나 키우지 뭐…… 묵은밭도 갈고."

"아저씨는?"

"……"

여자는 솜뭉치를 만지작거리며 고개를 숙이고 있다가 손으로 눈 밑을 훔쳤다.

"그 사람 나 만나서……"

여자가 티슈를 뽑아내어 코를 핑 풀었다.

"그만하면 그 사람도 할 만큼 했어. 그래도 의리는 있는 사람이야. 나 그 사람은 미워하지 않아……"

여자가 천장을 바라보며 숨을 골랐다.

"그렇지만 이제 사랑은 싫다. 누가 남자와 여자가 만나서 붙어먹는 것을 사랑이라고 했는지. 그냥 붙어먹는다고 하고 말지…… 정히 외로우면 사내하고 붙어먹고 치우지, 다시는 사랑 같은 거 안 할 거야. 뜬구름 잡는 짓 이제 안 해. 물이든 불이든 손에 닿는 거만 알고 살 거야. 손발이 따닥따닥 벌어지게 그냥 살지……"

나는 메리 크리스마스 푯말이 매달려 있는 초록색 지팡이 손잡이에 스카치테이프를 눌러 붙이다 말고 가만히 창밖을 보았다. 창밖 어둠 속에 여자가 눈송이를 동그랗게 말아 실로 묶어 매는 것이 보였다.

여자는 갑자기 팔을 툭 떨어뜨렸다.

"너 모르지. 간밤에 그 여자, 무지개…… 죽었다."

딛고 선 의자가 왈칵 흔들렸다.

"약을 먹었어. 수은에 비산에, 뭐 그런 게 든 약이라 빨리 발견했는데도 병원에서도 손을 쓸 수가 없었어…… 병원에 실려가서도 눈 멀거니 뜨고 마르는 생선처럼 살이 피덕피덕 굳어지며 아침까지 천천히 죽었어. 집에 불을 지르려고 마음먹었었나봐. 석유를 여기저기 엎질러놓고…… 기름집 주인이 그러는데 한 말이나 사들고 가더래. 성냥을 그을까 말까 망설이다 관둔 모양이야. 그 여자 약 먹고 실려간 게 총 다섯번째래, 다섯 번. 그런데도, 병원에서 어쨌는지 아니…… 살려달라고 하더라. 자기가 잘못했으니 살려달라고 눈물을 철철 흘리는

데…… 그땐 이미 혀가 굳어서 말도 되지가 않았어. 얼굴은 부어오르면서도 얼어붙는 듯이 퍼렇고…… 나를 보더니 넌 어디 갔느냐고 묻더라…… 어찌된 일인지 그 작은 남자는 흔적도 없고."

다리가 떨려 의자 위에 쪼그리고 앉자, 누가 그런 울음을 몸안에 준비라도 해두었는지 배를 가르는 듯한 곡성이 터져나왔다.

아하하하— 바람 속에 섞이던 겨자 향같이 톡 쏘는 웃음소리가 귓속에 떠돌았다. '죽음이란 말이야', 주혜 엄마가 목소리를 낮추어 속삭였다.

'죽음이란 무서운 거야. 죽음의 순간이란 칠흑같이 어둡고 거대한 공간에서 꼭 내 머리만한 돌이 내 면상을 향해 정면으로 날아오는 그런 거야. 내 면상이 깨지는 토마토처럼 터져서 사방으로 튀겠지…… 피할 수가 없어. 암흑과 지푸라기 하나 잡을 데 없는 무한함 그리고 피할 수 없는 충돌. 그게 죽음이야. 그런데도 차라리 그 돌을 맞고 터져버리고 싶을 때가 있어. 사는 게 습관이 되는 것처럼 죽는 것도 습관이 되지. 솔직히 그런 내가 나도 무서워, 정말 무서워……'

옷수선 여자가, 의자 위에 올라앉은 채 꽁꽁 굳은 동상처럼 울고 있는 내 몸을 끌어내려 안고, 자기도 목을 놓아 울었다.

"병원에 아무도 안 오더라. 주혜도 어디로 보냈는지 없고…… 밤새 퍼렇게 굳더니 아침 열시 무렵에 그만 딱 죽는데…… 나 혼자 나 혼자서, 허엉— 허엉— 허어엉—"

아침 일찍 병원 영안실에 앉아 있다가 오니 휘승의 어머니, 영산댁이 가게 문 앞에 서 있었다. 나의 결혼식에서 본 후 삼 년 만이었다.

젊었을 때 너무 빨리 늙어버렸던 영산댁은 수년째 그대로 세월을 타지 않고 있었다. 왼쪽 광대뼈 부분에서 귓속까지 퍼져 있는 붉은 점도 많이 엷어진 것 같았다. 영산댁은 나의 손을 꼭 쥐었다. 한때는 자고 일어난 새벽에도 늘 손등이나 손목쯤, 혹은 머리카락 속이나 스웨터 올 사이에 몇 개씩 생선 비늘을 붙이고 있었지만 어물전을 그만둔 지 오래되었는데도 아직도 몸 어디선가 희미한 비린내가 떠돌았다.

"지푸라기같이 말랐고나! 연아, 니가 와 이라고 사노?"

옷 정리를 하지 못한데다가 크리스마스 장식도 하다 말고 구석에 밀쳐져 있었다. 영산댁은 창고같이 어지러운 가게를 둘러보면서, 오 층짜리 상가를 짓고 외제 차를 타는 자기 딸, 혜선이를 떠올리는 모양이었다.

"아이고 불쌍한 것들, 무슨 귀신이 씌어서…… 넘들은 실컷 엉겼다가 넌더리를 내고 갈라져도 열댓 번은 갈라졌을 세월이건만…… 연아, 이것아, 내 말 잘 들어라. 내 말을 찬찬히 듣거라."

영산댁이 나의 손을 더 꼭 쥐었다.

"내 말 체하지 않게 잘 들어야 한다. 너희 인연은 사람이 허용 못하는 것이 아니라 하늘이 막은 인연이었더라. 모르면 모르되, 알면서야 너거 아부지도 승이 아배도 어찌 인간 된 도리로 모르는 체했겠노."

담배에 불을 붙이는 영산댁 손이 무엇에 쫓기는 듯 후들거렸다.

"나도 몰랐을 때는, 두 사람이 하나같이 짐승 같은 연놈! 짐승 같은 연놈! 하며 찢어먹을 듯이 펄펄거리니, 대명천지 바뀐 세상에 뭘 저렇게까지 사생결단을 하나. 저러다가 애들 죽이겠다 싶어, 승이 아버지를 말리기도 많이 말렸다. 그러나 알고 보면 누구도 할 수가 없는 일이제. 그럴 수밖에…… 내라도 다짜고짜 안 된다는 말밖에는 할 수 없었을 것이다. 이미 너희들은 주워담을 수 없는 일을 저질렀고…… 하도 엄청난 일이라!"

영산댁은 연기를 길게 내뱉고 잠시 벽에다 눈을 두고 있었다.

"연아, 어른들이 다만 체면 때문에 말을 안 한 거는 아니니 원망 말거라. 어른들은 어른들대로 어린 너희들 걱정도 많이 한 게지. 금수처럼, 천륜을 어긴 셈이니. 섣불리 말해 철없는 너희를 더 망칠 수도 있었지 않았겠느냐. 더 망칠 수도……"

영산댁은 오래된 습관처럼 주먹으로 자기 가슴을 몇 번 쳤다. 눈 속에 그렁그렁 눈물이 맺혔다. 나는 뱃속까지 바짝 마르는 듯했다.

"두 사람이 입을 다물고 있었으니 나도 인제사 알았다. 너무 늦었다고 노여워 말거라. 어른들도 밑도 끝도 없이 무조건 말리려니 오죽 속이 탔겠노?"

나는 가슴이 터져버릴 것만 같아 영산댁에게 잡힌 손을 빼내어버렸다. 영산댁의 볼에 눈물이 흘러내렸다.

"너거 아부지하고 승이 아부지는 같은 피를 받은 거 겉다."

나는 그 말을 해독할 수가 없었다. 흐린 물속에서처럼 귀가 먹먹했다. 나는 희미해진 눈으로 쇼윈도의 유리문들이 비스듬하게 기울어지는 것을 보고 있었다. 다시 눈을 뜨고 보아도, 다시 눈을 뜨고 보아도, 유리문들이 소리도 없이 쓰러져 눕고 있었다.

"옛날엔 상전이 아랫사람의 처를 범한 일이 드물지 않게 있었구나…… 승이 할아버지는 돌아가실 임시에, 마음속까지 완전하게 용서를 하시고 돌아가신 모양이다만 남아 있는 사람들은 그기 용서하고 말고 할 문제가 아니지 않느냐. 그래도 너거들 일만 아니었어도 양쪽 집이 이리되지는 않았을 거로. 입 밖에 내지는 못해도 형제지간의 우애를 나누며 서로 돕고 살았을 거로……"

영산댁이 나의 머리를 꺼칠한 양손으로 감싸쥐었다가 놓았다.

"너무 늦었제? 와 그 말을 인제사 하는가 너무 야속해하지 마라. 체면도 체면이지만 너거 아부지나 승이 아배나 다 어린 너거들이 입을 상처가 더 무서웠을 기다. 너거 아부지, 그 양반…… 이번에도 승이 아배가 너거 아부지보고 딸자식한테 가서 사실대로 말하라고 닦달을 안 했겠나. 너거 아부지가 얼마나 기가 차는지 울면서 사정을 하시더라. 도저히, 도저히 자기 입으로는 딸한테 그 말 못하겠으니 그냥 덮어달라고. 그것들이 무슨 죄가 있느냐고, 이번 일 지나가면 해결이 안 나겠느냐고, 피눈물을 흘리면서 애원을 하시더라. 연아, 너거 아부지도 알고 보면 심약한 사람이다. 너거 둘이서 하도 엄청난 일을 저질러 났으니 대처를 옳게 못하신 것제. 아부지가 낫을 들었어도 그길로 집을 나가버린 연이 니도 잘한 거는 아니다. 아무리 아부지 서슬이 퍼레도 죽을죄를 졌습니다, 하고 손이 발이 되게 빌고 또 빌었으면 설마 니를 죽였겠나? 인자 아부지 고만 미워해라. 이만큼 컸으니 그 양반 마음도 헤아려야지. 엄마도 없는 세상에…… 알았제?"

나는 양쪽 옆구리가 잘려나가는 생선 같은 눈으로 영산댁을 빤히 쳐다보고 있었다.

"우리 승이도 이번에야 알았다. 그아 죽는 줄 알았다. 미친놈처럼 냅다 달려나가더니 대문 앞 담벼락에다 지 머리를 박고 뒤로 넘어지 버린 기다. 깨어나서도 어떻게나 방바닥에 지 머리를 찧어대던지 나중에는 저거 형들이 온몸을 꽁꽁 묶어 공중에 매달았었니라. 아이구, 피가 뚝뚝 떨어지고!"

영산댁이 손등으로 눈물을 닦으며 한숨을 내쉬었다.

"우리는 연이 니, 결혼해서 잘살고 있는 줄 알았다. 우환이 다 끝났는 줄로 알고 있었는데, 청천 날벼락이지. 승이가 또 니 말을 꺼내더구나. 니 아니면 결혼 안 한다고."

영산댁이 새로 담배를 피워물었다. 연기가 내 눈 속으로 훅 날려왔다.

"그 바람에 그아 아부지가 폭발을 해버린 기다. 그래서 다 늦게 이 말도 터져나왔고. 약혼을 깨겠다고 그 난리를 쳤으니…… 그냥 덮이는 죄가 없다더니 너희가 그 잘난 할애비 죗값을 치르는갑다. 승이 내일 결혼한다. 진즉에 약혼식은 해두었었제. 간밤에 자리에 누워 생각하니 아무래도 니도 알아야 할 것 같아서 일찍 찾아왔다. 내가 너거 아부지 애원까지 뿌리치고 이런 아픈 걸음을 했으니 인자 다시는 둘이 얽히는 일 없겠제? 연아, 제발 마음 독하게 묵어야 한다아이?"

있는 힘을 다해 테이블 아래에 손을 뻗어 담뱃갑 뚜껑을 밀고 담배를 빼물었으나 불을 붙일 수가 없었다. 성냥을 쥔 손과 담배를 쥔 손이 따로따로 떨고 있었다. 영산댁이 그런 나를 쳐다보고 있었다. 나는 자리에서 일어나 짤랑 문을 밀고 나갔다.

사랑이라는 이름으로 그렇게도 많은 유릿조각을 삼켰던 것일까, 목 안에서 피비린내가 올라왔다. 두 손을 모아 침을 쏟으니 붉은 피가 엉겨나왔다. 머릿속에 뭉친 기억들이 회오리치며 내달리기 시작했다.

나는 주혜네 집 대문에 등을 대고 두 주먹을 꼭 쥔 채 두리번거리며 울고 있었다.

영산댁이 가게에서 나와 큰길로 급히 걸어가는 게 보였다. 나는 가슴을 움켜쥐었다. 쇠톱 같은 것이 들어와 가슴을 파내가는 듯했다. 수첩을 든 남자가 입가에 음식 찌꺼기 같은 웃음을 묻힌 채 나를 구경하며 지나갔다. 할머니가 손자의 손을 잡고 앞만 보며 지나갔고 아가씨와 아기를 앞에 멘 새댁이 내게 무슨 말인가를 붙이려다가 그냥 지나갔다. 나는 쏟아져나올 것 같은 가슴을 움켜쥔 채 지나는 사람들을 향해 두리번거리며 울었다. 자신이 약 먹은 개 같다는 생각이 들었다. 머릿속을 내달리는 뭉친 기억이 어느 곳엔가 꽝 부딪치면…… 그러면 모든 게 끝날 것이다. 이러다 한순간에 미쳐서 찻길로 냅다 달려나가는 게 아닐까, 나는 내가 미칠까봐 두려웠다. 점점 더 힘껏 대문에다 등을 밀어붙였다.

어느 순간 대문이 휑하니 열렸다.

석유 냄새가 훅 끼쳤다. 너를 태워줄게, 눈 깜짝할 사이 송두리째 태워줄게. 석유 냄새는 언젠가처럼, 바람 속에 입김을 섞으며 다정하게 속삭였다. 내 손엔 담배 한 개비와 성냥이 쥐여 있었다. 석유를 머리끝에서부터 붓고, 그리고 세 컵쯤 마시고 성냥을 천천히 긋는 것도 나쁘지 않을 것이다. 나는 담벼락 밑 응달을 따라 마당으로 들어갔다. 마당가엔 죽은 잔디밭이 털이 뭉친 더러운 담요처럼 구겨져 있었다. 현관문은 반쯤 열려 있고 마룻바닥엔 황망하게 디딘 흙 발자국들이 어지러웠다. 나는 신발을 신은 채 천천히 들어가 엎질러진 석유가 고여 번들거리는 마루 한가운데 드러누웠다. 몸이 마른 나무둥치처럼 위로 미끄러졌다.

초록색 털실 목도리를 매고 다리 건너 공중전화부스에 기대 서 있
던 엄마의 모습이 떠올랐다.

'승일랑은 다 잊어버리고 지금은 눈바람치는 밤길…… 다시는 보
지 말거라. 사는 게 아무리 얄궂어져도 승일랑은……'

휘승…… 눈 속에 모래가 차오르는 듯했다. 눈이 감겼다. 무한함, 지
푸라기 하나 잡을 데 없는 무한함이 밀려왔다. 모래가 계속 쏟아졌다.

죽음이란 말이지, 주혜 엄마가 낮게 속삭였다. 죽음의 순간이란 칠
흑처럼 어둡고 거대한 공간에서 꼭 내 머리만한 돌이 내 면상을 향해
정면으로 날아오는 그런 거야…… 피할 수 없어. 암흑, 무한함 그리
고 피할 수 없는 충돌…… 나도 무서워. 정말 무서워.

눈앞이 하얗다. 뽀얀 모래바람이 일었다. 사막이었다.

서늘한 석유가 몸안으로 스며들 동안 모래산이 천천히 풀어진다.
모래산은 모래언덕이 되었다가 구렁을 이루며, 야만의 목구멍을 벌리
듯 잠시 벼랑 사이의 심연을 보여준다. 칠흑 같은, 눈이 빠져나간 듯
칠흑 같은 어둠. 사막은 그의 심연 속에 침몰한 범선帆船을 숨기고 내
가 모르는 다른 곳으로 모래를 몰아가고 있었다. 세상의 길들을 지우
며, 감은 눈 속으로 모래바람이 지나갔다. 그리고 내가 나를 기억할
수 없는 시간이 지나갔다……

거실의 서향 창으로 창백하고 질긴 햇살이 들어와 이마를 당겼다.
지는 햇살이 거실 깊숙이 들어왔다. 어떤 따스함이 나를 흔들고 있었

다. 내 몸은 속으로 웃는 것처럼 흔들리고 있었다. 나는 마른 눈을 떴다. 아무도 움직이지 않는데 거실 공간에 먼지 입자가 눈물겹게 떠돌고 있었다. 오랜, 오랜 시간을 흘려보내야 할 것이었다. 넘어진 장롱처럼 쓰러져 마른 눈으로 눈물겨운 것들을 바라보아야 할 박명의 시간들. 산 하나가 풀렸다가 맺히기는 차라리 쉬울, 강 하나가 열렸다가 닫히기는 차라리 쉬울 그 먼 시간…… 그것은 두고 갈 수 없는 내 몫의 삶일 것이었다. 손가락들이 천천히 열렸다. 성냥이 얹혀 있는 열린 손바닥 위에 햇빛이 환하게 비쳐들었다.

해설

운명 만들기 또는 만나기

황현산 | 고려대 명예교수·문학평론가

자아와 내면이라는 두 낱말은 오래전부터 문학의 관용어가 되어왔
다. 관용어라고 말하는 것은 그 낱말들이 이 비범한 정신 작업의 분야
에서만 오직 통용되는 특수한 의미를 지녔다는 것이 아니라 차라리
그 무의미한 사용이 문학의 이름을 빌려 예외적으로 허용된다는 뜻
이다. 게다가 그 낱말들이 지닐 진정한 내용의 해명이 늘 보류된다는
점에서 문학의 미덕을 본다는 주장도 있다. 사실 문학적 글쓰기 속에
서 작가는 늘 그 중심에 서 있다. 그는 말을 하는데, 적어도 문학적으
로는 그가 '무슨 말'을 하는 것 못지않게 '그'가 그렇게 말하고 있다는
것이, 하나의 특이한 자질이 거기 있다는 것이 중요하다. 그러나 이
자질이 곧 한 인간의 내면은 아닐 것이다. 그것은 기껏해야 자기 마음
을 바라보는 시선의 특이함일 뿐이며, 그것을 깊이 성찰하고 명징하
게 드러내는 남다른 능력일 뿐이다. 물론 그 일은 쉽지 않으며, 누구
나 그 일을 하고 있는 것도 아니다. 거기에는 분명 순결한 감수성과

끈질긴 탐구력을 지닌 한 인간이 있다. 하나의 문학적 통념이 여기서 기인한다. 내면과 관련된 이 작업의 고립된 성격은, 인간들이 저마다 어느 누구와도 결코 일치시킬 수 없는, 따라서 자기밖에는 소유할 사람이 없는, 세계 하나씩을 제 마음속에 가지고 있다는 야릇한 믿음을 부추긴다. 자아와 내면은 꿰뚫어볼 수 없는 어떤 개인성을 지칭하는 낱말이 되고, 개개인의 독자적 존재는 해석을 통해서만 접근할 수 있는 하나의 글처럼 여겨진다. 존재에 관한 뜯어 읽어야 할 텍스트가 존재를 뜯어 읽어야 할 텍스트로 만든다고 해야 할까. 작업의 결론이 내면 자아의 독자성에 도달하는 것이 아니라, 미리 가정된 독자성이 작업의 성격과 그 과정을 결정한다. 자아의 작업과 작업하는 자아의 이 신비한 혼동은 그 신비의 권위로 독자와 작품 간의 관계를, 나아가서는 개별적 존재들 간의 관계를 지배하여, 그 내면의 유일무이함 자체를 하나의 가치로 인식하게 한다. 결국 모든 것이 이 하나에서 흘러나오며, 바로 이 점에서 '문학적' 자아의 독자성에 대한 주장은 일종의 형이상학이 된다. 그러나 이 형이상학의 밑에는 자아를 드러내려는 노력의 실패와 포기가 있으며, 드러내지 못한 것의 신비를 그 권위로 삼는다는 점에서 그 실패의 악순환이 있다. 중요한 것은 작가가 감추고 있는 이 실패이다. 내면의 독자성을 뽐내는 이 작가는 실패하는 한 인간인데, 그 신비의 안개가 걷히고 나면, 그의 인간적 실패 속에서 인간들이 만난다. 자기 노력에 실패하는 한 인간의 조건은 바로 우리의 인간적 조건이며, 그 조건의 한계 속에서 자각하게 되는 것은 우리의 운명이다. 실패의 대상으로서 유일한 그의 자아는 실패의 주체로서 모든 인간과 공유하는 자아이다. 자아는 유일하나, 그것은 모든 인간이 공유하는 그 본질적 운명에 대한 다른 이름일 수 있다.

전경린의 소설들은 이 문학적 자아에 대한 성찰의 계기 하나를 마련해준다. 그도 역시 자아를 자기 소설의 중심에 세워놓으며, 그 자아는 특이한 자질을 지니고 있다. 그 특이함을 높이 평가하는 것도 사실이지만, 그 유일무이함 자체를 가치화하지는 않는다. 전경린은 자주 하나의 삶 속에 파고들어가 그 삶을 지배하고 있는 운명을 발견해낸다. 그 운명은 움직일 수 없이 거기 있으며, 거기 붙들려 있는 사람은 다른 사람들의 이해를 얻지 못한다. 그것은 오로지 바로 그 사람의 몫이라는 점에서 저 독자적 자아와 같은 모습을 지니며, 실제적으로도 이 소설가에게서 그 독창성의 밑바닥을 구성하는 개인적 신화와 그것은 늘 겹쳐서 나타난다. 그러나 소설은 그 운명적인 삶을 예외적인 자리에 격리시키지 않는다. 그러기는커녕, 소설이 그 운명을 알아보는 순간은 세상으로부터 이미 고립되어 있는 그 삶을 세상의 다른 삶 속으로 끌어들이는 순간이다. 한 운명을 둘러싸고 저마다 다른 운명을 가진 사람들이 모일 자리가 마련된다. 사람들은 저마다 다른 운명을 지니며 동시에 하나의 운명을 공유한다. 마찬가지로, 소설을 둘러싸고 모일 사람들은 저마다 자기 자아를 지니고 동시에 소설가의 자아를 공유한다.

전경린에게서 이 운명은 흔히 여성의 조건으로 형식화된다. 여성은 그 자체로서 하나의 죄일 수 있다. 그것은 한 사회가 그 윤리적 설계를 위해 허용하지 않았던 힘을 여성이 구현하는 것으로 여겨지기 때문이다. 가령, 「사막의 달」에는 저도 모르게 마녀가 되어 살아온 한 여자가 있다. 주인공 '나'는 가종家從의 신분이었던 남자를 사랑하고 관계한 여자이며, 두 집안에 재앙을 가져온 여자이며, 남편과 자식을 버려두고 떠나 제 운명을 사막 위에 던져놓은 여자이다. 옷가게 하나를 운영하며, 옛 애인과의 밀회를 기다리며 살아가는 그녀의 주변에는 간음하는 여자, 이혼한 여자, 성에 탐닉하는 여자와 몸을 파는 여자, 또는 그것들을 함께하는 여자들이 있다. 남편의 불륜에 불륜으로 맞서다 이혼한 후 '빨주노초파남보'로 남자를 끌어들이던 한 여자가 자살한 날 그녀는 자신의 금지된 애인인 남자가 호적상의 성은 다르나 제 사촌동생인 것을 알게 된다. 그녀가 모르고 범한 천륜에 그녀의 책임이 없다고는 할 수 없다. 종에 대한 사랑이건 근친상간이건 그것은 모두 한 사회가 다스리기 어려운 정념의 표출이다. 사랑은 그 이름으로 간음·다음多淫·매음을 막론하고 '남자와 붙어먹는 일'에 특별한 성격을 부여할 수 있지만, 바로 그 때문에 사랑이라는 이름으로만 정당화되는 사랑은 죄이며, 사랑밖에 다른 희망이 없는 여자는 마녀일 뿐이다. 그러나 그녀는 스스로를 벌할 마녀 화형식을 중단한다.

산 하나가 풀렸다가 맺히기는 차라리 쉬울, 강 하나가 열렸다가 닫히기는 차라리 쉬울 그 먼 시간…… 그것은 두고 갈 수 없는 내 몫의 삶일 것이었다. 손가락들이 천천히 열렸다. 성냥이 얹혀 있는 열린 손바닥 위에 햇빛이 환하게 비쳐들었다.(「사막의 달」, 320쪽)

그녀는 비애와 고통 속에 이어가야 할 삶을 제가 살아야 할 몫으로 여긴다. 그녀가 만일 목숨을 끊었다면, 그것은 저 막중하고 억압적이며 침투할 수 없는 운명과 자신의 자아를 동일한 자리에 놓아 그 역시 침투할 수 없는 것으로 만드는 일이 된다. 자아의 한계를 깨닫는 인간은 물론 마녀가 아니다. 사실, 끝없이 마녀를 사냥하는 세상의 질서야말로 인간의 불합리한 정념과 넘어설 수 없는 운명에 등을 돌리고 저마다 제 자아를 끌어안아 신비화하려는 음모이다. 그녀가 살아갈 먼 시간은 침묵한다. 시간은 한 번의 대답으로, 허용되는 삶과 봉쇄되어야 할 삶을 가르지 않았다. 음모를 꾸며 세상을 설계해온 자들은 그 대답을 벌써 들었다고 생각하지만, 대답은 처음부터 없었다. 게다가 가짜 대답이 세상을 통일하는 것도 아니다. 들었다는 대답은 저마다 다르고, 그것이 사람들을 돌이킬 수 없이 갈라놓는다. 침묵만을 듣는 자도 역시 세상에서 고립되기는 마찬가지이지만, 침묵은 모든 대답을 한꺼번에 부정함으로써 통일한다. 개별적인 모든 자아가 동일한 운명을 둘러싸고 만나게 되는 것은 이 시간의 침묵 앞에서이다.

「염소를 모는 여자」가 마침내 몰고 가게 되는 것도 이 운명이다. "한때는 좀더 찬란한 무엇이 되어 시간보다도 더 빨리 가리라" 꿈꾸었다가, 이제 "생의 중립국이며 완충지대인" 국도변에 작은 가게를 내고 "콧등에 검은 점이 박힌 고양이를 한 마리" 키우며 울타리에 나팔꽃을 심겠다는 꿈을 구해내어 간수하고 있는 여자가, "감방에 들어가 책만 읽"는다는 꿈을 가졌으나 "일주일 내내 새벽 세시 네시가 되도록" 비디오를 보고 있는 남편과 같이 산다. 어느 날 한 남자가 자기 "새어머니의 영혼"이라는 염소를 한 마리 끌고 와 그녀에게 맡긴다. 그녀는 아파트에서 그 염소를 키워야 한다. 이웃 사람들은 이상한 눈치를 보이고, 남편은 분노한다. 다만 "머리가 너무 좋아서 돌아버린 거라고도 하고, 원래부터 모자란 사람이라고"도 하는, 같은 단지의 한 청년만이 그녀의 염소 키우는 일을 돕는다. 청년은 비가 오는 날이나 갠 날이나 박쥐우산을 쓰고 다닌다. "우산은 나의 숲이에요. 나는 내 숲을 들고 다니죠. 내 숲 아래를 지나는 것들하고만 나는 교류해요. 이 마른 우산 아래로도 가끔 지나는 사람들이 있거든요. 당신과 당신의 딸, 당신의 염소처럼요. 우산 없이는 이 세상을 지날 수가 없어요. 혼돈스럽고 불안하고⋯⋯" 비가 오는 밤에 청년은 정신병원으로 끌려가고, 내동댕이쳐진 우산을 주워든 그녀는 "이미 오래전에 훼손된 집"을 둔 채, 염소를 끌고 길을 떠난다.

언제까지 벼랑 끝에 배를 붙이고 심연을 내려다보고 있을 수는 없다. 나아가기 위해서는 끊긴 길 앞에서 두 눈을 감고, 두 귀도 닫고 자신의 본질을 향해 어느 순간 훌쩍 뛰어내리지 않으면 안 된다. 그리고 뛰어내려본 사람은 알게 될 것이다. 있는 것과 없는 것 사이의 심연 속에 현실보다, 현실의 현실보다도 더 강한 구름의 다리가 있다는 것을. 자신의 숲을 향해 가는 구름처럼 가벼운 구름의 다리⋯⋯(「염소를 모는 여자」, 74쪽)

염소를 키우는 일이 그녀를 고립시키고 일상생활 밖으로 내몰았다고 말할 수는 없다. 벌써부터 가정은 금이 가 있었으며, 사는 일은 염소 한 마리 키울 자리 없이 고립되어 있었다. 꿈은 줄어들었고, 길은 이미 끊어져 있었다. 사람들은 우산 하나의 숲도 없이 염소에 등을 돌리고 작은 상자에 갇혀 있다. 염소 키우기는 그 고립을 확인하는 일일 뿐이고, 소외된 삶에서는 꿈과 절망이 어떻게 같은 모습을 지니는가를 깨닫는 일일 뿐이다. "자신의 본질"이라는 말은 모호하나 오해될 수는 없다. 그것은 자아와 그 희망의 간극이 해소되는 자리이며, 삶이 자아 속에 갇히는 것이 아니라 도리어 그 격리상태로부터 벗어나는 자리이다. "어느 순간 홀쩍" 뛰어내리기, 그것은 자신의 꿈에 철저하게 헌신하려는 자에게서 그 결심이 얼마나 단호해야 하는가를 표현하는 동시에, 억압과 해방 사이의 장막이 생각하기에 따라서는 지극히 얇다는 것을 드러내는 말이기도 하겠다. 그러나 그 얇은 막을 통과하기까지 얼마나 먼 길을 걸어야 할 것인가. 염소는 얼마나 자주 멈춰설 것이며, 그 길이 얼마나 더딜 것이며, 또한 얼마나 더디게 가야만 "시간보다도 더 빨리 갈" 것인가. 소설쓰기의 다른 말인 이 염소 몰고 가기와 일상의 수챗구멍을 덮는 오물들과 싸우는 일 사이에는 앞에 "숲"이 있느냐 없느냐의 차이밖에 없는데, 당도해야 할 숲은 아직 우산 하나 넓이의 "자신의 숲"일 뿐이다. 몰인정한 이웃들과 쳇바퀴 도는 생존의 무가치한 노역들을 이 더딘 발걸음이 함께 몰고 가지 않는다면 무엇이 숲을 키울 것인가. 사실 아무것도 없다. 꿈이 일상의 밑바닥에서 화석이 되지 않고, 그 구질구질한 폐허를 자양으로 삼아 성장할 때만 숲도 클 것이다. 그래서 자유와 운명을 양손에 쥐려는 이 작가의 글은 성장소설의 형식을 빌릴 때 더욱 큰 설득력을 얻는다.

「안마당이 있는 가겟집 풍경」에서 그 성장은 얼핏 그와 반대되는 것, 줄어들기와 퇴영처럼 보인다. 주인공 소녀의 어린 시절의 기억 속에는 한때 아름다웠으나 결국 사라져버리기 마련이었던 것들만 들어 있다. 동생들과 노래에 맞춰 안마당에서 춤을 추는 소녀, 월남에서 신기한 사진들을 들고 와 그 춤과 노래를 가르쳐준 삼촌의 꿈, 선글라스를 쓰는 멋쟁이 아버지와 교양 있고 우아한 아버지의 애인, 그 애인 집으로 피아노를 배우러 가는 "미로" 같은 동네와 거기서 나올 때의 가벼운 현기증, "오색 양산을 들고 망사를 넣어 엉덩이 부분을 부채처럼 편 발레복"을 입고 "뻐꾸기처럼 폴짝폴짝 가볍고 귀엽게 튀어"올랐던 군 학예대회, 교장집 아들과의 이상한 첫사랑, 그 모든 것들은 "강물 위로 마구 풀려나간 아까운 실타래처럼" 흔적 없이 사라졌다. 소녀는 어머니를 닮지 않을 것이며, 맏딸 노릇을 하지 않을 것이었다. 그러나 그것들이 사라진 자리에, 늘 "양재기 밟는 소리" 같은 목소리로 잔소리와 불평을 늘어놓으며, 가게 일과 부엌일밖에 아는 것이 없으며, "으레 동전을 쥔 채로 졸다가 (……) 손도 씻지 않고" 자는 "엄마"의 자리만 그만큼 더 넓어졌다. 깨끗하고 맑은 것들이 그렇게 덧없는 만큼, 누추하고 구질구질한 것들은 그렇게 끈질기다. 아니, 그렇게 말할 일이 아니다. 사실을 말한다면, 멋쟁이 아버지와 우아한 그 애인의 사랑은 얼마나 상투적이며, "아기가 걸을 때까지" 남편을 집에 붙여두기 위해 계속해서 애를 낳는 아내의 사랑은 얼마나 구체적이고 절실한가. 그 어머니가 다섯번째 여동생을 낳는 날 소녀는 자신이 벌써 "맏딸"이 되어 있음을 알게 된다. 그래서 어느 날은 한 문둥이 여자를 뒤쫓아가 그녀가 잊고 간 거스름돈을 그 손가락이 세 개밖에 없는 손에 "쥐기 쉽도록, 그리고 떨어지지 않도록" 단정하게 올려놓을 수 있었다. 그녀는 어른이 되었다. 말하자면 구질구질하고 처참한 것들 속에서 자신의 "미로"를 가장 확실하게 발견할 수 있었다. 거기에도 미래의 다른 가능성인 현기증이 없지 않다.

어머니처럼 사는 것은 세상 사람들처럼 사는 것이다. 그러나 주인공 소녀가 저 "한 번뿐인 어느 한때"가 사라져버린 자리에 어머니의 삶을 끌어안고 성장한다는 것은 세상 사람들과 조금 다르게 사는 것이기도 하다. 세상의 삶이라는 말이 저 잃어버린 한때를 부인하고 현실에 전적으로 순응하는 것으로 이루어지는 삶을 의미한다면, 그녀의 성장은 그 덧없었던 순결의 형식에 누추한 현실로 그 내용을 부여하여 이루어지기 때문이다. 아니, 순결한 자아의 기억과 누추한 세상살이의 관계가 반드시 그렇게 행복한 결과에 이르는 것은 아니겠다. 소설가는 그 소설의 마지막 문장에 "꼭 한 번뿐인" "아까운" "한 번뿐인" "한때인"이란 말들을 연이어 적어넣는다. 어떤 내용도 거부하는 형식 하나가, 또는 형식의 형식 하나가, 거기 풀지 못할 원한처럼 남아 있다. 형식은 너무 가냘픈데 감당해야 할 것들은 너무 많아, 그것을 담아내기보다는 그 속에 묻혀버리기 쉽기 때문이며, 따라서 너희들은 한때 빛나는 형식이었다고, 그것을 잊지 말라고, 자나 깨나 말해야 하기 때문일까. 그래서 잠정적으로, 자아의 순결한 기억이 누추한 세상살이에 의해 부정되는 자리는 세상의 누추할 수밖에 없음이 기억의 순결함에 의해 또한 부정되는 바로 그 자리라고 고쳐 말해두고, 또하나의 아름다운 소설 「봄 피안彼岸」에 눈을 돌리자. 두 여자가 있다. 한 여자는 잔인하고 패덕하여 한국판 푸른 수염이라고 불러도 좋을 남자 "터미네이터"에게 이상한 정념을 바치며 얽매여 살고 있고, 그래서 "미친년" 소리를 듣는다. 또 한 여자 '나'는 남편과 자식을 둔 유부녀이지만 그 마음속에는 다른 남자 '그'에 대한 열정이 정리될 수 없는 방식으로 남아 있다. 나는 그에 대한 위험한 사랑으로 터미네이터 여자의 불투명한 정념을 이해한다. 그것들은 모두 "제 빛깔을 찬란히 드러내며" 꽃피워야 할 "제 운명"이다. 그러나 내 사랑은 그 여자의 정념을 구제하는 순간 그것과 마찬가지로 불투명한 것이 되고 미친 짓이 된다. 꽃피는 것은 내가 아니라 운명일 뿐이다. 세상에 이해될 수 없는 그 사랑의 힘으로 세상에서 도려내어 순결하게 간직해야 할 자아는 그 자아가 부정되는 운명 속에만 꽃핀다. 게다가 사실 운명은 그 자체가 '꽃'으로 피는 것도 아니다. 내가 섶을 지고 불 속으로 뛰어들건 말건 운명은 나를 부정하며 거기 있다. 모든 운명은 또다른 소설의 제목처럼 '낯선 운명'(개정판에서 이 소설의 제목은 '만월滿月'로 바뀌었다)이라고 따라서 말할 수밖에 없다. 꼽추인 사촌언니와 그녀의 전남편이었던 미남 사내의 불행한 생애는 그들이 어떻게 해도 벗어날 수 없었던 "정대칭"의 기하학이 되어 "우리가 한 걸음씩 다가갈 때 생의 저편에서 똑같은 걸음으로 곡진하게" 복병처럼 다가온다.

　그래서 다시 말하자. 자아는 본질이 없으며 신비롭지 않다. 그것은 해석해야 할 텍스트도 아니며 개인적인 것도 아니다. 자아의 독자성이라고 불렀던 것은 세상살이의 한계를 넘어설 수 없다는 인간적 한계의 인식과 그 고립감일 뿐이며, 운명 앞에서, 운명을 통해서, 자아를 세우는 일에 만인이 공유하는 실패의 체험일 뿐이다. 그러나 이 공동의 총체적 실패 속에도, 운명을 기하학이라고 말하는, 아무튼 그런 것이 거기 있다고 말하는 하나의 실천, 운명 살기와 세상살이에 덤처럼 붙는 실천, 따라서 운명이 간섭하지 못하는 미학적 실천의 자리는 남아 있다. 하나의 공동체, 사회적 공동체는 아직 아니더라도, 문학적 또는 소설적 공동체도 그 자리에 있다. 따지고 보면, 운명이라는 말은 그것만으로도 벌써 그 공동체를 지시한다. 한 여자가 운명 속에 뛰어내릴 때 그 공동체 속에도 뛰어내린다.

  마지막으로, 저 불행한 여자들의 삶 '밖'으로 훌쩍 뛰어내려 그 '속'으로 뛰어드는 이 여자에 관해 평범하고 가벼운 이야기를 덧붙여 끝을 맺자. 본명이 안애금이며, 유명하지 않은 지방대학의 독문과를 나왔으며, 같은 대학 출신의 남자와 결혼하여 자식을 두고, 그 지방에 눌러살던 이 여자는 마침내 전경린이라는 이름으로 소설을 쓴다. 지금 이렇게 살고 있는 것은 자기가 아니라고 믿기를 강요하는 문화 속에서, 그것도 '지방'에서, 소설가로 산다는 것은 무엇일까. 소설가로서 그녀는 들끓는 바람을 재능에, 그것도 비범하게, 연결시켜야 하고, 사는 사람으로서 그녀는 일상사를 태연하게 끌어안아야 한다. 사는 일 속에 그녀를 붙잡아 가로막을 수 있는 것은 아무것도 없겠지만, 그녀가 버릴 수 있는 것도 없다. 차라리 바람은 조용하고 그 대신 사는 일이 들끓어야 한다. 그녀의 문체가 그렇고 소설의 틀을 설정하는 방식이 그렇다. 그녀는 자기 연민을 섞어 푸념하듯이 말하다가 갑자기 있을 것 같지 않은 일 속으로 독자를 끌고 들어간다. 문학적 문체가 끼어들어 경험과 이야기 사이에 환상의 거리를 넓히고, 그 간격이 너무 깊어지면 다시 일상어가 나타나 눈을 깜박거리며 이건 사실이야, 라고 말한다. 그러고는 사태가 돌이킬 수 없는 곳에 이르면, 그녀는 자신이 말하려는 그 운명처럼 엄숙한 얼굴을 한다. 삶의 구질구질한 세목들이 저마다 저 알 수 없는 운명의 수족이 되어 발버둥친다. 장난처럼, 소설의 복병처럼 설정했던 운명이 서양 사람들 같으면 대문자로 써야 할 그 운명으로 된다. 재능과 사는 일이 거기서 만나고, 자아의 고립과 인간적 운명의 동일한 성격이 거기서 드러난다. 소설 전체는 아름답고 태연하여 어떤 귀기를 띤다. 지방 도시의 가라앉은 일상이 그 귀기에 의지하여 소설이 된다고도, 그 가라앉음이야말로 가장 섬뜩한 귀기라고도 말할 수 있겠다. 그런데 안애금이라는 이름은 생각보다 아름답다. 입속에서 다섯 번만 굴려보면 그 세련됨과 단단함이 느껴진다. 이 엉뚱한 말에는 이유가 있다. 얌전했지만 야릇했던 한 소녀의 상처가 다스려지는 곳에, 다시 말해서 안애금의 살풀이에, 전경린이 쓰는 소설의 선열함이 있다면, 그 안애금의 성장에 소설의 견실함이 있기 때문이다. 그 경계는 여전히 아슬아슬하다. 작가가 아직 풀어버리지 못한 자기 연민이 남아 있다. 이 마지막 해방을 위해서도 전경린은 또 한 차례 성장소설을 쓰게 될 것 같다. 그러나 그 귀기는 내내 남아 있을 것이다.

　나는 어쩌면 여전히 아주 작은 소녀인지 모른다. 거대한 극장의 어둡고 추운 매표소에서 연탄난로의 냄새를 맡으며, 동전들을 세워 탑을 쌓아놓고, 입장표를 파는 소녀인지 모른다. 연탄난로는 언제나 피어나지 않고 꺼지거나, 언제까지나 타지 않고 까맣기만 해서, 나는 성냥팔이 소녀처럼 몸이 얼어간다. 머리 위 이층으로 올라가는 목조계단이 관람객들의 발소리로 쿵쿵 울리고, 천장에서 사르락사르락 흙먼지가 내려온다. 영화가 시작되면 나는 파랗게 곱은 손으로 산수 숙제를 하거나, 동전들을 세어 묶는다. 아직도 내 잠 속으로는 수많은 꿈들이 흘러간다. 땅 밑으로 흐르는 물처럼 끊임없이…… 그것은 흡사 대사 없는 외국영화가 연속적으로 상영되는 난해하고 아름다운 초현실주의 영화관 같다. 꿈이 끝나면, 난 눈을 뜨고 죽어 있지 않을까. 내 꿈들이 나보다 먼저 사라지는 일 따윈 결코 없을 거라고 믿는다. 꿈은 내 어머니보다, 내 어머니의 자궁 속보다, 내 아버지의 청년 시절보다 더 오랜 친구이다. 때로는 생을 긴장시키지만, 나는 내 꿈을 사랑한다. 당신은 어떤 것들을 사랑하는가?

나는 달을 사랑한다. 변화하면서 동시에 영원하고, 부시지 않는 빛으로 삶의 사막을 비추며 탄식하듯 아아, 부드러운 입김을 불며 지나가는 달. 존재에 대해 묻는 것은 어리석다고 말한다. 너희는 이미 내던져져 있으므로. 밤길에 자주 뱀처럼 풀숲으로 사라지는 야생 고양이들의 꼬리를 본다. 진실을 비웃고 달아나는 달의 친구들, 나는 고양이를 사랑한 추억을 가지고 있다. 젤리처럼 말랑말랑한 발바닥과 장미가시처럼 날카로운 발톱과 봄바람 같은 등의 기억. 나는 몇 마리의 죽은 고양이를 묻은 아픔을 가지고 있다. 그래서 고양이들의 태도는 언제나 내게 전율을 일으킨다. 그리고 동시에 고통을 주고 기쁨을 주는, 흐르거나 흐르지 않는 물 비안개, 낡은 건물과 오래된 빈터 들, 나무와 풀꽃 들의 향기, 날아오르는 새들과 밤과 오후, 세상에 걸쳐진 온갖 다리들과 글쓰기와 사랑, 그리고 나…… 나는 그런 것들을 사랑한다. 세상에는 고흐의 별들과 삼나무들처럼, 저 혼자 타오르는 무상의 기쁨들이 있다. 그중에서도 가장 기쁜 것은 그대. 나를 속이며 덮쳐와도 아프지 않을 그대의 사랑, 무수히 많은 나의 연인들……

내 글은 난마처럼 얽힌 삶의 가닥을 따라가고 싶어한다. 격정을 씻고 사람들의 공평한 상처에 입 맞추고 싶어한다. 그것은 살면서 상처난 것을 부끄러워 말라고 한다. 그대들은 잘못이 없다. 힘닿는 데까지 한번 살아보라. 어디에나, 발 닿는 곳에 길 있다, 고 그렇게 말한다.

내가 아니라, 내 글이. 나…… 나는 글에 대한 한 어떤 의도도 없다. 나의 문제는 오직 한 가지뿐이다. 쓰고 싶다는 것. 끝까지 가보고 싶다는 것. 글을 쓰고 나면, 작은 날개를 등에 단, 희고 가느다랗고 투명한 마녀가 된 기분을 느낄 때가 있다. 나를 넘어 부드러운 공기가 된 기분, 그건 자유의 느낌이다. 삶에서 소중한 것은 자유로움 혹은 진리. 그러나 더 소중한 것은 삶에 대한 긍정이다. 나는 생을 사랑하고 싶다. 그러나 터진 구슬 목걸이처럼 흩어지는 삶, 손가락 사이로 끊임없이 빠져나가는 저 삶, 결코 잡을 수 없는……

올해로 작가생활을 한 지 이십 년이 되었다. 이 책은 1996년 여름에 낸 나의 첫 소설집이다. 개정판을 내면서 이십여 년 전에 쓴 원고들을 읽어보니 예전에 몰랐던 내 글의 특징이 한눈에 보여 당혹스럽기도 하고 난감하기도 했지만 최소한만 수정했다.

당시 이 책에 붙여진 정념과 귀기라는 수수께끼 같은 수사를 새삼 생각해본다. 그것은 깊은 숲에서 이름 모를 선연한 꽃을 보았을 때 느끼게 되는 경이와 두려움이 아니었을까. 그러니 정념과 귀기의 내면은 생명의 본질이라고 토로하고 싶다.

오랜 세월이 흐른 뒤 다시 글을 가다듬을 소중한 기회를 준 문학동네에 깊은 감사를 드린다.

2014년 여름
전경린

문학동네 소설집
염소를 모는 여자
ⓒ 전경린 2014

1판 1쇄 1996년 7월 25일
1판 17쇄 2009년 9월 15일
2판 1쇄 2014년 6월 23일

지은이 전경린
펴낸이 강병선
책임편집 황예인 | 편집 김고은 김내리 조연주
디자인 고은이 유현아 | 마케팅 정민호 나해진 이동엽 김철민 조영은
온라인마케팅 김희숙 김상만 한수진 이천희
제작 강신은 김동욱 임현식 | 제작처 영신사

펴낸곳 (주)문학동네
출판등록 1993년 10월 22일 제406-2003-000045호
주소 413-120 경기도 파주시 회동길 210
전자우편 editor@munhak.com | 대표전화 031) 955-8888 | 팩스 031) 955-8855
문의전화 031) 955-3576(마케팅) 031) 955-8864(편집)
문학동네카페 http://cafe.naver.com/mhdn | 트위터 @munhakdongne

ISBN 978-89-546-2483-1 03810

www.munhak.com